KB269764

루빈의 술잔

루빈의 술잔

루빈의 술잔

하성란 소설집

문학동네

차 례

루빈의 술잔 7

내 가슴속의 부표 70

꿈의 극장 118

내가 사랑한 것은 그녀의 등허리였을까 142

시즈오카 현의 한 호텔은 후지산이 보이는

날만 숙박료를 받는다 167

지구와 가까운 소행성과의 랑데부 185

두 개의 다우징 246

풀 270

해설/신수정 타자라는 소행성과의 만남 293

작가의 말 310

루빈의 술잔[*]

손톱으로 긁어 성에 낀 유리창 위에 작은 동그라미를 만들었을 때, 그 안으로 붉은 꽃사과 열매 하나가 바듯하게 들어온다. 살얼음이 낀 탓인지 알루미늄 새시는 조금 열리다 말고 날카로운 금속성 소리를 낸다. 실내화 속 맨발이 빠져나와 미끄러지면서 여자는 허겁지겁 손바닥으로 마룻바닥을 짚는다. 손바닥이 뾰족한 무언가에 찔리면서 여자의 명치끝에 낚싯바늘 같은 물음표가 걸린다. 언제 열매가 열렸을까?

일 센티미터쯤 열린 문틈으로 탄산수처럼 싸한 바람이 밀어닥

---

[*] 반전 도형, 다의 도형이라고도 함. 같은 도형(그림)이면서 보고 있는 중에 원근 또는 그 밖의 조건으로 다르게 뒤바뀌어, 다른 그림으로 보이는 도형. 네커의 입방체 등이 그 예임.

친다. 손바닥을 혀로 핥으면서 마룻바닥을 살핀다. 상자째 쏟아진 압정들이 바닥 여기저기에 흩어져 있다. 문틀 위에는 여자가 치다 만 방충망 자락이 늘어져 있다. 성에가 낀 유리창 위로 맞은편 벽이 거꾸로 고스란히 반사된다. 사방 연속 무늬의 벽지 위에 사절지 크기의 주류회사 판촉용 달력이 천장과 15도 각도로 기운 채 비스듬히 걸려 있다. 노란 비키니 차림의 이국 처녀가 모터 보트에 달린 로프를 붙들고 아슬아슬하게 수상 스키를 탄다. 모터가 뿜어내는 물보라에 처녀의 종아리 아래가 묻혀 있다. 구릿빛 살갗 위로 달라붙은 자디잔 포말들이 스팽글처럼 반짝인다. 사진사는 역광으로 처녀를 찍었다. 사진의 오른쪽 귀퉁이에 은반지만한 태양이 걸려 있다. 태양과 대각선으로 마주 보는 곳에는 조롱박 모양의 푸른색 술병이 반명함판 크기의 사진 속에 들어 있다. 달력은 여자의 손이 닿는 곳에 걸려 있다. 이국 처녀는 4개월 동안 칠월의 뙤약볕 아래에서 수상 스키를 탄다. 평생 탈 양의 스키를 다 타고도 아직 지치지 않았는지 변함없이 웃고 있다. 수상 스키를 타는 건 그런 대루 참을 수 있지만요, 이렇게 웃고 있는 건 정말루 지쳤어요. 이국 처녀는 그렇게 말하고 있는 것 같다.

가장자리부터 물이 번져 흐르기 시작하면서 동그라미는 호박씨 모양으로 일그러진다. 잘 단 냄비 속에서 터지는 팝콘 같은 하얀 꽃들을 목이 아프게 올려다본 기억이 있다. 그런데 언제 열매가 맺혔을까. 늦가을 익어 마당에 떨어져내린 열매들이 조심성 없이 광장을 가로지르는 신발에 밟혀 짓이겨지고 벌어진 과육 사이로 씨가 드러나 신발 밑창에 낀 채 엘리베이터 안으로 묻어 들어와 삽시간에 24층 아파트의 복도마다 널렸을 것이다. 새시 문을 열고 베란다로 나가 발돋음을 하면 붉은 열매까지 손이 가 닿을 것이다. 여자는 성에꽃이 빽빽한 유리창에 뺨을 대고 동그라미 너머로 열매를 들여다본다. 꽃사과 열매는 왼쪽으로 일 센티미터 비켜나 있다. 이층 베란다 안으로 가지를 뻗은 앙상한 나뭇가지에 매달린 열매라고는 그것이 전부다. 지금은 11월이다. 아까는 보이지 않던 둥근 열매의 측면이 보인다. 햇살 때문일까, 열매에는 설익은 연녹 색깔이 섞여 있다.

손가락 장갑을 끼듯 열 개의 손가락을 문 틈새로 하나씩 밀어넣는다. 세차게 문을 끌어당겨보지만 문짝 아래에 달린 작은 쇠바퀴가 녹이 슬었는지 문은 꼼짝하지 않는다. 여자가 매번 문을 끌어당길 때마다 관현악단의 시음과도 같은 소리가 끌려올라올 뿐이다. 열 손가락에 힘을 넣어 다시 한번 밀어당긴다. 몸을 옆으로 돌리면 간신히 드나들 수 있을 만한 틈이 벌어진다. 여자의 머리와 왼쪽 팔다리가 베란다 밖으로 겨우 빠져나온다. 성급하게 오른쪽 다리를 빼내려다가 문틈에 걸린 치맛자락이 찢어진다. 무릎 위로 찢어진 천 자락이 축 늘어진다. 하지만 여자는 아랑곳하지 않는다. 베란다 난간까지 성큼성큼 다가가 열매를 올려다본다. 이집에 살았던 지난 3년 동안처럼 꽃사과나무에는 어김없이 열매가 맺히고 익어 떨어져 화단 위나 아파트 복도에 널려 시나브로 삭았을 것이다. 까치발로 서서 열매에 손을 뻗쳐본다. 닿지 않는다. 열매는 여자의 어림짐작보다 훨씬 높은 곳에 달려 얼어 있다. 두 손을 높이 쳐들고 제자리높이뛰기로 훌쩍 뛰어오른다. 앙상한 가지 끝이 여자의 손에 휘둘린다. 여자는 멈추지 않고 다시 뛰어오른다. 몸이 허공에 떠 있는 아주 잠깐, 내가 왜 저 열매를 가지려하지? 라는 생각이 스친다. 하지만 여자는 멈추지 않는다. 닿을 듯 닿을 듯 좀처럼 닿지 않는다.

침낭의 지퍼를 조금 열고 얼굴만 내놓은 채 천장을 보며 누워 있다. 천장 한가운데 달린 오목한 전등갓 속에 희미하게 여자의 얼굴이 비친다. 쑥색의 오리털 침낭 속에 누운 여자는 배추 애벌레가 실을 뽑아 고치를 만들고 있는 것처럼 보인다. 침낭의 얼굴이 닿은 부분은 여자가 뿜어낸 콧김과 입김으로 축축하게 젖어 있고 침이 흐른 자국이 얼룩으로 남아 있다. 잠시 후 계단을 올라오는 운동화 발자국 소리가 들린다. 100킬로그램의 몸무게를 가진 거구인 듯 한 발 한 발 올라올 때마다 계단과 맞닿은 벽 위에 걸린 액자가 파르르 떨린다. 둔중한 발자국은 여자의 문 앞에 멈춰 선다. 물건으로 꽉찬 부대자루를 바닥에 내던진다. 공구 가방의 지퍼를 열고 망치를 꺼내 든다. 못 상자가 공구 가방에서 빠져나와 떨어지면서 공중에서 뚜껑이 열린다. 수많은 못들이 흩어지면서 시멘트 바닥에 떨어지고 퉁겨오른다. 욕설을 내뱉으면서 못을 주워담고 문을 두드리기 시작한다. 소리가 커서 문을 상대로 주먹질을 하고 있는 것 같다. 대답이 없자 이번에는 스패너로 문을 두드린다. 발자국 소리는 다시 계단을 울리며 아래로 사라진다.

드디어 나는 완전히 감금당했어. 침낭 속의 보이지 않는 여자의 다리가 조금 움찔하면서 옴츠러든다. 문에는 나무 판자 두 개가 엑스자 모양으로 못질이 되고 그 밑에 '관계자 외 출입 금지'라는 붉은 팻말이 나붙었을 것이다. 여자는 두 팔을 얼굴 옆으로 차례로 빼내고 일어선다. 흘러내리지 않도록 두 손으로 침낭을 거머쥐고 부엌까지 토끼뜀으로 간다. 개수통 안에는 빈 통조림 깡통과 인스턴트 라면 용기가 뒤죽박죽 가득 쌓여 있다. 손을 씻기 위해 개수대의 수도를 튼다. 수도꼭지를 타고 물방울이 하나, 둘 흘러내리다가 끊긴다. 드디어 물이 끊겼다.

제일 먼저 끊긴 것은 도시 가스였다. 요금이 연체된 지 두 달째 되던 날, 가슴에 삼천리라고 수놓인 작업복을 입은 직원이 가스 밸브를 잠그고 밸브 꼭지를 떼어가버렸다. 가스레인지는 물론 난방, 온수 모두 되지 않았다. 그 다음은 전화였다. 하루에도 수십 통씩 울려대던 전화가 비로소 잠잠해졌다. 전화에는 미련이 없었다. 전기가 끊기고 10분 간격으로 집안에 소음을 일으키던 냉장고가 멈췄다. 그리고 드디어 오늘 물이 끊겼다. 그러나 아직까지도 서비스 기한이 남아 있는 조간신문은 쉴새없이 들어오고 있다. 새벽마다 신문 투입구를 밀치고 들어오는 조간과 계단을 뛰어내려오는 발자국 소리에 여자는 잠에서 깬다. 현관에는 한번도 펼쳐보지 않은 신문지들이 산더미처럼 쌓여 있다. 신문 더미는 현관에 벗어놓은 신발을 덮고 거실 위로 꾸역꾸역 밀려들어오고 있다.

여자는 싱크대 깊숙한 곳에서 마지막 하나 남은 꽁치 통조림을 꺼낸다. 유통 기한이 이틀 남아 있는 통조림은 서서히 팽창하기 시작한다. 서랍을 뒤져 깡통 따개를 찾는다. 깡통 따개는 보이지 않는다. 어제 참치 통조림을 따고 서랍에 넣어두었다. 개수대에 가득 쌓인 빈 깡통 뚜껑의 절단 부분은 여자의 기분에 따라 여러 가지 모양으로 따여 있다. 별 모양이거나 눈의 결정체거나 성게 모양이다. 마침내 여자는 소매를 걷고 개수대에 고인 구정물 속에 손을 넣는다. 손끝에 미끌미끌한 라면 가락들 사이로 깡통 따개가 잡힌다. 깡통 따개의 날이 통조림을 파고들자 말간 기름이 뚜껑 위로 흘러나온다. 말간 기름층 위로 은백색의 꽁치 비늘이 둥둥 떠 있다. 여자는 한 손으로 통조림을 한 손으로 흘러내리는 침낭을 붙들고 식탁 의자로 가서 걸터앉는다. 포크로 꽁치 토막을 찍어 한입에 넣고 오래 씹는다. 잘 삭은 뼈들이 씹는 맛을 더해준다. 볼이 미어지게 꽁치를 씹으면서 통조림을 눈 위로 들어올려

포장지에 적힌 글씨를 읽기도 한다. 수산물 기름 담근 통조림, 유통 과정에서 변질된 제품은, 유통 기한은 제조일로부터 7년. 여자가 지금 먹고 있는 이 꽁치들은 7년 전에 조리되어 이 양철 깡통 속에 넣어져 밀봉된 것이다. 아아, 통조림의 위력이여. 여자는 자신이 음유 시인이라도 되는 듯 중얼거리고 다시 꽁치 한 토막을 입으로 가져간다. 꽁치나 참치처럼 기억이라는 것도 통조림 속에 저장될 수 있는 것이라면, 그래서 끄집어내고 싶을 때 깡통 따개로 따서 꺼낼 수 있는 것이라면. 여자는 천천히 꽁치 네 마리가 든 통조림을 다 먹는다. 빈 깡통이 개수대 위에 아슬아슬하게 쌓인다. 여자는 오늘까지 R백화점 개점 5주년 기념 세일에서 산 꽁치 통조림과 명절 선물로 들어온 참치 통조림까지 모두 36개의 통조림을 먹어치웠다.

　오물이 쌓인 변기에서 악취가 풍기기 시작한다. 화장실 문을 닫아놓았지만 거실 구석 침낭 속에 누운 여자에게까지 냄새가 풍겨온다. 물이 끊긴 지 이틀이 되는 날 여자는 나방처럼 침낭을 벗어젖힌다. 두터운 옷을 걸치고 연체된 청구서 꾸러미를 찾아든다. 문 앞에 서서 잠깐 망설이다 조심스럽게 손잡이를 비틀어본다. 경첩에서 약간 귀에 거슬리는 쇳소리가 나기는 했지만 문은 아주 부드럽게 열린다. 다행히 문은 밖에서 못질당하지 않았다. 그제서야 이틀 전 계단을 올라온 것은 수도 사업소에서 나온 직원이라는 것을 깨닫는다. 문을 열고 여자는 2개월 만에 바깥으로 나온다.

　부천을 알리는 이정표를 지나자 저 앞으로 고속도로의 톨게이트가 나타난다. 여자는 속도를 줄이고 자동차 전용 톨게이트 앞으로 늘어선 차 뒤에 가 선다. 앞선 차의 창문 밖으로 팔이 나오고 영수증을 건네받은 팔은 손바닥 안에서 영수증을 구겨 정확하게 영수증 폐기함 속으로 던져넣는다. 도수가 높은 안경을 낀 마흔 중반의 여자가 두터운 파카 속에 목을 묻고 유리창 안에 앉아 있다. 졸음과 주름으로 두 눈꺼풀이 늘어져 있다. 중년 여자는 단지 오른손만을 기계적으로 움직이면서 통행료를 받고 영수증을 건넨다. 여자는 언젠가 신문에서 본 토막 기사를 떠올린다. 왼손잡이가 좌뇌와 우뇌를 고르게 발달시키는 반면 오른손잡이는 좌뇌만 기형적으로 발달시킨다는 내용의 기사였다. 중년 여자의 고개는 놀랍게도 왼쪽, 시계 두시 방향으로 기울어져 있다. 여자가 중년 여자에게서 차를 너무 멀찍이 세웠기 때문에 중년 여자는 통행료를 받기 위해 의자에서 일어서야만 했다. 상체를 유리창 밖으로 빼고 천원짜리 지폐를 받고 감열지로 된 영수증과 잔돈 2백원을 여자의 손바닥 위에 건네준다. 여자는 다시 속도를 높인다. 톨게이트 주위에 흩어져 있던 영수증들이 여자의 앞으로 꽃잎처럼 떠올랐다가 가라앉는다. 집을 떠나기 전에 스위치를 눌러 0으로 맞춰놓은 구간거리계의 숫자가 막 262를 지난다. 연료계의 오일미터 바늘이 적색 눈금 바로 위를 가리킨다. 여자는 밤새 경인고속도로를 세 번 왕복했다. 영등포 로터리를 지나 신한자동차학원을 끼고 길게 뻗은 고속도로는 일직선으로 인천 연안부두까지 연결되어 있다. 연안부두와 어시장으로 갈라지는 교차로 한가운데에 가로원이 있다. 가로등 빛이 닿지 않아 이파리들은 어둠에 엉겨 있다. 날이 점점 밝아지면서 검은 나무들이 형체를 드러내기 시작한다. 그것은 나무가 아니라 청동 조각상이다.

차를 몰고 어시장 방면으로 꺾어 들어간다. 비닐 하우스 모양의 양철 건물이 한 블록을 차지하고 길게 늘어서 있다. 어시장으로 들어오는 차들을 양쪽 길가에 그려진 주차선 안으로 유도하는 주차원들과 골목에서 주의 없이 튀어나오는 짐자전거들 때문에 여자는 자꾸 급정거한다. 속도를 줄이고 천천히 서행한다. 어시장 안으로 짐을 나르던 일꾼들이 찬바람을 피해 포장마차에 선 채 소주를 마신다. 목장갑을 벗고 고추장이 뚝뚝 떨어지는 생선살을 손으로 집어 입안에 넣고 소주를 들이켠다. 사이사이 둥그렇게 뚫린 문 안으로 어둠침침한 어시장 안이 들여다보인다. 일 년 내내 질척질척한 바닥 위로 붉은 젓갈을 담아놓은 커다란 양철 깡통들이 보이고 반쪽이 이미 회로 쳐지고 뼈가 드러난 커다란 민어와 광어가 보인다. 알전구들은 진열대 위의 고기들 위를 비추고 있어 뒤에 앉은 상인들의 얼굴 위로 그림자가 져 있다. 두터운 털 파카를 머리 위까지 둘러쓴 주차원이 여자에게 빈 주차칸을 가리킨다. 그대로 주차원을 지나치면서 어시장의 뒷길로 접어든다. 뒷길에도 작은 문들이 뚫려 있고 희미한 불빛이 새어나오고 있다.

들어왔던 길을 거꾸로 나가지만 청동상은 보이지 않는다. 어느새 여자는 서울로 나가는 진입로를 잃어버린다. 도로는 바다로 끊어지고 간석지 위로 거대한 고층 아파트 단지가 서해 바다를 바라보면서 서 있다. 절반이 잘려나가 암벽을 드러낸 산중턱에는 빈 포크레인 몇 대가 거미처럼 달라붙어 있다. 얼마 후면 산은 흔적도 없이 사라질 것이다. 산 중턱 바로 앞에까지 아파트가 들어서 있다. 산을 끼고 돌면서 낡은 아파트 두 동 옆을 지난다. 창문의 유리는 모두 깨지고 그 너머로 아이들의 낙서 자국이 남은 찢겨진 벽지가 보이기도 한다. 금이 간 아파트 외벽에는 붉은 페인팅으로 철거라는 글씨가 씌어 있다. 얼음이 언 아파트 그림자 밑을 지나면서 여자는 환청처럼 그릇들이 부딪히는 소리와 수돗물 소리, 아이들의 잠투정 섞인 울음소리를 듣는다. 사람들이 떠나도 집은 여전히 기억을 담고 있다. 몇 번이나 어시장을 돌아 나오지만 청동 조각상 대신 철거 직전의 허물어지는 아파트와 맞부딪친

다. 길을 잘못 들어선 것이 분명하다. 마술에 걸려든 것처럼 여자
는 자꾸 같은 곳을 맴돌고 있다. 주유소에 차를 세우고 기름을 넣
으면서 롤러 스케이트를 탄 아이에게 서울로 가는 길을 묻는다.
아이가 손가락으로 길 건너편을 가리킨다. 아이의 손가락 끝에 청
동 조각상이 있다.

　연안부두와 어시장 갈림길 중간에 세워진 청동 조각상을 끼고
우회로로 돌아 서울로 가는 고속도로로 다시 접어든다. 톨게이트
를 지나고 다시 양화대교 방면 고가도로 위로 올라온다. 출근 시
간이 시작되면서 타원형의 고가도로 위에 차들이 줄지어 서 있다.
고가도로 아래로 신한자동차학원의 운전 연습장이 한눈에 내려다
보인다. 새벽반이 시작되는 시간이다. 노란 연습용 차량 한 대가
에스자 코스 중간에서 자꾸 멈춰 선다. 차 밖에 뒷짐을 지고 선
낯빛 검은 조교가 차를 피해 한 발자국 물러선다. 넓은 콘크리트
바닥 위에는 여기저기 코스 선들이 그려져 있다. 고개를 창밖으로
내민 운전자들이 서툴게 에스자와 티자를 그린다. 연습장 가장자
리에는 주행 연습을 하는 차량들이 서 있다. 서행을 하면서 운전
대를 바싹 거머쥔 운전자들이 다가올 돌발 상황에 준비해 눈을
부릅뜨고 있다. 돌발 상황을 알리는 불이 켜지고 운전자가 재빨리
브레이크를 밟는다. 예정된 돌발 사태라면 여자도 저 운전자처럼
미리 눈을 부릅뜨고 준비할 수 있었을까. 뒤차가 경적을 울려댄
다. 앞차가 횡단보도 앞까지 달려가고 있다. 여자는 기어를 변속
하면서 재빨리 앞차를 따라간다. 양화대교 직전 사거리에서 다시
좌회전 신호를 받아 고속도로로 접어든다.

　인천으로 가는 1번 톨게이트에는 여전히 중년 여자가 앉아 있
다. 영수증과 잔돈을 여자의 손에 놓아주다가 안경을 고쳐 올리면
서 창문 밖으로 고개를 내밀고 유심히 여자를 내려다본다. 그러고

는 다시 주름이 지기 시작하는 긴 목을 짙은 파랑색의 파카 속에 감춘다. 사차선에서 이차선으로 줄어드는 병목 지점에서 차들이 정체되기 시작한다. 여자의 차 앞으로 서인천에서 고속도로로 진입하는 다른 차들이 자꾸 끼어든다. 뒤차가 경적을 울린다. 여자는 하루종일 아무것도 먹지 않았다. 이제 그만 집으로 돌아가 쉬고 싶다. 하지만 고속도로에서는 유턴을 할 수 없다. 어쩔 수 없이 고속도로의 끝까지 가야 한다. 요의로 팽팽해진 아랫배의 통증도 어느덧 무뎌진다. 낯익은 청동상이 보이기 시작한다. 차선을 벗어나 청동상 받침대 가까이에 차를 세운다. 비상등을 켜고 밖으로 나와 차의 보닛을 열어둔다. 사차선 도로를 무단횡단해서 건너편 보도 위로 올라선다. 문이 열린 건물 안으로 뛰어들어간다. 화장실 문은 밖에서 커다란 자물통으로 잠겨 있다. 문이 열린 화장실을 찾아 5층까지 올라간다. 다행히 남자 화장실 문이 열려 있다.

자동판매기에서 커피 한 잔을 뽑아 청동상을 바라보며 커피를 마신다. 차를 타고 달리는 사람들은 청동상을 자세히 볼 수 없다. 횡단보도가 있어 보행자 신호가 켜지고 차가 정지할 수 있다면 잠깐 동안 청동상을 올려다볼 수 있겠지만 횡단보도는 청동상 앞, 뒤로 멀리 떨어져 있다. 차들은 청동상 옆을 지날 때마다 속도를 높일 수밖에 없다. 아침 햇살에 청동 조각상은 또렷하게 드러난다. 인천 개항 1백주년 기념탑이다. 파이프를 문 마도로스와 배의 조타기 그리고 그 위로 여자가 두 손을 서쪽과 북쪽 하늘로 향하게 들고 있다. 그 모든 것이 시멘트 바닥에 정박한 한 척의 배 위에 있다.

지하 다방으로 내려가는 계단은 폭이 좁고 턱이 높다. 세려고 한 것은 아니었는데 계단은 모두 마흔두 개이다. 계단을 내려갈수록 경사진 천장과의 폭 사이가 점점 좁아져서 마지막 계단 아래로 내려서면서 여자의 이마가 천장에 부딪힌다. 그제서야 여자는 천장에 붙은 종이 조각을 발견한다. 종이 위에는 비뚤비뚤한 글씨로 머리 조심이라고 씌어 있다. 문 위에는 작은 청동 종이 달려 있어 문이 열리고 닫힐 때마다 멍든 소리를 낸다. 어서 오세욧. 주방의 반달형 음식 투입구 앞의 다리 긴 의자 위에 걸터앉아 트롯 음악에 맞춰 두 다리를 흔들고 있던 다방 마담이 콧소리를 내며 바닥으로 내려선다. 다방 안에는 손님이 없다. 남자는 다방 중앙에 놓인 수족관 옆자리에 앉아 유리에 얼굴을 바싹 들이대고 열대어들에게 열중하고 있다. 코가 수족관 유리에 닿아 눌려 있고 유리 위에는 남자의 콧김으로 동그랗게 김이 서리고 채 지워지기도 전에 또다른 김이 덧씌워진다. 남자는 여자가 다가가도 알아채지 못한다.

　한국생명보험 조사원. 남자는 양복 안주머니를 뒤적거려 명함을 꺼내 여자의 앞에 놓는다. 여자는 남편이 생명보험에 가입해 있다는 사실조차도 모르고 있었다. 이 책에 대해 아세요? 남자가 옆 소파 위에 올려놓은 서류 봉투를 열고 책 한 권을 꺼내 탁자 위에 올려놓는다. 변두리 삼류 극장의 간판에서 봄직한 알몸의 서양 여자가 표지 가득 그려져 있다. '그녀가 상자처럼 자신의 몸을 열어 보여주었다'라는 긴 제목이 표지의 절반을 차지하고 황금색 활자로 박혀 있다. 여자는 호주머니 속에 찔러넣은 두 손을 꺼내 책을 들고 책등과 표지를 살핀다. 책의 저자 또한 낯선 사람이다. 융단 의자는 군데군데 털이 빠지고 닳아 반질거린다. 시트 위로 돋아나온 스프링이 자꾸 여자의 엉덩이를 찌른다. 여자가 책의 중간 아무 페이지나 펼치고 눈으로 훑는 동안 남자는 수족관으로 몸을 틀고 앉아 열대어를 들여다본다.

기찻간에는 그녀와 나, 둘뿐이었다. 나와 대각선으로 앉아 있던 여자는 젖이 불어 고양이처럼 신음소리를 내고 있었다. 그리고 나는 꼬박 하루 동안 아무것도 먹지 못했다. 젖이 배어나오기 시작해서 여자의 윗옷을 흠뻑 적시고 있다. 여자의 앞가슴에 동그란 얼룩 두 개가 점점 커진다. 여자가 드디어 앞가슴을 풀어헤치고 열린 창문 쪽으로 내밀며 가쁜 숨을 몰아쉬었다. 푸른 잉크색 유선이 대륙성 고기압 전선처럼 발달한 유방이 드러난다. 난 여자의 사타구니 사이에 무릎을 꿇고 주저앉아 여자의 가슴에 입을 갖다대고 수도꼭지를 빨듯 젖을 먹기 시작한다. 탱탱한 젖가슴에 코가 눌려 나는 숨조차 제대로 쉴 수가 없었다. 여자가 길게 한숨을 뱉어내면서 두 개의 넓적다리로 내 가슴을 서서히 압박하기 시작했다. 나는 탐식하는 갓난아기처럼 차례차례 두 젖을 다 비워냈다. 그때 여자가 중얼거렸다. 모파상인가요? 아마도 그 사람 소설 중에 지금 우리와 똑같은 상황의 이야기를 쓴 게 있어요. 그 여자는 문학 소녀였던 모양이다. 나는 조잘대는 그녀의 입에 대고 입맞춤을 했다. 이런 건 그 소설 속에 없었어요. 여자가 다시 입을 움직였다. 여자의 입에서 복숭아 냄새가 났다. 우리의 입맞춤은 길게 길게 이어졌다. 기차는 완행이었고 기찻간에는 우리 둘뿐이었으므로.

여자는 그 대목에 이르러 책을 덮는다. 그것은 표절을 교활하게 정당화시킨 것에 불과하다. 표절이라는 것에 머리가 있다면 그것의 뒤통수를 치는 격이다.

남자는 그 많은 열대어 가운데 유독 구피에게 집착하고 있다. 구피는 플라스틱 물풀 사이를 헤엄쳐 빠져나와 수족관 끝까지 가다가 유리에 길이 막힌다. 주둥이로 유리를 톡톡 건드리며 영역을 확인하는 중이다. 그것은 남편께서 쓰신 책입니다. 남자의 시선이 구피를 좇다 여자의 얼굴로 되돌아온다. 3년 전 지방 일간지의 신춘문예에 시로 등단한 이후 남편은 이렇다 할 만한 시를 발표한 적도 없다. 이 구피는 이 수족관에 넣은 지가 얼마 안 될 거예요. 아직 수족관의 넓이에 익숙해지지 않은 거 같거든요. 추리라는 것은 말이죠. 마치. 남자가 눈을 가늘게 뜨며 다방의 천장으로 시선을 던진다. 한문 복복자가 수없이 박힌 천장에는 누수로 모서리부터 얼룩이 번지기 시작한다. 마치, 수학 해법과도 같죠. 막힌 곳이 하나만 풀리면 정답까지는 저절로 풀어지거든요. 남자는 혼잣말처럼 중얼거린다. 아, 책을 쓰신 사실을 통 모르고 계셨군요. 오쇄나 찍은 것인데 말이죠. 남자는 수족관을 들여다보고 있었지만 수족관 유리에 비친 여자의 얼굴을 지켜본 모양이다. 남자가 헝클어진 여자의 머리카락 어딘가를 쳐다본다. 죄송합니다. 하지만 아시지요? 요즘 워낙 보험금을 노린 일들이 많아놔서. 친구들은 절 '사복 형사'라고 부르지요. 남자가 저 혼자 소리를 높여 웃는다. 남자는 특별한 화법을 가지고 있다. 남자는 마치 깡통 따개로 통조림을 따는 것처럼 말한다. 깡통 따개는 중심에서 가장 먼 거리인 통조림의 가장자리를 돌지만 그것은 결국 깡통 뚜껑을 열기 위한 최선의 방법이다. 제 친구 중의 누군가가 제게 묻더군요. 이럴 때 제 직업에 대해 회의를 느끼지 않느냐구요. 구김 하나 없는 회색의 순모 정장을 입은 남자에게서는 코를 톡 쏘는 사향의 로션 냄새가 난다.

마담이 한 손으로 한복 치마를 잡고 슬리퍼를 질질 끌며 다가와 탁자 위에 커피잔을 내려놓는다. 녹지 않은 커피 알갱이들이 둥둥 떠 있다. 이 구피는 언제 사왔어요? 남자가 손가락으로 수족관 안을 가리키며 마담에게 묻는다. 마담은 한번에 남자의 말을 알아듣지 못하고 남자의 손가락 끝을 허둥지둥 좇아간다. 아, 밋밋한 그거요. 어제 미스 김이 열대어 집에 차 배달 갔다 얻어온 거예요. 마담이 자리로 가고 남자가 머리를 끄덕인다. 보세요. 관찰하면 금방 알아지지요. 남자는 느릿느릿 열 손가락을 움직이며 서류 봉투 속에서 컴퓨터로 뽑은 종이 다발을 꺼내놓는다. 이것은 남편 되시는 분의 월급명세섭니다. 남자의 상체가 여자 앞으로 기운다. 남자의 입김 속에는 구강 청정제의 박하향 냄새가 섞여 있다. 지난 5개월 동안 여자는 12킬로그램의 체중이 줄고 후각이 예민해져 있다. 월급명세서 다발을 쥐고 훑어본다. 남편이 매달 월급날마다 여자에게 건네주던 금액보다 20만원이 적은 금액이다. 남편은 도대체 어디서 20만원이라는 돈을 구해 덧붙여 준 것일까.

여자는 남편과 P백화점 2층 커피숍에서 만나기로 했다. 잡지사에 들렀다 들어오니 자동응답기에 남편의 목소리가 녹음되어 있다. 전화 속의 남편의 목소리는 적잖이 들떠 있다. 공중전화 부스 안에 선 남편 뒤로 자동차가 경적음을 울려대고 사람들이 뛰어간다. 입버릇처럼 트렌치 코트 노래를 불렀잖어. 12시 30분, P백화점 2층 커피숍에서 기다릴게. 시간 약속 지켜. 여자는 벗던 옷을 다시 주워입고 허겁지겁 뛰어나가 택시를 잡는다. 자꾸 길이 막힌다.

12시 50분. 그러니까 약속 시간은 20분이 지나 있었고 백화점은 10분 전인 12시 40분에 주저앉았지요. 허공에 들려 있던 남자의 두 손이 10센티미터 아래로 툭 떨어진다. 약속 시간에서 20분이 지난 시간이니까, 저희는 남편이 부인을 기다리다 밖으로 나왔을 수도 있다는 추리를 해보는 거죠. 어쩌면 남편도 정작 백화점이 붕괴된 그 후에 도착했을 수도 있구요. 요즘 시내 교통 사정이야 잘 아실 테죠? 남편으로부터 연락이 끊긴 지 5개월이 지났다.

하지만 그깟 보험금 때문에. 적어도 내가 알고 있는 남편은……
여자는 말을 얼버무린다. 도대체 내가 남편에 대해 알고 있는 것
이 무엇일까. 오히려 남편을 한번도 본 적이 없는 이 남자가 남편
에 대해 더 잘 알고 있다. 하지만 2층, 커피숍으로 추정되는 장소
에서 남편은 발견되지 않았지요. 게다가 남편의 것이라고 할 만한
소지품조차도 발견하지 못했으니까요. 남편은 232명의 실종자 가
운데 한 사람으로 남아 있다. 남자는 책과 월급명세서를 반듯하게
정리해서 다시 서류 봉투에 차례로 넣고 끈을 돌려 묶는다. 서류
봉투는 두툼하다. 그 속에는 남편에 대한 어떤 것이 더 들어 있을
까. 서류 봉투의 봉인된 부분이 열리고 나풀나풀 입 모양처럼 넓
적거리면서 여자에게 고자질을 할 것 같다. 바지의 주름을 손바닥
으로 쓸어내리면서 남자가 일어선다. 조금씩 움직일 때마다 짙은
화장수 냄새가 풍긴다. 보험금은 걱정하지 마세요. 이건 그냥 관
례니까, 맘에 두지 마시구요. 생가죽 냄새가 나는 서류 가방을 옆
구리에 끼고 남자가 카운터로 다가가 계산을 한다. 남자가 사향노
루처럼 가벼운 걸음으로 계단을 두 칸씩 뛰어올라가고 막 닫히는
문을 재빨리 손으로 잡으면서 처녀가 보자기로 싼 찻잔들을 달그
락거리면서 들어선다. 찻잔을 반달형의 구멍 속으로 밀어넣자마
자 수족관으로 다가온다. 한 손에 물이 반쯤 담긴 비닐 봉지를 들
고 있다. 수족관에 대고 봉지를 천천히 기울인다. 엔젤피시 한 마
리가 수족관 속으로 떨어진다.

　플라스틱 원통형 의자를 밟고 올라가 가까스로 장롱 위에 얹어
둔 바퀴 달린 여행용 트렁크를 꺼낸다. 여자의 옷에 묻어온 고속
도로 통행료 영수증들이 방 안에서까지 굴러다닌다. 트렁크에는
먼지가 보얗게 앉아 있다. 여자의 손이 닿은 곳에 금방 손자국이

선명하게 찍힌다. 이층 여자의 집에는 엘리베이터가 서지 않는다. 트렁크를 들고 계단을 내려가는 동안 트렁크는 여자의 종아리에 사정없이 부딪치면서 층계참으로 굴러떨어진다. 출입구 옆의 부스 속에 앉아 있는 경비원이 꾸벅꾸벅 졸고 있다. 푸른색 경비원 모자를 벗은 머리가 창 쪽으로 떨어질 때마다 민머리 중앙에 곰팡이처럼 핀 검버섯이 보인다. 검버섯은 일본 열도 모양으로 점점이 흩어져 있다. 경비원 앞에는 볼륨을 크게 틀어놓은 손수건만한 화면의 흑백 텔레비전이 놓여 있다. 여자는 트렁크의 손잡이를 다부지게 잡고 아파트 광장을 가로지른다.

낡은 칠층 건물에는 엘리베이터가 없다. 먼저 계단을 하나 오른 후에 트렁크의 손잡이를 두 손으로 잡아당겨 계단 위로 끌어올린다. 층계참마다 나란히 붙어 있는 남녀 화장실의 문은 올라오는 사람을 향해 속을 보이면서 활짝 열려 있다. 경첩이 녹슨 나무문 안에서 악취가 풍겨나온다. 삼층에 이르기도 전에 여자의 얼굴은 달아오르고 땀으로 번들거린다. 어두침침한 긴 복도 위로 물비린내가 난다. 시멘트 복도 끝까지 잘 짜지 않은 대걸레에서 흐른 물 자국이 형광등 아래 번뜩인다. 사무실 문은 반쯤 열려 있다. 아침에 여자는 자신을 편집부 직원이라고 소개한 남자의 전화를 받았다. 남자는 떠듬떠듬, 결례라는 말을 섞으면서 새로운 편집장님이 오시기 때문에 전 편집장님의 책상을 정리해달라고 했다. 점심 시간이라 사무실을 지키는 여자 경리사원이 혼자 남아 있다. 라디오를 크게 틀어놓고 스포츠 신문을 책상 가득 펼쳐놓은 채 들여다보고 있다. 엄지와 검지손가락 사이에 볼펜을 끼고 돌리면서 낱말 퍼즐을 푸느라 얼굴이 경직되어 있다. 인기척을 느끼자 여직원이 고개도 들지 않고 묻는다. 언니, 지구에서 가장 가까운 항성이구, 여기서 1억 4960만 킬로미터 떨어져 있는 별이 뭐야.

두 글자야. 이것 때문에 덩달아 두 문제가 막혀. 여자가 조그만
목소리로 중얼거린다. 태양. 직원이 빈 칸에 태양이라고 적는 사
이 여자는 칸막이를 지나 편집부로 건너온다.
　여자는 남편이 5년 8개월 동안 앉아 일했던 의자에 앉아 남편
의 책상을 정리한다. 좁은 사무실은 칸막이 하나로 편집부와 경리
부서가 나뉘어 있다. 손가락 사이에서 돌리던 볼펜이 바닥에 떨어
지며 튀는 소리, 의자를 끄는 소리, 볼펜을 집어올리면서 여직원
이 내는 한숨소리가 칸막이를 넘어 들려온다. 철제 회전 의자는
낡고 낡아 여자의 몸이 기우뚱 왼쪽으로 쏠린다. 왼쪽 다리에 힘
을 주고 기준을 잡는다. 네 개의 서랍은 잡동사니투성이다. 트렁
크를 열어 바닥에 활짝 펼쳐놓는다. 책이 트렁크의 절반을 차지한
다. 과자 봉지에 과자와 함께 들어 있는 서양 딱지, 일본 종이 우
산이 달린 이쑤시개, 2년 전 받은 청첩장, 엽서와 편지 꾸러미, 크
기가 똑같은 목도장 세 개, 은행 적금 홍보용 부채, 부채는 손잡
이를 중심으로 나팔꽃처럼 동그랗게 펼쳐진다. 남편은 쉽게 물건
을 버리지 못하는 성격이다. 가스가 가득 찬 일회용 라이터가 서
랍 안쪽에 여러 개 있다. 트렁크에 넣다가 우연히 라이터 한 개를
들여다본다. 모두 카페 벽창호라고 적힌 것들이다. 벽창호는 회사
와 집에서 모두 꽤 떨어져 있는 곳에 있다. 번거롭게 차를 바꿔
타면서까지 남편은 카페 벽창호란 곳에 자주 들른 모양이다. 칫솔
모가 사납게 가로누운 칫솔과 럭키 치약. 여자는 칫솔모를 손가락
끝으로 한번 문질러본다. 치열이 고르지 않아 키스를 할 때면 언
제나 혀끝이 덧니에 걸리고는 했다. 치약은 중간부터 짜 쓰기 시
작했는지 튜브가 구겨져 있다. 집에서 남편은 이 버릇을 오래 전
에 고쳤다. 몸을 숙여 서랍을 열 때마다 낡은 의자의 스프링 사이
에서 갈매기 울음소리가 난다. 마지막으로 책상 밑 깊숙한 곳에

놓인 남편의 때묻은 실내화를 주워넣고 가방을 잠근다. 5년 8개월 동안어치의 짐은 여행용 트렁크를 채우고도 넘쳐 여자가 두 무릎으로 가방 뚜껑 위에 올라앉은 후에야 가까스로 잠글 수 있다. 점심 시간이 거의 끝나가고 있다. 여직원은 여전히 신문에 얼굴을 박고 퍼즐 낱말 퀴즈를 풀고 있다. 여자는 서둘러 트렁크를 끌고 사무실 밖으로 나온다.

트렁크 바닥에 달린 네 개의 바퀴는 곧잘 깨진 보도 블록 사이에 끼고 터무니없는 곳으로 굴러가 여자의 걸음을 방해한다. 그럴 때마다 여자는 가던 길을 되돌아가 어깨가 뻐근해지도록 무거운 트렁크를 들어올리고 바퀴를 발로 찬다. 분식점에서 점심을 먹고 나오던 유니폼을 입은 여자들이 걸음을 멈추고 여자와 트렁크를 번갈아 쳐다본다. 어머, 여행 갔다오나봐. 여자의 등뒤로 젊은 처녀가 탄성을 지른다. 좋겠다. 누군 하루종일 은행에 박혀 남의 돈을 세느라 청춘이 다 가는데 말야. 요란하게 치장된 부티크의 쇼윈도 앞을 지난다. 마네킹들은 벌써 봄옷으로 갈아입고 있다. 하늘하늘한 실크 치마 속으로 슬쩍슬쩍 날다리가 비친다. 마네킹들 사이에 낯선 여자의 모습이 끼여 있다. 파마기가 풀린 부스스한 머리카락과 기미가 드러난 꺼칠한 얼굴 위에 갈지 않은 알전구 같은 두 눈동자가 박혀 있다. 올이 풀린 스타킹과 치마단이 터진 구김이 간 비로드 치마 차림에 한 손에는 커다란 트렁크를 끌고 가고 있다. 거울 속, 여자의 얼굴에는 피로와 먼지가 잔뜩 끼여 있다. 여자는 얼른 트렁크를 끌고 사거리로 나온다. 사방으로 차들이 질주하고 있다. 횡단보도 앞에 선다. 보행 신호로 바뀌고 사람들이 길을 건너기 시작한다. 우두커니 선 여자의 어깨가 사람들에게 떠밀린다. 여자의 눈이 닿는 곳은 음식점과 노래방, 팬시점, 보석상, 음악상들을 알리는 간판들이 즐비하게 달려 있다. 간판들 사이사이 미로 같은 골목들이 뻗어 있다. 하지만 여자는 갈 데가 없다.

택시에서 내려서도 여자는 한참 동안 길을 더듬는다. 라이터에 그려진 약도로 보면 주유소와 외환은행 사이에 카페 벽창호가 있다. 주유소와 외환은행 사이를 몇 번이나 왔다갔다한 후에야 겨우 간판을 발견한다. 간판에 그려진 화살표를 따라 골목 안으로 들어오니 지하로 내려가는 입구가 보인다. 입구에는 여종업원 구함 숙식 제공이라고 씌인 종이가 테이프가 떨어진 채 바람에 펄럭인다. 어두운 조명 아래로 붉은 양탄자가 깔려 있다. 칸막이가 쳐진 방들이 나란히 붙어 있고 그 위에 작은 조명 기구가 흐릿하게 켜 있다. 카페 구석, 칸막이 안에 속옷 차림의 여자 셋이 앉아 담배를 피우고 화투패를 돌린다. 문이 열리자 머리에 수건을 감고 한 발을 의자 위로 올리고 앉아 있던 한 여자가 뒤도 돌아보지 않고 소리친다. 아직 영업 안 해요. 다른 여자가 목을 빼고 여자와 트렁크를 번갈아 훑어본다. 오호라. 광고 보구 왔구나. 짧은 머리를 파마로 말아 어두운 조명 아래 여자의 머리는 히아신스 꽃뭉치 같다. 아줌마 몇 살야? 나이가 있어 뵈는데? 껌을 질겅질겅 씹으면서 화툿장을 맞추던 주근깨가 묻는다. 문이 열리면서 얼굴이 붉게 부은 중년 여자 하나가 슬리퍼를 끌며 들어선다. 목욕 바구니를 탁자 위에 거칠게 내려놓으면서 주방에 대고 소리친다. 김군아. 종이 또 떨어졌다. 어서 테이프로 단단히 붙여. 화투를 돌리는 여자들을 쳐다본다. 지금이 몇신데 아직도 그러구들 앉았어? 주근깨가 중얼거린다. 마담 언니, 또 시작이다.

마담은 칸막이 반대편, 양주병들이 진열된 바로 가서 옆의 작은 문 안으로 기어들어가 바 건너편에 선다. 냉장고를 열어 물통을 꺼내 입에 대고 물을 들이켠다. 여자는 트렁크를 끌고 바 앞에 놓인 의자에 가 앉는다. 딴 데서 일한 경력 있어? 마담이 바 위에 줄이 늘어진 스탠드를 당겨 불빛을 여자의 얼굴로 비춘다. 여자는 트렁크를 연다. 트렁크가 벌어지면서 책 몇 권이 바닥에 쏟아진다. 혹시 이 사람 아세요?『그녀가 상자처럼 자신의 몸을 열어 보여주었다』라는 책의 표지를 펼쳐 그 안에 인쇄된 남편의 사진을 보여준다. 이 사람, 여기 자주 왔나요? 마담이 책을 스탠드 불빛에 바싹 들이댄다. 어디서 본 듯도 한 얼굴인데. 이런 데 들르는 사내가 어디 한둘이래야 말이지. 왜요? 돈이라도 뜯겼수? 잠깐만 기다려봐요. 마담이 세 여자들을 향해 목소리를 높인다. 야, 경자야. 이 사람 누군지 기억나니? 머리에 수건을 둘러쓴 여자가 다가와 사진을 들여다본다. 어머, 이 사람 그 소설가 아냐? 이 사람 정말 소설가긴 소설간가보네. 그치 요즘 여기 안 와요. 쟤한테 물어봐요. 쟤 단골이니까. 히아신스 꽃뭉치 머리의 여자가 엉거주춤 일어선다. 왜요? 무슨 일예요? 난 그 사람 몰라요. 술 판 것밖에 없다구요. 그치 여기 안 온 지 꽤 됐어요. 안 보이니까 요즘 살맛나요. 어느 날은 자기가 사진작가라고 했다가 어느 날은 소설가라고도 했다가. 술값은 잘 내니까 상대했지 난 미친놈인가보다 생각했어요. 한번은 갑자기 술을 마시다가. 칫, 그만두죠. 이런 데는 별 인간들이 다 드나들죠. 히아신스 꽃뭉치가 담배를 피워문다. 여자는 바닥에 쏟아진 책을 트렁크에 넣고 다시 뚜껑 위로 올라가 트렁크를 잠근다. 밖으로 나오는 여자의 등에 대고 히아신스 꽃뭉치가 소리친다. 뜯긴 돈이 얼만진 모르지만 잊어버려요. 괜히 그런 인간 상대하지 말구. 섣부르게 덤볐다간 되레 물린다구요.

　여자는 트렁크를 끌고 횡단보도를 건너고 길을 따라 걷는다. 언젠가 남편이 던졌던 이야기가 생각난다. 남편은 목욕탕에 서서 칫솔질을 하면서 식탁에 앉아 있는 여자를 향해 말한다. 내 친구

중에 말야. 밤이면 영 딴 사람이 되는 애가 있어. 낮에는 성대 수술한 애완견처럼 짖지도 못하다가 밤만 되면 마치 들개처럼 180도 사람이 바뀌는 거야. 꼭 지킬 박사와 하이드 같다니까. 그런데 어떤 모습이 진짤까? 여자는 막바지 작업으로 바쁜중이다. 남편의 말을 귓전으로 흘려들으면서 그림을 숨긴다. 칫솔, 맥주병, 포크, 프라이팬, 압정, 양 한 마리…… 양 한 마리는 하늘에 뜬 구름떼 속에 교묘하게 위장시킨다. 마지막 그림 하나는 항상 찾기 어려워야 한다. 만약 당신에게 그런 친구가 있다면 당신은 그 친구에게 뭐라고 충고할 거야? 남편이 입에 칫솔을 문 채 묻는다. 여자는 목욕탕을 향해 소리를 지른다. 나라면 그딴 친군 사귀지도 않어. 그때 남편이 말했던 친구는 어디에도 없다.

집으로 돌아와 현관으로 트렁크를 들어올리면서야 비로소 여자는 트렁크에 달린 네 개의 바퀴 가운데 뒷바퀴 한 개가 빠져 달아나고 없는 것을 알아챈다.

연안부두의 청동상을 돌면서 구간거리계의 끝 숫자가 9에서 0으로 바뀐다. 카드 섹션을 하는 것처럼 차례차례 숫자들이 떼밀리고 거리계의 숫자가 막 1000이 된다. 여자의 발치에는 감열지로 된 고속도로 통행료 영수증이 버려져 있다. 구겨지고 찢기고 여자의 발자국이 찍혀 있다. 도화 인터체인지를 지나면서 오른편으로 철골 잔해가 나타난다. 화재로 전소되고 뼈대만 남은 공장의 양철지붕 꼭대기에는 안전 제일이라고 적힌 철판이 검게 그을린 채 대롱거린다. 속도를 140으로 올리고 일차선에서 사차선까지 지그재그로 끼어들었다가 다시 일차선으로 되돌아온다. 그때 백미러 속으로 여자의 차 뒤를 바싹 달려오는 지프가 보인다. 운전석에 앉은 청년은 한 손으로는 핸들을 잡고 다른 한 손으로는 담배를 피우면서 입을 동그랗게 말아 도넛 모양의 연기를 뿜어낸다. 보조석과 뒷좌석에도 그 또래의 청년들 다섯 명이 좁게 끼어 앉아 장난을 치며 크게 웃어댄다. 여자는 백미러를 흘끗 쳐다보고 더 깊숙이 액셀러레이터를 밟는다. 속도계의 바늘이 금방 150으로 올라간다. 옆 차선에서 앞서 달리던 덤프 트럭을 금세 추월한다. 여자의 차 지붕으로 모래알들이 날아와 떨어진다. 트럭을 추월하고 다시 백미러를 보니 여전히 지프는 여자의 차를 들이박을 듯이 바싹 따라붙는다. 여자는 손을 들어 앞뒤로 흔들면서 속도를 줄일 테니 차를 추월해서 먼저 가라는 신호를 보낸다. 하지만 지프는 여자의 차를 쫓아올 뿐이다. 여자가 재빨리 이차선으로 끼어들자 지프도 여자를 따라 차선을 바꾼다. 지프가 여자의 차를 상대로 장난질을 하고 있는 것이 분명하다. 여자는 액셀 위에 얹은 발을 내려놓는다. 천천히 속도가 떨어진다. 지프도 속도를 늦춘다. 운전석의 청년은 입을 크게 벌리며 노래를 따라 부르고 있다. 지프가 여자의 차 뒤로 가까이 다가올 때마다 열린 창으로 크게 틀어놓은 랩 음악이 조각조각 여자에게도 들려온다. 사이드미러로 짓궂게 웃고 있는 청년의 얼굴이 일그러져 비친다. 여자는 있는 힘껏 브레이크를 밟는다. 여자의 차가 굉음을 내며 고속도로 중앙에서 정지한다. 백미러 속을 들여다본다. 웃으며 노래를 따라 부르다 여자의 차에 켜진 브레이크 등을 뒤늦게 본 청년의 안색이 변한다. 입술이 이제껏 벌어졌던 것보다 가장 크게 벌어진다. 청년이 핸들을 꺾으면서 브레이크를 밟는다. 지프가 여자의 차 범퍼를 들이박으면서 옆 차선으로 튕기친다. 여자의 차가 순식간에 회전한다. 유리창 밖의 가로등과 먼산의 풍경들이 한데 합쳐지고 엿가락처럼 늘어진다. 중앙분리대에 부딪히면서 차가 천천히 선다. 지프는 여자의 차 바로 앞에 비스듬히 서 있다. 비상등을 켜고 가변에 차를 세우고 밖으로 나온다. 바람이 차다. 사고를 발견한 뒤차들이 재빨리 비상등을 켜고 서행으로 비켜 달린다. 얼굴을 의자 등받이에 수그리고 있던 뒷좌석의 청년들이 하나, 둘 고개를 들고 사색이 된 얼굴로 사방을 휘둘러본다. 운전석에 앉은 청년이 목을 주무른다. 이마에서 피가 흘러내린다. 여자의 차는 오른쪽 브레이크 등과 방향지시등이 깨지고 범퍼가 오그라들어 있다. 여자는 가드 레일의 철책 위에 엉덩이를 기대고 앉는다. 차들이 굉음을 내며 고속도로를 질주한다. 가변에 차를 세우자마자 운전석의 문이 열리고 청년이 뛰어내린다. 머리에 무스를 발라 닭 볏처럼 치켜세우고 오른쪽 귓불에 금귀고리를 달았다. 보조석과 뒷좌석에 앉아 있던 청년들이 차례로 내려와서 찌그러진 지프를 살핀다. 운전석의 청년이 지프의 바퀴를 향해 힘껏 발길질을 하다 여자를 발견한다. 청년이 뛰어오면서 소리친다. 야, 너 죽고 싶어? 지나치는 차들에 소리가 묻히고 청년의 입이 나팔꽃처럼 벌어진다. 바닥에 질질 끌리는 청바지를 입은 청년이 트리플 점프 선수처럼 경둥거린다. 바람을 안고 뛰어 청년은 여자에게 더디게 다가온다. 바람이 불어도 머리카락은 엉클어지지 않는다. 힘겹게 숨을 고르면서 청년이 여자의 멱살을 거머잡고 일으켜세운다. 여자의 블라우스 단추가 뜯겨져 달아난다. 지혈된 상처가 다시 벌어지면서 청년의 이마를 타고 끈적끈적한 피가 흘러내린다. 청년이 한쪽 눈을 찡그린 채 여자의 얼굴에 가까이 들이대고 으르렁거린다. 이게 죽고 싶어 환장했나? 여자의 가벼운 몸이 우악스러운 청년의 손에 휘둘린다. 난 너흴 죽일 수도 있었어. 너희 여섯 전부 다. 여자가 중얼거린다. 청년이 여자의 옷을 놓고 한 발자국 물러선다. 여자의 입가가 벌어지며 비실비실 웃음이 새어나온다. 웃음소리는 점점 커진다. 넌 아마 150을 밟았겠지? 웃음 때문에 여자의 말이 자꾸 끊긴다. 내 뒤를 바싹 따라오려면, 어쩔 수 없었겠지만 말야. 과속에 안전거리 미확보가 추가될 거야. 어때, 경찰을 부를까? 청년은 기껏해야 스무 살 안팎이다. 벌어진 블라우스 틈새로 바람이 새어든다. 여긴 좀 춥군. 청년은 손바닥으로 상처를 누르며 엉거주춤서 있다. 여자는 청년의 눈을 똑바로 올려다본다. 너흰 날 장난거리로 생각했겠지만 그 반대야. 내가 너흴 선택한 거라구. 산 걸운좋게 여겨. 여자는 차로 다가가 문을 열다가 청년을 뒤돌아보며소리친다. 참, 너 운전 면허증을 가지고 있겠지?

여자는 시동을 걸고 라디오를 켠다. 헛발질을 하면서 조금씩멀어지는 청년의 뒷모습을 백미러로 지켜본다. 여자 아나운서가교통 정보 센터에 나가 있는 리포터를 부른다. 지글거리는 잡음속에서 리포터가 목소리를 높인다. 또다시 교통 전쟁입니다. 제앞에는 지금 여섯 개의 폐쇄회로 화면이 있는데요, 여의도에서 용산 방면 차량들이 거북이 운행을 하고 있습니다. 인천에서 서울방면 경인고속도로는 원활한 편입니다. 국도를 이용하시려는 분들은 고속도로를 이용해주십시오. 집으로 가는 길은 자꾸 막힌다.교통 정보 센터의 폐쇄회로 화면에 가득 찬 자동차의 행렬 속에여자의 차도 끼여 있다.

마하로 달린다 해도 다 잊혀지는 건 아닐 거야. 여자는 차를 지하 차고 깊숙한 곳에 주차시키고 나와 힘껏 키를 던진다. 키는 포물선을 그리며 관리실 지붕 위로 떨어진다.

안내장을 받지 못했나요?

동사무소 직원이 여자의 차림새를 살핀다. 여자는 대림 3동 동사무소의 민원 창구 앞에 서 있다. 동사무소 안은 언제나 노인들로 모여 있는 경로당 냄새가 난다. 여자가 문을 열고 막 들어섰을 때 벌써 자리는 반 이상이 비어 있다. 주민등록 등, 초본과 취업 알선 창구의 팻말 중간에 서 있던 직원이 막 왼팔에 낀 토시를 벗는 참이다. 여자가 다가오자 직원은 몸을 돌려 흘끗 벽을 쳐다본다. 벽에는 액자 안에 든 태극기와 한문으로 적힌 국정 지표, 금연이라는 붉은 글씨, 그리고 은색으로 성원세탁소 기증이라고 적힌 커다란 벽시계가 있다. 11시 50분, 이제 10분 후면 점심 시간이 시작될 것이다. 직원이 오른쪽 토시만을 끼고 서서 컴퓨터의 전원을 켠다. 한쪽 발은 슬리퍼를 다른 발은 구두를 신고 있다. 직원의 뒤로 철제 책상들이 일렬로 늘어서 있다. 책상들 위에는 청소년, 회계, 청소·이륜차, 광고물, 위생, 건설·건축이라고 적힌 작은 팻말들이 나란히 놓여 있다. 컴퓨터 자판기 옆에는 도장 자국들로 파인 대접만한 인주통과 검정색과 빨간색 볼펜을 스카치 테이프로 한데 묶은 볼펜이 굴러다닌다. 주민등록번호를 말씀해주세요. 여자는 동사무소 직원이 자판 위에서 직접 받아칠 수 있도록 천천히 이야기한다. 직원은 양쪽 검지손가락 두 개만을 이용해서 자판을 누른다. 680229─2056419. 양미간에 주름을 잡고 숫자를 찾아 띄엄띄엄 친다. 속도가 더디다. 한번에 다 받아치지 못하고 56이라는 곳에 와서는 50이라는 엉뚱한 숫자를 쳐놓고 자판 위의 얹힌 두 손가락이 주춤거린다. 세 번이나 불러준 후에야 겨우겨우 숫자를 다 받아 친 직원이 엔터키를 누른다. 화면이 바뀌기를 기다리는 동안 직원이 창고 쪽에 대고 목청을 높인다. 꽁치구이 백반 어때? 주민등록대장이 빽빽하게 꽂힌 창고 문 위에는 '관계자 외 출입 금지'라는 붉은 팻말이 붙어 있다. 창구의 작은 창으로 푸르스름한 복사 광선이 새어나온다. 또야? 유리문 안으로 뒤통수까지 머리가 벗겨진 직원 하나가 여전히 대장을 뒤적거려 복사기 앞으로 가져가면서 대꾸한다. 다 먹고살자고 하는 짓인데 매일 먹는 것이 커다란 과제로구먼. 직원은 눈을 비비면서 화면을 들여다본다. 직원의 손가락에는 붉은 인주와 볼펜 잉크 찌꺼기가 잔뜩 묻어 있다.

어라, 주민등록번호가 똑같은 사람이 또 있었군요. 직원이 모니터에 얼굴을 바싹 갖다댄다. 68년도라, 벌써 30년 전이군요. 직원은 30년의 세월을 거슬러올라가기라도 하듯 양미간을 찌푸리고 여자의 어깨 건너 한길 쪽으로 뚫린 창을 지그시 바라본다. 아주 먼 옛날이군요. 종종 그때 실수가 저희에게까지 넘어오고는 하지요. 생년월일이나 이름의 한자, 성별이 잘못 기재되는 착오는 종종 있었지만 번호가 똑같은 사람이라. 이봐. 직원이 또 창고 안에 있는 직원을 부른다. 난, 꽁치구이는 물렸어. 창고 안의 직원이 또 다른 대장을 빼어내며 대꾸한다. 그게 아니라, 자네 부인이지? 남자로 되어 있는 걸 모르고 있다가 군대까지 갈 뻔했다는 거 말야. 창고 안의 직원이 껄껄 웃으면서 소리친다. 예끼, 이 사람. 그게 어디 내 안사람이야, 내 먼 친척뻘 되는 사람이지. 직원이 여자의 얼굴을 쳐다본다. 보세요. 그런 실수가 비일비재하다니까요. 이것 때문에 모든 일들이 수월하게 되었지만요. 직원이 컴퓨터를 툭툭 두드린다. 주민등록번호 경신은 벌써 일 년 전에 되었군요. 그때 분명 번호가 바뀌었다는 안내장이 발급되었을 텐데요.

찌그러진 범퍼와 방향 지시등이 부서진 차를 몰고 집으로 돌아오자마자 여자는 곧장 여행사에 전화를 건다. 아무 곳이나 제일 빨리 떠날 수 있는 곳으로 일정을 잡아달라고 말한다. 하지만 여권은 작년으로 이미 만기가 되어 있었고 새로운 여권을 발급받아야 했다. 3일 후 여행사 직원으로부터 전화가 왔다. 태국 단체 여행객과 같이 여권 발급 신청을 했는데 유독 여자의 것만 나오지 않는다는 것이다.

하지만 그 동안 아무 문제 없었어요. 해외로 나가는 것이 이번이 처음도 아니구요.

그럴 수밖에요. 우리도 일 년 전에야 겨우 같은 번호를 가진 사람이 둘이라는 사실을 알 수 있었지요. 그리고 그 사실이 밝혀진 이상 그대로 둘 수야 없지요. 여기 새 번호가 나와 있군요. 주민등록증을 가지고 오셔서 새로 발급을 받으셔야겠습니다.

저는 빨리 떠나야 하는데요. 자꾸 지체되고 있어요.

사업을 하시는가봐요? 하지만 어떻게 해볼 도리가 있어야죠. 할 수 없습니다.

참 이상하군요. 30년 동안이나 별탈없이 살아왔는데 느닷없이 저와 똑같은 번호를 가진 사람이 나타나다니요. 왜 일방적으로 제가 고쳐야 하는 거죠? 그 여자가 고치면 안 되나요?

아, 죄송합니다. 점심 시간이 되었군요. 더 자세한 것은 저 직원한테 물어보세요.

직원이 취업 알선 창구에 앉아 있는 여직원을 가리킨다. 여직원은 수화기를 든 채 작은 목소리로 수다를 떨고 있다. 동사무소 직원은 컴퓨터 전원을 끄고 오른쪽 토시를 마저 벗는다. 의자 등받이에 걸쳐둔 점퍼를 걸치면서 동시에 슬리퍼를 벗고 구두로 갈아신는다. 와이셔츠 팔목은 토시의 고무줄 자국으로 구겨져 있다.

이건 제가 어떻게 할 수 있는 성질의 것이 못 돼요. 원칙에 따라 할 뿐이고 게다가 전 말단이니까요. 그렇다고 68년도에 호적계를 담당한 사람을 수소문해서 문책할 수도 없는 일이고.

여자는 문가로 가다 되돌아온다.

그렇다면 혹시 그 여자의 주소를 알 수 있나요?

어떤 여자요?

저와 주민등록번호가 똑같다는 그 여자 말예요.

직원이 책상 속으로 의자를 밀다 말고 소리내어 웃는다.

어쩌시게요? 만나서 따져라도 보실려구요? 직원이 다시 벽에 걸린 시계를 흘끗 쳐다본다. 벌써 오 분이 지났군. 이거 참. 직원이 창고 쪽에 대고 버럭 소리를 지른다. 어서 나와. 만날 늑장을 부린다니까. 여자는 여전히 창구 앞에 서 있다. 직원이 시계를 쳐다보면서 중얼거린다. 여기서는 알 수도 없지만 혹 알 수 있다고 하더라도 알려드릴 순 없어요. 사생활 보장이라나? 그런 법에 저촉이 되니까요. 여자는 재활용 갱지가 가득 쌓인 민원 서류함을 지나 동사무소의 문을 열고 거리로 나온다. 잠시 사이를 두고 계단을 뛰어내려온 동사무소 직원 둘이 막 신호가 바뀐 횡단보도를 향해 여자를 앞질러 뛰기 시작한다.

여자는 버스로 세 정거장이 되는 길을 걷는다. 고층 그림자 밑으로는 아직 얼음이 얼어 있다. 발이 미끄러지면서 허겁지겁 땅바닥에 손을 짚기도 한다. 3년 동안 이 동네에 살면서도 한번도 오지 않은 낯선 길이다. 인도는 수시로 나타나는 도로에 자주 끊기고 여자는 여섯 개의 횡단보도를 건넌다. 저 앞으로 여자가 살고 있는 아파트가 보이기 시작한다. 누군가 골목길을 달려나와 쓰레기 봉투가 쌓인 곳에 엎드려 헛구역질을 한다. 지하 다방의 미스 김이다. 미스 김은 손등으로 눈가의 물기를 훔쳐내고 달려나온 골목길을 향해 소리나게 침을 뱉는다. 홑겹의 얇은 미니스커트 아래로 드러난 장딴지에 소름이 돋아 있다. 한 손에 보온병의 주둥이가 튀어나온 보자기를 들고 있다. 차 배달을 갔다오는 모양이다. 조심성 없이 걸을 때마다 찻잔이 서로 부딪히며 달그락거린다. 다른 한 손에는 투명한 비닐 봉투를 들고 있다. 비닐 봉투 밑바닥에 고인 물 속에 작은 열대어 한 마리가 들어 있다. 미스 김은 커다란 통굽 구두를 신고 있어 한 발씩 뗄 때마다 신발 밖으로 굳은살이 박힌 발뒤꿈치가 차례로 빠져나온다. 익숙해진 탓인지 입구부터 머리를 숙이고 단번에 계단을 뛰어내려간다.

여자가 다방문을 밀고 들어갔을 때 미스 김은 수족관 앞에 서서 방금 들고 온 열대어를 풀어주고 있는 참이다. 다방은 텅 비어 있다. 마담이 손금고를 열어 지폐 몇 장을 넣고 있다가 여자를 보고 알은체를 한다. 수족관 옆자리에 앉아 커피를 시키고 수족관을 들여다본다. 수족관 안은 그 사이 새로운 열대어들로 꽉차 있다. 미스 김이 커피를 갖다주고 엄지와 검지손가락으로 사료를 꺼내 물 위에 뿌려준다. 열대어들이 물 위로 솟구쳐오른다.

이틀 뒤 여자는 부스스한 머리를 손빗으로 대충 빗고 은행으로 가, 성실심부름센터 앞으로 삼십만원을 송금한다.

아침 일찍 여자는 벨소리에 잠을 깬다. 집배원이 서 있다. 등기속달로 온 편지를 건네받고 도장을 찾기 위해 서랍을 뒤적거린다. 도장은 찾을 수 없다. 마침내 남편의 짐이 든 트렁크를 풀어헤친다. 간신히 도장을 찾아 집배원에게 건네준다. 수취인이 여자 앞으로 되어 있는 짤막한 내용의 편지다. 공교롭게도 680229－2056419라는 주민등록번호의 소유자는 두 사람이었습니다. 편지의 서두는 이렇게 시작되고 있다. 여자는 현관에 선 채로 편지를 읽는다. 첫번째 사람의 이름은 송미경. 그 밑으로 주소와 전화번호가 적혀 있다. 여자는 입으로 소리를 내서 송미경, 송미경이라고 되뇐다. 흔한 이름이지만 여자에게는 낯선 이름이다. 두번째 사람에 대한 신상명세서는 읽을 필요가 없다. 그것은 바로 여자 자신에 관한 것이다.

화단턱을 두 손으로 짚고 위로 기어오른다. 해마다 봄이면 아파트 단지 안의 부녀회에서 화단에 팬지를 심거나 봉숭화 씨앗을 뿌리고는 했다. 흙은 얼어 여자의 손바닥을 타고 찬 기운이 전해 온다. 먼저 화단 위로 올라선 후 숨을 고르고 껑충 뛰어 관리실 난간에 매달린다. 튀어나온 벽돌에 간신히 한 발을 걸치고 팔을 뻗어 지붕 모서리를 단단히 거머쥔다. 신발이 미끄러지면서 관리실 지붕에 대롱거리며 매달린다. 시멘트에 허벅지가 긁히고 모서리를 잡은 손에 점점 힘이 빠진다. 손아귀가 벌어지면서 여자의 몸이 화단 위로 내동댕이쳐진다. 단풍나무 가지가 부러지면서 여자와 같이 떨어진다. 여자는 몸에 묻은 흙을 떨어내지 않고 다시 지붕에 매달린다. 몇 번이나 시도한 후에야 겨우겨우 관리실 지붕 위로 올라간다. 슬레이트 지붕 위에는 경사진 배수관 쪽으로 물이 고여 있다. 아이들이 잘못 던져올리고 찾지 못한 플라스틱 공과 셔틀콕들이 널려 있다. 플라스틱 공에는 아이의 이름이 유성펜으로 크게 적혀 있다. 하나씩 주워 화단 위로 던진다. 자동차 열쇠는 보이지 않는다. 소매를 걷고 물이 고인 웅덩이에 손을 넣어 휘젓는다. 진흙과 덤불에 끼여 열쇠가 여자의 손가락에 매달려 나온다.

나선형의 출입구를 따라 지하 차고로 들어간다. 햇빛은 차고 출입구에서 끊어지고 차고 안은 어둠침침하다. 천장에 간격이 넓게 형광등이 박혀 있지만 갈지 않아 꺼져 있는 것들이 대부분이다. 스테인리스 파이프 관이 어지럽게 박혀 있는 천장 밑에 여자의 차가 세워져 있다. 범퍼가 찌그러지고 오른쪽 방향지시등과 브레이크 등이 깨진 그대로이다. 차 문을 닫고 앉아 실내등을 켠다. 콘솔 박스를 열어 휴지와 카세트 테이프로 가득한 곳을 뒤적거려 전국교통도로지도를 찾아 꺼내든다. 실내등 아래 지도책을 바싹 갖다대고 그 여자가 살고 있는 곳을 찾아 손가락으로 더듬는다.

여자가 살고 있는 곳과 정반대 방향이다. 그래서 30년 동안 두 여자는 단 한 번도 마주치지 않았다. 여자는 지도 위에 동그라미를 그려놓고 시동을 건다. 나선형의 출입구를 돌아 지상으로 나온다.

여자는 주상복합 고층 건물이 한눈에 올려다보이는 주차장에서 30분째 앉아 있다. 고개를 한참 올려야 꼭대기가 보인다. 아득한 꼭대기 위에는 삼지창 모양의 피뢰침이 박혀 있다. 30층 높이의 이 유리 건물은 한 층씩 올라갈수록 폭이 조금씩 좁아져서 거대한 피라미드를 연상시킨다. 유리와 철제 빔으로 이루어진 건물의 맨 꼭대기 꼭지점 위에 해가 걸려 있다. 주차장은 이등변 삼각형 모양의 그늘 안에 들어 있다. 여자는 자동차에 앉아 해에 따라 조금씩 바뀌는 건물을 올려다본다. 해가 움직일 때마다 햇빛이 닿지 않은 유리들이 짙은 파랑색으로 변한다. 햇빛을 반사하면서 건물은 커팅이 잘 된 다이아몬드처럼 반짝인다. 누군가 외양을 고려해서 실질적인 것은 따지지 않은 모양이다. 건물 10층 높이쯤에 전철의 고가 철로가 뻗어 있다. 성실심부름센터에서 보내온 편지를 펼쳐 주소를 다시 꼼꼼히 확인까지 했지만 정작 안으로 들어갈 엄두가 나지 않는다. 바깥으로 드러난 창문의 갯수로 볼 때 이 건물은 독신자를 상대로 분양한 것이 확실하다.

공중전화를 찾기 위해 로비로 들어간다. 하지만 막상 여자가 들어선 곳은 대형 슈퍼마켓의 서쪽 출입구이다. 비탈에 지은 까닭에 큰길에서는 곧장 일층 로비로 통할 수 있지만 주차장에서는 바로 지하 3층과 통하게 되어 있다. 슈퍼마켓에서 공중전화를 찾기란 쉽지 않다. 에스컬레이터를 타고 지하 2층으로 올라간다. 공중전화 부스처럼 작은 상점들이 빽빽하게 들어차 있다. 겨우 공중전화를 찾아 그 여자의 방에 전화를 건다. 신호음이 열 번이 넘게 이어져도 전화를 받지 않는다. 의류 몇 점이 걸린 의류상과 장난감 상점 사이에 엘리베이터가 있다. 엘리베이터는 7층에서 내려오고 있는 중이다. 되돌아갈까 잠깐 망설이는 사이 엘리베이터가 소리를 내며 여자의 앞에서 열린다. 17층을 누른다. 엘리베이터의 한쪽 면은 유리로 되어 있다. 로켓 모양의 관망용 엘리베이터는 곧장 맨 꼭대기 피라미드의 꼭지점에 있는 스카이라운지와 연결되어 있다. 속도감이 느껴진다. 밖의 전경이 한데 합쳐지고 그 사이 층을 나눈 철골이 휙휙 시선을 끊으면서 지나간다. 하늘은 흐려 양감이 없다. 이곳에서 고층 건물은 이 건물뿐이다. 고가 철로가 아래로 사라지고 그 밑으로 보이지 않던 하천이 나타난다. 하천은 겨울 가뭄 동안 말라 있다.

1703호. 어느새 여자는 그 여자의 집 앞에 서 있다. 숨을 한번 고르고 벨을 누른다. 여자가 누른 벨이 사이를 두고 문 안에서 아득하게 울린다. 안에는 아무도 없다. 하지만 여자는 계속 벨을 누르고 손으로 철문을 두드린다. 1704호, 옆의 문이 열리며 사내아이의 얼굴이 나와 복도를 두리번거린다. 아이가 여자의 얼굴을 빤히 올려다본다. 아줌마, 두드려도 소용없어요. 거긴 그림자 인간이 살아요. 안에서 아이를 부르는 소리가 들린다. 들어오지 못해. 찬바람이 들어오잖아. 일곱 살 정도의 아이는 여전히 얼굴을 내밀고 문을 닫지 않는다. 애가, 정말. 감기 걸린단 말야. 아이의 엄마가 칭얼거리는 아이의 팔을 잡아 안으로 밀어넣다가 여자를 발견하고는 살짝 웃는다. 얼마나 장난꾸러긴지 몰라요. 요새 한참 그림자 인간이라는 만화 영화에 빠져 있거든요. 매일 아침 우유가 배달되는 것을 보면 사람이 살고 있는 건 분명해요. 하루종일 인기척이라고는 느낄 수 없지만 말예요. 아주 조용한 사람 같아요. 여자는 아이의 엄마에게 인사를 하고 복도를 걸어 엘리베이터까지 온다. 엘리베이터가 열린다. 여자는 빈 엘리베이터를 내려 보내고 다시 1703호 앞으로 온다. 핸드백을 열어 메모지를 꺼내 문에 대고 볼펜으로 글씨를 쓴다. 글씨는 자꾸 삐뚤어진다. 꼭 만나 보고 싶어요. 이리로 전화 주세요. 종이를 딱지 모양으로 접다 말고 다시 펼쳐 그 밑에 한 줄을 더 써넣는다. 이 글을 보고 누군가의 장난이라고 생각지 말아주세요. 저는 지금 진지합니다. 아, 그리고 저는 여잡니다. 오해하실까봐서요. 메모지를 신문 투입구로 밀어넣다가 손잡이 아래 달린 자물쇠에 눈이 간다. 버튼식 자물쇠다. 버튼식 전화기와 똑같은 배열로 숫자가 박혀 있다. 순간 여자의 속에서 살짝 장난기가 발동한다. 그 여자는 비밀번호를 어떤 것으로 했을까. 여자는 두 개의 비밀번호를 가지고 있다. 매달 붓는 적금과 예금통장의 비밀번호는 생일에서 딴 2029이고 현금 카드는 나중에 분실할 것을 대비해서 주민등록번호 뒷자리 2056419에서 한 자리씩 띄어 만든 2549란 비밀번호를 쓰고 있다. 다행히 복도는 텅 비어 있다. 2029라는 숫자를 하나씩 찾아 천천히 누르고 마지막으로 우물 정자를 누른다. 문은 열리지 않는다. 잘못 눌렀나 싶어 다시 2029를 누르지만 역시 문은 열리지 않는다. 마지막으로 2549라는 비밀번호를 누른다. 문이 열리지 않는다면 메모지만 남기고 돌아갈 것이다. 우물 정자를 누르자 빗장쇠 두 개가 차례대로 들어가면서 문이 빠끔히 열린다.

보자기 크기만한 현관 바닥에는 구두 한 켤레가 놓여 있고 비치 슬리퍼 한짝이 뒤집힌 채로 문가까지 굴러와 있다. 슬리퍼를 주워 짝을 맞춰 가지런히 놓고 한 발자국 안으로 들어선다. 여자의 등에 닿아 열려 있던 문이 여자가 현관 안으로 들어서자 제자리로 들어오면서 저절로 자물쇠가 잠긴다. 호텔처럼 안으로 들어오면 저절로 잠기는 자동문이다. 여자의 앞으로 열두 평 남짓한 일자형 방이 펼쳐져 있다. 현관에 선 채로도 방 제일 안쪽에 놓인 침대까지 한눈에 들어온다. 병실처럼 침대에는 흰 침대보가 깔려 있다. 침대보 위에 옷가지가 흐트러져 있다. 여자는 손 안에 들어 있던 메모지를 구겨서 핸드백 속에 넣는다.

개수대 안에는 마시고 버린 빈 우유팩이 쓰러져 있다. 흘러나온 우유가 수챗구멍을 따라 허옇게 말라붙어 있다. 우유팩의 가장자리에는 펄이 섞인 은홍색 립스틱 자국이 보일 듯 말 듯 묻어 있다. 여자는 싱크대를 열어 가지런히 쌓인 냄비들을 꺼내보기도 하고 컵에 있는 꽃무늬가 모두 여자를 향하게 돌려놓기도 하고 냉장고를 열어 안에 들어 있는 음식들의 유효 기한들을 일일이 살펴보기도 한다. 싱크대 맞은편에 붙박이장이 붙어 있다. 여자는 조금 망설이다가 살그머니 붙박이장을 열어본다. 청바지와 스웨터, 정장 치마, 요즘 유행에 모두 뒤떨어진 것들뿐이다. 붙박이장 아래로 몇 켤레의 구두들이 놓여 있다. 옷가지들 사이로 토끼 인형의 귀가 빠져나와 있다. 옷걸이를 밀치고 들여다보니 바닥에 크고 작은 인형이 수북이 쌓여 있다. 인형을 쥔 여자의 팔에 하얀 털이 뭉텅 묻어난다. 토끼의 귀는 오른쪽 귀가 거꾸로 달려 있고, 털이 수북한 알래스카 사냥개의 한 눈은 단추 크기가 다르다. 부리가 파란 닭, 고양인지 호랑인지 분간이 가지 않는 것, 바느질과 색깔이 모두 조악한 것들뿐이다. 인형들을 모으는 것이 그 여자의 취미인가보다. 침대로 가서 침대가에 걸터앉는다. 두쪽짜리 안창과 세모꼴의 작은 베란다를 사이에 두고 유리로 된 경사진 외벽이 있다. 유리 위에는 들창이 달려 있다. 구름도 떠 있지 않은 하늘을 끝까지 쳐다본다. 걸리는 것이 하나 없는 하늘이다. 침대에 반듯이 눕는다. 이불과 베개에서 흐릿하게 그 여자의 냄새가 느껴진다. 다이알 비누와 장미향의 가루비누 냄새가 난다. 방 안은 알

맞게 따스하다. 그러다 침대에 누워 깜박 잠이 든다. 깨어보니 사방이 어둑해져 있다. 여자는 허겁지겁 핸드백을 주워들고 밖으로 나온다.

집으로 돌아가는 길은 시간이 배로 걸린다. 우측 깜박이등이 깨어져서 들어오지 않아 좌회전으로 동네를 한 바퀴 돌아와야 했기 때문이다.

충계참에 걸린 달력은 여전히 우로 15도 기운 각도로 걸려 있다. 이국 처녀는 활짝 웃으며 7개월째 수상 스키를 타고 있다. 이제 모터가 일으키는 물보라는 용접기에서 튀는 불꽃 같다. 처녀의 허벅지는 물보라에 닳고 닳아 청동처럼 단단해 보인다. 모터 보트에 매달린 로프를 놓아버리면 처녀는 포물선을 그리면서 날아가 머리부터 물 속으로 박힐 것이다. 달력의 끝이 둥그렇게 말리고 있다. 여자는 달력 가까이로 가서 조금 반듯하게 고치고 다시 뒤로 조금 물러서서 눈으로 가늠해본다. 이번에는 너무 비틀어 좌로 15도 기울게 걸려 있다. 여자는 한참 동안 달력을 반듯하게 거느라 달력과 씨름한다. 이젠 절 건드리지 말아주세요. 수상 스키를 타고 웃는 것밖엔 할 줄 몰라요. 다른 건 다 잊어버렸거든요. 이국 처녀는 여전히 웃으면서 여자에게 그렇게 말하는 것 같다. 마침내 여자는 달력을 떼어낸다. 벽지 위로 달력이 걸렸던 자리를 따라 마름모꼴의 먼지띠가 남는다.

냉장고 안에는 우유와 사과, 밑반찬이 담긴 그릇들이 널려 있다. 모두 유효 기한을 한참 넘긴 것들이다. 우유는 젤라틴처럼 굳어 있고 코를 쏘는 악취가 난다. 사과알들은 손으로 집어내는데 썩어 물러 손가락이 쑥 파고들어간다. 사고가 있기 전날, 남편과 마주 앉아 떠먹은 두부 된장 찌개에는 푸른 곰팡이가 잔뜩 피어 있고 구더기가 슬어, 내용물을 알아볼 수 없다. 쓰레기 봉투를 벌리고 음식들을 버리기 시작한다. 냉장고가 텅 빈다. 개수대에 쌓여 있던 빈 깡통들과 인스턴트 라면 용기도 버리고 나니 50리터 쓰레기 봉투 두 개가 꽉찬다. 양손으로 쓰레기 봉투를 들고 광장 한구석에 놓인 쓰레기장으로 가 던져버린다. 창문을 모두 열어놓았지만 악취는 잘 빠지지 않는다. 여자는 윗옷을 걸치고 밖으로 나온다.

　마흔두 개의 계단 아래로 내려가 머리를 부딪히지 않고 다방문을 밀치고 들어선다. 훈김이 가득한 다방에는 오전 이른 시간이라 텅 비어 있다. 가스불 위에서는 커다란 양은 주전자의 물이 소리를 내며 끓어오른다. 마담은 한복의 치맛자락을 끈으로 붙잡아매고 바가지로 수족관의 물을 떠내고 있다. 미스 김은 보이지 않는다. 차 배달을 나간 모양이다. 차 배달에서 돌아올 때면 한 손에는 또다른 열대어가 들려 있을 것이다. 문이 열리는 소리를 듣고 마담이 얼굴을 돌려 여자를 바라본다. 왔수? 그 동안 여자는 다방에 자주 들른다. 처음에는 이상하게 생각하던 마담도 안면을 트자 살갑게 여자를 대한다. 김양아, 여기 손님…… 마담이 말을 하다 말고 손으로 자신의 입을 친다. 아이구, 이놈의 주둥이. 이젠 아예 입에 붙어버렸다니까. 바가지를 들고 주방으로 다가간다. 반달형의 문에 대고 소리친다. 아줌마, 커피 하나. 수족관에 반쯤 남은 물 위로 열대어들이 배를 까뒤집고 둥둥 떠다닌다. 커피를 갖다주고 다시 수족관으로 다가와서 물을 퍼내던 마담이 중얼거린다. 아니, 가려면 그냥 갈 것이지, 멀쩡한 고기들은 왜 다 죽이구 가누. 다방 바닥으로 흐른 물이 질척거린다. 에이, 나도 모르겠다. 마담이 바가지를 내던지고 훌훌 치마를 걷어올려 속바지 주머니에서 담뱃갑을 꺼내든다. 여자의 맞은편에 앉아 담배를 피워문다. 화장을 하다 말았는지 희미한 얼굴 위에 문신된 두 눈썹이 둥실 떠 있다. 아, 글쎄, 그것이 야반도주를 했지 뭐예요. 물고기를 봉투에 담아가려 했던 모양이에요. 하지만 다 담아지나요. 가기 전에 수족관의 형광등을 끄고 달아났어요. 담배를 빨고 연기를 길게 내뿜다가 마담이 멍하니 허공을 바라본다. 손님도 없고 기껏 배달이라고 나가봐야 팁 대신 열대어나 받아오고 하니 지도 답답했겠지요. 잘됐어요. 암요. 잘됐구말구요. 이 바닥에서 굴러봐야 제 꼴밖에 더 되겠어요. 마담이 다시 일어서서 바가지로 수족관의 물을 떠낸다. 하나씩 걷어올린 열대어들을 주방의 커다란 오물통 속에 던져 넣는다. 다방 안에서도 썩는 냄새가 난다. 여자는 찻값을 치르고 밖으로 나온다.

  2549. 문이 열리고 여자는 방 안으로 들어선다. 며칠 전 처음 온 날처럼 변한 것은 아무것도 없다. 텅 빈 개수대 안에는 달랑 빈 우유팩 하나가 버려져 있고 침대 위에는 여전히 옷가지가 흐트러져 있다. 침대에 앉아 창을 가로막은 커튼을 젖힌다. 날씨가 맑아 아주 먼 곳까지 한눈에 들어온다. 벽을 건너 옆집 아이의 목소리와 엄마의 목소리가 뎅걸뎅걸 넘어온다. 난 그림자 인간이다. 거기 서지 못해. 엄마에게 잡힌 아이가 깔깔거린다. 엄마, 또 잊어먹었어. 난 그림자 인간이야. 엄마한테는 안 보인다구. 주전자에 물을 받아 가스레인지 위에 얹어두고 창문을 활짝 연다. 유리로 된 외벽에 난 들창을 열고 허리를 굽혀 고개를 창밖으로 내밀고 아래를 내려다본다. 창 아래로 미끄럼틀의 미끄럼대 같은 유리벽이 길게 펼쳐진다. 아래층에서 손이 나와 걸레를 턴다. 전철이 교각 아래로 소리를 흘리면서 천천히 고가 철로 위를 지나고 있다. 물이 끓어 주전자에서 삑 소리가 난다. 여자는 가방을 열고 인스턴트 라면과 나무젓가락을 꺼낸다. 라면에 끓는 물을 붓고 라면이

익는 3분 동안 화장대 의자에 걸터앉아 그 여자의 빗으로 머리를 빗는다. 식탁에 앉아 천천히 라면을 먹고 국물까지 다 마신다. 빈 라면 용기는 물기를 없애고 따로 가지고 온 비닐 봉투에 넣어 핸드백 속에 담는다. 주전자 속에 남은 물로 커피를 마시려고 보니 커피는 밑바닥에 조금 남아 있을 뿐이다. 묽은 커피를 마시면서 여자는 내일은 슈퍼마켓에 들러 커피를 사와야겠다는 생각을 한다. 방을 나오기 전 그 여자가 눈치채지 못하도록 빗자루로 꼼꼼하게 몇 번이나 바닥을 쓸어내고 창문을 활짝 열어 환기를 시킨다.

밀대를 밀고 주부들이 토마토가 산더미처럼 쌓인 야채 코너로 몰려든다. '깜짝 세일'이라고 쓰인 깃발이 토마토 무더기 위에 꽂히고 주부들이 빙 둘러서서 토마토를 고른다. 대형 슈퍼마켓 곳곳에서 깜짝 세일을 알리는 깃발들이 꽂힐 때마다 주부들이 삽시간에 그곳으로 우르르 몰려든다. 10분 간만 세일을 하기 때문에 주부들은 땀을 흘리면서 물건을 고르고 남은 물건 하나를 놓고 옆 주부와 실랑이를 벌이고는 한다. 여자는 밀대를 밀면서 슈퍼마켓 이곳저곳을 기웃거린다. 판매원이 건네는 음료수를 시음하기도 하고 커피향을 일일이 맡아가며 까다롭게 커피를 고른다. 그 사이에도 커다란 슈퍼마켓 곳곳에서는 '깜짝 세일' 깃발이 걸리고 여자들이 여자의 어깨를 밀면서 뛰어간다. 딸기가 도매금으로 넘겨지고 갈치가 한 무더기로 팔린다. 좌판에 빽빽하게 둘러서 토마토를 고르는 틈에 끼어들어가 여자도 토마토를 고른다. 토마토는 벌써 물크러지기 시작한다. 슈퍼마켓 직원 하나가 토마토 무더기 사이에 서서 연신 손바닥을 두드리면서 소리친다. 세일, 세일. 말 잘하면 그냥도 줘. 토마토 더미 속에 묻힌 직원의 아랫도리는 붉은 토마토즙으로 범벅이 되어 있다. 다른 종업원들이 연신 어깨로 상자를 메고 와서 토마토 상자를 뜯어 무더기 위로 부어 올린다. 토마토가 여자들의 발치로 굴러떨어지고 여자들에게 밟혀 물크러진다. 여자는 빈손으로 무리 밖으로 헤쳐나온다. 블라우스의 소매가 늘어져 있고 어깨에서 흘러내린 핸드백이 땅바닥에 끌린다. 모카 커피와 인스턴트 라면, 참치 통조림이 든 비닐 쇼핑백을 들고 엘리베이터를 탄다.

처음에는 30분만 있을 예정이었다. 하지만 조금씩 여자가 그곳에서 지체하는 시간이 길어지고 있다. 어느새 여자는 그 여자가 출근할 시간에 맞춰 방으로 들어갔다가 그 여자가 퇴근하기 바로 전에 방에서 나온다. 문 앞에 서서 문을 여는데 복도로 1704호 옆집 여자가 걸어온다. 아이의 손을 잡고 있다. 어머, 새로 이사 오셨나봐요? 아이의 엄마는 한 번 본 여자를 알아보지 못한다. 종종 놀러오세요. 아이의 엄마와 인사를 하고 문을 열고 안으로 들어간다. 쇼핑백을 바닥에 내려놓고 싱크대를 열어 냄비가 쌓인 뒤에 눈에 띄지 않도록 물건들을 차곡차곡 쌓아둔다. 물을 끓여 커피를 마시고 온수를 뜨겁게 덥혀 목욕을 한다. 침대에 앉아 젖은 머리를 말리면서 잡지사의 한과장에게 전화를 건다. 어? 살아 있었어? 한과장은 단번에 여자의 목소리를 기억해낸다. 한과장의 농담에 여자는 높은 목소리로 웃는다. 어? 이젠 웃기도 하네? 그래, 그래. 이제 슬슬 일을 시작해봐. 그 동안 문의 전화가 여러 통 왔어. 지금 껀 너무 찾기 쉬워서 재미가 없다나? 여하튼 꼼꼼하게 그림을 숨기는 건 당신이 제일이야. 여자는 한과장과 오랫동안 수다를 떤다. 내 경험에 의하면 바쁜 게 제일이야. 정신없이 바쁘다 보면 모든 걸 잊게 되어 있다구. 여자는 전화를 끊고 마른 수건으로 욕조와 목욕탕 바닥에 튄 물을 깨끗이 닦아낸다. 외벽의 들창

을 열고 들창 손잡이에 옷걸이를 걸어 젖은 수건을 말린다. 수건
은 어느새 여자가 방을 나갈 무렵이면 바람에 바싹 말라 있다.

　여자는 스케치북과 4B 연필을 가지고 와서 식탁 위에 앉아 몇
개의 삽화를 끼적거린다. 담배 꽁초, 연필, 도장, 토끼, 500cc 맥
주잔, 남자의 옆얼굴. 삽화 위에 숨길 것들을 뽑고 있는데 갑자기
초인종이 울린다. 것 봐. 아줌만 안 계셔. 바쁜 분이라구. 문 너머
로 칭얼대는 아이를 달래는 옆집 여자의 목소리가 들린다. 아이가
발로 문을 걸어찬다. 여자는 감시경으로 밖을 확인한 후에야 문을
연다. 옆집 여자의 손에 접시가 들려 있다. 주무시고 계셨나봐요?
오랜만에 잡채를 무쳤어요. 부추 잡채예요. 부추가 향긋해요. 옆
집 여자가 들어오면서 식탁 위에 놓인 그림들을 본다. 어머, 그림
그리시는구나. 것 봐. 아줌만 바쁜 분이라고 했잖어. 목에 보자기
를 맨 아이는 그림자 인간을 흉내내며 벽에 붙어 있기도 하고, 여
자 앞에 서서 숨을 멈추고 움직이지 않는다. 그러다가 금방 싫증
을 내고 침대로 올라가서 뛴다. 여자가 커피 물을 끓이는 동안 옆
집 여자는 여자가 그리다 만 그림을 내려다보고 서 있다. 어머,
이거 숨은 그림 찾기잖아요. 이 그림 본 적이 있어요. 어머나, 유
명한 분을 이렇게 만나는군요. 배경이 혹시 이 건물 아녜요? 피뢰
침도 있구 정말 똑같아요. 이번에는 어디어디에 그림을 숨겨요?
그런데 꼭 한 개씩 막히더라구요. 제대로 다 찾아본 적이 없어요.
일부러 한 개는 찾기 어렵게 숨기는 거죠? 커피를 홀짝이면서 옆
집 여자가 계속 수다를 떤다.

　옆집 여자를 따라 지하 2층 상가로 내려간다. 새로 생긴 수예
점에는 눈에 띄기 쉽도록 현수막과 풍선이 매달려 있다. 무료 뜨
개질 강의. 수예점 안에는 세 명의 여자들이 둘러앉아 주인 여자
가 뜨개질하는 것을 들여다보고 있다. 뜨개실과 바늘을 사시면 무

료로 뜨개질을 배워드려요. 여자들이 주인 여자가 가르쳐준 대로 무늬를 뜨고 있는 동안 주인 여자가 말한다. 옆집 여자는 벌써 바닥에 엎드려서 주인 여자가 건네준 회원 카드를 쓰고 있다. 주인 여자가 진열대 가득 쌓인 뜨개실을 둘러보는 여자에게도 권한다. 신장 개업이라 특별 서비스하는 거예요. 기간이 얼마 안 남았으니 이때 회원에 드세요. 옆집 여자가 실을 고르면서 여자 대신 대꾸한다. 어머, 그분은 바쁜 분예요. 저처럼 한가하게 뜨개질이나 할 시간이 없다구요. 무늬를 뜨고 있던 여자들이 고개를 들고 흘끗 여자의 얼굴을 쳐다보고는 다시 뜨개질을 시작한다. 옆집 여자의 회원 카드를 컴퓨터에 입력시키면서 주인 여자가 계속 중얼거린다. 그럼 미리 회원에만 가입해두세요. 나중에 시간 나면 그때 시작하시면 되잖아요. 주인 여자는 끈덕지다. 여자는 마지못해 회원 카드에 글씨를 적는다. 생년월일 68년 2월 29일. 주소 이 건물 1703호. 성명란에서 여자는 잠깐 머뭇거리다가 쓴다. 성명 송미경.

여자는 옆집 여자와 나란히 앉아 코바늘로 모티프를 뜬다. 수예점 주인이 건네준 뜨개본을 보고 정사각형 안에 장미 꽃잎을 넣는다. 그림은 몰라도 뜨개질은 잘 못하는군요. 옆집 여자가 코가 들쑥날쑥 커지는 여자의 모티프를 들여다보며 웃는다. 여자가 뜬 열 개의 모티프는 크기가 전부 다르다. 수예점 주인은 여자의 모티프를 들어올리며 혀를 찬다. 봐요. 코가 일정하지 않으니까 꽃잎 한 개가 터무니없이 커지잖아요. 모티프 크기가 전부 똑같아야 나중에 연결시켰을 때 반듯한 식탁보가 된다구요. 여자가 뜬 모티프 안의 장미 꽃잎들은 벌레가 먹은 것처럼 구멍이 숭숭 뚫려 있다. 옆집 여자는 벌써 서른 개가 넘는 모티프를 완성하고 있다. 한 코, 한 코 조각하듯이 성의를 들여봐요. 주인 여자가 가게 문을 나서는 여자의 등에 대고 중얼거린다.

뜨거운 물을 세게 틀어놓고 샤워를 한다. 여자는 어느새 대담해지고 있다. 진열장에 놓인 그 여자의 샤워 모자를 쓰고 그 여자가 쓰는 샤워 비누로 몸을 닦는다. 마른 수건으로 욕조에 튄 물방울을 깨끗하게 닦고 밖으로 나와 옷을 입는다. 야, 늙은이처럼 웬 뜨개질이야? 낯선 여자가 식탁 위에 널린 모티프를 들여다보며 서 있다. 물소리 때문에 문을 열고 들어오는 소리를 듣지 못한 모양이다. 여자는 너무 놀라 들고 있던 옷을 떨어뜨린다. 그 여자가 고개를 돌려 여자를 쳐다보며 깜짝 놀란다. 어머, 죄송해요. 난 또. 그 여자가 먼저 입을 연다. 이 시간에 그애는 은행에 있을 텐데, 난 웬일인가 했어요. 여자는 태연한 척 느릿느릿 옷을 주워입고 주전자에 물을 받아 가스레인지에 올린다. 난, 그애의 친구예요. 그애가 혹시 제 얘기 안 하던가요? 앙큼한 계집애. 나한테만 비밀번호를 알려준다고 말했거든요. 그런데 나말고도 이 방 비밀번호를 알고 있는 친구가 또 있었군요. 그 여자의 친구는 싱크대를 열고 무언가를 찾는다. 여기, 커피가 좀 남았던 것 같은데. 여자가 대신 다른 싱크대를 열고 커피를 꺼내준다. 여자는 물을 인스턴트 라면에 붓는다. 난 또. 그애가 와 있는 줄만 알고. 입버릇처럼 말했거든요. 회사를 그만둔다고. 커피를 마시고 난 그 여자의 친구는 붙박이장을 열어 옷을 고른다. 저는 일 주일마다 한 번씩 서울에 와요. 그애하고는 첫 직장에서 만났지요. 그 뒤로 저는 대구 지점으로 발령이 났구요. 지금은 그만뒀지만요. 서울에 올 때마다 이 방을 빌리고는 하지요. 그 여자의 친구는 여자 앞에서 스스럼없이 옷을 벗고 붙박이장에 걸린 파랑색 투피스를 꺼내 갈아입는다. 라면 가닥이 자꾸 헛집어진다. 그 여자의 친구가 화장을 고치는 동안 여자는 가까스로 라면을 다 먹고 쇼핑백 안에 허겁지겁 뜨개실과 모티프들을 쓸어담는다. 신발을 신고 여자의 등 뒤로 문이 닫히는 순간 그 여자의 친구가 생각난 듯 묻는다. 그런데 이름이 뭐예요? 여자는 후닥닥 복도를 뛰어나와 엘리베이터 앞에 선다. 엘리베이터는 지하 2층에 멈춰 있다. 여자는 비상구의 문을 열고 계단을 뛰어내려가기 시작한다. 숨이 차오른다. 신발이 자꾸 미끄러진다. 생각은 벌써 주차장으로 뛰어가 차에 오르고 있지만 계단은 좀처럼 끝나지 않는다. 가까스로 주차장까지 내려간다. 차에 시동을 걸고 건물을 재빨리 벗어난다. 여자의 옷이 땀에 젖어 있다. 주차장을 벗어나 도로로 접어들면서 파란불이 켜진 횡단보도를 그냥 지나치면서 속도를 높인다.

지하 차고에 차를 주차시키고 나선형의 출구를 따라 광장으로 걸어올라온다. 자꾸 오른쪽 다리가 결린다. 17층에서 일층까지 내려온 탓인지 오늘따라 아파트 광장이 더욱 넓어 보인다. 다리를 절뚝거리면서 광장을 가로지른다. 아파트 입구로 들어서는 여자에게 부스에 앉아 있던 경비원이 문을 열고 알은체를 한다. 어쩌다 간혹 박카스나 캔 음료를 건네주던 여자의 얼굴을 기억하는 모양이다. 그런데 다리를 다치신 모양입니다. 계속 절룩거리는 것을 보니. 어서 병원에 가서 치료 받으세요. 여자는 인사를 꾸벅하고 계단을 올라온다. 현관에서 신발을 벗으면서야 비로소 여자는 자신이 신고 온 구두를 내려다본다. 그 여자의 구두다. 그 여자의 현관에 놓여 있던 칠이 벗겨진 그 구두다. 오른발에 물집이 잡혀 있고 탱탱하게 종아리가 부어 있다. 오른쪽 구두를 주워들고 유심히 살펴본다. 왼쪽 구두에 비해 굽이 많이 닳아 있고 칠도 많이 벗겨져 있다. 구두의 굽 높이도 왼쪽 것에 비해 3센티미터 정도 더 높다.

그 여자는 한홍은행 남서울 지점 2번 창구에 앉아 있다. 은행의 창구에는 꽃자주색의 유니폼을 입은 여직원들이 수도 없이 많다. 유니폼 속에 받쳐입은 블라우스의 칼라와 소매에는 자디잔 꽃무늬가 수놓여 있다. 자세히 보니 꽃무늬가 아니라 깨알 같은 글씨다. '함께한 100년, 함께할 100년'이라는 은행 로고는 무늬처럼 박혀 있다. 창구에 앉은 여직원들은 울긋불긋한 글씨와 그림이 가득 적힌 과자 봉지처럼 보인다. 대기번호표를 쥐고 여자는 대기실 의자에 앉아 순서를 기다린다. 은행 안은 사람들로 꽉차 있다. 그 여자의 얼굴은 무표정하다. 손님이 예금을 맡기는 돈을 돈 세는 기계 속에 넣어 세고 다시 나른하게 다섯손가락을 움직여서 센다. 유니폼의 소매는 닳아 반들거린다. 앞머리가 내려올 때마다 입김으로 혹 불어 올리면서 그 여자는 전자계산기를 두드리고 돈을 센다. 지로 용지에 도장을 찍고 돈을 세다가도 가끔 대기실 안을 훑어본다.

적금을 들고 싶은데요. 송미경씨?

어떻게 자신의 이름을 알고 있느냐는 의문이 그 여자의 눈동자에 나타난다. 그 여자가 입을 꽉 다물어 호두알 같은 표정을 짓는다. 화장기 없는 얼굴에는 눈가에 잔주름이 지기 시작한다. 여자는 대답 대신 그 여자의 가슴에 달린 명패를 가리킨다. 예금 안내서를 뽑아 건네주면서 그제서야 그 여자가 조금 웃는다. 슈베르트 적금을 드시면 선착순으로 티셔츠도 드려요. 물론 세금 혜택도 있구요.

100년듬뿍자유신탁. 월복리식 신탁적금으로 황금빛 미래를! 굵은 고딕체의 문구 아래로 미래의 신도시가 그려져 있다. 화학실에서 봄직한 유리관과 플라스크를 연결해놓은 투명한 유리의 미래도시는 티타늄의 고층 건물들을 배경으로 고공에 떠 있다. 하지만 유리 도시는 물방울처럼 금방 터질 것 같다. 이천년대의 미래형 도시 아래로 뚫린 도로 위로 자동차들이 달린다. 대기실 의자에 앉아 예금 안내서를 차례로 읽으면서 여자는 그 여자를 주시한다. 눈이 마주치자 얼른 시선을 피한 것은 그 여자다.

　4시 50분이 되자 은행 정문의 셔터가 천천히 내려진다. 뒤늦게 일을 마친 사람들이 건물 뒤편의 작은 출입구로 하나, 둘 빠져나오기 시작하고 어둠이 가라앉기 시작하면서 은행 안이 고스란히 드러난다. 여자는 은행이 바라다보이는 곳에 차를 주차시키고 은행 안을 들여다본다. 옆 좌석에는 여자가 잘못 신고 온 그 여자의 구두가 든 봉투가 있다. 대기실 건너로 전표를 정리하고 있는 그 여자가 보인다. 일곱시가 넘어서야 은행의 불이 꺼진다. 사복으로 갈아입은 은행원들이 짝을 지어 뒷문으로 나오기 시작한다. 그 여자도 다른 여직원과 팔짱을 끼고 도로로 나온다. 그 여자는 팔짱을 낀 곁의 동료보다 걸음이 뒤처진다. 은행에서 50미터쯤 떨어진 버스 정류장으로 버스가 서자 그 여자가 같이 있던 일행에게 손을 흔들고 버스를 향해 뛰기 시작한다. 왼쪽 다리가 기역자로 꺾인다. 버스는 그 여자가 다가가기도 전에 출발한다. 그 여자의 얼굴은 어둠에 잘 보이지 않는다. 다음 버스에 그 여자가 올라타 손잡이를 잡는 것을 보고 여자는 차를 출발시킨다.

　여자의 차가 버스보다 먼저 도착한다. 주차장에 차를 세우고 창문을 열어 그 여자를 기다린다. 여자의 차를 스치듯 지나 그 여자가 상가 안으로 들어간다. 여자는 차에서 내려 천천히 그 여자의 뒤를 따라간다. 그 여자의 걸음은 무척 더디다. 특수 제작한 신발을 신고 있지만 잘름거리는 걸음은 쉽게 눈에 띈다. 스카프를 파는 곳에서 한참 머물기도 하고 여행사 앞을 지날 때는 여행 안

내장을 두 장 꺼내들기도 한다. 여자도 같이 여행 안내장을 꺼내
든다. 괌과 사이판, 유럽 배낭 일주에 대한 안내서다. 그 여자는
에스컬레이터를 타고 지하 1층으로 올라간다. 식도락, 예향, 스시,
만리장성, 명동 만두라고 적힌 음식점의 간판들 아래를 지나쳐 볼
링장 쪽으로 꺾어 들어간다. 공이 굴러가고 핀들이 경쾌한 소리를
내며 쓰러진다. 그 여자는 유리창 너머로 볼링장 안을 한번 흘낏
쳐다보았을 뿐이다. 볼링장을 지나쳐서 그 여자가 다른 문으로 들
어간다. 승리 오락실이라는 간판이 달려 있다.

그 여자는 운전 연습기와 핀 볼 게임기 옆을 지나 오락실 구석,
커다란 유리 상자 앞으로 간다. 유리 상자는 봉제 인형으로 가득
차 있다. 여자는 유리 상자와 그 여자가 보이는 테트리스 게임기
앞에 앉는다. 화면 속에서는 루바슈카 차림의 러시아 남자가 다리
를 하나씩 치켜들며 춤을 추고 있다. 그 여자는 동전 투입구에 오
백원짜리 동전 두 개를 넣고 유리 상자에 얼굴을 바싹 대고 인형
들을 내려다본다. 거북이, 거북이. 그 여자가 중얼거리는 소리가
여자에게까지 들려온다. 유리 상자 천장에 달린 십자형의 갈고리
가 소리를 내며 천천히 중앙으로 이동한다. 밑으로 내려왔다 투입
구 쪽으로 오는 갈고리에는 돼지 인형이 집혀 있다. 투입구에서
돼지 인형을 꺼내들고 그 여자는 엘리베이터를 향해 걷는다. 주차
장으로 나와 여자는 건물을 올려다본다. 스카이라운지의 휘황한
불빛이 별처럼 반짝인다. 얼마 후 17층 그 여자의 방에 불이 켜진
다.

여자는 옆구리에 돼지 인형을 끼고 엘리베이터에서 내린다. 눈
을 감고도 숫자를 찾아 비밀번호 2549를 누를 수 있다. 여자는
하루종일 이 버튼식 열쇠와 똑같이 생긴 전자계산기를 두드린다.

가끔 주판을 이용하지만 은행에서 주판을 사용하는 사람들은 거의 없다. 문을 열고 들어가 현관에 달린 스위치를 올리자 불이 켜지면서 일자형의 방이 여자의 눈앞에 드러난다. 불이 켜지는 순간 여자는 뭔가 달라진 것이 있다고 느끼지만 금방 오늘이 화요일이라는 것을 기억해낸다. 맞아, 그애가 다녀간 거야. 친구는 매주 화요일마다 서울로 와서 애인과 하룻밤을 보내고 다음날 첫 기차로 대구로 간다. 구두를 벗고 침대까지 걸어가는 동안 여자의 왼쪽 다리가 한 박자마다 기역자를 만들면서 구부러진다. 형광등 아래 여자의 그림자가 오른쪽으로 길게 비틀어진다.

방과 후 집으로 와보니 대문이 잠겨 있다. 여자는 한참 동안 엄마를 부른다. 쓰레기통을 밟고 담으로 기어오른다. 마당으로 뛰어내리다가 오른쪽 다리가 부러졌다. 그때 한 달이 넘게 깁스를 하고 있었다. 그 동안에도 엄마는 오지 않았다. 깁스를 너무 늦게 푸는 바람에 오른쪽 다리는 석고와 같이 굳어져버렸다. 환갑을 바라보는 나이의 의사에게서는 심한 입냄새가 났다. 생선 내장들이 썩는 냄새였다. 의사는 네 오른쪽 다리가 성장을 멈췄다, 라고 말했다. 다행히도 넌 벌써 키가 다 자란 것 같구나. 별 걱정하지 않아도 될 거야. 여자는 그 말보다 의사가 입을 열 때마다 여자의 얼굴로 날아오는 그 악취가 더 신경에 쓰였다. 하지만 고등학교를 졸업할 때까지 여자의 키는 5센티미터가 더 컸다. 오른쪽 다리는 그대로 있었다.

여자는 돼지 인형을 들여다본다. 코와 꼬리는 돼지의 것이 분명한데 어딘지 모르게 곰을 닮아 있다. 여자는 한 달에 한 번 오락실에 들른다. 오늘 주문은 거북이였다. 거북이가 잡혀 올라오면 내일 곧장 회사로 가서 사표를 낼 생각이었다. 벌써 10년째 여자는 같은 은행에 앉아 있다. 십 년 동안 서울의 여러 지점을 전전

했다. 동기들은 결혼을 하거나 가게를 내기 위해 모두 퇴사하고 동기 중에 여자 하나만 남아 있다. 갈고리가 잡아올리는 인형들은 모두 여자와 닮아 있다. 귀가 뒤집히거나 앞다리와 뒷다리가 바뀌어 꿰매어진, 자세히 들여다보면 한 군데씩 불량이 나 있는 것들뿐이다. 붙박이장을 열고 돼지 인형을 던져둔다. 새 침대보를 꺼내들고 침대로 간다. 침대보를 걷어내고 먼지를 터는데 무언가 침대보 자락과 같이 날아 바닥에 떨어진다. 바닥에 얼굴을 대고 그것을 들여다본다. 털실로 뜬 모티프 조각이다. 코바늘 구멍이 들쑥날쑥한 정사각형 조각 안에 꽃이 들어 있다. 친구가 언제부터 뜨개질을 시작했을까. 그러고보니 지하 상가에서 새로 개업한 뜨개점을 본 것도 같다. 여자는 핸드백 속에 모티프를 넣어둔다.

  2번 창구 위에 '옆 창구 이용. 죄송합니다'라는 팻말을 올려놓는데 김대리가 다가와 여자의 옆구리를 쿡 찌른다. 김대리는 여자와 동갑내기지만 입사로 보면 5년 후배다. 하지만 여자보다도 먼저 승진이 되었다. 김대리는 벌써 은행문을 밀치고 바깥으로 나가고 있다. 여자는 핸드백을 메고 허겁지겁 김대리를 따라간다. 은행 직원들은 아무도 둘의 사이를 의심하지 않는다. 그래서 김대리와 여자는 곧잘 점심을 먹는다. 김대리는 늘 점심을 먹던 분식점을 그대로 지나쳐 사거리 횡단보도 앞에 선다. 유니폼 위에 카디건을 하나 걸치기는 했지만 날씨는 아직도 차다. 봄이 오긴 오는 거야? 여자는 중얼거리면서 김대리를 따라 이층 레스토랑으로 들어간다. 여기 생선 프라이가 괜찮더라. 김대리는 여자의 의사는 묻지도 않고 웨이터에게 생선 프라이 2인분을 주문한다. 과용하는 거 아냐? 김대리는 창 너머로 일층 도로를 내려다본다. 몸을 웅크린 사람들이 종종걸음으로 거리를 지나친다. 암 말 말고 맛있게 먹어주라. 오늘이 객지에서 다섯번째 맞는 내 생일날이다. 생일날 아침, 일어나니 미역국은커녕 방바닥이 싸늘하더라. 기름이 다 떨어진 걸 모르고 그냥 잔 거야. 주인 아줌마가 그러다가 보일러 다 태운다고 잔소리를 늘어놓지, 게다가 아침부터 오차장한테 깨지는 거 너두 봤지? 김대리는 오차장에게 불려가 적금 실적 할당량을 채우지 못한 것에 대해 잔소리를 들었다. 젠장, 내가 어떻게 실적을 늘리냐? 서울에 아는 사람이라고 너밖에 없는데. 아는 사람이 있어야 붙들고 사정을 해볼 것 아냐. 고향의 식구와 친지들은 벌써 오래 전에 우려먹었구. 김대리가 손바닥을 크게 쳐서 웨이터를 불러 진토닉 한 잔을 시킨다. 그러다가 들키면 어쩌려구 그래? 또 그 잔소리. 니가 내 여편네라도 되냐? 오늘만 봐주라. 내 생일이니까 말야. 김대리는 식탁에 나온 생선 프라이는 거들떠보지도 않고 진토닉을 홀짝거린다.

여자가 앉은 자리와 대각선으로 마주 보이는 자리에는 남녀가 어깨를 기대고 나란히 앉아 있다. 김대리의 넋두리가 끊기는 사이사이 남녀의 이야기가 여자에게로 들려온다. 남자가 탁자 한가운데 놓인 전화기로 전화를 건다. 당신? 지금 사무실이야. 다들 나갔지. 나? 지금은 별로 식욕이 없네. 웨이터가 커다란 은쟁반을 어깨 위로 들고 와서 남자와 여자 앞에 음식을 늘어놓는다. 무슨 소리이? 어, 미스 정이 커피를 타는 모양이야. 남자는 수화기를 들고 사무실 안에서 일어난 일들을 옛날이야기라도 하듯 소곤거린다. 남자 옆에 앉아 있던 여자가 소리를 내지 않고 입만 벙긋거린다. 음식 식어, 라고 말하는 것 같다. 그래, 알았어. 꼭 밥 먹을게. 사랑해. 남자는 옆에 앉은 여자의 손을 끌어당기면서 비음이 섞인 목소리로 속삭인다. 전화를 끊고 두 남녀는 길게 점심 식사를 한다. 소스가 묻은 남자의 입가를 여자가 티슈로 닦아주기도 하고 빵에 버터를 발라 입에 넣어주기도 한다. 칫, 누구는 생일날 미역국 끓여줄 여자 하나 없는데, 누구는 사랑하는 사람을 둘씩이나 양팔에 끼고 있으니. 김대리도 그쪽을 보고 있었던 모양이다. 김대리가 진토닉 잔을 비우고 다시 한 잔을 더 시킨다. 코 주위부터 알코올 기운으로 붉어지기 시작한다. 함께한 100년, 함께할 100년? 술을 마시면 시니컬해지는 김대리가 계속 혼잣말처럼 중얼거린다. 황금빛 미래? 웃기고들 있네. 혀가 굳어지면서 김대리의 말이 자꾸 끊긴다. 황금빛이라니? 그게 진짜 황금이냐 아니면 황금인 척하는 거냐? 얼마 전에 여기서 어떤 여자랑 이 생선 부침을 먹었거든. 내가 생선 한 면을 먹고 뒤집으니까 그 여자, 안색이 확 바뀌더라. 생선은 뒤집으면 안 된다나? 이까짓 생선 뒤집으면 어떻고 통째로 삼키면 어떠냐? 여자는 핸드백을 열어 오전에 받아놓은 두 개의 적금 신청서를 김대리에게 넘겨준다. 생선 프라이 값치고는 괜찮은데? 김대리가 카운터 앞에 서서 앞뒤로 조금씩 흔들린다. 어차피 실적을 올린다고 해서 여자가 승진될 가능성은 없다. 10년이나 일한 후에야 그 사실을 깨달았다.

여자의 생일은 4년마다 돌아온다. 2년 전 생일날 레스토랑에서 저녁을 먹고 여자에게 구두 티켓 한 장을 선물로 준 남자에게서는 연락이 없다. 2년이 지나면 그 남자는 용케 여자의 연락처를 알아 전화를 걸어 간단하게 저녁을 사겠다고 말하고 구두 티켓 한 장이 들어 있는 편지 봉투를 건넬 것이다. 여자는 화장대 서랍을 열어 사진을 꺼내든다. 일 년 전 이 사진과 함께 편지를 보내온 이후 남자로부터 연락이 끊겼다. 거대한 피라미드 앞에 선 수많은 관광객 사이에서 남자의 얼굴은 찾을 수 없다. 게다가 관광객들은 햇살을 가리기 위해 흰색 두건을 머리 위에 쓰고 있다. 난 지금 쿠프 왕의 피라미드 앞에 서 있어. 밑변의 길이가 자그만치 230미터나 된다고 하지. 이 피라미드가 잘리지 않게 사진에 나올 수 있도록 난 버스로 두 정거장쯤 되는 앞으로 나와 서 있는 거야. 입버릇처럼 말했듯이 남자는 사막을 횡단하고 있을지도 모른다. 2년 후 여자의 생일날 불현듯 전화를 걸어올 것이다. 그것을 잘 알면서도 언제부턴가 여자에게는 가끔 은행의 대기실 안을 훑어보는 버릇이 생겼다. 그 남자가 처음 만났던 날처럼 불쑥 찾아와 새 계좌의 통장을 개설할 것 같다. 며칠 전에는 그 남자와 뒷모습이 비슷한 남자를 쫓아 낯선 번호의 버스를 타고 낯선 곳까지 간 적도 있다.

여자는 침대 위에 두 다리를 얹어놓고 내려다본다. 왼쪽 다리에 비해 오른쪽 다리는 짧고 가늘다. 허벅지에서 종아리까지 잉크색 정맥이 달린다. 차례로 주무르고 아킬레스건을 손가락으로 눌러준다. 하루종일 의자에 앉아 있어 퇴근 후면 두 다리는 눈에 띄게 부어 있다. 짧은 오른쪽 다리보다 정작 왼쪽 다리가 더 뻐근하다. 뼈에도 나이가 있다는 말을 들었다. 기형적으로 키가 작은 사람들을 상대로 어느 정도 키를 늘여주는 병원이 텔레비전에 소개되었을 때 여자는 유심히 화면을 보기도 했다. 여자는 중학교 때 성장을 멈춘 오른쪽 다리를 내려다본다. 오른쪽 다리는 언제나 열다섯 살 나이에 머물러 있다. 오른쪽 다리는 자신이 단거리 선수라는 것을 잊지 않아 가끔 여자를 곤혹스럽게 만든다. 오늘도 오른쪽 다리는 버스 정류장에서 막 떠나려는 버스를 향해 뛰어갔다. 신발이 인도턱에 걸려 벗겨지고 여자는 도로와 차도의 경계선에 몸을 걸치고 넘어진다. 길을 지나던 사람들이 모두 한 번씩 여자를 내려다보고 웃는다. 핸드백의 뚜껑이 열리면서 길바닥으로 흩어진 소지품들을 하나씩 주워담아야 했기 때문에 여자는 사람들의 시선을 오랫동안 받아야 했다. 여자의 왼쪽 다리가 오른쪽 다리를 툭, 친다. 서른 살의 왼쪽 다리는 큰언니처럼 사춘기에 머물러 있는 오른쪽 다리를 타이른다. 애, 제발 좀 잊어버려라. 더이상 놀림감이 되지 말구. 그러면 오른쪽 다리는 발칵 화를 내면서 대든다. 너야말루 웃긴다. 너의 꿈이 뭐였는지 다 까먹은 거야?

다리가 부러지기 전까지 여자는 중학교 단거리 대표 선수였다. 체육 선생은 몸이 작고 날렵한 여자에게 사막 여우를 닮았다고 말했다. 좀더 훈련을 한다면 넌 틀림없이 국가 대표가 될 수 있을 거야. 훈련이라는 것은 방과 후 한 시간씩 두 다리에 모래 주머니를 매달고 운동장을 도는 것이 전부였다. 여자는 체육 시간 백미터 달리기 출발선 앞에 서 있다. 반 친구들은 여자와 달리는 것을 꺼려 했다. 붉은 깃대가 올라가고 전력 질주를 하기 시작한다. 평소에는 여자의 기록보다 한참 뒤지던 반 친구가 여자를 앞질러 뛰어가기 시작한다. 여자는 거꾸로 뛰고 있는 것 같다. 오른쪽 다리가 운동장 위에 못을 박듯 박혀 왼쪽 다리마저 붙잡고 놓아주지 않는다. 악몽이다. 하지만 꿈에서 깨어나지 않는다. 같이 뛰던 친구의 등이 점점 멀어지고 그제서야 운동장 반대편에서 여자를 발견한 체육 선생이 뛰어오면서 소리를 지른다. 임마, 넌 안 뛰어도 돼. 여자는 끝까지 도착선을 향해 달린다. 체육 선생이 호루라기를 분다. 야, 뛰지 않아도 기본 점수는 준다니까. 같이 뛰던 친구가 도착선 안에 들어가 숨을 고르고 있는 동안에도 여자는 겨우 삼분의 이 지점을 통과한다. 도착선 안에 들어가 앉아 있는 열 뒤로 걸어가는 동안 친구들 몇이 뒤돌아앉아 수군거리는 목소리가 들린다. 쟨 왜 저러니? 내가 다 민망해 죽는 줄 알았다, 애. 여자는 비로소 자신이 더이상 학교의 단거리 대표 선수가 아니라는 것을 깨닫는다.

　여직원 휴게실로 들어서다가 여자는 문에 붙은 새 팻말을 발견한다. '아틀 동호회'라고 적힌 팻말이 '여직원 휴게실' 팻말 아래 붙어 있다. 친목도모를 위해 은행원들은 작은 동호회를 만들어 주말마다 모임을 갖고 있다. 등산회, 낚시회, 테니스회, 볼링회 등등. 모임은 수도 없이 많고 한 사람이 몇 개의 모임에 소속되어 있는 경우도 많다. 언제부터인가 여직원들 사이에 생긴 '아마도 틀림없이' 모임으로 여직원들이 하나, 둘 모여들고 있다. 휴게실 안쪽에 놓인 철제 개인 사물함으로 간다. 소파에 비스듬히 누워 여직원들과 이야기를 하고 있던 미스 최가 여자를 보고 벌떡 일어나 자리를 고쳐 앉는다. 흰 페인트 칠이 된 벽에는 커다란 포스터가 걸려 있다. 함께한 100년 함께할 100년이라는 은행의 로고 아래로 은행의 유니폼을 입은 여자 모델이 환하게 웃고 있다. 일년 내내 그 그림 속의 모델은 똑같은 머리 모양과 똑같은 미소로 여직원들이 옷을 갈아입는 것을 내려다본다. 변함없는 그 미소는 보는 사람을 지치게 한다. 그 포스터 속의 모델을 볼 때마다 여자는 거울로 자신의 얼굴을 들여다보는 것 같다. 여자는 십 년 동안 하루도 빠짐없이 똑같은 일들을 해왔다. 사물함을 열어 문으로 포스터를 가리고 옷을 갈아입는다. 다른 여직원들에게 떼밀린 미스 최가 엉거주춤 일어나 여자에게로 온다. 알지? '아틀'에 들지 않은 건 이제 송언니 하나뿐이야. 여직원들 사이에서는 무슨 말이든지 줄여서 부르는 유행이 퍼져 있다. '무통장 입금'을 '무입'으로 '오차장'을 '오짱'으로 '생선 까스'를 '생까'로 심지어는 '돈을 갖고 튀어라'라는 국산 영화의 제목까지도 '돈튀'로 줄여서 부른다. 오늘 모임은 사거리 앞 레스토랑 단테에서 갖기로 했어. 아틀 모임에 든 여직원들은 우르르 몰려다니면서 시내의 값싸고 맛있는 음식점을 찾아내고 음식을 먹고 난 후의 시간은 수다를 떠는 것으로 보낸다. 아틀의 행동 강령은 첫째도 비밀, 둘째도 비밀이다. 언니는 우리 모임의 회원 자격에 딱 어울리는 사람야. 언니라면 우리 모두 신뢰할 수 있거든. 우리 모두 그렇게 결정했어. 언니가 회장직을 맡아주었으면 하는데. 여자는 사물함을 잠그고 핸드백을 메면서 밖으로 황급히 뛰어나간다. 미안, 오늘 선약이 있는데. 여자의 등에 대고 미스 최가 소리친다. 언니, 요새 숨겨논 남자라도 있는 거야? 혹시 우리가 아는 사람?

　바람이 서늘해져서 여자는 윗옷을 끌어당겨 팔짱을 끼고 몸을 옹송그린다. 단테에는 가보지 않아도 무슨 이야기가 오갈지 알 수 있다. 빈 접시를 앞에 두고 커피를 마시면서 누군가가 이야기를 시작할 것이다. 아마도 틀림없이 송언니에게는 숨겨놓은 남자가 있는 게 분명해. 그럼 그 나이까지 설마 혼자려구? 그런데 그 남자는 무슨 재미로 송언니와 만날까. 말이 없는 여잔 무섭더라. 뒤로 무슨 생각을 품고 있는지 알 수가 없잖어. 송언니가 숫처녀라는 데 걸 사람? 아틀이라는 모임에 의해 자신의 이야기가 오르내리는 걸 미리 방지하기 위해 여직원들은 삽시간에 그 모임으로 몰려들었다. 오늘 김대리는 출근하지 않았다. 오차장은 몇 번이나 텅 빈 김대리의 책상을 기웃거리면서 중얼거렸다. 돈키호테 같은 사람은 단지 책 속에서만 빛날 뿐이야. 이 사회에서 그런 사람들은 순식간에 도태되어버린다구. 아직 이 사람한테서 전화 없었나? 오차장은 창구에 앉은 여직원들을 한번 훑어보고 낮은 목소리로 훈계를 늘어놓는다. 블라우스는 좀 다려 입어요. 사람들이 블라우스에 박힌 글자만 보고도 우리 은행을 떠올릴 수 있도록 말예요. 점심 식사를 하러 밖에 나가서도 좀 품위 있게 행동하세요. 저 단정한 여성이 누구지? 그럼 그렇지. 바로 그 은행 직원이군. 사람들의 주의를 끌라는 이야기예요. 은행 이름 크게 들어간 부채 백 번 나눠주는 것보다 그게 훨씬 효과가 있다는 말입니다. 오차장의 훈계는 늘 이렇게 끝난다. 우리 모두 영원한 한흥맨이 됩시다.

휴일 오전 내내 침대 위에 누워 텔레비전을 본다. 생중계로 동아 세계 마라톤 대회가 이어지고 있다. 아직 차가운 날씨여서 얇은 선수복 차림의 선수들의 살갗은 푸르뎅뎅하게 얼어 있다. 출발점 위에 모여선 선수들을 헬리콥터에서 카메라가 잡고 있다. 출발 신호가 울리고 터진 자루 틈으로 쏟아지는 검정콩처럼 선수들의 머리가 길 위로 흩어지기 시작한다. 시간이 지나면서 서서히 그룹이 나누어진다. 여자는 옷을 챙겨 입고 시외버스 터미널로 나온다. T시로 가는 버스표는 이미 매진이 되어 있다. 터미널 곳곳에는 윗옷을 똑같이 맞춰 입은 대학생들이 모여 있다. 배낭을 짊어진 대학생들은 커다란 스피커폰이 달린 휴대용 전축을 틀어놓고 발장단을 맞추며 소리내어 노래를 따라 부른다. 대합실 한쪽에 걸린 벽걸이 텔레비전에서는 마라톤 실황이 중계되고 그 앞으로 사람들이 모여 있다. 마라톤 첫 주자가 도착선 안으로 들어온 후에야 간신히 표를 구한다. 버스의 좌석 절반은 수련회를 가는 대학생들로 꽉차 있다. 버스가 출발하면서 학생들은 노래를 합창하고 큰 소리로 게임을 하면서 웃어댄다. 터미널을 빠져나간 지 30분도 되지 못해서부터 길이 막히기 시작한다. 선잠 속으로 학생들의 웃음소리가 간간이 끼어든다. 여자는 입에 닿는 차디찬 감촉 때문에 잠에서 깬다. 몸집이 큰 남학생이 여자를 내려다보며 서 있다. 손에는 휴대용 전축에서 연결한 마이크가 들려 있다. 여자의 입에 닿은 것이 그 마이크인가보다. 저, 누님. 노래 한 곡만 해주세요. 부탁해요. 이 게임에서 지면 전 다음 정거장에서 내려야만 한다구요. 여자는 마이크를 건네받고 어정쩡하게 자리에서 일어선다. 학생들이 몸을 돌리고 앉아 일제히 여자를 올려다본다. 버스가 정지하고 다시 속도를 올릴 때마다 여자의 몸이 등받이에 부딪히면서 노래가 끊긴다.

T시 터미널에 잠시 정차해 여자와 나이 든 남자 하나를 내려놓고 버스는 다시 출발한다. 학생들이 뒤창으로 몰려와 여자에게 손을 흔들어준다. 버스가 산모퉁이를 돌아 사라지고 텅 빈 언덕길을 천천히 올라간다. 도로로 향한 산 중턱에 전원주택 두 채가 들어서고 있다. 가게가 가까워지면서 여자의 걸음은 더욱 더뎌진다. 아스팔트는 낡아 곳곳에 웅덩이가 패어 있다. 비가 조금만 내려도 감탕밭이 되던 이곳에 아스팔트가 깔린 것은 여자가 중학교 때였다. 울퉁불퉁한 길이 다듬어지고 그 위에 모래, 콜타르, 자갈 섞인 시멘트가 차례로 부어졌다. 학교에서 집으로 가는 여자의 신발에 그때마다 모래가 묻고 콜타르가 묻었다. 시멘트가 굳기 전까지 통행이 금지되었다. 무슨 생각이었을까. 여자는 어스름이 내리는 저녁에 나와 굳지 않은 시멘트 위에 오른쪽 발자국을 찍어두었다. 여자는 발자국을 찾아 아스팔트를 내려다보면서 걷는다. 사내아이 서넛이 둘러앉아 구슬치기를 하고 있다. 모여앉은 아이들 머리 밑으로 길죽한 타원형의 구멍이 보인다. 아이 하나가 손가락으로 구슬을 쳐서 다른 구슬을 여자의 발자국 속에 밀어넣는다. 그것은 그저 아스팔트 위에 팬 수많은 웅덩이들 중의 하나일 뿐이다.

아버지는 대패질을 하고 있다. 대패가 지나간 자리 위로 대팻밥이 일어나고 아버지는 실눈을 뜨고 나무 판자가 고르게 되었는지 가늠을 한다. 머리카락에 대팻밥이 붙어 있고 두 개의 콧속에도 나무밥이 들어차 있다. 장사는 잘돼요? 여자는 문간에 선 채 가게 안을 휘둘러본다. 칠이 안 된 완자창 두 쪽이 벽에 기대 서 있고 가게 안쪽에는 묵은 판자들이 산더미처럼 쌓여 있다. 햇빛을 막지 마라. 아버지가 흘낏 여자를 쳐다보고 다시 대패질을 시작한다. 대패를 가슴쪽으로 끌어당길 때마다 아버지의 팔뚝에 굵은 힘줄이 돋는다. 여자는 완자창 앞에 서서 계속되는 무늬를 들여다본다. 요즘도 이런 창을 쓰는 사람이 있어요? 아버지의 말은 대패가 밀려오는 동안 잠깐잠깐 끊어지고 늘어진다. 누가 이런 데서 문짝을 짜맞추냐? 가격이 천만원이 넘는다는 이태리 가구들이 판을 친다는 판국인데. 올라오면서 못 봤냐? 한정식 집이라나, 칸막이 대신 쓴다고 부탁하더라. 보름 만에 처음 대패를 만져본다. 언덕 위에 세워지던 전원주택은 자가용을 몰고 와 음식을 먹고 가는 사람들을 위한 음식점인가보다. 아버지는 쇠못을 쓰지 않는다. 이 물감이 싫다는 것이다. 나무를 깎아 만든 장부촉을 써서 서랍장과 책꽂이 등을 만든다. 대패질을 멈추고 다시 나무 판자를 손으로 더듬으면서 고개도 돌리지 않고 아버지가 한마디 던진다. 뭐하러 잠바는 또 보냈냐? 괜히 돈 쓰면서 그딴 거 보내지 마라. 아버지는 늘 이런 식이다. 하지만 지난 겨울 내내 아버지는 여자가 보낸 점퍼만 입고 다녔다는 것을 안다. 여자의 오른쪽 다리가 굳고서부터 아버지는 더욱 말수가 줄어들었다. 엄마를 찾아다니다 한 달 만에 아버지 혼자 집에 왔을 때, 이미 여자의 다리는 굳어 있었다. 여자와 아버지는 대팻밥이 가득한 바닥에 신문지를 깔고 앉아 자장면을 먹는다. 되돌아가는 버스 시간 때문에 허겁지겁 터미널로 뛰어가는 여자를 쫓아 아버지가 따라온다. 버스가 시동을 걸고 출발하자 아버지가 창을 두드려 버스를 세운다. 창문을 열자 아버지가 던진 검정 비닐 봉투가 여자의 무릎 위로 떨어진다. 아버지는 버스가 시야에서 사라질 때까지 그 자리에 서 있다. 봉투 속에는 찐 달걀 꾸러미와 사과 두 알이 들어 있다.

　김대리는 동전을 넣어 작동시키는 텔레비전을 보며 누워 있다. 육인 병실은 환자와 가족들, 문병 온 사람들로 붐빈다. 김대리 바로 옆 침대에서 후두암 수술을 받은 환자가 계속 가래를 뱉어내고 있다. 아들과 딸로 보이는 젊은이 둘이 가습기의 입구를 어느 쪽으로 할 것인가에 대해 신경전을 벌이고 있다. 그렇게 두면 아버지 얼굴 위로 물이 떨어진다구. 아들이 다시 입구를 멀찍이 돌려놓는다. 오빠, 거기 그렇게 멀리 두면 습기가 안 닿아 아버지 호흡이 가빠진단 말야. 딸이 다시 제자리로 끌어당긴다. 말을 할 수 없는 환자가 공책 위에 연필로 쓴다. 그렇게 싸울 거면 집에 가라. 깁스를 한 왼쪽 다리와 왼팔을 어정쩡하게 들고 누워 있던 김대리가 여자를 발견하고는 머쓱하게 웃는다. 깁스 위에는 이미 다녀간 직원들의 사인으로 꽉차 있다. 여기다 크게 사인 하나 해줘. 김대리가 여자에게 사인펜을 건네면서 넓적다리를 가리킨다.
　한밤중에 바닥을 유심히 살피면서 걷는 사람이 어디 있냐? 매일 다니던 길이니까, 그날도 그냥 길이 있겠지 생각한 거지. 맨홀 뚜껑이 열려 있을 줄이야. 이만한 게 다행이지 뭐. 글쎄 오차장도 다녀갔어. 한심하다는 표정으로 계속 빈정대기는 했지만. 여기 어디 그 사람 사인도 있을걸? 흰색이 참 잘 어울림. 필승. 선희 다녀감. 애인 구함…… 김대리의 깁스는 낙서가 휘갈겨진 터미널의 화장실 벽 같다. 낙서들 사이에서 여자는 오차장의 필체를 한눈에 알아본다. 김대리의 무릎 바로 위에 미음을 아라비아 숫자 12처럼 쓰는 오차장의 글씨가 적혀 있다. '함께한 100년 함께할 100년' 여자는 큰 소리로 웃어댄다. 웃음이 멈춰지질 않는다. 텔레비전을 보던 환자들과 가족들이 한번 여자를 훑어본다.
　병원에서 나가면 새로 살 생각이야. 붙들고 우는 어머니 보고 마음 고쳐먹었다. 열심히 실적도 올리고 거래도 많이 터서, 나라고 지점장 되지 말라는 법 없잖어? 김대리는 조금 다른 사람처럼 보인다. 이건 평생 거실에 걸어두고 볼 거다. 그리고 내 아들한테 가보로 물려줄 생각이야. 김대리가 오른손을 뻗어 깁스를 한 다리를 툭툭 건드린다.

우편함에는 몇 장의 고지서와 함께 카드가 들어 있다. 그 남자로부터의 편지다. 여자의 생일은 아직 2년이 남아 있다. 17층으로 올라가는 엘리베이터 안에서 편지 봉투를 뜯는다. 기러기 암수 한 쌍이 그려진 청첩장이 들어 있다. 결혼 날짜는 여자가 아버지에게 다녀온 그날이다. 매년 생일이 돌아와, 그 남자와 자주 만날 수 있었다면 그 남자는 나와 결혼했을까. 핸드백 속에 청첩장을 넣다가 마구 뒤섞인 소지품들 사이에서 꽃무늬의 모티프를 발견한다. 여자는 얼른 중간에서 엘리베이터를 세우고 다시 지하 1층 상가로 내려간다.

뜨개점에는 주인 여자가 혼자 앉아 물레처럼 생긴 기구에 실타래를 끼워놓고 실을 감고 있다. 흔들의자 위에는 주인이 뜨다 만 빨강색 조끼가 대바늘에 꿰어져 있다. 두 눈은 안질을 앓는 사람처럼 붉게 충혈이 되어 있다. 뜨개질을 배우고 싶은데요. 그럼 회원이 되세요. 실과 바늘만 사면 뜨개질은 무료로 배워드려요. 회원 카드를 쓰고 주인에게 내밀자 주인은 그 자리에서 곧바로 컴퓨터에 입력을 한다. 어머, 벌써 회원에 드셨잖아요. 화면 위로 떠오른 개인 신상명세서를 들여다보던 주인 여자의 목소리가 높아진다. 아뇨, 전 처음인데요. 송미경씨. 맞죠? 생년월일이 68년 2월 29일. 지금 장미 모티프를 뜨고 계시는 중이잖아요. 한동안 왜 안 오시나 했죠. 여자는 핸드백 속에서 꽃 모양의 모티프 조각을 꺼내든다. 그래요. 바로 그거예요. 주인 여자가 손등으로 두 눈을 문지르며 여자를 쳐다본다. 아, 그애는 제 친구예요. 제 이름을 댄 모양이네요. 여하튼 그 친구 때문에 이곳에 오게 된 거니까요. 여자는 침대보에서 주운 모티프와 똑같은 색으로 실을 고르고 코바늘을 산다. 우선 모티프부터 떠보도록 하세요. 주인 여자가 감던 실꾸러미가 굴러 여자에게로 온다. 실꾸러미를 주워들고 다시 실을 감던 주인 여자가 생각난 듯 시계를 올려다본다. 벌써, 시간이 이렇게 되었네. 시간 가는 줄 모른다니까. 밖으로 나가 엘리베이터로 다가가는 여자에게 가게의 셔터를 내리던 주인 여자가 소리친다. 모티프를 떠서 가지고 와보세요. 제가 봐드릴게요. 어렵지 않아요. 끈기만 있으면 되지요. 여자는 집으로 올라오자마자 본을 펼쳐놓고 첫 코를 잡는다.

김대리가 떠듬떠듬 한 발로 걸어 은행으로 출근을 했다. 점심 시간에 여자와 김대리는 분식점으로 간다. 한 발은 구두를 깁스를 한 발에는 슬리퍼를 신고 있다. 김대리는 자꾸 여자의 걸음보다 뒤처진다. 분식점까지 이렇게 먼 줄 정말 몰랐어. 서서 기다리던 여자에게 다가오며 김대리가 이마에 밴 땀을 닦는다. 김대리가 여자의 어깨에 한 팔을 올려놓는다. 깁스를 한 다리가 땅에 닿을 때마다 김대리의 몸이 여자의 어깨 위로 쏠린다. 그때마다 비누 냄새가 섞인 땀 냄새가 풍겨온다. 뒤따라 점심을 먹으러 나온 여직원 둘이 두 사람의 뒷모습을 보며 손으로 입을 가리고 웃는다.
여직원 휴게실로 들어가려다가 여자는 문 밖으로 새어나오는 소리를 듣는다. 남은 점심 시간, 휴게실에 모인 여직원들이 수다를 떤다. 시가 따로 없더라. 왜 그 시 알지? 아내는 왼발을 절고 나는 오른발을 접니다. 미스 최가 라커 문을 소리나게 닫으면서 고쳐준다. 그게 아니라 나는 왼발을 절고 아내는 오른발을 접니다, 가 맞을걸? 그거 이육사의 시잖어. 여자가 들어가자 대화가 끊기고 여직원들은 화장을 고치고 커피를 마신다. 여자는 소파에 앉아 손거울을 들여다보며 눈썹을 그리고 있는 미스 최의 귀에 대고 속삭인다. 그건 이육사가 아니야. 이상이라구. 미스 최가 쥐고 있던 화장 연필이 어긋나면서 한쪽 눈썹이 비뚤어진다. 당황하는 사람들의 표정을 읽는다는 것은 짓궂지만 재미있는 일이다.

상고를 갓 졸업한 여직원 하나가 울면서 행장실로 뛰어들어가는 바람에 아틀은 최대의 위기에 봉착하는 듯싶었지만 그런 대로 일 주일에 한 번씩 모임을 갖는 모양이다. 그 여직원은 그 일 이후로 다른 여직원들로부터 따돌림을 당하고 있었다. 일을 잘못 처리하는 경우가 잦아지더니 어느 날부터인가 사표를 내고 나오지 않는다. 월급날, 여자는 지하 일층 오락실로 간다. 갈고리가 달린 유리 상자가 보이지 않는다. 게임기 사이를 몇 번이나 돌지만 찾을 수 없다. 갈고리 유리 상자가 놓였던 그 자리에는 윤이 나는 팔씨름 게임기가 차지하고 있다. 아이들이 그 게임기 앞에 붙어서서 플라스틱 손을 잡고 팔씨름을 한다.

여자는 지난 10년처럼 여전히 2번 창구에 앉아 있다. 뜨개질 주인 여자의 말대로 뜨개질을 하고 있다보면 시간이 빠르게 흘러간다. 여자는 새 실을 사러 뜨개점에 들른다. 어머, 진도가 빠르신데요. 제가 가르치는 학생 중에 제일 뛰어난 학생이에요. 이대로라면 다른 사람을 지도하셔도 될 것 같아요. 주인 여자가 호들갑을 떨며 여자가 짠 모티프들을 들여다본다.

99개의 모티프가 다 만들어지고 여자는 모티프들을 연결해서 식탁보를 만든다. 침대보에서 주운 모티프 속의 장미는 전혀 장미꽃잎 같지 않다. 그 모티프를 한가운데 넣고 다른 모티프들을 연결하고 나니 정사각형의 식탁보가 완성된다. 침대보에서 주운 엉성한 모티프 한 개는 100개의 모티프 가운데서 한눈에 눈에 띈다. 99개의 모티프들 가운데 들어 있는 장미 꽃잎은 선명해서 엉성한 모티프 하나는 전혀 다른 무늬처럼 보인다. 새로운 뜨개본과 실을 사들고 에스컬레이터를 타고 일층 로비로 올라온다. 우편함에는 편지가 들어 있다. 동사무소에서 날아온 안내장이다. 재생지로 만든 누런 종이 위에는 주민등록번호가 바뀌었으니 가까운 시일 내에 동사무소로 나와주십사는 내용의 글이 간단하게 적혀 있다.

그 여자의 문은 단단하게 잠겨 있다. 비밀번호 2549를 몇 번이나 눌러보지만 문은 열리지 않는다. 비밀번호가 바뀐 것이 분명하다. 여자는 신문 투입구를 손으로 밀치고 땅바닥에 얼굴을 댄 채 현관 안을 들여다본다. 낯익은 그 여자의 슬리퍼가 보인다. 그럼 드디어 그 여자도 주민등록번호가 바뀌었다는 안내장을 받은 것일까. 10개의 버튼에 적힌 숫자들로 그 여자의 새로운 비밀번호를 알아맞힌다는 것은 불가능하다. 10개의 숫자로 네 자리수의 비밀번호를 알아내는 경우의 수는 엄청날 것이다. 1234, 1235, 1236, 1237…… 생각나는 대로 몇 개의 번호를 눌러보지만 역시 문은 열리지 않는다. 이런 식으로 번호를 누른다면 3년 낮밤을 꼬박 이 문 앞에 선 채 버튼을 누르면서 보내게 될 것이다. 여자는 핸드백에서 종이를 꺼내 문에 대고 글씨를 쓴다. 글씨는 자꾸 비뚤어진다. 꼭 만나보고 싶어요. 이리로 전화 주세요. 종이를 딱지 모양으로 접다 말고 다시 펼쳐 그 밑에 한 줄을 더 써넣는다. 이 글을 보고 누군가의 장난이라고 생각지 말아주세요. 저는 지금 진지…… 글씨를 쓰다 말고 여자는 종이를 구겨 도로 핸드백 속에 넣는다.

경비원이 계단을 올라가는 여자를 불러세운다. 집배원이 댁까지 몇 번이나 다녀간 모양이에요. 할 수 없이 제가 대신 받아놓았어요. 경비원의 머리에는 그새 더 많은 검버섯이 핀 것 같다. 등기 속달 우편물을 받아들고 계단을 올라간다. 이층으로 올라가는 층계참에 서서 우편물을 뜯는다.

새 여권이다.

내 가슴속의 부표

고속도로를 벗어나 일차선 국도로 접어들고부터 차는 면허 시
험장의 에스자 코스처럼 구불구불한 길을 한 시간째 달리고 있다.
폭염에 무른 아스팔트 곳곳에 타이어 자국이 깊고 얕은 웅덩이로
패어 있다. 그 위를 지나칠 때마다 차체는 중심을 잃고 기우뚱 그
곳으로 쏠린다. 기역이 급히 핸들을 반대 방향으로 틀며 부여잡는
다.

산자락 사이로 숨어든 국도의 끝은 좀처럼 다가오지 않는다.
여자는 아까부터 국도의 끄트머리에 시선을 던져두고 있다. 몸집
이 큰 기역과 기역의 애인이 앞 차창을 거의 가리고 앉아 있어,
전경은 두 사람의 뒤통수와 어깨선 사이의 작은 공간으로 들어올
뿐이다. 여자는 상체를 앞의자의 등받이로 바싹 끌어당겨 마름모

꼴의 작은 틈새로 국도의 끄트머리를 본다. 가능하면 먼 곳을 쳐다볼 것. 항상 차멀미로 시달려온 여자가 그 동안 터득한 수많은 멀미 퇴치법 중의 하나다. 지열로 상이 겹친 아스팔트의 끝에는 잎이 넓고 진녹색의 활엽수들이 신기루처럼 서 있다. 그곳에도 바람은 불지 않는 듯 이파리들은 제 그림자를 또다른 이파리 위에 짙게 드리우고 무겁게 늘어져 있다.

기역이 주먹으로 핸들을 가볍게 내리친다. 단조로운 운전에 싫증이 난 모양이다. 젠장, 우리가 지금 어디로 도망치는 거냐? 핸들을 쥐지 않은 오른손을 뻗어 티슈 한 장을 날렵하게 뽑아낸다. 마름모꼴로 드러나 있던 전경이 무너지고 그제서야 여자의 시선은 전방을 떠나 머리 정수리까지 바싹 당겨 묶은, 기역의 애인의 조랑말 꼬리 같은 머리채에 머문다. 여자로 향한 하얀 두 귓바퀴가 날이 서 있다. 기역은 여름 감기를 앓고 있다. 연신 코를 풀어대고 가래를 뱉어낸다. 기역의 발치 아래로 쌓이기 시작한 휴지 뭉치는 브레이크와 액셀이 있는 발판 깊숙한 곳까지 점령해 들어가 널리기 시작한다.

여자는 기역의 운전 습관이 영 마음에 들지 않는다. 집을 떠나는 순간부터 지금까지 기역과 기역의 애인은 줄기차게 김밥과 과자, 초콜릿 따위를 먹어댄다. 기역이 입에 든 과자를 씹어 삼키자마자 기역의 애인은 과자 가루가 묻은 손가락을 뻗쳐 기역의 입에 쿠키를 물려준다. 기역의 애인은 과자 봉지를 찢지 않고 재미 삼아 두 손바닥으로 봉지의 양옆을 쳐서 터뜨린다. 내용물 파손 방지를 위해 주입된 질소로 봉지가 뻥 소리를 내며 터진다. 요란하게 치장된 모텔들 사이를 지나고 차선 안으로 들어와 캔 음료나 쌀과자 등을 파는 장사치를 쳐다보느라 기역은 오는 도중 몇 번이나 차선을 벗어나며 급정거를 한다. 그때마다 여자는 멀미에 시달린다. 바지 주머니를 뒤적거려 박하향의 트로키 사탕을 꺼내 문다. 박하향이 조금은 멀미를 진정시킨다. 차 안에 타고 있는 네 사람 가운데 운전을 할 수 있는 것은 기역과 여자뿐이다. 하지만 지금 여자는 수태중이다. 가급적 장거리 운전은 하지 말라고 정산부인과의 홀수날 담당 의사는 말했다. 유들유들하고 진찰대 위에 누운 임산부에게도 농담을 건네는 짝수날의 담당의와는 달리 서른 중반을 갓 넘긴 그 의사의 얼굴은 항상 상기되어 있다. 라마즈 분만이라는 게 뭐예요? 무통 분만은요? 끊임없이 물어대는 임산부들의 얼굴을 똑바로 쳐다보지 못하고 늘 창가에 놓인 난초 화분을 향해 떠듬떠듬 설명한다.

어머, 저거 원두막이잖아. 기역의 애인이 탄성을 지른다. 어디? 기역의 시선이 허겁지겁 애인의 손끝을 좇아간다. 차가 순식간에 중앙선을 넘는다. 맞은편 도로로 달려오던 차가 급브레이크를 밟으며 경적을 울린다. 가로변에 늘어선 소나무들의 밑동을 차례로 들이받으며 가까스로 선다. 그 바람에 입에 문 트로키 사탕이 잘게 부스러진다. 가로수 밖은 허공이다. 낭떠러지 아래로 동그랗게 모여앉은 시가지가 한눈에 내려다보인다. 요의를 참지 못해 길가에 차를 세우게 하고 뛰어들어갔던 우체국의 빨간 간판이 어렴풋이 보인다. 영 젬병이야. 내 체질에 역시 오토는 맞지 않아. 자꾸 쓰지 않는 왼쪽 다리에 신경이 쓰인다구. 기역이 기어를 후진으로 바꿔 슬금슬금 차선 안으로 들어가면서 변명을 늘어놓는다. 기역은 크라운제과의 영업부 직원으로 삼 년째 핑크색 소형 트럭을 몰고 있다. 친구들 사이에서 이름 대신 〈핑크 팬더〉라는 만화 영화의 주인공 이름으로 불리는 것도 그 이유다. 핑크색 소형 트럭에 과자를 가득 싣고 기역은 전국에 그물망처럼 산재해 있는 도소매점으로 질주한다.

기역의 애인이 라디오를 켠다. 좀처럼 주파수가 잡히지 않는다. 다이얼을 몇 번이나 되돌린 후에야 겨우 에프엠 주파수가 잡힌다. 여자는 부서진 사탕을 뱉어내고 새로운 트로키 사탕을 꺼내 문다. 이 약은 트로키 제이므로 씹거나 삼키지 말아야 한다. 설명서에 쓰인 일반적 주의사항난의 4번이나 5번 항목이다. 자, 다음 문제는 난센스 문젭니다. 잘 듣고 맞혀주세요. 남녀 코미디언 두 사람이 진행하는 전화 퀴즈 프로다. 일요일을 거꾸로 하면 일요일이죠? 여자 코미디언이 말꼬리를 자르듯 되받아친다. 토마토도 거꾸로 하면 토마토죠. 자, 그렇다면, 쓰레기통을 거꾸로 하면 어떻게 될까요? 수화기를 들고 답을 맞히고 있던 청취자 중의 한 명이 다급하게 소리친다. 통기레쓰. 땡, 되겠습니다. 쉽게 생각하십시오. 힌트를 드릴까요? 난센스 문제라는 게 힌틉니다. 아무도 답을 알아맞히지 못한다. 아, 아쉽습니다. 정답은, 쓰레기가 모두 쏟아진다, 입니다. 쓰레기통을 거꾸로 하면 쓰레기가 모두 쏟아지겠지요. 기역이 천식 환자처럼 웃는다. 기역의 애인이 웃느라 벌어진 기역의 입에 재빨리 초코칩 쿠키를 쑤셔넣는다.

여자는 의자 등받이에 몸을 묻으면서 트로키 사탕을 천천히 빨아먹는다. 귀에 이어폰을 낀 채 남편은 30만분의 1로 축소된 전국 도로 지도망을 들여다보고 있다. 가끔 자다 깬 듯한 부스스한 얼굴을 들어 교통 표지판을 찾으며 중얼거린다. 여기가 어디지? 남편이 무릎 위에 활짝 펼쳐놓은 지도책의 10과 11페이지 두 면에는 현미경으로 들여다보는 겉씨 식물들의 헛물관 같은 도로들이 엉켜 있다. 31번 국도를 쭉 따라가면 세 개의 갈림길이 나와. 거기서 왼쪽으로 접어들어야 돼. 놓치면 안 돼. 기역이 티슈로 코를 감싸쥔 채 묻는다. 갈림길? 얼마나 가면 나오니? 글쎄 2센티 정도? 기역과 남편은 동시에 웃음을 터뜨린다. 남편의 말대로라면

지도 위에 나타난 20센티미터도 채 되지 않는 길을 반나절이 넘게 달려온 것이다. 정말 지금 이 상황이 난센스다. 왜 여자는 잘 알지도 못하는 기역과 오늘로 딱 두번째 본 기역의 애인과 함께 이 여행을 시작했을까.

새벽, 창문을 두드리는 소리에 잠이 깬다. 창문 위로 헤드라이트 불빛을 쏘며 핑크색 트럭이 서 있다. 기역이 손에 든 봉지에서 무언가를 꺼내 닫힌 창 위로 하나씩 던지고 있다. 창문이 열리면서 창틀에 튀어 여자의 발치 아래로 날아와 떨어진다. 바둑알처럼 생긴 껌이다. 여자는 슬리퍼를 질질 끌고 지하 차고로 내려간다. 스테인리스 수도 파이프가 어지럽게 얽힌 천장에 외줄 형광등이 뜨문뜨문 박혀 있다. 형광등의 빛이 닿지 않는 차고 구석에 여자의 소형차가 세워져 있다. 6개월 전 마지막으로 차를 이곳에 주차시킨 뒤 한번도 꺼내지 않았다. 지난 초봄, 중앙 분리대를 박으면서 찌그러진 차의 번호판 위로 거미줄이 드리워져 있다. 차창에는 빗물이 그대로 말라 얼룩이 져 있고 그 위로 두터운 먼지가 켜켜로 앉아 차의 내부를 들여다볼 수 없다. 차를 천천히 몰아 아파트 광장으로 올라온다. 여자가 차 사고를 낸 곳은 상습 사고 지역이었다. 빗물에 막 젖기 시작하는 도로는 빙판처럼 미끄러웠고 여자의 차는 순식간에 차선을 벗어나면서 중앙 분리대를 들이받았다. 이마에서 오른쪽 눈썹으로 비스듬히 십 센티 가량 살이 찢어졌다. 여자는 손가락 끝으로 이마를 더듬는다. 그때 꿰맸던 상처는 거의 아물고 생선 뼈다귀 모양의 흰 흉터가 남았다. 하마터면 그때 여자는 태 속의 아이를 잃을 뻔했다. 흉터를 가리기 위해 20년 동안 기르고 있던 앞머리를 잘랐다. 어느덧 삐죽삐죽 자라기 시작한 머리카락이 눈을 찌른다.

언덕 위로 올라서면서 두터운 먹장구름떼를 만난다. 기역이 액셀을 힘껏 밟는다. 먹장구름 아래를 재빨리 피해 갈 속셈이다. 어느새 차의 보닛 위로 빗방울이 떨어지기 시작한다. 피해가기는커녕 오히려 먹장구름 속으로 더 빨리 들어와버린 셈이다. 여자는 뒤창으로 차가 달려온 길을 쳐다본다. 겹겹의 고갯길 위에 깔린 한 줄기의 아스팔트는 얼어붙은 폭포의 물줄기 같다. 봉우리 위로 여자의 차를 뒤따라오던 차 한 대가 금방 여자의 시야에서 사라졌다가 잠시 후에 새로운 봉우리 위로 모습을 드러낸다. 서울 번호판을 단 그 차는 고속도로에서부터 여자의 차와 앞서거니 뒤서거니하면서 한참 동안 나란히 달리기도 했다. 뒤창에 '무풍지대'라는 한자로 된 스티커가 붙어 있어 한눈에 다른 차들과 식별이 되었다. 나란히 달리는 동안, 짙은 코팅으로 안이 들여다보이지 않는 창에서 〈자전거 경주〉라는 팝송이 흘러나왔다. 시위하듯 한꺼번에 울려대는 밝은 자전거 요령 소리가 이어지고 '나는 자전거를 타고 싶어'라는 대목에 와서는 조그만 목소리로 따라 부르기도 했다.

시야는 물줄기에 가로막힌다. 두 개의 와이퍼가 번갈아가며 빗물을 쓸어내고 있지만 부채꼴로 잠깐잠깐 드러나는 풍경은 빗물에 금세 형체가 일그러진다. 기역이 핸들에 가슴을 바싹 들이대고 속도를 줄이며 전방을 응시한다. 히야, 진풍경인데. 남편이 지도책에서 눈을 떼며 뒤창과 앞창을 번갈아 휘둘러본다. 저기 바로 뒤는 햇살이 쨍쨍하다구. 뒤따라오던 차도 막 먹장구름떼 아래로 들어오는 참이다.

첫, 이건 아무것도 아니야. 그때가 아마 수학 시간이었을 거다. 난 아예 창밖을 내다보고 있었지. 운동장에는 아이들이 철봉대에 매달려 턱걸이를 하고 있더군. 난 속으로 주문을 외웠어. 지겨운 세상, 비나 퍼부어라. 그런데 난데없이 소나기가 퍼붓기 시작하는

거야. 철봉대 앞에 앉아 제 차례를 기다리던 아이들의 열이 순식
간에 흐트러지면서 아이들이 교사 쪽으로 뛰기 시작했지. 운동장
으로는 비가 내리는데 그 반대편은 해가 쨍쨍한 거야. 난 그 경계
선에 앉아 있었던 거지. 그런 상황을 수학 따위가 설명해줄 수 있
냐? 아이들이 반대편 작은 운동장에 들어와 햇빛에 젖은 체육복
을 말리더라니까.

　또 거짓말이야. 기역의 나이 어린 애인이 혀를 쏙 빼물며 기역
의 허벅지를 꼬집는다. 정말이야. 너두 봤지? 얘기 좀 해주⋯⋯
기역의 애인이 기역의 입에 쿠키를 쑤셔넣는 바람에 이야기가 끊
긴다. 물줄기가 거세어져 마치 자동 세차기 안에 앉아 있는 것 같
다. 아버지는 기어코 할머니 산소로 갔을까. 기역의 애인이 빈 과
자 봉지를 구겨 자리 밑으로 버리고 새로운 과자 봉지를 꺼낸다.
요란스런 소리를 내며 봉지의 옆선이 터지고 바닐라 향이 풍긴다.
기역의 애인이 버린 프로필렌수지의 빈 봉지가 여자의 발치 아래
까지 밀려와서 여자가 발을 옮길 때마다 바스락거리며 밟힌다. 여
자는 기역의 애인은커녕 기역에 대해서조차도 아는 것이 없다. 낯
가림이 심한 편인 여자가 왜 이 여행에 끼여든 것일까. 길은 산자
락으로 끊어지고 타원형의 쌍터널 입구가 나타난다. 여섯 정이 포
장된 트로키 사탕은 빈 껍데기만 남아 있다. 손가방을 뒤적거려
파란색 철 상자를 찾아 뚜껑을 연다.

　이비인후과 의사는 막대기로 여자의 혀를 누르고 목구멍을 들
여다본다. 의사가 시키는 대로 아에이오우를 발음한다. 혀가 눌려
여자의 목소리는 깊은 공명으로 떨리며 부부부부부로 발음된다.
아무 문제가 없어요. 혹시 흡연을 하나요? 그것도 아니라면 아마
신경성인 것 같습니다. 세면대에서 손을 씻으면서 의사는 계속 떠
든다. 약이요? 신경성에는 신경을 쓰지 않는 것이 약입니다. 제가

아는 아이 중에 등교 시간만 되면 구토를 하는 아이가 있었어요. 담임 선생님이 반 아이 중에 자기만 미워한다고 말하더래요. 학교에 가기는 싫고 하지만 가야만 하고. 그래서 꼭 학교에 가기 전마다 구토를 한 거죠. 여자는 여러 차례 병원을 갈아치운다. 목에 가시가 걸린 것 같아요. 무언가 걸려 있는데 잘 빠지지 않는다구요. 의사들은 한결같이 아무 이상이 없다고 말한다. 야근을 하거나 조금만 신경을 써도 목에 커다란 생선 가시가 박힌 것처럼 숨이 막힌다. 여자의 호주머니와 핸드백 속에는 언제나 여러 가지 모양의 트로키 제제의 알약들과 그 껍질들이 수북하게 쌓여 있다.

터널 밖은 또다시 뙤약볕이다. 기역이 속력을 높인다. 차창에 소름처럼 달라붙은 물방울 입자들이 떨어져 날아간다. 여자의 차를 뒤따라오던 차는 보이지 않는다. 남편이 생각난 듯 소리친다. 야, 핑크 팬더. 너무 온 거 아냐? 갈림길을 지나쳐버린 게 분명해. 기역이 티슈를 뽑아 다시 코를 힘껏 푼다. 그럼 아까 그 갈림길이 그거였나? 야, 임마. 그러니까 좀 잘 보고 달리지. 내 참, 비 탓이라구. 바로 앞도 잘 보이지 않았다구. 그리고 길을 가르쳐주는 건 네가 하기로 되어 있었잖어. 남편과 기역이 실랑이를 벌인다. 기역은 차를 돌리기는커녕 액셀을 밟아 계속 앞으로 내달린다. 어차피 목적지가 정해진 것도 아니었잖어. 지도를 다시 봐. 이 넓은 땅덩어리에 우리가 갈 만한 곳이 없겠냐? 터널을 통과하는 동안 끊어졌던 에프엠 방송이 다시 이어진다. 남자 코미디언이 성대 묘사로 전직 대통령을 흉내내며 시사를 풍자하고 있다. 터널 위 먹장구름떼는 이제 보이지 않는다. 그렇게 계속 밟았다간 내일 아침 우리집 광장에 서 있을 거다. 지구는 둥그니까. 남편이 중얼거리면서 다시 지도책을 들여다본다. 남편이 끼고 있는 이어폰을 넘어 가사를 알 수 없는 곡조가 희미하게 새어나온다. 남편은 늘 이어

폰을 끼고 있다. 한때는 클래식은 물론 프로그레시브 록이라는 것
에까지 두루 정통한 남편에게 호감을 가진 적도 있다. 지난달, 이
비인후과에서 헤드폰 난청이라는 진단을 받고 한 달 동안 이어폰
을 끼지 않았다. 그때 남편은 금단 증세의 알코올 중독자처럼 불
안해했다. 손가락으로 지도책 위의 실선을 따라 짚으면서도 입으
로는 연신 곡조를 흥얼거린다. 손끝으로 짚어가다가 선을 놓치면
다시 처음 장소로 되돌아와 길을 찾는다. 여자는 천천히 트로키
사탕을 빤다. 야, 찾았다. 이번에 놓치면 끝장이야. 남편이 소리를
친다. 갈림길에서 왼쪽으로 나가. 놓치면 안 돼. 왜 진작에 이곳을
발견하지 못했지. 여자는 눈을 뜨고 남편의 무릎 위에 펼쳐져 있
는 지도를 내려다본다. 간석 유원지라고 인쇄된 글씨 밑으로 파란
색 실선이 지나고 있다.
　포장도로가 끝나고 차 한 대가 간신히 지날 수 있는 비포장도
로로 들어선다. 좁은 길 양옆으로 3미터 높이의 옥수수밭이 펼쳐
져 있다. 옥수수밭의 끝은 보이지 않는다. 차의 앞창이 옥수숫대
를 훑으면서 지나간다. 젖은 옥수숫대가 말 채찍처럼 거칠게 차창
을 두들긴다. 길 폭은 점점 좁아지고 옥수숫대가 부딪히는 소리가
커진다. 정말 이 길이 맞아? 기역이 차를 멈추고 남편을 돌아다본
다. 맞아. 봐, 앞서간 타이어 자국이 있잖아. 타이어 자국은 옥수
수 숲 사이로 숨어 있다.

　비가 와서 강의 수위가 불어 있다. 유원지 주차장에 차를 주차
시키고 트렁크를 열어 주섬주섬 짐을 꺼내 주차장 바닥에 늘어놓
는다. 감탕밭을 지나오면서 진흙이 더께로 묻어 주차장 입구에서
부터 주차선 안에까지 타이어 자국이 찍혀 있다. 플라스틱 아이스
박스와 뚜껑 달린 커다란 양은 들통 한 개, 휴대용 가스레인지,

코펠 그리고 기역의 애인이 가지고 온 가방들로 주차장 한 칸이 꽉찬다.

선착장 위에는 달랑 비치 의자 하나가 놓여 있을 뿐이다. 러닝 셔츠 차림의 중년 사내가 의자 위에 걸터앉아 담배를 피운다. 바닥과 등받이를 나일론 줄로 엉성하게 엮어 만든, 등받이에 음료수 회사의 마크가 찍힌 철제 의자다. 칠이 벗겨진 의자의 네 다리와 등받이에는 붉은 녹이 슬어 있다. 신발을 벗고 의자턱에 걸친 맨발 위로 의자 다리의 붉은 녹이 타고 올라가 핀 것처럼 사내의 온몸은 검게 그을어 있다. 파라솔 하나 없이 팔월의 태양을 고스란히 받으며 담배를 피운다. 고개만 비스듬히 틀어 강 위에 떠 있는 먼산을 응시한다. 사내 앞에 놓인 라면 상자 속에 배표를 넣는다. 사내는 한번도 곁눈질로 배를 타는 사람들을 바라보지 않는다. 조타기를 잡던 선장이 창밖으로 얼굴을 내밀고 김씨, 하고 부르자 그제서야 느릿느릿 일어나 신발을 꿰어신는다. 일어서는 사내의 등과 엉덩이, 허벅지에 바둑판 무늬의 자국이 눌려 있다. 손톱으로 엉덩이를 긁적이며 더디게 걷는다. 콘크리트 기둥에 묶여 있는 줄을 풀고 한 발로 배의 선체를 힘껏 떠다밀고서 강가에서 조금씩 멀어지는 배 위로 몸을 날려 훌쩍 올라탄다. 사내는 여자의 바로 곁 갑판 맨바닥에 털썩 무너지듯 앉는다. 굴비 냄새가 난다. 담배 필터를 이로 질끈 물고 바람을 등지고 불을 붙인다. 누렇고 열이 고른 옥수수알 같은 이들이 드러났다 사라진다. 깊이 들이마신 담배 연기가 털이 삐져나온 두 콧구멍으로 뿜어져 나와 배가 가는 반대 방향으로 날아올라 흐트러진다. 시선은 여전히 먼산 위에 박혀 있다.

사내는 먼산이 아니라 강물 속을 들여다보고 있었다.

물 위로 먼저 올라온 것은 사내였다. 사내의 뒤를 따라 올라와

야 할 친구의 모습이 나타나지 않는다. 야, 임마. 장난하지 마. 사
내는 물에 대고 고함을 친다. 열 셀 때까지 안 나오면 알지? 하나,
둘, 셋…… 열까지 열 번을 세도 친구는 나오지 않는다. 사내에게
잠수를 알려준 것도 친구였다. 친구는 지갑 안에 빳빳한 잠수 국
제 면허증도 넣어가지고 있었다. 물 위로 친구가 쓰고 있던 물안
경이 떠오른다. 뒤늦게 물 속으로 뛰어들지만 친구는 찾을 수 없
다. 십 년 동안 이 물 밑바닥을 샅샅이 뒤졌다. 친구를 찾아 물 속
을 헤매면서 사내는 물 속도 물 위와 다를 게 없다는 것을 알았
다. 밭이 있고 산이 있고 바위가 있고 집이 있고 무덤이 있다. 잠
수의 단짝을 잃고부터 사내는 늘 혼자서 잠수를 한다. 어부가 쳐
놓은 그물에 발이 걸리기도 하고 산소가 떨어진 줄도 모르고 다
니다가 겨우 물 위로 올라오기도 했다. 그때 사내의 가슴 한쪽에
는 담뱃갑만한 텅 빈 공간이 생겼다.

선착장 맞은편, '어서 오십시오'라고 써붙인 산기슭의 글자 아
랫받침까지 물이 차 있다. 모터 보트 한 대가 꼬리에 물보라를 달
고 글자의 모음자 위를 지나 강을 가로지른다. 여자는 멀미 때문
에 선실로 들어가지 않고 배의 갑판 위에 서서, 쇠난간을 붙잡고
강물을 굽어본다. 뱃길 옆으로 산 그림자가 물 위에 얇게 떠 있
다. 산 중턱에 붙은 글자들도 고스란히 들어와 있다. 짙푸른 물은
배의 뾰족한 앞머리에 비켜덩이처럼 갈라졌다가 저만치 뒤쪽에서
도로 합쳐진다. 배는 물에 비친 산 중턱의 글자들을 하나씩 흐트
리면서 조금씩 나아간다. 기역과 기역의 애인이 맞은편 갑판에서
장난을 친다. 기역이 애인의 어깨를 잡고 배 바깥으로 떠밀려는
시늉을 하면 애인은 발을 질질 끌며 어린애처럼 울상을 짓는다.
남편은 선실에 짐을 쌓아두고 조타기를 잡고 앉은 선장에게 담뱃
불을 붙여주며 이야기를 나누고 있다. 남편은 누구와도 쉽게 친해

지는 성격이다.

　건너편 선착장이 바로 지척에 보이지만 배는 선착장까지 곧장 가지 않고 산을 끼고 돌면서 천천히 물살을 가로지른다. 그제서야 여자는 이 배가 건너편 계곡으로 사람을 나르면서 강을 구경하도록 하는 유람선이라는 것을 알아챈다. 강바람은 물엿처럼 끈끈하다. 바람이 금세 여자의 머리카락을 헝클어놓는다. 배는 가끔 물결을 타고 위로 둥실 떠올랐다가 깊게 가라앉는다. 그때마다 강물은 영광호라고 쓰인 글씨를 덮고 흘수선을 넘어 배 안으로 흘러들 것처럼 뱃전에 바싹 달겨든다. 여자의 흰 얼굴 위에 물살이 빗살 무늬로 아른거린다. 시야가 아득해지면서 현기증이 인다. 손바닥에 땀이 물큰 배도록 쇠난간을 부여잡는다.

　여자는 친구와 손을 잡고 계곡을 건넌다. 아버지를 비롯한 낚시 동호회 일원들은 낚시 장구를 메고 벌써 계곡 건너편으로 올라가 여자들이 건너올 때까지 기다리고 있다. 고기는 한 마리도 잡지 못했다. 물살이 거세어서 물 밑의 종아리에 힘이 들어간다. 갑자기 웃어대던 친구의 눈이 커진다. 입가에는 웃음기가 채 가시지 않았는데 동공이 활짝 열린다. 이애, 자꾸 몸이 떠밀려. 이야기하느라 눈치채지 못한 사이 어느새 조금씩 떠밀려서 깊은 곳에까지 들어와버리고 만다. 친구의 몸이 여자에게로 떠밀리면서 순식간에 여자의 몸은 물 속으로 빨려들어간다. 물에 빨려들어가기 전, 여자는 시끄러운 매미 울음소리를 듣는다. 몸이 몇 번 물 속에서 곤두박질친다. 천천히 눈을 뜬다. 물살이 하얀 빛을 띠며 여자의 눈자위를 핥는다. 눈앞으로 아까 낚시할 때 보이지 않던 물고기들이 하나, 둘 나타난다. 오색의 물고기들이 레이스 같은 지느러미를 천천히 팔랑거리며 여자의 바로 눈앞에서 유유히 헤엄친다. 내일은 이곳에 낚시를 드리워야지. 여자는 천천히 팔을 올려 물고기를 낚아챈다. 어느새 물고기는 손가락 사이로 미끄러지 듯 빠져 달아난다. 여자의 손놀림이 분주해진다. 하지만 매번 빈 손만 끌려온다. 억센 손이 물 속으로 들어와 여자의 목덜미를 거세게 낚아챈다. 또다시 매미떼가 지겹게 울어댄다. 순간 여자의 손에 작은 물고기 한 마리가 잡힌다. 물 밖으로 여자를 끌어낸 것은 아버지다. 아버지에게 끌려 물 밖으로 나가면서도 여자는 손아귀에 힘을 준다. 50미터쯤 앞에서 물 속에서 손을 놓친 친구가 막 구조되고 있다. 물가에 선 사람들의 얼굴이 한결같이 굳어 있다. 아버지, 이 속에 고기가 많아요. 자, 봐요. 여자가 손을 펴 보인다. 여자의 손바닥에는 작은 조약돌 하나가 쥐여 있다. 아버지는 여자의 눈을 들여다보고는 손을 들어 여자의 뺨을 호되게 내려친다. 뺨을 부여잡고 어리둥절해하고 있는 동안 아버지는 낚시 장구 가방을 어깨에 둘러메고 성큼성큼 앞서간다. 친구가 젖은 머리카락을 잡고 사방을 둘러보며 여자를 찾는다. 친구는 아주 심한 근시다. 친구는 안경을, 여자는 슬리퍼 한 짝을 물에 떠내려 보내고 절뚝이면서 일행의 뒤를 쫓아간다.

누군가 뒤에서 여자의 어깨를 우악스럽게 끌어당긴다. 사내가 팔짱을 끼고 여자를 내려다보며 서 있다. 지금 뭐 하는 거요? 물에라도 뛰어들 참인가본데. 갑판 위에 서 있던 사람들 몇이 호기심 어린 표정으로 여자와 사내의 얼굴을 번갈아 쳐다본다. 여자는 그제서야 움켜쥐었던 쇠난간에서 손을 뗀다. 하얗게 피가 몰린 손바닥에서 쇠 냄새가 난다. 괜히 골치 아픈 일 만들지 말구 선실로 들어가요. 사내는 다시 주저앉아 담배를 꺼내 문다.

배를 선착장에 묶는 사내의 왼팔뚝에 닻 모양의 문신이 박혀 있다. 줄무늬 러닝셔츠는 땀에 젖어 상반신에 달라붙고 등허리에는 땀이 말라 허옇게 소금이 들러붙어 있다. 문신은 아주 오래 전에 새긴 듯 색깔이 연하고 문신한 뒤로 살집이 붙었는지 닻 모양으로 이어진 선은 말줄임표처럼 끊어져 있다. 사내는 능숙한 솜씨로 물때가 낀 나일론 줄을 거머쥐고 단번에 말뚝에 감는다. 배가 물 위에서 흔들려 조금 멀어지면서 나일론 줄이 사내의 손을 쓸면서 빠져 달아난다. 어깨에 힘이 들어가고 근육질의 팔뚝 위에 새겨진 닻 모양의 문신도 팽팽하게 부푼다.

선착장에는 배를 타고 밖으로 나가려는 피서객들이 줄지어 서 있다. 짧은 소매와 반바지 아래로 드러난 맨살은 검붉게 그을어 있다. 허물이 다 벗겨질 때까지 사람들은 이곳을 기억할 것이다. 졸음과 피곤에 전 얼굴들 아래로 흙이 묻은 배낭과 이불가지들이 쌓여 있다. 이틀 후면 여자도 검게 탄 얼굴에 저런 표정을 담고 선착장에 선 채 되돌아갈 배를 기다릴 것이다.

여자 몫의 짐까지 양쪽에 멘 남편을 따라 수로를 건너고 산기슭 아래로 난 좁은 길을 올라간다. 빽빽한 숲을 건너 계곡을 따라 흐르는 물소리가 점점 커진다. 이곳에는 어제서야 비가 멈췄대. 다행이야. 물은 진력이 나도록 볼 테니까. 남편이 입은 긴 청바지가 땀으로 허벅지에 달라붙어 있다. 그런데 아까 선장과는 무슨 이야기를 그렇게 재미있게 했어? 여자는 숨이 차다. 으응, 일 주일 전쯤인가, 계곡 안의 기도원으로 어느 교회에서 단체로 기도를 하러 왔던 모양이야. 그런데 갑자기 열 명 정도의 사람이 한꺼번에 배 밖으로 뛰어내렸다는 거야. 갑판에 서서 물구경을 하다가 갑자기 집단 최면에라도 걸린 것처럼 물 속으로 뛰어들었다지. 구명 튜브를 던졌더니 이번에는 서로 튜브를 잡겠다고 아우성이었대. 선장 말이 아무래도 물에 홀린 모양이라고 하더군. 남편은 걸음을 멈추고 여자가 따라올 때까지 기다렸다가 다시 올라간다. 여자는 남편을 바싹 따라붙으면서 중얼거린다. 이런 폭염이라면 차라리 무엇에 홀리는 편이 나아.

기역과 기역의 애인은 양은 들통의 손잡이를 하나씩 나눠 잡고 저만치 뒤처져서 따라온다. 양은 들통의 뚜껑과 몸체는 여자가 쇠수세미로 문질러 닦은 탓에 흰 결이 잡혀 있다. 선착장으로 내려가던 사람들이 양은 들통에 길이 막혀 계곡 옆 나무등치에 바싹 피해 서 있다가 두 사람이 지나간 후에야 내려간다. 좁은 길을 다 차지하고 기역과 기역의 애인은 연신 수다를 떨면서 늑장을 부린다. 들통을 소리나게 흔들면서 산기슭에 무더기로 핀 들꽃을 향해 뛰어간다. 들통 뚜껑이 몸체에서 벗어나 들썩거리면서 얄팍한 소리가 난다. 아이스박스의 좁은 끈이 기역의 어깨 살을 파묻고 걸려 있다. 아이스박스에는 오는 도중 24시간 편의점에서 구입한 냉동 닭 두 마리와 쇠고기 두 근, 포장 김치와 상추, 홍당무, 그리고 마요네즈 병에 급히 퍼담은 고추장 등속이 들어 있다. 기역의 애인은 엉덩이를 길가로 향하게 쳐들고 산비탈 돌 틈에 핀 개망초꽃을 들여다본다. 여자는 기역의 애인을 오늘로 딱 두번째 본다. 한번도 먼빛으로 그저 고개인사만 했다. 두 뺨과 어깨, 엉덩이에 살집이 두둑한 스물한 살의 처녀다. 단 한군데 살집이 없는 두 귀는 새 냄비의 손잡이처럼 맵시 있다.

남자들이 민박을 알아보기 위해 잠시 가게 안으로 들어간 사이 여자는 아이스박스 뚜껑 위에 걸터앉는다. 종아리에서 허벅지를 타고 감자싹 같은 정맥이 불거져 있다. 아침에 갈아신은 흰 면양말이 발목까지 흘러내려 구겨져 있다. 당겨올리니 구김마다 먼지 띠가 앉아 있다. 바람 한점 불지 않는다. 앉은 여자 앞으로 펼쳐진 계곡의 나무들은 정물화 같다. 매미 울음이 한시름 잦아지면 그 사이 계곡을 따라 흐르는 물소리가 들린다. 가게에서 내다 건 스피커에서 트롯 메들리가 쉬지 않고 이어진다. 싸라앙마안 남겨노오코 떠나아가느냐아. 테이프가 늘어진 부분에 이르면 같은 음절이 반복된다. 야알야알야알야알미운 사아라암. 어느새 기역의 애인이 가게 안으로 뛰어들어가 아이스바를 물고 나온다. 하나를 여자에게 건넨다. 고마워요. 기역의 애인은 금세 얼굴이 발그레지며 식염으로 파랗게 물든 혀를 쏙 빼문다. 어머, 언니. 말 놓으세요. 기역의 애인은 여자보다 열 살 아래다. 스물한 살. 그 나이 때 여자는 등산 배낭만한 가방을 둘쳐메고 노량진의 단과 학원을 드나드는 삼수생이었다. 학원에서 나와 노량진 길을 따라 집으로 돌아가는 길에는 사육신 묘가 있었다. 도로로 향한 시멘트 벽은 온통 개나리 천지였다. 하지만 여자의 기억 속에서 온통 노랗게 반짝였을 그 꽃들은 전혀 기억이 나지 않는다. 학생도 회사원도 아닌 어정쩡한 그 이 년 동안 여자가 가진 것이라고는 오십 권에 육박하는 참고서와 문제집, 그리고 이유 없는 적의뿐이었다.

기역의 애인은 흰 바탕에 가슴 한가운데 미키 마우스가 커다랗게 프린트된 면 셔츠를 입고 있다. 한 치수 작은 옷을 입은 것처럼 면 셔츠는 몸에 달싹 달라붙어 있다. 등허리의 살집 사이를 파고들 듯 브래지어의 끈이 조여 있고 갈고리 모양의 호크가 반쯤 드러나 옷 위로 불거져 있다. 브래지어의 레이스들 때문에 미키 마우스의 검은 이마에는 주름이 져 있다. 흘러내리는 아이스바를 혀로 핥으며 팔을 들썩거릴 때마다 땀에 젖어 살갗에 달라붙은 면 셔츠의 겨드랑이 속으로 철수세미처럼 뭉친 체모가 얼핏 비친다. 어쩌면 남편 친구의 부인이 될지도 모르는 사람에게 단박에 말을 놓을 수는 없다. 두 번 본 여자에게 언니, 라고 살갑게 다가오는 기역의 애인을 쳐다보며 여자는 언젠가 들었던 그녀의 이름을 떠올리려 하지만 좀처럼 떠오르지 않는다. 아이스바는 봉지 속에서 이미 반쯤 녹아 있다. 붉고 파란 식염이 한데 섞여, 자루를 잡은 손등 위로 보라색 물감이 줄줄 흘러내린다.

묵기로 한 방은 기역의 애인이 아이스바를 산 가게의 다락방이다. 이것도 겨우 구했어. 딱 하나가 남아 있더라구. 저 위의 다른 곳들도 벌써 꽉찼다고 아줌마가 그러더라. 까딱했다간 한데서 잘 뻔했다구. 남편은 짐을 들고 앞질러 걸어가며 중얼거린다. 여자는 뱀꼬리처럼 이어지는 계곡을 훑어본다. 다락방? 난, 다락에서 잔 적이 한번도 없어. 기역의 애인이 뒤에서 환호성을 지른다. 가게 옆의 수돗가를 지나 뒷마당으로 들어가니 주인이 쓰고 있는 부엌으로 통하는 작은 문이 있다. 마당 한쪽에 녹슨 철의자와 둥근 탁자들이 마구잡이로 쌓여 있다. 상추와 들깨가 심어진 텃밭 뒤로는 길이 없는 숲이다.

부엌에 들어서는데 시큼한 냄새가 풍긴다. 쉰 냄새는 개수대 쪽에서 난다. 개수통 위로 씻지 않은 냄비와 접시들이 겹겹이 쌓여 있다. 접시에 묻은 음식 찌꺼기 위에 파리떼가 달라붙어 있다. 개수대 옆에 스테인리스 냉면 그릇 하나가 놓여 있다. 총각무와 고추장을 넣고 벌겋게 비벼놓은 비빔밥에 숟가락이 꽂혀 있다. 반쯤 베어문 총각무 위로 파리가 자리를 옮기면서 날아다닌다. 무언가 끈적끈적한 것이 얼굴에 닿는다. 간격을 두고 천장에는 여러 개의 파리 끈끈이가 매달려 늘어져 있다. 끈끈이의 삼분의 이는 벌써 까맣게 파리가 달라붙어 있다.

어느 것 하나 온전한 살림살이를 찾아볼 수 없다. 구식 냉장고와 세탁기, 낡고 찌그러진 냄비들과 불에 눌어 귀퉁이가 찌그러진 멜라민 수지 밥공기가 차곡히 쌓인 찬장 옆으로 다락으로 올라가는 사다리가 비스듬히 서 있다. 나무로 엉성하게 짜 만들어 발을 올려놓는데 이상한 소리가 난다. 여자는 두 칸째에 발을 올려놓다 말고 다시 바닥으로 내려선다. 경사가 무척 가파르다. 사다리 끝과 면한 천장의 반자에 작은 사각형의 문이 달려 있다. 남편이 먼저 올라가 천장에 달린 문을 들어올려 옆으로 밀쳐놓자 천장에 작은 사각형 개구멍이 드러난다. 그 속으로 남편의 몸이 빨려들어가고 잠시 후에 남편의 얼굴이 나타난다. 야, 핑크 팬더. 짐부터 올리자. 기역이 사다리 중간에 서서 여자와 기역의 애인이 집어주는 짐을 받아 다락 위의 남편에게 건네준다. 마루에도 벌써 민박을 놓았는지 나일론 여름 이불 몇 채가 구석에 개켜 있고 베개와 배낭, 후줄근한 방수 점퍼 따위가 널려 있다. 개구멍 위로 기역의 애인이 들어가고 마지막으로 여자가 남는다. 남편이 다시 사다리 아래로 내려와 엉덩이를 받쳐주어 여자는 겨우겨우 다락 안으로 들어온다. 한증막에 들어온 것처럼 후끈한 열기가 콧속을 후빈다. 다락은 생각보다 넓다. 니은자 형의 다락 중앙에 다락으로 드나드는 사각형의 구멍이 있다. 옆으로 밀쳐놓은 사각형의 판자를 들어 퍼즐 조각을 맞추듯 구멍에 끼우면 온전한 니은자가 된다.

웃풍이 심한 천장 낮은 다락방에 누우면 여자의 바로 눈 위로 책의 카탈로그가 빽빽하게 붙어 있다. 아버지가 며칠 다니던 출판사를 그만두자, 쓸데없어진 책 카탈로그를 어머니는 하루종일 다락방에 발랐다. 매일 저녁마다 여자는 허리를 굽히고 온통 글씨와 그림투성이인 다락방으로 들어와 눕는다. 코끝까지 이불을 덮고 누우면 여자의 얼굴 위로 인쇄된 활자들이 별들처럼 쏟아진다. 예정대로라면 아버지는 고향인 섬으로 들어가는 여객선 안에 있을 것이다.

다락의 바닥은 얇은 베니어판 한 장을 깔아놓은 듯 발을 옮겨 밟을 때마다 발 밑이 푹푹 꺼진다. 구멍을 중심으로 한쪽은 가게, 그 반대쪽은 마루와 방의 천장이다. 다락의 좌우로 두 개의 회전 창이 뚫려 있다. 기역과 기역의 애인이 허리를 구부리고 선 채 창

밖을 내다본다. 공중 화장실의 지붕 너머로 길게 펼쳐진 계곡이 한눈에 내려다보인다. 계곡가에 빼곡히 늘어선 텐트의 둥글고 네모난 지붕들은 산간 마을의 촌락 같다. 물 속은 콩나물 시루처럼 아이들로 꽉차 발 디딜 틈이 없다. 아이들이 갖고 노는 물놀이 기구들이 물 위에 꽃잎처럼 떠 있다.

열린 창문으로 후텁지근한 바람이 들어온다. 일어설 때마다 뜨거운 천장이 목덜미에 닿는다. 빗자루를 빌려와 여자가 대충 바닥을 쓸어내는 동안, 기역의 애인은 가방을 풀고 짐을 꺼낸다. 한쪽 벽에 매달린 나무 선반 위에 작은 꽃무늬가 가득 그려진 수건들과 여행용 미니 화장수병들이 나란히 놓이고 비누와 칫솔 두 개가 놓인다. 여자의 코께로 줄이 늘어진 알전구에도 날벌레들이 달라붙어 있다. 몇 번이나 쓸어내도 날벌레와 먼지가 끌려나온다. 밤이 되면 저 창으로 시원한 강바람이 불어올 것이다. 여자는 쓰레받기 위에서 먼지와 함께 날아오르는 얇은 날개의 시맥을 들여다본다. 아버지가 출판사를 그만두자 어머니는 부업거리라며 커다란 보따리를 들고 왔다. 보따리 안에서 헝겊으로 만든 꽃이파리들이 방 안 가득 쏟아졌다. 밤늦게까지 형광등 아래에 모여앉아 철사에 헝겊 이파리를 꿰어 꽃을 만든다. 손가락에 자꾸 본드가 달라붙는다. 말라붙은 본드를 섣불리 떼어내려다가 속살까지 덜렁 묻어나오기 일쑤다. 살갗이 벗겨진 손가락 끝은 항상 쭈글쭈글하다. 어느새 아버지도 끼여들어 꽃을 만든다.

부엌으로 내려가는 구멍으로 주인 여자의 엉클어진 머리가 내려다보인다. 머리 한가운데 오백원짜리 동전만한 크기의 맨살이 드러나 있다. 엉덩이를 싱크대에 기대고 선 채 한 손으로는 파리떼를 쫓으면서 비빔밥을 먹는다. 볼이 미어지게 밥을 한 입에 떠넣고 목이 메는지 주먹으로 가슴을 두드린다. 아줌마. 가게 밖에서 누군가 부르는 소리가 난다. 나가요! 입 밖으로 붉은 밥알들이 튀고 주인 여자는 냉면 그릇에 얼굴을 박고 숟가락으로 남은 밥을 쓸어넣는다. 개수대에 쌓인 그릇들 위로 아슬아슬하게 냉면 그릇 한 개가 더 얹힌다. 고추장이 묻은 그릇 속으로 파리가 달라붙는다.

여자는 코펠에 쌀을 덜어 들고 다락에서 나온다. 수돗가로 가기 위해 기역자로 꺾어진 뒷마당을 지난다. 텃밭의 상추는 솎아내지 않아 이미 세어져 있다. 철제 의자와 탁자 더미 옆으로 펌프가 박혀 있다. 펌프의 손잡이를 잡고 아래위로 힘껏 들썩거리지만 물이 끌려오지 않는다. 단풍나무 가지 사이에서 무언가 반짝 빛난다. 자귀나무와 참나무 등의 낙엽송 사이에 컨테이너 박스 하나가 놓여 있다. 아까는 발견하지 못했던 것이다. 그도 그럴 것이 컨테이너는 동물의 은닉색처럼 무성한 나뭇잎과 그 그늘 속에 숨어 있다. 겨울이 되고 잎이 다 떨어지고 나면 앙상하게 남은 나무 등치들 사이로 컨테이너 박스는 고스란히 드러날 것이다. 나무들 사이를 비집고 들어간다. 인기척이 없는 것으로 보아 비어 있는 것 같다. 문이 열려 있다. 문지방에 걸터앉아 방 안을 훑어본다. 방 안에 짐이라고는 여행용의 커다란 가방뿐이다. 나일론 재질의 얼핏보기에도 값싸 보이는 가방은 낡아 색이 바래고 곳곳에 천이 해어져 구멍이 나 있다. 지퍼의 손잡이도 떨어져 있다. 조금 열린 가방 사이로 물안경이 삐죽 나와 있다. 나무 그늘 밑이어서인지 서늘하다. 여자의 머리 한참 위로 천막처럼 이파리들이 얽혀 있다. 이파리들 사이로 사금파리처럼 햇살이 빛난다. 방 안에서는 퀴퀴한 남자 냄새가 난다. 방 한구석에 신문지로 덮어놓은 쟁반이 놓여 있다. 신문지를 들춰보니 빈 소주병 두 개와 멜라민 접시 위에 말라붙은 김치 조각이 보인다. 방은 너무 작아 키가 큰 사람이 누우면 머리와 다리와 양쪽 벽 사이에 꼭 끼일 것이다.

계곡은 지루하게 이어진다. 평편한 곳과 높고 낮은 폭포가 반복되어 어느 곳이나 비슷비슷하다. 산꼭대기까지라도 올라가 기어코 수원을 찾겠다는 작정과는 달리 여자는 금방 지친다. 계곡 중간까지 올라가다 말고 되돌아 내려온다. 물가에는 텐트들이 빼곡히 쳐져 있고 물 속에는 사람들로 꽉차 있다. 여자는 계곡이 내려다보이는 언덕 위에 주저앉는다. 물가의 공터에는 파란색 웃옷을 단체로 맞춰 입은 조무래기들이 열을 짓고 서서 앞에 선 선생의 호각 소리에 맞춰 팔과 다리를 구부리며 준비운동을 한다. 수영 금지라고 써붙인 계곡 깊숙한 곳까지 들어간 덩치 큰 사내아이들은 벼랑을 타고 기어올라 물 속으로 다이빙을 한다. 아이들이 엉덩이부터 입수할 때마다 수면은 흰 포말을 일으키며 찢어진다. 남편이 끼고 있던 이어폰을 하나 빼어 여자의 귀에 꽂아준다. 노래는 아주 단조로운 곡조로 계속 반복된다. 낯선 여자의 노래는 자주 한숨 소리에 끊긴다. 왜 이 여자는 계속 혀를 차지? 남편이 웃는다. 그건 부시맨 여자의 노래야. 부시맨의 언어 중에 설타음이 들어 있기 때문이야. 설타음? 무슨 내용이야? 나는 사냥꾼의 딸, 주술사의 아내. 뭐 그런 내용이야. 이 노래 하나에 이 여자의 일생이 다 담겨 있어.

여자의 시야는 암벽에 가로막힌다. 고개를 한참 꺾어 올려야 암벽의 꼭대기가 보인다. 깎아지른 듯한 암벽에는 사내 둘이 암벽 타기를 하고 있다. 히야, 스파이더맨 같은데. 남편이 휘파람을 분다. 별 장비도 갖추지 않은 차림의 사내 둘이 맨손으로 절벽을 더듬으며 조금씩 꼭대기를 향해 올라간다. 두 다리와 두 팔을 엑스자 모양으로 펴서 암벽에 달라붙어 있다. 허리에 묶은 줄 하나가 암벽 아래로 힘없이 처져 바람이 불 때마다 흔들거린다. 거미줄을 치려고 줄을 뽑아내는 거미 같다. 위의 사내는 계속 움직여 조금씩 꼭대기와 가까워지지만 밑의 사내는 한참 동안 그 자리에 그대로 매달려 있다. 힘에 부치는 모양이다. 위의 사내가 밑의 사내를 향해 고함을 친다. 밑의 사내가 한 손을 뻗어 잡을 만한 것을 찾아 더듬는다. 여자는 벼랑 위의 엑스자 두 개를 번갈아 쳐다본다. 흐트러졌다가 자리를 바꾸며 다시 새로운 엑스자가 만들어진다. 저 사람은 이제 어떻게 하지? 초보자인 모양인데. 별수없이 꼭대기까지 올라가야 하겠지? 남편은 여자의 말을 알아듣지 못한다. 남편의 시선은 줄곧 위의 사내에게 가 있다. 히야, 잘 올라가는군. 저것 봐. 벌써 다 올라갔어. 남편이 탄성을 지르며 손가락으로 위의 사내를 가리킨다. 위의 사내는 벼랑 꼭대기에 가깝게 올라가 있다. 밑의 사내는 아직도 그 자리에 매달려 있다. 꼭대기로 올라선 사내가 아래를 내려다보며 소리친다. 남편은 꼭대기 위의 사내를, 여자는 벼랑 중간에 매달린 채 오도가도 못 하는 사내를 따로따로 올려다본다.

수돗가까지 양은 들통을 들고 가서 물을 가득 채워 질질 끌고 온다. 대충 눈어림으로 물의 양을 맞추고 냉동 닭을 통째로 넣고 쌀과 마늘, 인삼을 넣은 후 휴대용 가스레인지 위에 올려놓는다. 들통을 드는데 신음 소리가 새어나오며 허리가 기역자로 꺾인다. 양은 들통에 가려 가스레인지는 보이지 않는다. 한철 장사로 바쁜 주인 아줌마는 원형 탈모증이 시작된 숱이 적은 머리를 흩날리면서 물건을 파느라 정신이 없다. 가게로 와서 캔 음료수와 참치 통조림을 사가지고 나오던 젊은 남녀가 양은 들통을 내려다보며 웃음을 터뜨린다. 이곳에서 누런 빛을 띤 양은 들통은 정말 어울리지 않는다. 잘 닦아놓은 들통 밑으로 검은 연기가 올라오며 그을음이 묻는다. 양은 들통의 뚜껑은 철 수세미 결이 허옇게 드러나 있다.

 여자는 팔 년 동안 잡지사 미술부에서 잡지 레이아웃을 하고 대지 작업을 했다. 3M 스프레이 풀은 물에 불려도 잘 씻겨지지 않아 여자는 퇴근 무렵이면 아세톤을 묻혀 손가락에 묻은 풀을 닦아낸다. 살갗이 벗겨진 손가락 끝이 까실까실하다. 여자의 차가 중앙 분리대를 들이받은 사고 이후 회사를 그만두었다. 쪽자를 붙이거나 루페를 한쪽 눈에 대고 채도를 재는 대신, 목욕탕에 쭈그리고 앉아 하루종일 손빨래를 한다. 녹이 슬어 쓸모없어지는 갑옷처럼 되어버릴까봐 조바심이 났다. 허리가 무지근해지도록 빨래를 해대는 동안에는 잡념이 생기지 않았다. 빨랫감도 오전 나절이면 쉽게 바닥이 났다. 탈수시킨 빨래들을 자바라 위에 다 널어놓고 돌아서면 빨래를 하면서 눌러놓았던 잡념까지 한꺼번에 들이닥친다. 주전자의 물을 졸이고 삶고 있던 세탁물이 들통 안에서 그대로 숯이 되는 경우도 있었다. 부엌 싱크대를 뒤져 깊숙이 들어 있던 냄비들과 들통을 꺼내 부엌 바닥에 늘어놓는다. 철 수세미에 아파트 놀이터에서 퍼온 모래를 묻혀 그릇을 닦고 또 닦는다. 여자의 손가락은 잦은 물일로 무르기 시작한다.

 여자는 들통 앞에 쭈그리고 앉아 계곡을 내려다본다. 짧은 반바지로 갈아입은 기역과 기역의 애인이 첨벙거리며 물 속으로 뛰어든다. 계곡의 안쪽 벼랑에는 수영 금지라고 쓰인 나무 표지판이 엉성하게 붙어 있고 중간중간 스티로폼을 동그랗게 깎아 나일론 줄로 엮어 맨 부표가 떠 있다. 끓으면 내가 부를 테니까 내려가서 물에다 발이라도 담그지 그러우. 주인 여자가 총채를 들고 좌판에 쌓인 과자 봉지들의 먼지를 털어내며 여자에게 말을 건넨다.

남편이 여자를 발견하고 큰 걸음으로 뛰어오다가 다리를 헛짚고 넘어지면서 물 속에 팔을 짚는다. 여자는 양말을 벗고 바지를 무릎 위로 걷어올리면서 한 발을 물 속에 들여놓는다. 금방 발목이 얼얼해진다. 차고 거센 물살이 복사뼈를 감싸고 돌며 간질인다. 하필 이럴 때 임신을 할 게 뭐야? 어느새 다가온 남편이 여자의 배를 내려다보며 중얼거린다. 물에 들어가지 못하는 여자보다 정작 남편의 마음이 안쓰럽다. 남편은 여자가 물을 좋아한다는 것을 안다. 제대로 수영을 하지 못하면서 물 위에 떠 있는 여자를 보고 놀란 적이 있다. 콧속까지 물이 잘박잘박 들이차는데도 여자의 표정은 잠을 자는 사람처럼 평온해 보였다. 남편이 물에 넘어질 때 가까스로 젖지 않은 워크맨을 허리춤에서 떼어내어 여자에게 건넨다. 여자는 기억과 기억의 애인이 있는 물이 깊은 곳으로 남편의 등허리를 떠다민다.

남편과 기억이 부표가 떠 있는 곳까지 헤엄을 친다. 부표 밖의 물은 허벅지 정도밖에 차지 않는데 갑자기 부표 안으로 헤엄치던 남편과 기억이 물 속에 잠긴다. 허겁지겁 물 밖으로 고개를 내민다. 여자가 발을 댄 물 속에는 둥글고 자디잔 자갈들이 깔려 있다. 계곡을 따라 흘러내려온 물은 경사진 곳에서 폭포가 되었다가 완만한 곳에서는 속도를 늦추고 모난 돌들을 깎아 둥글게 만들면서 수문을 지나 강으로 흘러간다. 여자는 한 발을 들고 발 밑에서 작은 조약돌 하나를 건져올린다. 뽀얗게 물먼지가 일면서 실치 같은 물고기들이 물감 번지듯 달아난다. 회색과 흰색이 소용돌이 모양으로 뒤섞인 돌은 여자의 손 안에 쏙 들어온다. 바윗돌 깨뜨려 돌덩이, 돌덩이 깨뜨려 돌멩이, 돌멩이 깨뜨려 자갈돌, 자갈돌 깨뜨려 모래알, 랄랄랄라. 여자의 기억 속으로 잊었던 노래 소절이 되살아난다. 풍화되는 돌의 일생에 대한 노래다. 노래의 제목은 기억나지 않지만 노래와 함께 하는 율동은 선명하게 떠오른다. 손 동작이 점점 작아지고 자갈돌은 손주먹으로, 모래를 표현할 때는 손바닥을 검지손가락으로 콕, 찍는다. 윗도리 자락으로 물기를 닦아내고 바지 호주머니에 자갈돌을 집어넣는다.

물가에는 사람들이 담가놓은 수박, 참외들이 널려 있어 조심성 없이 뛰어다니는 아이들의 발에 차인다. 여자가 앉은 곳에서 두 걸음 정도 떨어진 곳에 있는 텐트의 지퍼가 조금씩 열리면서 얼굴 하나가 나와 물 위를 둘러보며 누군가를 찾는다. 동그란 얼굴 위의 퉁퉁 부은 두 눈이 물 위를 떠나 여자의 동그란 배에 머문다. 텐트 앞에 나란히 벗어놓은 샌들을 하나씩 꿰어신고 밖으로 나와 일어선다. 동그란 얼굴의 배도 여자만큼 부풀어 있다. 남편과 기역은 기역의 애인을 따돌리고 어린아이들처럼 물장구를 치기도 하고 아이들이 던진 공을 중간에서 가로채 엉뚱한 곳에 던지기도 한다. 다시 동그란 얼굴과 여자의 시선이 맞닿는다. 동그란 얼굴이 여자를 보고 미소를 짓는다. 여자가 주운 돌처럼 모난 데가 하나 없는 얼굴이다. 기역의 허리띠를 잡고 기역의 덩치 큰 애인이 어린애처럼 울상을 짓는다. 뒤에서 남편이 달려들어 다리를 붙잡고 물 속에 빠뜨린다. 기역의 애인이 지르는 비명 소리가 물 위를 건너온다.

산달이 언제예요? 동그란 얼굴이 어느새 여자의 옆에 와 나란히 앉는다. 젖가슴 아래로 주름을 잔뜩 잡은 임신복을 입고 있다. 주름 탓인지 배는 더욱 풍만해 보인다. 구월 말이에요. 어머, 나도 구월 말인데. 동그란 여자가 일어나 텐트 앞의 물가로 다가가 물에 손을 넣는다. 물 위로 꺼낸 손에 커다란 참외 하나가 들려 있다. 과도와 알루미늄 호일 접시를 들고 와 여자의 옆에 앉아 두 발을 여자의 발 옆에 담근다. 동그란 얼굴의 발가락은 공깃돌처럼 동글동글하다. 엄지 발톱에 빨간 매니큐어가 잘 발라져 있다. 능숙한 칼질로 참외 껍질을 벗겨내고 하얀 과육을 여섯 조각으로 토막내 여자에게 한쪽을 건넨다. 첫째예요? 배가 작네. 어떻게 알았어요? 척 보면 알 수 있어요. 첫째애를 가진 사람은 임신복을 잘 안 입으려 들거든요. 나도 그랬어요. 여자는 지금 특대의 티셔츠와 허리가 34인치인 남편의 바지를 간신히 걸치고 있다. 나는 둘째애예요. 저기 저 남자애 보이지요? 내 아들이에요. 동그란 얼굴이 검지손가락을 들어 물 위를 가리킨다. 햇빛에 드러난 얼굴에는 화장기 밑으로 짙은 기미가 끼어 있다. 물 위에는 고만고만한 또래의 아이들투성이다. 물을 잔뜩 먹은 기역의 애인이 젖어서 몸에 달싹 달라붙은 윗옷을 떼어내며 울먹인다. 파란색 수영 모자 쓴 애 있죠? 입술이 작고 가무잡잡한 아이 말예요. 동그란 얼굴은 참외를 아삭거리면서 너그러운 눈빛으로 아이를 쳐다본다. 너무 말썽꾸러기예요. 한 곳에 붙어 있지를 못하죠. 몇 번이나 잃어버릴 뻔했다니까요. 동그란 얼굴이 저 혼자 까르르 웃는다. 마음놓고 쇼핑이란 걸 해본 지가 언젠지 몰라요. 참외는 밍밍하다. 트로키 사탕 때문에 여자는 입맛을 잃어버렸다. 동그란 얼굴이 물 속의 아이를 향해 번쩍 손을 들고 흔든다. 생면부지인 그 옆얼굴이 낯설지 않다. 저 아이는 팔개월째 되던 달에 낳았어요. 1.8킬로그램밖에 나가지 않는 조산아였죠. 인큐베이터 안에 있었어요. 조마조마하게 키워서 너무 응석받이가 되었나봐요. 그런데 혹시, 우리가 어디서 봤죠? 여자는 동그란 얼굴에게 동그란 얼굴은 여자에게 서로 묻는다. 둘은 동시에 소리내어 웃는다.

동그란 얼굴과 여자는 친한 친구 사이처럼 수다를 떤다. 내가 한번 직업을 알아맞혀볼까요? 동그란 얼굴이 여자의 손바닥을 들여다본다. 음, 글자와 관계된 직업이죠? 여자가 고개를 끄덕이자

동그란 얼굴은 손바닥을 멀리, 가깝게 하면서 들여다본다. 아, 알
았다. 타이피스트. 그렇죠? 공공기관의 타이피스트 아녜요? 맞아
요. 어떻게 아셨어요? 여자가 놀라는 시늉을 하자 동그란 얼굴이
손바닥을 치며 아이처럼 좋아한다. 내 친한 친구 중에 검찰청의
타이피스트가 있거든요. 그애는 하루종일 타자를 쳐요. 농구 경기
장만한 방에 수많은 책상이 빼곡히 들어차 있고 책상 위에는 타
자기가 한 대씩 놓여 있죠. 아참, 책상들 옆에는 플라스틱으로 만
든 휴지통이 있어요. 오타가 많은 종이들을 구겨버려야 하니까요.
수많은 사람들이 하루종일 타자기를 두드려대요. 여자는 동그란
얼굴의 이야기에 어느새 몰두한다. 여자의 머릿속에는 가끔 다큐
멘터리에서 볼 수 있는 쉴새없이 움직이는 70년대의 방직 공장의
기계들이 떠오른다. 재미있지 않아요? 그 아이의 열 손가락에는
보일 듯 말 듯 굳은살이 박혀 있죠. 참외 먹을 때 보니까 손가락
끝이 다 벗겨졌더군요. 그래서 짐작했죠. 일 분에 몇 자를 치죠?
내 친군 일 분에 2백 자라든가, 3백 자라든가, 그 정도를 쳐요. 대
화는 두서없이 이어진다. 노는 걸로 봐선 이번에는 딸인 것도 같
은데. 낳아봐야 알죠. 결국 이야기는 다시 태 속의 아이에게로 되
돌아와 끝난다. 동그란 얼굴이 벌떡 일어서서 물가로 가 아이를
두 팔로 감싸안는다. 동그란 얼굴은 자갈돌처럼 동그란 얼굴의 아
이를 낳을 것이다. 남편이 물을 후두둑 떨어뜨리면서 여자의 옆으
로 다가온다. 귀에 손바닥을 대고 경중경중 뛴다. 남편에게서 생
선 비린내가 난다. 저쪽으로는 물살이 굉장히 세. 남편이 부표가
엉성하게 떠 있는 계곡 깊숙한 곳을 가리킨다. 웅덩이가 파인 것
처럼 물빛은 다른 곳보다 검푸르다.
  인삼 냄새가 흐릿하게 풍겨온다. 닭은 무를 대로 무르게 삶아
져서 젓가락으로 건져내려는데 살집을 벗어난 뼈가 덜렁 달려올

라온다. 늦은 점심인 탓에 기역과 기역의 애인, 남편이 허겁지겁 들통 앞으로 달려든다. 청바지를 무릎 위로 걷어올린 남편의 종아리는 파 밑동처럼 희다. 알루미늄 호일 접시에 닭을 덜어주고 여자는 국물 위에 뜬 대추 한 알을 입에 넣는다. 대추는 입 속에서 스르르 녹고 뾰족한 씨가 혀끝에 남는다. 들척지근하다. 그때 누군가가 비명을 지르며 계곡 아래에서 맨발로 뛰어올라온다. 911, 911 좀 불러주세요. 911. 동그란 얼굴의 그 여자다. 낯빛이 검보라색이다. 사람들이 하나, 둘 몰려들기 시작하고 계곡 물 여기저기 흩어져 놀던 사람들이 순식간에 물 밖으로 뛰어나온다. 동그란 얼굴은 희뜩 돌아간 눈으로 무슨 암호처럼 911을 외쳐댄다. 기역이 자꾸 구겨지는 알루미늄 호일 접시를 손바닥 위에 올려놓고 닭살을 젓가락으로 발라내고 있다가 중얼거린다. 911이라니? 911은 텔레비전 프로 아냐? 여자는 본능적으로 두 손으로 배를 감싸쥐고 뾰족한 대추씨를 어금니로 꽉 문다. 검게 탄 수상 안전요원 한 명이 위의 계곡에서 뛰어내려온다. 닭고기를 입에 잔뜩 물고 그제서야 남편과 기역이 엉거주춤 일어선다.

 텅 빈 물 위, 부표가 뜬 원 안으로 꽃무늬가 그려진 고무 튜브 하나가 떠 있다. 물가를 따라 사람들이 둥글게 모이기 시작한다. 곡마단의 나이 어린 소녀의 공중돌기 묘기를 지켜볼 때처럼 사람들이 숨을 죽인다. 야, 드라마틱한데. 옆의 목소리가 중얼거린다. 얌마, 조용히 해. 이 자식은 이런 상황에서도 농담이야. 다른 목소리가 윽박지른다. 수상 안전요원이 헤엄을 쳐서 부표 안으로 들어가고 있다. 양 볼 가득 숨을 들이마시고는 자맥질을 한다. 검고 긴 다리가 물 속으로 빨려들어가고 수면에 여러 겹의 파문이 인다. 다시 그 위로 수상요원의 얼굴이 나와 큰 호흡을 한다. 몇 번이나 자맥질을 해보지만 헛수고다. 당신, 들어가봐. 수영 잘하잖

아. 여자는 웅얼거리지만 그때마다 대추씨에 혀가 찔린다. 남편의 얼굴에는 당혹스러운 빛이 스친다. 이런 데는 수초가 잔뜩이야. 발을 잘못 디뎠다간 수초에 발이 감기고 만다구. 동그란 얼굴은 물가에 주저앉아 있다. 짧은 형광색 반바지 위의 허리가 잘록하다. 한 발자국 떨어진 곳에 낯이 검은 아이를 부둥켜 안고 서 있는 낯익은 동그란 얼굴이 보인다. 파란색 수영 모자를 쓴 사내아이는 영문을 모르는 채 엄마의 팔에서 벗어나려고 발버둥을 친다. 텅 빈 계곡의 부표 안으로 꽃무늬 튜브가 둥둥 떠다닌다. 생생한 꽃무늬가 아니라면 모든 것은 꿈을 꾸는 것 같다. 물 위로 수상 안전요원의 얼굴이 솟구친다. 가슴이 한껏 부풀어오를 때까지 숨을 들이마시고는 다시 물 속으로 자맥질을 한다. 물 위로 작은 거품들이 들끓어오른다. 동그란 얼굴의 쌍둥이들은 바닥에 주저앉는다.

닭은 이미 차게 식어 있다. 산기슭과 계곡 위에 빙 둘러서서 물 위를 내려다보던 사람들이 하나, 둘 흩어진다. 대추씨가 가끔 혀를 찔러댈 때마다 끊어진 트롯의 가사가 들려온다. 싸라앙마안 남겨노오코 떠나아가느냐. 야알야알야알. 테이프가 늘어진다. 야알미운 사아람. 기역과 기역의 애인은 식은 닭고기에 젓가락을 대고 살을 발라먹기 시작한다. 기역은 감질이 나는지 뼈째 들고 달라붙은 살점을 뜯어먹고 입 안에서 닭뼈를 오도독오도독 소리나게 씹는다.

물에 떠내려가는 튜브를 잡다가 아이가 물에 빠지니까, 아이 이모부가 아이를 밀어내고 대신 물에 빠진 모양이야. 주인 여자가 위의 계곡에서 일부러 내려와 가게로 몰려드는 손님들의 질문에 일일이 대꾸하면서 물건을 판다. 한꺼번에 손님이 몰려 주인 여자는 정신이 없다. 먼지가 쌓인 통조림을 바지춤으로 문질러 손님에게 건

네고 허리에 맨 전대 속에 손을 넣었다 빼었다 하면서도 주인 여자
는 물건을 훔쳐가는 사람들을 단속하며 가판대와 냉장고를 수시로
흘낏거린다. 선반에 쌓아둔 꽁치 통조림이 바닥이 난다.

　동그란 얼굴의 쌍둥이들이 물가에 서서 투시라도 하는 것처럼
부표 속을 들여다보고 있다. 물가로 모여든 사람들도 하나, 둘 흩
어지고 물 위는 텅 빈다. 아이 몇이 쭈빗거리면서 물가로 다가간
다. 조심스럽게 물 속으로 발을 디디자 이내 계곡은 다시 튜브와
공으로 가득 찬다.

　공중 화장실은 가게와 계곡 사이에 서남향으로 비스듬히 서 있
다. 누군가 틀어놓고 잠그지 않은 수도꼭지에서 흐른 물이 세면대
를 넘쳐흘러 바닥이 질펀하다. 여자는 저녁이 되면서 삼십 분 간
격으로 화장실을 들락거린다. 화장실에는 불이 들어오지 않는다.
천장 중간에 갈지 않은 알전구가 박혀 있다. 가로등 불빛으로 흰
색의 문과 변기가 겨우 분간될 뿐이다. 질척한 바닥을 까치발로
더듬어 밖으로 나오다 화장실 안으로 들어오는 동그란 얼굴과 마
주친다. 질끈 동여맨 머리카락이 흘러내려 양 뺨을 감싸며 달라붙
어 있고 맨발로 돌아다녔는지 슬리퍼를 신은 발은 온통 흙투성이
다. 동그란 얼굴과 정면으로 얼굴이 맞닥뜨렸지만 동그란 얼굴은
여자를 알아보지 못한다. 두 눈동자는 필라멘트가 끊어진 알전구
처럼 텅 비어 있다.

　저녁이 되어도 다락방 창으로는 바람 한점 불어오지 않는다.
남편은 키가 낮은 다락에 허리를 굽히고 서서 청바지를 벗는다.
물과 땀에 젖은 청바지는 넓적다리에 걸린 채 잘 벗어지지 않는
다. 어깨가 천장에 닿아 눌린 채 남편은 낙지 껍질을 벗겨내는 것
처럼 힘겹게 한쪽 다리의 청바지를 벗어내고 주저앉아 나머지 다

리의 청바지를 벗는다. 두 개의 창문 앞에 모기향을 피워놓아 숨을 쉬는 것조차 힘이 든다. 낮 동안 열을 받은 천장에서는 아직도 대낮 같은 열기가 느껴진다. 어두워지면서 계곡가의 텐트에는 등불이 켜지고 텐트 지붕의 테두리가 희미하게 드러나 있다. 기역과 기역의 애인은 저녁을 먹고 산책을 나간 후로 보이지 않는다.

　여자는 요의를 느끼고 성급하게 다락방 사다리를 타고 밖으로 나온다. 공중 화장실 옆의 공중전화기 앞에 동그란 얼굴의 쌍둥이가 서 있다. 동그란 얼굴의 언니가 전화 수화기를 든 채 울먹인다. 언니의 한 손을 붙잡고 동그란 얼굴이 고개를 숙이고 서 있다. 여자는 화장실을 나와 가게에서 짜놓은 나무 평상에 앉는다. 물소리는 더욱 가깝게 들려 여자의 귓속으로 흘러드는 것 같다. 물은 밤이면 더욱 검다. 계곡 아래는 커다란 구덩이처럼 보인다. 서서히 어둠이 눈에 익으면서 희뜩희뜩 물살에 흔들리는 동그란 부표들이 떠오른다. 아직도 계곡 물 속에 한 사내가 누워 있다. 종아리와 팔로 모기떼가 극성스럽게 달라붙는다. 손으로 몇 번 쫓아보다가 이내 성가셔져서 그대로 둔다. 바람은 불지 않는다. 끈적끈적한 습기 탓에 더욱더 덥다. 여자의 명치끝에 낮에 동그란 얼굴과 나눠 먹은 참외 한 조각이 걸려 있는 것 같다. 가로등 불빛 속에서 모기떼가 먼지처럼 현란하게 날아오른다. 여기 있었어? 한참 찾았다구. 이어폰을 낀 남편이 불 붙인 모기향을 들고 여자의 옆에 앉는다.

　가로등 갓등 아래의 모기 기둥을 가르며 가게 앞으로 소형 트럭이 선다. 두 개의 헤드라이트 불빛으로 순식간에 모기떼가 모여든다. 한눈에 보기에도 트럭은 낡고 낡아 고철 덩어리 같다. 헤드라이트 불이 꺼지며 한 사내가 운전석에서 뛰어내린다. 사내가 짐칸을 열기가 무섭게 주인 여자가 가게 안에서 뛰어나온다. 아이

구, 김씨. 오늘은 왜 이렇게 늦었수? 김씨 기다리느라 내 속이 까
맣게 다 탔네. 사내는 아무 대꾸 없이 짐칸으로 뛰어오른다. 맥주
박스 위에 라면 박스를 얹어 한번에 어깨에 올리고는 가게 안으
로 들어간다. 짐을 다 부린 사내가 가게를 나와 불빛 아래에서 담
배를 꺼내 문다. 그제서야 사내의 얼굴이 드러난다. 팔뚝에 닻 문
신을 한 그 사내다.

사내는 비치 파라솔 아래 앉아 다리를 반대편 의자에 길게 뻗
으며 가게 안에 대고 소리친다. 맥주 두 병만 줘요. 아주 찬 걸루
다가. 안에서 주인 여자가 소리를 높인다. 안주는? 사내는 아주
귀찮다는 듯 소리친다. 언제 내가 안주 시키는 것 봤소? 먹다 남
은 땅콩이라두 있으면 주든지 말든지. 주인 여자가 내온 맥주병을
식탁 모서리에 대고 주먹으로 내리쳐서 뚜껑을 딴다. 연거푸 두
잔을 들이켠다. 복숭아 씨만한 목젖이 튀어나올 듯 오르내린다.
안주 대신 담배를 피워문다. 사람이 빠졌다지? 말을 하는 동안에
도 담배 연기는 코와 입으로 흘러나온다. 그릇을 달그락거리면서
주인 여자가 대답한다.

오늘 낮에. 어디 어제 오늘 일인가.

시체가 실려 나가는 걸 보지 못했는데.

아직이라우. 최가 헛자맥질만 했어요. 최가 달려왔을 때는 벌써
죽은 목숨이었겠지만. 이 긴 계곡에 안전요원이 하나라는 게 어디
말이나 되우?

처음의 두 잔과는 달리 남은 맥주 한 병은 음미하듯 한 모금
한 모금 아주 천천히 마신다. 손님이 두엇 늘어나 주인 여자에게
맥주와 안주를 시키자 사내는 느릿느릿 일어나 트럭에 올라탄다.
안전요원이 비틀거리며 가게 안으로 들어서다가 사내를 발견하고
트럭의 창에 대고 꾸벅 인사를 한다.

떠내려가지 않게 잘 묶어두었겠지? 사내가 창턱에 한 팔을 괸 채 안전요원의 얼굴에 대고 속삭인다. 놀리지 맙쇼. 사내는 단번에 수돗가 옆 공터에 트럭을 주차시키고 나와 안전요원이 앉은 의자의 다리를 툭툭 발로 친다.

자네가 저 아랫것들과 한패란 소문이 있던데?

이거 정말 왜 이래요. 하늘에 맹세코 정말 못 봤어요. 하늘에 맹세코.

벌떡 일어서는 안전요원의 어깨를 눌러 의자에 앉히고는 사내가 가게 안에 대고 소리를 친다. 최선장에게 전화 좀 해줘요. 내일은 딴 사람 좀 찾아보라고. 사내는 느릿느릿 걸어 가게의 뒤편으로 걸어 사라진다. 조금 사이를 두고 컨테이너 박스의 알전등에 불이 켜지고 어둠에 묻혀 있던 단풍나무 이파리들이 살아난다.

야, 여기들 있었냐? 기역과 기역의 애인이 쇠고기가 든 비닐 봉투와 휴대용 가스레인지를 옆구리에 끼고 서 있다. 먹을 건 먹어야지. 그리고 잊을 건 잊으십시오, 제수씨. 기역이 여자의 얼굴을 들여다보며 웃는다. 가스레인지 불 위에서 코펠 뚜껑이 벌겋게 달아오르고 고깃조각이 쩍쩍 소리를 내며 달라붙는다. 오늘 하루종일 아무것도 입에 안 댔잖아. 남편이 고기 한 점을 집어 억지로 여자의 입에 밀어넣는다. 한 입 씹자 비릿한 피가 주르륵 배어나온다. 손전등을 들고 동그란 얼굴의 쌍둥이가 강가에 서 있다. 손전등 동그란 불빛이 부표 한가운데 떠 있다. 여자는 허겁지겁 고기를 주워 먹기 시작한다. 채 익지 않은 고깃점을 몇 번 씹지도 않고 넘긴다. 여자의 탐식 탓인지, 가스레인지의 불기운 탓인지 얼굴로 땀줄기가 흘러내린다. 취객이 고래고래 불러대는 노랫소리와 기타 소리가 계곡을 따라 흘러내려온다. 불을 켠 텐트 속에서 간드러지는 여자의 웃음소리가 넘어온다. 쌍둥이는 조금 자리를 옮겨 플래시 불빛을 물 위로 비춘다. 부표 안에 뜬 고무 튜브의 꽃무늬가 살아난다. 오후 내내 신경이 곤두선 여자의 눈치를 살피던 기역이 애인과 남편의 종이잔에 술을 따라주며 우스갯소리를 한다.

계곡을 따라 뛰어내려온 젊은 사내 둘이 흙을 튀기며 물 속으로 뛰어든다. 서로의 몸에 물을 튀기고 욕을 하며 크게 웃어댄다. 안전요원이 호루라기를 불며 일어선다. 이 새끼들아, 죽고 싶어 환장했어? 빨리 나와. 안전요원이 한 손에 든 몽둥이를 허공을 찔러댄다. 술 냄새가 물씬 풍긴다. 그래 죽고 싶다. 어쩔래? 물 속에서 장난을 치던 사내들이 되받아 외친다. 물 위를 건너오는 말도 술기운이 섞여 있다. 빨리 안 나와? 욕지거리가 오가고 물 속으로 따라 들어간 안전요원이 젊은 사내의 멱살을 잡아끌고 나온다.

여자는 공중 화장실로 뛰어간다. 비릿한 물 비린내에 속이 메슥거린다. 채 얼굴을 구부리기도 전에 먹은 것을 게워낸다. 토사물이 바닥에 떨어져 튀면서 화장실 벽 타일과 여자의 슬리퍼에 달라붙는다. 세면대 앞에 서서 손으로 물을 받아 얼굴을 닦고 입을 헹군다. 세면대 거울에 비치는 얼굴의 윤곽은 그림자처럼 뒤엉켜 있다. 화장실 벽을 건너 가느다란 목소리가 넘어온다. 목소리는 끊어질 듯 끊어질 듯 흐느낀다. 믿을 수 없어. 꿈을 꾸고 있는 것 같아. 꿈에서 빨리 깼으면. 물을 거세게 틀어놓고 여자는 얼굴을 닦고 또 닦는다. 윗옷의 앞자락이 물에 흥건히 젖는다.

기역과 애인이 먼저 다락으로 올라간 후에도 여자는 남편과 평상에 앉아 있다. 계곡에 울창하게 들어선 나무들도 보이지 않는다. 가끔 쌍둥이들이 던지는 두 줄기의 플래시 불빛에 적송림 나무 둥치가 드러났다 사라진다. 주인 여자는 가게 처마 밑에 세워둔 노래방 기계의 비닐을 벗겨내고 전원을 올린다. 술에 취한 젊은 남녀들이 기계 앞에 모여 앉아 동전 투입구에 동전을 넣고 노래를 부른다. 박자도 맞지 않은 노래가 끝나고 팡파르가 울릴 때마다 여자들이 환호성을 지른다. 남편은 이어폰을 끼고 평상 위에 올려놓은 한 발을 까딱거리면서 박자를 맞춘다. 지금 몇시야? 남편은 알아듣지 못한다. 지금 몇시냐구? 버럭 소리를 지르며 여자는 남편의 귀에 꽂힌 이어폰을 사납게 빼어 내동댕이친다. 대체 우리가 여기서 뭘 하는 거야? 잘난 당신 친구가 여자와 놀아날 동안 여기서 우리는 이렇게 망이나 보고 있는 거야? 갑작스럽게 이어폰을 뺏긴 남편은 멍청한 얼굴로 여자를 쳐다본다. 그 이어폰이나 좀 빼. 고등학생처럼 그게 뭐야? 여자는 거칠게 슬리퍼를 발에 꿰고 일어선다.

가게 앞마당으로 빈 맥주병들이 굴러다니고 팝콘과 땅콩알들이 어지럽게 널려 있다. 여자의 발에 챈 병이 굴러가 의자에 부딪히면서 깨진다. 여자는 빈 공중전화기 앞에 선다. 무슨 일이 있니? 어머니는 잠을 자다 깬 모양이다. 아버지는? 할머니 무덤에. 표가 없어 하루종일 공항에 앉아 기다리다가 오후 늦게야 좌석 하나가 용케 비었다더구나. 배편이 끊어진 뒤라 부산에서 하룻밤 묵고 내일 섬으로 들어간다고 전화가 왔더라.

할머니는 사진 한 장으로도 남아 있지 않다. 아버지와 세 명의 고모들 얼굴에서 코와 입술, 눈썹 따위를 떼어내어 몽타주를 한다. 하지만 조각 하나를 잃어버린 것처럼 몽타주는 완성할 수 없다. 네 명의 자식들은 할아버지의 얼굴을 빼닮았고 할머니가 돌아가신 나이보다 훌쩍 더 나이를 먹은 얼굴들은 나이보다 겉늙어 주름살투성이다. 할머니의 무덤 자리에는 거대한 스타디움이 들어설 것이다. 몸 단도리 잘해라. 괜히 다 된 죽에 코 빠뜨리지 말고. 어머니는 옅은 하품을 손바닥으로 누른다. 그저 둥글게 둥글게 마음을 먹어. 그래야. 여자는 어머니의 말을 막는다. 전화 또

할게요. 뒤에 기다리는 사람들이 있어요. 전화를 끊고 가게 마당을 돌아 천천히 걷는다. 다락의 불은 꺼져 있다. 가게를 건너 앞마당의 노랫소리가 들려온다. 숲은 어두워서 컨테이너 박스가 놓인 곳을 찾을 수 없다. 사내는 깊은 잠에 빠져 있는 것 같다.

기역과 기역의 애인은 창문 쪽으로 나란히 누워 자고 있다. 창으로는 바람 한점 불어오지 않는다. 뒤따라 올라온 남편이 나무 판자를 입구에 끼워맞춘다. 모기향을 피워놓았지만 다리로 자꾸 모기가 달려든다. 담배 구멍이 숭숭 뚫린 나일론 이불은 때에 절고 한번도 햇볕을 쪼이지 않았는지 눅눅하다. 베개는 싸구려 머리 기름과 헤어 스프레이, 시큼한 과일향의 여성용 로션 냄새가 뒤섞여 있다. 얼마나 수많은 사람들이 이 베개를 베고 돌아갔을까. 기역이 가끔 잠꼬대를 하며 몸을 뒤척인다. 고른 숨소리 가운데 남편의 숨소리가 섞인다. 남편은 이어폰을 낀 채 잠이 들어 있다. 손을 뻗어 이어폰을 빼고 허리춤에 매단 워크맨을 떼어낸다. 여자는 이어폰을 끼고 천장을 쳐다보며 눕는다. 구슬프고 단조로운 독경 같은 노래가 흘러나온다. 어느새 여자는 입으로 곡조를 따라 흥얼거린다. 남편은 레코드사에서 음악 프로듀서를 하고 있다. 얼마 전부터 마니아들을 위한 전집을 계획중이라는 얘기를 들은 것이 기억난다. 전국을 돌아다니며 구전 노래를 채취해서 음반을 만들었는데 이번에는 다른 나라까지 범주가 넓혀진 모양이다.

결혼을 앞둔 그해 여름 여자는 아버지를 대신해서 벌초를 다녀왔다. 고모들과는 부산항에서 합류하기로 했다. 오랜만의 휴가였다. 벌초는 휴가를 위한 구실에 지나지 않았다. 단지 벌초뿐이었다면 여자는 친구와 동행하지 않았을 것이다. 벌초를 마치고 남해안 일주를 하자는 것이 계획이었다. 서울역 개찰구 옆에서 여자를 기다리고 있던 친구는 한 손에 빨간 플라스틱 양동이를 들고 서 있다. 뚜껑을 열어보니 밑바닥에 잘박잘박 담긴 물 속에 자라 두 마리가 들어앉아 있다가 고개를 쑥 뺀다. 부산항의 대기실 의자에 앉아 여객선을 기다린다. 사투리로 시끌벅적한 대기실 안은 벙커 시유 냄새로 가득하다. 여자를 줄곧 배멀미에 시달리게 했던 바로 그 냄새다. 아버지의 품 속에 안겨 여자는 배가 도착할 때까지 멀미를 했다. 아버지의 감청색 양복 위에, 선실 바닥에, 기관실 앞에 멀미를 해대다 배에서 내리면 몸은 아직도 배를 타고 있는 것처럼 한참 동안 흔들렸다. 스티로폼, 부러진 나무 조각, 과자 봉지, 미역 줄거리. 항구의 바다에는 온갖 부유물들이 떠 있다.

부산항에서 배로 세 시간 남짓 들어오니 이미 해기운이 없다. 고모들은 일찌감치 여관을 잡고 들어가고 여자와 친구는 바닷가로 나온다. 아주 오래 전 할아버지가 살던 집터는 찾을 수 없다. 기억 속에 던져놓은 돌을 따라 골목을 구부러지기도 하고 길을 건너기도 한다. 갯내와 함께 눈앞으로 바다가 펼쳐진다. 양동이의 뚜껑을 열고 자라를 한 마리씩 잡아든다. 순식간에 자라는 목과 네 다리를 갑 속에 끌어넣는다. 친구가 매직펜을 꺼내 자라의 배 위에 자신의 이름을 적는다. 아주 먼 후일 늙고 늙은 자라 두 마리가 뭍으로 올라왔어. 자라의 배에는 신기한 문양이 그려져 있겠지. 어떤 학자들도 그 문양의 비밀을 풀지는 못해. 결국 자라 두 마리는 다시 바다로 되돌려지겠지. 어떠니? 그럴듯하지? 네 이름도 적어둘까? 여자는 고개를 절레절레 젓는다. 바지를 무릎 위까지 걷어올리고 바닷속으로 들어가 조심스럽게 자라를 물 속에 놓아준다. 평생 친구집 목욕탕 욕조 속에서 자란 자라들이 놀라 자꾸 물 밖을 향해 네 다리를 버둥거린다. 안 되겠다. 이러다가 파도라도 커지면 곧장 물가로 휩쓸려와버릴 거야. 바다를 가로지르고 떠 있는 노란 부표가 흔들린다. 여자와 친구는 점점 더 부표

가까이 다가간다. 노란 부표들 사이에 붉은 깃발이 걸려 있다. 부표는 늘 여자를 홍분시킨다. 부표 밖은 깊은 바다다. 수평선을 찌그러뜨리면서 고깃배가 지난다. 부표 안에 서서 바깥을 향해 힘껏 자라를 내던지고 허겁지겁 물가로 나온다. 아래층 주인네 부엌에서 세탁기가 돌고 있다. 구식 세탁기는 탈수 코스에 이르면 통 전체가 울리면서 요란한 소리를 낸다.

할머니의 무덤은 버스에서 내려 산을 타고 한참을 걸어야 한다. 비포장도로에는 오랜 가뭄으로 붉은 흙먼지가 날아다닌다. 시에서 심어놓은 동백꽃에도 흙먼지가 자욱이 내려앉아 제 빛깔을 잃었다. 엉겅퀴가 할머니의 무덤을 감싸고 피어 있다. 낫질이 손에 익지 않아 낫을 내던지고 엉겅퀴 줄기를 맨손으로 잡아 뜯는다. 손이 뜯기며 손바닥에 피가 고인다. 엉겅퀴 거센 뿌리 한 줄기가 무덤 깊은 속에 뿌리를 박고 있다. 손아귀에 힘이 잔뜩 들어간다. 뿌리가 중간에서 끊기고 여자는 무덤 위로 엉덩방아를 찧는다. 육촌뻘 되는 청년들이 여자를 보며 웃는다. 육촌들은 능숙한 낫질로 풀을 벤다. 낫을 한번 휘두를 때마다 비릿한 푸성귀 냄새가 진동한다. 둥근 무덤을 둘러싸고 앉은 고모와 여자를 어느새 친구가 카메라에 담는다. 울고 있는 고모들과 낫질을 하는 육촌들. 부표 밖의 바다를 쳐다보는 여자의 시선은 모두 제각각이다.

벌초를 마치고 바닷가를 따라 걷는다. 모두 지쳐 있다. 바위에 아이들이 동그랗게 서서 낄낄거린다. 아이 하나가 긴 꼬챙이로 무언가를 건드리며 웃는다. 자라다. 지난밤 파도에 물가로 떠밀려온 모양이다. 작은 한 마리는 보이지 않는다. 이리 줘. 그건 내 거야. 친구가 울먹인다. 이기 거기 끼라는 증거가 있능교? 아이의 눈이 장난기로 새까맣다. 아이는 꼬챙이를 갑 위에 대고 지그시 내리누른다. 자라의 배 밑에 내 이름이 적혀 있어. 돌려받은 자라를 다시 플라스틱 양동이에 담는다. 바닷가 바위 틈마다 뒤져보지만 한 마리는 보이지 않는다. 수돗물이 뭐가 좋다고 다시 돌아왔을까. 나라면 헤엄을 쳐서 깊은 물 속으로 줄행랑을 쳤을 텐데. 여자가 계획했던 남해안 일주는 태풍으로 배가 묶이는 바람에 취소되었다. 플라스틱 양동이를 들고 바닷가로 나가 작은 자라를 찾는 일로 나머지 휴가를 보내버리고 말았다. 그 자라는 바다로 나갔을까. 친구의 말대로 먼 후일 축 늘어진 눈을 가지고 해안가에서 발견될까. 구식 세탁기는 또 한 번 탈수를 해대면서 몸통을 요란하게 떨어댄다.

눈을 떠보니 여자의 귀에는 여전히 이어폰이 끼여 있다. 오토리버스로 해놓은 테이프는 건전지가 다 닳아 중간에서 서 있다. 기억과 기억의 애인, 남편은 보이지 않는다. 창문으로 뒷마당을 살핀다. 사내가 웃통을 벗고 펌프질을 한다. 어딘가로 쉽게 떠날 수 있도록 여행용 가방 하나가 전부인 사내의 팔뚝에는 왜 정박이라는 의미의 닻이 문신되어 있는 것일까. 사내는 언제라도 닻을 올리고 여행용 가방을 든 채 다른 곳으로 떠날 것이다. 사내는 한 손으로 펌프질을 한다. 물은 금방 찌그러진 대야로 가득 흘러넘친다. 세수를 하고 손바닥으로 물을 떠서 검게 털이 돋은 겨드랑이를 닦아낸다. 별안간 사내가 고개를 돌려 다락방 창문의 여자를 쳐다본다. 여자와 눈이 마주치자 사내가 누런 이를 드러내며 히죽 웃는 것도 같다.

여자가 자신의 팔뚝에 새겨진 문신에 유독 관심을 보이는 것을 사내는 진작부터 알고 있었다.

수건으로 얼굴과 겨드랑이의 물기를 훔치다가 사내는 여행용 가방의 벌어진 틈으로 삐죽 나온 물안경을 내려다본다. 물안경은 친구의 유일한 유품이다. 네가 늙고 내가 늙은 모습이 전혀 상상이 안 가. 친구는 늙은 후의 모습을 떠올리기라도 하듯 곧잘 먼곳을 응시했다. 야, 그건 늙은 후에 생각해도 돼. 아직 팔팔한데 무슨 걱정이냐. 사내는 늘 그런 식으로 대답했다. 사내는 손거울을 꺼내들고 주름진 이마와 귀밑으로 돋기 시작하는 흰 머리칼을 들여다본다. 이제 갓 마흔을 넘겼지만 손거울 속에는 오십이 넘은 얼굴이 들어 있다. 햇빛에 얼굴과 온몸은 거북이 등처럼 두터워지고 살갗은 탄력이 없다. 하루에도 몇 번씩 뱃줄을 끌어당기는 손바닥에는 굳은살이 박혀, 손바닥이 잘 오므려지지 않는다. 사내는 벌써 늙어 있는데 친구는 화석처럼 10년 전 활기찬 얼굴 그대로다. 방금 전 다락방에서 자신을 내려다보던 여자의 얼굴이 떠오른다. 그 여자의 두 눈동자는 바다에 뜬 부표처럼 흔들린다. 사내는 그 눈 너머 깊은 곳에서 여자가 어떤 종류의 물고기를 기르고 있는지 그것이 궁금했다. 하지만 여자가 시선을 피하며 재빨리 두 눈에 뜬 부표를 걷어버렸다.

하루에도 수없이 사내는 도회지의 여자들을 계곡으로 실어나른다. 대개의 여자들은 사내의 문신을 보고 호들갑을 떨며 한 발자국 물러선다. 하지만 그 여자는 배로 강을 건너는 동안 유심히 사내의 팔뚝을 들여다보기도 했다. 친구에게 처음으로 스킨 스쿠버라는 것을 배우고 실전으로 물에 들어갔던 날, 사내는 친구와 같이 팔뚝에 똑같은 모양의 문신을 새겼다. 화살이 꽂힌 하트나 호랑이가 아닌 닻 문신 탓이었을까. 친구는 강물 속에 영원히 닻을 내렸다.

여자는 수돗가에 쭈그리고 앉아 아침 쌀을 씻는다. 평상에 동그란 얼굴이 앉아 있다. 지워진 화장 아래로 모래알 같은 기미가 드러나고 뒤로 단정하게 묶었던 머리칼이 흘러나와 엉클어져 있다. 임신복 아랫자락에는 얼룩과 풀물이 들어 있다. 아침 첫배로 강을 건너온 피서객들이 가게 앞을 지난다. 고등학생 정도로 보이는 사내애 둘이 나란히 성은교회 여름 수양회라고 적힌 플래카드를 들고 앞장서고 그 뒤를 학년 순서대로 선 아이들까지 쫓아간다. 새벽부터 서둘렀는지 열은 흐트러지고 작은 아이들의 얼굴에는 피로감이 나타나 있다. 열에서 벗어나 가게를 기웃거리는 아이를 선생이 다그쳐 열 안으로 집어넣는다. 동그란 얼굴은 눈을 동그랗게 뜨고 대열 속에서 누군가를 찾는 눈치다. 띄엄띄엄 올라오던 사람들의 무리가 끊기고 찾는 얼굴이 없자 동그란 얼굴은 텅 빈 길 어딘가를 멍하니 쳐다본다.

휴대용 가스레인지 위에 올린 코펠에서 밥물이 넘쳐 뚜껑 위에 올릴 만한 돌을 찾고 있던 여자에게 누군가 돌덩이 하나를 건넨다. 돌을 쥔 손바닥 가득 굳은살이 박혀 있다. 여자가 선뜻 돌을 받지 않자 사내가 돌을 코펠 뚜껑 위에 올려놓는다. 사내는 느릿느릿 파라솔 아래로 가서 의자에 비스듬히 앉는다. 여자가 가게에서 통조림과 박카스 병에 덜어 파는 퐁퐁을 사고, 파를 썰고 두부를 찌개에 넣는 동안 내내 사내가 눈으로 여자를 쫓는다. 남편이 계곡에서 내려오며 여자를 향해 손을 흔든다. 칫, 이제 보니 임자 있는 여자로구만. 사내가 일어서는 여자의 둥근 배와 남편을 번갈아 쳐다보고는 침을 칵 돋우며 마당 멀리 내뱉는다. 사내는 두 번 다시 여자에게 눈길을 주지 않는다.

두번째 배에서 내린 피서객들이 계곡을 올라간다. 그 사이에서 양복을 말끔하게 차려입은 남자 두 명은 금방 눈에 띈다. 그 중 젊은 남자가 가게로 들어와 주인 여자에게 묻는다. 여기 어제 사고가 난 곳이 어딥니까? 주인 여자는 방학을 맞은 고등학생 아들과 가게에 쭈그리고 앉아 퐁퐁을 박카스 병에 나누고 있다가 계곡 아래를 가리킨다. 여보. 그제서야 평상 위에 앉아 있던 동그란 얼굴이 남자를 발견하고 맨발로 뛰어와 팔을 잡으며 울음을 터뜨린다. 눈물은 나오지 않고 얼굴이 심하게 일그러진다.

　파라솔 아래 앉아 아침을 먹고 있는 동안 양복을 입은 남자들은 계곡에 내려가 서 있다. 다음 배로 피서객에 섞여 잠수부 셋이 계곡으로 올라온다. 양복 차림의 남자들과 잠수부들이 동그랗게 모여 서서 한참 동안 이야기를 나눈다. 가격을 흥정하는 모양이다. 그렇게 비싸요? 양복 입은 남자의 도드라진 목소리가 여자의 귀에까지 들려온다. 사내는 담배를 피워대면서 느긋하게 그 광경을 구경만 하고 앉아 있다. 그만둬요. 그만둬. 동그란 얼굴의 남편이 발칵 화를 내며 열을 벗어나 수돗가로 와서 수도에 입을 대고 물을 들이켠다. 그리고는 누구에게랄 것도 없이 소리친다. 어떻게 이럴 수가 있습니까? 어제 바로 건져낼 수도 있었는데 돈 때문에 여직 그냥 두었던 겁니다. 사내는 동그란 얼굴의 남편은 쳐다보지도 않은 채 중얼거린다. 그게 다 저치들 밥줄인 걸요. 동그란 얼굴의 남편이 주먹으로 탁자를 내리친다. 하지만 사람이 죽었다구요. 청천벽력같이. 그 사람은 피서를 왔지 죽으러 온 게 아니란 말입니다. 넥타이를 느슨하게 잡아당기면서 동그란 얼굴의 남편이 바닥에 주저앉으며 두 손으로 머리를 감싸쥔다. 술하고 담뱃값만 내게 주시오. 여기는 물 밑 바닥까지 환하니까. 기역과 남편은 밥도 먹다 말고 흥미진진한 표정으로 사내와 남자를 쳐다본다. 다른 남자와 흥정을 벌이던 잠수부 한 명이 사내 쪽으로 걸어온다. 이거 또 이러깁니까? 잠수복을 머리 위까지 둘러쓰고 얼굴만 내놓은 잠수부가 한마디 던진다. 사내는 아무 대답 없이 침을 돋우어 잠수부 발 밑에 뱉는다. 잠수부가 한 발자국 뒤로 물러선다. 혼자서 여기를 다 뒤지겠다구요? 여차하면 강까지 뒤져야 할 텐데요. 한 발자국 물러섰던 잠수부가 다시 사내에게 다가서면서 소곤거린다. 사내가 귀찮다는 듯이 잠수부를 쳐다본다. 왜, 사나흘 그냥 두면 저절로 떠오를 텐데. 그때 가서 꺼내오지들 그래? 잠수부가 동그란 얼굴의 남편에게 다가간다. 그럼 아까 그 가격으로 합시다. 한참 봐드린 겁니다. 동그란 얼굴의 남편에게 잠수부가 소곤거린다. 이런 일은 프로에게 맡겨요. 저 치는 십 년이 넘게 이곳에 있었지만 아직 자신의 친구도 못 찾았다구요. 사내가 버럭 소리를 치며 의자에서 일어난다. 의자가 흙바닥에 나동그라진다. 니가 내 머리 꼭대기서 놀아? 내가 여길 떠나지 않는 건 친구 탓이 아냐. 그 친군 누군가 자길 꺼내는 걸 원치 않어. 저 강이 바로 그 친구의 무덤이니까. 새로 빼어 입에 물던 담배를 놓쳐버린다. 빈 담뱃갑을 구겨 내던지고 다시 소리친다. 난 죽은 사람을 두고 장삿속이나 차리는 너희와는 달라. 오늘은 공친 셈 쳐둬. 이 양반이 술은 크게 한판 살 모양이니까.

기억의 애인이 나무 선반 위에 올려두었던 미니 화장수병과 칫솔, 꽃무늬 타월을 차례차례 가방 안에 챙겨넣는다. 기억과 기억의 애인이 들통을 쥐고 앞서 내려가고 그 뒤를 따라 내려가면서 여자는 애써 뒤돌아보지 않는다. 뒤를 돌아보는 순간 그 자리에서 소금 기둥으로 변할 것 같다. 기억과 기억의 애인이 수로 아래로 내려가서 물장난을 치며 선착장으로 걸어간다. 남편도 수로 아래로 내려가 여자에게 손을 내민다. 수로 아래로 흐르는 물살이 세다. 나온 배 때문에 더욱 중심을 잡기가 어렵다. 한쪽 발을 디딜 때마다 물살 때문에 내디딘 발이 조금씩 앞으로 떠밀린다. 중심을 잡느라 애를 쓰는 통에 두 무릎이 떨린다. 왜 그래? 물 무서워 안 잖어? 짐을 양쪽으로 지고 물을 건너던 남편이 여자의 얼굴을 살핀다. 물은 계곡 아래 잠긴 남자의 발과 겨드랑이, 머리털 사이를 흘러와 지금 여자의 맨살에 닿는 것이다. 순간 여자는 불현듯 뒤를 돌아본다.

물안경을 낀 사내가 계곡으로 발을 들여놓으며 두 손으로 물을 떠서 가슴팍과 어깨에 끼얹는다. 사내의 몸이 조금씩 부표 쪽으로 가까워진다. 수면 위로 드러난 얼굴을 하늘을 향해 들고 호흡을 가다듬는다. 들숨을 크게 모으고 물 속으로 들어간다. 계곡가로 사람들이 까맣게 몰려들어 구경을 하고 있다. 물 속에서 자맥질을 하는 시간이 꽤 길다. 어느새 여자도 사내가 물에 들어가 있는 동안 숨을 멈춘다. 숨이 턱에 차오를 만하자 드디어 사내의 얼굴이 물 위로 솟구쳐오른다. 몇 번 자맥질을 하던 사내가 물 위로 손을 흔든다. 물가에 서 있던 두 명의 잠수부가 물 속으로 뛰어든다. 물 위로 낚싯줄에 걸린 고기가 올라오듯 천천히 죽은 남자의 다리가 드러난다. 아이의 꽃무늬 튜브가 떠 있던 바로 그곳이다. 죽은 남자의 다리를 두 명의 잠수부가 끌어올리고 사내가 두 손으로 머리를 받쳐들면서 물 위로 죽은 남자의 온몸이 드러난다. 죽은 남자가 입은 형광색 수영복이 반짝 빛난다. 먼빛으로도 죽은 남자의 몸은 아주 희고 정갈해 보인다. 비누 냄새가 날 것 같다. 밤새 흘러내린 물살이 남자의 몸을 핥으면서 흘러 말갛게 깎아놓았을까. 죽은 남자의 몸은 자갈돌처럼 맨질맨질하다. 남편도 그쪽을 보고 있었던 모양이다. 살아 있는 사람 같아. 물을 먹지 않은 모양이야. 햇빛에 그을린 남편의 양 뺨과 턱에 밤새 수염이 자라 있다. 물 속에서 하룻밤을 지낸 그 남자도 수염이 자라 있을 것이다. 사람이 죽은 후에도 얼마간 수염은 자란다는 내용의 구절을 어느 책에선가 본 기억이 있다.

여자의 다리가 힘이 빠지고 순식간에 물살에 휘말리면서 꺾어진다. 물이 가슴까지 달려든다. 물살에 떠밀려가는 여자의 어깨를 남편이 다급하게 잡는다. 남편의 손에 잡혀 일어나려는데 무언가가 퐁, 소리를 내며 물 속으로 떨어진다. 그제서야 호주머니 속에 넣어둔 조약돌이 떠오른다. 허겁지겁 돌이 떨어진 자리에 손을 넣어 뒤적이지만 돌은 보이지 않는다. 남편에게 잡힌 손을 뿌리치고 자리를 옮겨 얼굴을 수면에 바싹 들이대고 들여다본다. 여자의 몸이 물살에 떠밀리면서 다시 엉덩방아를 찧는다. 뭐 하는 거야? 남편이 짐을 수로 위로 내던지고 여자에게로 뛰어온다. 여자는 물속에 얼굴을 담근다. 눈을 뜬다. 부연 물살이 여자의 시야를 막는다. 그때 돌이 눈에 띈다. 여자의 손이 채 닿기도 전에 물살에 휩쓸려 저 앞으로 물고기처럼 여자의 손아귀를 미끄러져 달아난다. 남편이 여자를 일으켜세운다. 저기 도망가잖아. 잡을 수 있어. 저기. 저기. 한 손만 붙들고 있어. 팔이 닿을 수 있다구. 남편의 팔에 갇혀 여자가 발버둥을 친다. 남편이 여자의 상체를 거칠게 흔들어대며 소리를 지른다. 그냥 둬. 그냥 두라구. 남편의 얼굴은 하얗게 질려 있다.

여기가 어디야? 남편은 다시 30만분의 1로 축소된 전국 도로 지도를 들여다본다. 귀에는 여전히 이어폰을 꽂고 있다. 여자가 떠나온 유원지는 파란 실선으로 표시된 강 지류 중의 한 곳일 것이다. 여자의 호주머니에서 빠져 달아난 자갈돌은 가느다란 파란 실선 어디엔가에서 조금씩 모래알이 되어갈 것이다. 유원지까지 한참을 돌고 돌아온 모양이다. 옥수수밭은 나타나지 않고 대신 시야가 확 트인 포장도로를 달린다. 이정표를 따라 달리다보니 얼마 지나지 않아 한참 뒤로 어제 들어갔던 터널의 입구가 보인다. 기역은 애인과 과자를 먹기 시작한다. 기역의 애인이 감탄사를 연발하고 차는 가끔 차선을 벗어날 뻔한다. 물에 젖은 옷이 어느새 마르기 시작한다. 고무줄을 덧댄 바지를 들쳐보니 하얗게 모래가 끼여 있다. 여자의 가슴속 깊은 곳에서 노란 부표들이 떠오른다. 부표 바깥으로는 나가지 말 것. 노란 부표 바깥으로 미련 없이 돌을 던진다. 돌은 수면 위에 동그란 물무늬를 만들면서 멀어진다. 또 다시 저 앞으로 먹장구름떼가 나타난다. 트로키 사탕을 찾아 가방을 뒤적거리던 여자가 별안간 배를 감싸쥔다. 첫 태동이다.

초로의 사내가 곡괭이와 삽으로 파헤쳐지는 무덤 앞에 서 있다. 군데군데 이미 이장해 파헤쳐진 무덤들이 구덩이로 남아 있고 찾지 않은 지 오래 된 무덤들은 봉분이 깎이고 그 위로 잡초가 무성하다. 공동 묘지로 올라가는 입구에는 커다란 공고판이 붙어 있다. 30일까지 이장을 마쳐주시기 바랍니다. 이곳에는 우리의 미래인 청소년들의 체육 발전과 정서 함양을 위한 스타디움이 지어질 계획입니다. 물기를 머금은 황토흙이 드러나고 사내는 육탈된 어머니와 마주한다. 뼈에는 잡풀의 뿌리가 잔뜩 엉겨붙어 있다. 낱낱으로 된 뼈들을 잡고 여동생들이 운다. 목에 감긴 나무 뿌리는 잘 떨어지지 않는다. 이게 아카시아 뿌린가베. 오촌 당숙이 어깨 너머로 들여다보다가 중얼거린다. 오촌 당숙은 사십 년이 지난 그 일을 바로 어제일처럼 기억하고 있다. 어머니의 사인은 실족사로 밝혀졌다. 물 위로 붉은 치맛자락이 둥실 떠올랐다. 해녀가 물에 빠지다니. 그 일은 아직까지도 오촌 당숙에게는 풀리지 않는 미스터리로 남아 있다.

둥근 무덤들 사이를 눈으로 훑는다. 아카시아 나무는 한 그루도 보이지 않는다. 아카시아 낭구가 지만 크고 옆의 다른 낭구들은 다 말라죽인다 캐서 얼매 전에 시에서 토벌 작전을 안 했나. 그리 했는데도 용케 뿌리가 남아 있었능가보네. 허기사 무덤으로 숨은 기를 우짤기고. 낭구 뿌리 찾는다구 무덤을 다 헤칠끼가. 참 질기데이. 당숙이 고개를 절레절레 흔들며 돌아선다. 거기 한평생

눈 아프게 보아온 바다가 있다. 등을 돌리고 앉아도 사내는 바다
를 볼 수 있다. 배를 타는 것이 싫어 야반도주했지만 사내는 아직
도 바다 꿈을 꾼다.

　사내는 장갑 낀 손으로 질긴 나무 뿌리를 긁어낸다. 어머니는,
아버지가 사내를 질질 끌고 억지로 배에 태워 바다로 나간 그날,
물에 빠졌다. 어머니를 이곳에 묻은 후 사내는 이 섬과 아버지의
배로부터 멀리 도망쳤다. 어머니는 죽어서야 사내를 섬에서 내보
내려 했던 소망을 이루었다. 뿌리를 뜯어내는 사내의 머릿속에 섬
광처럼 스치는 것이 있다. 딸을 그 동안 괴롭혔던 목병이 혹시 어
머니의 목에 얽힌 나무 뿌리 탓이 아닌가 하는. 밑 빠진 독에 물
붓기였던 반평생이, 아들 하나 없어 대가 끊기게 생긴 것도 모두
다 이 나무 뿌리 탓이 아닌가 하는. 이 질긴 것. 더럽게 질긴 것.
사내는 이를 악물고 힘겹게 아카시아 나무 뿌리를 끊어낸다.

　명동역 전철 입구에서부터 인파로 붐빈다. 명동 거리 축제라고
쓰인 플래카드가 바람에 흩날리는 것을 보고서야 약속 장소를 잘
못 정했다고 후회하지만 이미 너무 늦었다. 아이의 손을 잡고 걷
다가 사람들에게 부딪히면서 여자는 여러 번 아이의 손을 놓치고
허둥댄다. 이제 막 걸음마를 시작한 아이는 생전 처음 보는 수많
은 사람들의 다리에 끼여 울음을 터뜨린다. 아이를 안고 인파를
비집고 켄터키 후라이드 치킨점으로 걸어간다. 여자가 치킨점으
로 들어설 때 다른 한 여자가 한 손에 치킨이 포장된 종이 가방을
들고 막 거리로 나오는 참이다. 좁은 입구에서 서로의 어깨가 자
연스럽게 스친다. 밖으로 나가던 여자가 먼저 웃으면서 고개를 까
딱 수그린다. 그 여자의 손에도 이제 막 걸음마를 시작한 아이가
있다. 너 거기 못 서. 거리로 뛰어 달아나는 큰아이를 쫓아 여자

가 허겁지겁 아이를 안고 뛰어간다. 아이를 잡아서 비뚤어진 모자를 고쳐 씌운다. 동그란 얼굴에 모래알처럼 기미가 깔려 있다. 어디선가 본 듯한 얼굴이다. 동그란 얼굴의 그 여자도 걸음을 멈추고 여자를 돌아다보며 고개를 갸우뚱한다. 우리가 혹 어디서 봤지? 여자가 동그란 얼굴에게 동그란 얼굴이 여자에게 눈빛으로 묻는다. 그러다 머쓱하게 웃고는 되돌아선다.

동그란 얼굴은 택시 정류장에 막 서는 빈 택시를 향해 두 아이를 데리고 뛰어가고, 여자는 핫윙과 콜라를 주문하러 카운터에 늘어선 줄에 가 선다.

꿈의 극장

곤충의 더듬이처럼, 남자는 긴 쇠막대기 하나를 들고 땅 이곳 저곳을 쑤셔대고 있다. 쇠막대기 끝에 깨진 플라스틱 바가지 조각이 걸리고 낱낱이 흩어진 비닐 우산살이 걸려 올라온다. 그때마다 남자는 걸음을 멈춘 채 눈을 가리고 있던 수면용 안대를 떼어내고 주위를 둘러본다. 남자는 지금 낡은 단층 양옥이 헐린 공터, 예전에는 아이의 방이었던 자리에 서 있다. 남자가 걸어다닌 길을 따라 달의 분화구 같은 크고 작은 구멍들이 패어 있다.

공터 곳곳에는 이사간 사람들이 버리고 간 낡은 살림살이들이 남아 있어 남자의 걸음을 방해한다. 아이의 방을 지나 마루가 있던 자리를 가로질러 뒤뜰로 나온다. 낙엽을 긁어모아 쌓아둔 화단 안쪽에 빈 개집이 뒤집힌 채 버려져 있다. 화단 아래로 밑이 검게 타고 찌그러진, 손잡이가 달아난 양은 냄비가 뒹굴고 있다가 남자의 발에 채며 멍든 소리를 낸다. 음식 찌꺼기가 달라붙은 양은 냄비 속으로 남자의 얼굴이 일그러져 비친다. 누렁이라고 불린 개는 한밤중마다 장독대 위로 올라가 하늘을 보며 늑대 울음소리를 냈다. 소리를 좇아가다가 남자는 환기구의 프로펠러 날개 사이로 장독대의 큰 항아리 위에 올라선 개를 발견한다. 가로등 불빛 속에서 개의 털빛은 은회색으로 반짝인다. 마당 위로 거대한 그림자를 드리운 채 개가 하늘을 향해 목을 비틀 때마다 펌프질을 하듯 몸속 깊은 곳에서 울음소리가 올라온다. 태생 어딘가에 야생에 대한 그리움을 기억하고 있는 것일까. 누렁이는 양옥 사람들이 이사가기 며칠 전부터 보이지 않는다.

　대문이 있던 자리 옆에는 농구 골대를 묶어둔 감나무가 한 그루 서 있다. 종종 아이가 던진 농구공이 골대를 벗어나 남자가 살고 있는 이층 담벼락으로 튀었다. 감나무는 담 안에서 인도 쪽으로 긴 나뭇가지들을 뻗고 있었다. 담이 무너지고 드러난 감나무의 뿌리는 땅 위로 반쯤 솟아 뒤틀려 있다. 쇠막대기가 진흙 속에 박힌 채 꼼짝을 하지 않는다. 두 손으로 막대기를 잡고 빼내려는데 가느다란 웃음소리가 들려온다. 여자가 프로펠러의 전원을 끄고 날개 사이로 남자를 훔쳐보며 웃는다. 남자는 쇠막대기를 접어들고 부엌과 안방, 현관이 있던 자리를 단숨에 통과해 농구 골대까지 걸어나온다. 운동화 밑바닥에 진흙이 더께로 달라붙는다. 집으로 올라가는 현관턱에 신발을 비벼 흙을 떨어내는데 '킹 치킨' 화곡 3동 지점의 간판에 막 불이 켜진다. 주인 남자가 가게문을 열고 밖으로 나와 입간판의 스위치를 올리고 두 팔을 허리에 댄 채 간판을 올려다보고 있다. 킹 치킨 가게문 앞 전봇대에 주인이 배달할 때 타고 다니는 빨간색 소형 오토바이가 비스듬히 묶여 있다. 하루에도 몇 번씩 주인은 100킬로그램의 몸을 소형 오토바이 위에 싣고 골목길을 탈탈거리며 돌아다닌다. 진흙은 잘 떨어지지 않는다. 아예 현관턱에 걸터앉아 쇠막대기 끝으로 신발 밑창을 긁어낸다. 이봐, 소주나 한잔 하지. 주인이 남자를 쳐다보며 입맛을 다신다. 또 그 얘기나 하려구요? 남자는 건달처럼 뒷주머니에 한 손을 꽂고 주인을 따라간다. 가게로 들어가다 말고 킹 치킨의 간판을 올려다본다. 커다란 네온 간판은 남자가 살고 있는 이층, 두 개의 창문을 절반쯤 가로막고 걸려 있다.

주인은 능숙한 손놀림으로 칼을 내리쳐서 닭을 잘게 토막낸다. 김이 오르는 튀김 압력솥에 닭 토막을 던져넣고 배의 조타기처럼 생긴 손잡이를 비틀어 뚜껑을 닫는다. 닭이 튀겨지기를 기다리며 남자와 주인은 소주를 연거푸 들이켠다. 뜸들이지 말고 바다 이야기나 해주세요. 호두속 같은 얼굴에 금세 웃음이 번지며 주인은 기름때로 전 앞치마에 두 손바닥을 연신 문질러댄다. 그것들이 나타나면 바다는 온통 빙판처럼 반짝거리지. 그때부터 맥박이 빨라지기 시작하는 거야. 생각해보게. 길이가 3미터나 되는 것들을 냉동 창고로 던질 때 그 손맛이란. 그것들이 갑판 위에서 튀어오르는 것을 보고 있자면 심장이 바닷바람으로 차서 터질 듯 빵빵해지지. 그땐 심장도 튼튼했으니까. 주인은 말꼬리를 흐리며 가게 밖을 응시한다. 눈빛이 멀리 가 있다. 거리는 어두컴컴해지고 겨울바람이 밀물처럼 골목을 휩쓸며 분다.

여자는 바닐라 아이스크림을 먹고 있다. 텔레비전 화면을 가리고 앉아 다리를 길게 뻗고 허벅지 사이에 아이스크림통을 낀 채 밥숟가락으로 아이스크림을 떠먹는다. 여자는 2년 전 여름에 유행했던 은박이 티셔츠를 입고 있다. 낡고 낡은 탓에 은박은 다 떨어지고 등 위에 SUMMER 1994라고 박혀 있던 글자들은 흐릿하

게 자국만 남아 있다. 녹아 흘러내리는 아이스크림을 핥으러 허겁
지겁 숟가락에 입을 가져갈 때마다 견갑골이 불쑥 튀어나와 S자
와 M자 두 개가 도드라진다. 간판에 가려지지 않은 창 위로 노랗
고 붉은 네온사인의 불빛이 반짝거린다. 반투명 창의 바둑판 무늬
를 따라 불빛은 네모난 입자로 팽팽하다. 가장 크게 반짝거리는
것은 간판의 제일 오른쪽에 붙어 있는 킹 치킨점의 트레이드마크
인 수탉의 머리다. 수탉은 볏 대신 커다란 왕관을 쓰고 부리를 벌
린 채 웃고 있다. 그 수탉은 멀리서도 사람들의 주위를 끌 수 있
도록 켜졌다 꺼졌다를 반복한다. 간판은 새벽 한시가 되어야 꺼진
다.

　남자가 화장실에서 손, 발을 닦고 들어올 때까지도 여자는 여
전히 아이스크림이 든 숟가락을 핥고 있다. 먹는 것에 지칠 때마
다 숟가락을 아이스크림 덩어리 가운데 꽂아놓고 텔레비전 화면
을 흘끗거리기도 한다. 여자는 밤마다 아이스크림을 먹는다. 이
개월 전부터 급작스럽게 체중이 줄기 시작하면서 아이스크림과
초콜릿바, 드롭스 따위를 입에 물고 산다. 드롭스를 물고 잠이 들
었다가 베개 밑이 온통 파란 식염으로 물이 든 적도 있다. 남자는
방바닥에 배를 깔고 엎드려 노트를 펼친다. 노트 위에는 며칠 전
'꿈의 극장'이라고 적어둔 네 글자가 전부다. 그 밑에 '나는 시력
이 1.5이다'라고 적다가 말고 빗줄로 글씨를 지우고는 돌아눕는
다. 남자는 일 주일째 집 옆 공터에 컴퍼스의 한 다리를 박아놓은
것처럼 그곳을 맴돌고 있다. 계획대로라면 벌써 극장까지 갔어야
한다. 기사 마감은 앞으로 일 주일 정도의 여유가 있다. 비행기가
요란한 소리를 흘리며 지붕 위로 날아간다. 텔레비전 소리가 묻힌
다. 여자는 비행기가 멀어질 때까지 천장을 올려다본다. 오늘 내
가 얼마나 먹어치웠는지 알면 아마 놀랄걸. 나무토막 같은 혀를

내밀며 여자가 중얼거린다. 프라이드 치킨 네 조각, 초코바 두 개, 율무차 석 잔, 비빔밥 한 그릇, 부대찌개, 거기다 공깃밥 하나를 추가해서 남김없이 다 말아먹었어. 숟가락을 입에 물고 여자가 남자를 돌아다본다. 남자는 파르르 떨리는 형광등 불빛을 보며 아직도 귓속을 날고 있는 비행기 소리를 듣는다. 공항은 버스로 30분 거리 안에 있다. 3분 55초마다 활주로로 비행기들이 뜨고 내린다. 입가로 흘러내린 아이스크림이 여자의 허벅지에 떨어진다. 봄이 되기 전까지 적어도 여자는 6킬로그램의 몸무게를 늘여야 한다. 지난 2개월 동안 여자의 몸무게는 8킬로그램이나 줄었다. 허리가 2인치 줄어들고 가슴 위로 세번째 늑골까지 앙상하게 드러나기 시작했다.

여자는 세면대 거울 앞에 서서 칫솔질을 한다. 남자는 조간신문을 들고 오다가 열린 문틈으로 화장실 안을 들여다본다. 칫솔을 들지 않은 한 손이 세면대 모서리를 짚고 있다. 온몸의 체중이 몰려 손목에는 전선의 플러스와 마이너스 같은 두 개의 힘줄이 돋아 있다. 소매가 없는 러닝셔츠와 반바지 아래로 여자의 맨살이 드러나 있다. 목과 겨드랑이, 허벅지 곳곳에 가늘고 긴 생채기들이 보인다. 시침 핀에 찔리거나 긁힌 자국이다. 어떤 것은 딱지가 앉기 시작한다. 갑자기 칫솔을 입에 문 채 두 손으로 러닝셔츠를 걷어올린다. 나란한 두 개의 젖가슴이 세면대 거울 속에 떠오른다. 한 손은 러닝셔츠를 말아쥐고 치약 거품이 잔뜩 묻은 손으로 한쪽 젖가슴을 바스러지게 거머쥐었다가 풀어놓는다. 젖가슴이 탄력 없이 아래로 떨어지고 하얀 살갗 위로 거머리 흡반 자국 같은 다섯 개의 줄이 피멍으로 남는다. 여자는 상체를 세면대 거울로 바싹 끌어당겨 그림을 감상하듯 거울 속을 찬찬히 훑어본다. 검지손가락이 앙상하게 드러난 늑골 위를 차례로 훑어내려온다.

입 밖으로 치약 거품이 흘러내린다. 순간 세면대 거울 속에서 여자의 시선이 남자의 시선과 맞부딪친다. 여자가 허겁지겁 러닝셔츠를 내리며 눈을 가늘게 뜬다. 남자는 방으로 들어가려다가 여자의 흐트러진 머리카락 사이에서 반짝 빛나는 것을 본다. 파마기로 곱슬곱슬한 여자의 뒤통수에 주황색 드롭스 한 알이 머리카락을 감고 엉겨붙어 있다. 물을 묻혀 떼어내려 하지만 잘 떨어지지 않는다. 남자는 여자의 머리카락을 잡고 부엌으로 나온다. 여자는 여전히 칫솔을 입에 문 채 남자의 가슴께에 뒤통수를 들이대고서 있다. 남자는 주방 싱크대를 뒤져 김 자를 때 쓰는 가위를 찾아 드롭스가 감겨 있는 여자의 머리카락 몇 올을 잘라낸다.

알록달록한 옷들과 신발, 채소상과 그릇상이 즐비한 난장들 사이를 비집고 남자는 바지 주머니에 양손을 넣고 어슬렁 걷는다. 상점은 들쑥날쑥 마구잡이로 서 있다. 길은 넓어지다가 갑자기 비좁아지기도 하고 예측할 수 없이 여러 갈래로 나뉘기도 한다. 지나치는 사람들에 어깨가 떠다밀리고 주머니 속에 넣은 손이 튕겨져 나오기도 하면서 남자는 시장 깊숙이 떠밀린다. 배추와 양파주머니를 가득 실은 소형 트럭이 인파 사이를 비집고 들어오면서 계속 클랙슨을 울려댄다. 트럭을 피해 호박과 오이가 수북이 쌓인 가판대 사이에 낀 채 남자는 트럭이 지나가기를 기다린다. 시장 곳곳에 썩은 배추와 귤 따위가 무더기로 쌓여 심한 악취를 풍긴다. 좁은 길 가운데에 사내 하나가 주저앉아 마이크를 잡고 노래를 부르고 있다가 허겁지겁 자리를 옮긴다. 사내 앞으로 리어카가 한 대 놓여 있다. 리어카 안에는 고무줄 꾸러미와 병따개, 귀이개, 형광색 이태리 타월이 가득하다. 리어카를 길가로 조금 밀쳐놓고 그제서야 사내는 고무 다리를 끼운 엉덩이를 들썩거리며 몸을 움직인다. 그 사이 트럭의 운전사는 고개를 창밖으로 내놓고 고함을 지른다. 트럭의 머리가 리어카를 받을 듯이 가까이 다가온다. 사내의 몸짓이 더욱 부산스러워진다. 엉덩이로 바닥을 쓸며 두 팔로 땅바닥을 헤집는다. 사내의 두 팔과 고무 다리가 썰어놓은 낙지처럼 제각각 꿈틀거린다. 근육질의 두 팔 위로 썩은 배추 잎사귀가 달라붙고 귤이 짓눌려 터진다. 챙이 넓은 비치 모자를 눌러쓴 사내의 얼굴은 코 위로 짙은 그림자가 드리워져, 잘 보이지 않는다. 남자가 서 있는 가판대로 다가올수록 점점 호흡이 가빠져서 사내의 가슴은 지금이라도 공처럼 빵 소리를 내며 터질 것 같다. 트럭은 사내의 리어카를 밀치면서 길 안으로 들어간다. 트럭 뒤로 갈라진 사람들의 무리가 다시 모이고 사내는 다시 리어카를 밀며 길 한가운데로 나가 마이크를 잡는다.

희망정육점의 붉은 불빛 앞으로 양곱창과 선지, 간이 든 돼지 기름 깡통이 시장길에 나와 누린내를 풍긴다. 정육점의 나일론 차양 옆으로 극장의 간판이 비죽 드러나 있다. 3층 시멘트 건물 옥상의 난간에 동시상영이라고 쓰인 두 개의 간판이 매달려 있다. 간판의 하나에는 녹은 치즈 같은 젖가슴을 가진 금발 여자가 그려져 있다. 지하로 내려가는 극장의 입구에 손으로 휘갈겨쓴 영화 상영 시간표가 바람에 펄럭인다. 폭이 좁은 계단을 내려가 문을 열고 안으로 들어선다. 형광등이 달린 낮은 천장 아래로 수족관 하나와 스프링이 쏟아져나온 융단 의자가 벽을 따라 놓여 있다. 수족관 안에는 플라스틱 물풀과 물레방아가 들어앉아 있고 얼룩 덜룩한 무늬의 붕어 한 마리가 헤엄치면서 가끔 주둥이로 수족관 유리를 쳐댄다. 페인트가 흘러내린 WC라고 적힌 화장실 문 옆으로 음료수 냉장고와 먼지 앉은 스넥이 쌓여 있는 매점이 있다. 팝콘 기계 유리틀에는 버터가 흐른 채 굳어 있고 터지지 않은 옥수

수 알갱이 몇 알이 달라붙어 있다. 다섯 평 남짓한 극장의 휴게실
은 시골 기차역 부근의 지하 다방과 흡사하다. 매표소에는 젊은
여종업원이 앉아 늘 과자를 먹는다. 유리창으로 된 매표소 위에는
영화 포스터들이 빼곡히 붙어 있어 여종업원의 얼굴은 보이지 않
는다. 요금 3,000원이라고 쓰인 글자들 사이, 금과 3 사이의 조그
만 틈으로 과자나 껌을 질겅거리는 입술이 얼핏얼핏 비친다. 붉은
립스틱을 입술선 밖으로 과장되게 내어 그린 그 입술은 숫자 0
자 중의 하나처럼 보이기도 한다. 맨 처음 극장에 온 날 남자는
그 여종업원에게 '입술'이라는 이름을 붙여주었다. 입술은 매표구
밖은 물론 매점 가판대까지도 쉴새없이 눈을 굴리며 관찰한다. 매
표구를 지나쳐 그냥 들어가는 사람을 향해 말 대신 매표구 밖으
로 반쯤 내놓은 손가락을 신경질적으로 탁탁 내리친다. 남자가 오
천원짜리 지폐를 들이밀자 마디마다 과자 가루가 묻은 입술의 손
가락이 반달형의 매표구 밖으로 다지류의 곤충처럼 꾸물꾸물 나
와 지폐를 가져가고 잔돈을 내어준다.
　경사가 진 바닥 위에 80개의 의자가 다닥다닥 붙어 있다. 어둠
이 눈에 익을 때까지 입구에 서 있다가 구석자리까지 허리를 구
부리고 걸어간다. 스크린 위로 남자의 머리와 등이 낙타의 혹 같
은 그림자를 만든다. 남자는 늘 C-25 좌석에 앉는다. 등받이에
붙은 의자를 끌어당겨 앉으면 앞의자의 뒷등받이에 무릎이 밭게
가닿는다. 〈카니발〉이라는 제목의 영화는 벌써 중반부로 흐르고
있다. 이 영화는 아마도 최대 엑스트라 동원으로 기록될 만한 것
이지만 3년 전 시내의 영화관에서 상영 일 주일 만에 간판을 내
렸다. 완전무장을 한 군인들이 벌떼처럼 언덕 아래로 질주하고 있
다. 군화 소리가 저벅저벅 울린다. 영화가 끝날 때까지 젊은 군인
들이 무엇을 향해 뛰어가는지는 알 수 없다. 폭발음과 군인들이

손에 든 M-16에서 뿜어내는 불길로 극장 안은 시끄럽다. 옆에서 나란히 뛰던 동료가 총에 맞아 덤불 숲속으로 튕겨나가도 여전히 군인들은 질주하며 총을 쏘아댄다. 극이 후반부로 흐를수록 군인들의 수는 점점 준다. 군인들의 얼굴은 분별할 수가 없다. 플라스틱 사출 기계로 한꺼번에 뽑아낸 장난감 병정 같다. 80개의 의자 등받이에는 한결같이 멕소롱 광고 문구가 찍힌 누런 시트가 씌워져 있다. 남자는 등받이에 머리를 기대고 앞 의자의 등받이에 두 발을 걸쳐놓고 스크린으로 시선을 던진다. 벌써 일곱 번이나 본 영화이다.

스크린 오른쪽 중앙에는 삼각자 모양의 구멍이 뚫려 있다. 스크린 뒤에 종이를 붙여 땜질을 해놓았지만 영화가 진행되는 동안 그 구멍은 마치 버뮤다 삼각지대처럼 모든 그림을 삼켜버린다. 그 위로 엉덩이가 지워진 군인 하나가 뛰어간다. 그 구멍과 가끔 의자 사이의 통로로 쥐가 돌아다니는 것만 제외한다면 이 극장은 시간을 보내기에는 가장 안성맞춤이다. 남자가 앉은 자리에서 한 줄 건너뛴 오른쪽에 청년이 앉아 있다. 점퍼 주머니에 손을 넣고 어깨를 잔뜩 오므린 채 스크린을 쏘아보는 옆얼굴이 폭발로 극장이 환해지는 순간순간 슬쩍 드러났다 사라진다. 두 눈은 번뜩이고 군인들이 나동그라질 때마다 욕지거리를 내뱉는다. 세시 삼십오 분. 화요일. 회사에 다니는 사람들에게는 한창 업무로 바쁜 시간이다. 남자를 포함해 여섯 명의 사내들이 여기저기 흩어져 앉아 손에는 M-16을 들고 완전무장의 무거운 몸을 이끌고 무언가를 향해 질주하는 것이 전부인 영화를 보고 있다. 그 많은 엑스트라가 죽어 쓰러지는 가운데 주인공은 늘 폭탄 세례 속에서도 살아남는다. 엑스트라가 수없이 죽어 넘어져도 관객은 전혀 동요하지 않는다. 연기가 걷히고 나면 여전히 그 속을 헤치며 뛰고 있는 주인공의 뒷모습이 보인다. 한 손에는 커다란 깃발이 들려 있다. 주인공은 여전히 질주한다. 영화의 배경은 2차대전 같기도 베트남 전쟁 같기도 하지만 전혀 낯선 곳 같기도 하다. 영화의 하이라이트인 지루한 폭발이 있는 동안 화면은 온통 회색 연기투성이다. 연기가 조금씩 흩어지면서 주인공의 얼굴이 드러난다. 얼굴은 시커멓고 이마의 탄흔에서 꽃봉오리가 벌어지듯 피가 솟구친다. 카메라는 점점 멀어지고 주인공은 겹겹이 쌓인 시체 더미 속에 얼굴만 내밀고 누워 있다. 시체로 만들어진 언덕 꼭대기에 주인공이 들고 다니던 그 깃발이 꽂혀 있다. 그 위로 자막이 흐른다.

극장 안에 불이 켜지고 여기저기에 앉아 있던 사내들이 하나둘 몸을 일으킨다. 매복에서 풀려난 군인들처럼 등받이 위로 서서히 머리가 드러나고 목과 상반신이 드러난다. 사내들은 불빛에 눈을 비비고 늘어지게 기지개를 켠다. 상아빛 스크린 위로 그림의 잔상들이 사라지면서 땜질 자국이 선명하게 드러난다. 칠십이 가까운 노인 하나가 문을 열고 들어와 제일 앞쪽부터 차례로 돌며 의자 밑의 쓰레기를 주워담기 시작한다. 남자는 매점 옆에 있는 공중전화로 가 잡지사의 한과장에게 전화를 건다. 한과장은 연신 무언가를 질겅거리며 전화를 받는다.

어때, 할 만해?

마감일까지 맞춰볼게요. 그런데 어디 이런 게 먹히겠어요?

임마, 그러니까. 재미있게 해보란 말이야. 전에처럼.

전화를 끊고 남자는 화장실의 문을 열고 들어간다. 두 개의 남자용 소변기 중 하나 앞에 그 청년이 서 있다. 소변기 앞에 선 채 남자는 곁눈질로 청년의 얼굴을 흘낏거린다. 머리 한쪽을 노랗게 물들이고 귓불에는 작은 금귀고리가 달랑거린다. 기껏해야 열일곱 정도의 나이다. 정말 멋지지 않아요? 바지 지퍼를 올리며 청년이 혼잣말처럼 중얼거린다. 본드를 흡입한 것처럼 동공이 확대되어 있고 왼쪽 관자놀이가 실룩거린다. 난 이 영화가 너무 맘에 들어요. 청년은 소변기 반대편 벽에 붙은 세면대로 가면서도 계속 중얼거린다. 그전에는 스파이 영화가 제일 좋았거든요. 귀퉁이가 깨진 세면대는 노랗게 때에 찌들어 있고 온수 수도꼭지는 아예 달아나고 없다. 소련이 붕괴되고 나니까 미국 스파이 영화도 영재미가 없어졌어요. 청년은 냉수 수도꼭지를 비튼다. 수도꼭지는 맥없이 돌아가고 스테인리스 관을 타고 물방울이 하나, 둘 떨어진다. 세면대는 너무 아래 달려 있어 청년의 긴 등이 노래기처럼 둥그렇게 말린다. 두 손을 모으고 물방울을 받다가 세면대를 주먹으로 내리친다. 잇사이로 신음 소리가 흘러나온다. 난 말이에요. 지금 공인된 적이 필요하다구요. 문을 발로 차고 나가던 청년이 휙 돌아서서 손으로 총을 만들어 세면대를 향해 한 방 날린다.

　극장 안은 썩은 배추와 생선 내장을 한데 버무린 듯한 냄새가 난다. 천장에는 가느다란 틈을 타고 물이 샌 자국이 누렇게 번져 있다. 기사 마감일은 일 주일이 남아 있다. 일 주일 동안 남자는 철저한 맹인의 시각으로 기사 하나를 완성해야 한다. 한과장은 삼 개월 전에도 남자를 무덤 속에 집어넣었다. 경기도 부근의 공원 묘지였다. 마침 막 판 듯한 빈 묘혈이 하나 있다. 공원 관리인에게 웃돈을 집어주었다. 남자는 수의를 덧입고 관 속에 들어간 채 무덤 속에 묻힌다. 관 뚜껑 위로 흙이 던져지는 소리 속에 한과장의 웃음소리가 들린다. 남자는 그 속에서 꼬박 하루를 있었다. 한 시간이 지나면서부터 남자는 연신 야광 손목시계로 시간을 확인한다. 약속한 열 시간이 지났는데도 밖에서는 아무런 인기척이 없다. 문득 한과장이 과연 신뢰할 만한 사람인가 하는 의문이 스친다. 기껏해야 한과장에게 남자는 아르바이트 직원에 불과하다. 어쩌면 지금쯤 한과장은 남자를 이곳에 묻은 것조차 까맣게 잊고 술을 마시고 있을지도 모른다. 여보세요. 거기 누구 없어요? 숨을 쉬기 위해 관 위에 박아놓은 PVC관에 대고 소리를 친다. 점점 고함 소리는 욕설로 변한다. 약속한 시간에서 두 시간이 지나면서부터 남자는 죽음에 대해 생각하기 시작한다. 내일, 아니면 모레 이 묘혈 속에 묻힐 누군가는 다른 장소를 찾아야 할 것이다. 관 뚜껑을 발로 차려 했지만 무릎이 굽혀지지 않는다. 손톱으로 뚜껑을 긁어대는 것도 쉽게 지친다. 고속도로에 서 있는 교통사고 안내판이 떠오른다. 고속도로를 달리다가 교통사고 안내판의 붉은 액정 숫자가 막 바뀌는 순간을 본 적이 있다. PVC관 위로 동전만하게 보이던 하늘은 달처럼 점점 이지러지더니 아무것도 보이지 않는다. 바지는 생똥과 오줌으로 범벅이 되어 있다. 관을 타고 비가 흘러들기 시작한다. 흙을 파내는 삽질 소리가 들리고 관 뚜껑이 벗겨진다. 거친 빗줄기에 튄 흙이 남자의 얼굴에 달겨든다. 웃으면 한쪽 입끝이 말려 올라가는 특유의 미소를 머금고 우산을 받쳐든 한과장이 남자의 얼굴을 내려다보며 서 있다.

‘죽음의 체험’이라는 제목으로 나간 지난 9월호 기사 밑에는 땀에 머리카락이 곱슬곱슬하게 말리고 눈 흰자위를 드러낸 채 관 속에 누워 있는 남자의 사진이 함께 실렸다. 그전까지만 해도 한 달에 몇 번 잡지사로 나가 아르바이트로 기사의 교정을 보거나 사랑의 체험 수기나 성형외과나 산부인과적 고민 따위를 대필하는 것이 고작이었다. 한과장은 이 기사로 어쩌면 기사 한 꼭지를 맡는 고정직을 얻게 될 수도 있다고 말했다. 스크린에는 지루하게 긴 정사가 이어지고 있다. 청년은 고양이처럼 의자 위에 올라앉아 스크린을 쏘아보고 있다. 누군가 중간에 들어와 스크린이 그림자로 얼룩지자 청년은 바지춤에 찔러넣은 손으로 총을 만들어 그림자에 겨눈다. 남자는 의자와 의자 사이의 통로에 바싹 엎드려 기다시피하며 극장을 나온다.

시장의 천막들 아래로 알전구들이 불을 밝히고 있다. 남자는 참치 통조림 두 개와 마요네즈 소스 한 통, 오이 천원어치를 산다. 육교를 건너는데 육교 아래로 낯익은 번호의 버스가 막 지난다. 여자가 버스에서 내려 천천히 보도 위로 올라선다. 뒤에서 내리는 사람들이 밀치는 바람에 어깨에 멘 핸드백이 미끄러져 떨어진다. 여자는 다시 고쳐 멜 생각도 하지 않은 채 핸드백을 땅바닥에 질질 끌며 걸음을 떼어놓는다. 발걸음을 떼어놓을 때마다 발 밑으로 웅덩이가 패는 것 같다.

참치 통조림의 기름을 빼고 채 썬 오이와 섞어 마요네즈에 버무리고 식빵 사이에 끼워 샌드위치를 만들면서 여자는 다가올 봄 옷의 경향에 대해 수다를 떤다.

봄에는 화려하고 낭만적인 옷들이 주종을 이룰 거야. 블라우스도 단순한 것보다는 리본이나 소매가 풍성한 것들이 전부야. 얼마나 옷을 입고 벗어댔는지 난 벌써부터 봄이라면 지겨워.

싱크대에 기대고 선 여자의 날종아리 위에 연보라색 정맥이 나무 뿌리처럼 얽혀 있다. 짧은 치맛자락이 펄렁거릴 때마다 녹슨 못머리 같은 무릎이 드러난다. 여자는 오늘도 오십 벌이 넘는 옷을 가봉했다.

어떻게 알았어? 참치 샌드위치가 고칼로리 중의 고칼로리라는 걸 말야.

여자는 참치 샌드위치 한 개를 세 입에 다 먹어치운다. 봄이 오기 전까지 여자는 적어도 6킬로그램의 몸무게를 늘여야 한다. 여자는 중저가 브랜드 패션 회사의 피팅 모델이다. 지금까지는 두터운 속옷을 몇 장 껴입고 했지만 봄이 되어 여름옷들을 가봉할 때

면 그것도 어려워질 것이다. 겨울이 한창인 지금 여자는 봄옷을
가봉하고 있다. 여자의 회사에는 다섯 명의 디자이너들이 있다.
디자이너의 팔목에는 시침 핀이 수없이 박힌 고슴도치 모양의 바
늘통이 매여 있다. 조심성 없는 디자이너들이 찌르는 시침 핀은
형겊을 뚫고 들어와 함부로 여자의 살점까지 찌르고는 한다. 암홀
2센티미터에서 1.5센티미터로, 네크라인의 홈은 0.5센티미터 깊
게. 마네킹 인형에 익숙한 사람들이었다. 가끔 여자가 낮게 신음
소리를 낼 때면 그제서야 아주 잠깐 디자이너들은 아, 마네킹이
아니었지, 새삼스럽게 여자의 얼굴을 올려다보고는 한다.

　바스락거리는 소리에 눈을 뜬다. 어둠 속에서 여자가 엎드린
채 베개 위로 손을 뻗어 드롭스의 은박 포장지를 벗긴다. 포장지
가 찢어져나갈 때마다 남자의 신경은 곤두선다. 어느새 남자의 귀
는 습자지처럼 얇아져서 작은 소리에도 더듬이처럼 민감하게 반
응한다. 여자는 입에 드롭스 한 알을 물고 옆으로 누우며 한숨을
쉰다. 숨결에 시큼한 파인애플 향이 묻어나온다. 여자는 짭짭 소
리를 내기도 하고 이 사이로 드롭스를 굴리기도 한다. 파란색 식
염으로 여자의 혀와 입천장은 금세 파랗게 물든다. 드롭스의 가운
데 뚫린 구멍으로 여자가 내쉬는 한숨은 휘파람 소리를 낸다. 이
불이 들썩이지 않게 살금살금 일어나 여자가 화장대 서랍을 연다.
킹 치킨의 네온사인은 화장대 거울 속에서도 반짝거린다. 방 어디
에서도 그 간판의 불빛을 피할 수 없다. 여자는 약상자에서 옥도
정기를 꺼내 뚜껑을 연다. 속옷을 들추고 뚜껑에 달린 솔로 액을
묻혀 어깨에 바른다. 옥도정기가 마를 때까지 앉아 있다가 다시
이불을 비집고 들어와 남자의 옆에 눕는다. 여자의 겨드랑이에서
는 국화 냄새가 난다. 손으로 베개맡을 더듬거려 드롭스 한 알을
집어 또 입에 넣는다. 아까 것과는 시큼한 향이 조금 다르다. 노

란색 오렌지맛일 것이다. 눈을 감아도 킹 치킨 간판의 불빛은 눈
꺼풀 안에 무수한 점을 만든다. 색깔은 느껴지지 않지만 수탉의
왕관에 빨간색 불이 들어올 때면 송곳 같은 것이 눈알을 조금 더
깊숙이 찌른다. 남자의 머릿속은 온통 마름쇠로 위장된 모래사장
같다. 여자는 어느새 잠이 든 모양이다. 살짝 벌린 입 속으로 녹
다 만 드롭스 한 알이 들어 있다.

  킹 치킨의 간판이 창을 막고 있어 한낮에도 불을 켜두어야 한
다. 문을 잠그고 여자의 발자국 소리가 계단 아래로 멀어진 후에
야 남자는 일어난다. 여자의 베개맡에는 드롭스의 은박 포장지가
흩어져 있다. 종이 껍데기와 화장대 밑에 흩어진 머리카락을 주워
들고 부엌으로 나온다. 며칠 동안 비우지 않은 쓰레기통에 참치
빈 깡통과 오이 껍질 사이로 노란색 드롭스가 달라붙은 머리카락
몇 오라기가 들어 있다. 오늘도 여자는 머리카락을 잘라낸 모양이
다. 현관 신발장 위에 바이올렛 화분이 있다. 잎새 위에 하얗게
곰팡이가 폈다. 화분째 쓰레기통에 던진다. 자꾸 썩어나가는데도
여자는 계속 화초들을 사들인다. 화분이 놓였던 자리 옆으로 여자
의 수첩이 있다. 신을 신다가 잊어버리고 그대로 놓고 간 모양이
다.

  버스 안에는 고작 네댓 명의 승객이 있을 뿐이다. 남자는 겨드
랑이에 낀 여자의 수첩을 무릎 위에 올려놓으려다가 우연히 수첩
을 펼쳐본다. 깨알 같은 여자의 글씨가 드러난다. 12월 15일. 어
제 날짜의 메모칸이다. 김치볶음밥, 피자 네 조각, 콜라 두 잔, 비
빔밥, 참치 샌드위치 네 개. 평소 때라면 이틀치나 되는 칼로리를
여자는 하루에 섭취하고 있다. 앞 페이지로 넘긴다. 하루의 생활
비와 그 달의 적금, 차비 따위로 빽빽하던 여자의 작은 수첩은 어
느새 고칼로리의 음식 이름과 김치볶음밥 1930칼로리, 비빔밥

1150칼로리, 도넛 6개 2526칼로리 따위의 메모들로 가득하다. 하지만 여자의 몸무게는 좀처럼 늘어나지 않는다. 비만요법 책자가 되어버린 여자의 수첩을 접어 손가락으로 만지작거리면서 남자는 버스 창밖을 내다본다. 무심한 얼굴을 한 사람들이 바쁘게 거리를 오간다. 내려야 할 정거장을 두 개나 지나친 후에야 남자는 버스에서 내린다.

복도를 서성거리며 남자는 여자를 기다린다. 좁은 복도를 사이에 두고 양 옆으로 똑같이 생긴 문들이 달려 있다. 사람들이 연신 옷과 천 두루마리를 들고 복도를 지난다. 수많은 문 중의 하나가 열리고 여자의 얼굴이 드러난다. 몸을 크게 움직일 때마다 시침핀이 살갗을 찔러 여자는 조심조심 남자에게로 걸어온다. 여자는 시침질만 된, 옷이라기보다는 헝겊 조각에 가까운 것을 걸치고 있다. 어쩐 일이야? 충혈된 두 눈에는 눈곱이 끼어 있고 남자를 쳐다보는 눈동자가 전구의 필라멘트처럼 흔들린다. 어깨와 겨드랑이, 허리에 시침 핀들이 박혀 있고 수정 사항들을 급히 적어 붙인 견출지들이 다닥다닥 붙어 있다. 급히 필요한 것도 아닌데 뭘. 자동판매기에서 커피를 뽑아주면서 여자는 낯선 사람을 대하듯 데면데면하다. 좀 있으면 점심 시간이니까, 좀 기다릴 테야? 여자는 수첩을 들고 헝겊을 나풀거리면서 수많은 문 중의 하나를 열고 사라진다. 지나치는 사람들을 피해 커피를 마실 곳은 어디에도 없다. 남자는 커피를 그냥 쓰레기통에 부어버리고 회사를 나온다. 시침 핀이 온몸에 꽂힌 여자는 동물원의 나비관에서 본 나비 표본 같다.

햇살이 따스하다. 남자는 수면용 안대를 끼고 쇠막대기를 든 채 공터 안으로 들어선다. 질퍽질퍽하다. 발을 뗄 때마다 흙이 발목을 잡아당긴다. 남자는 컴퍼스의 다른 다리처럼 다시 공터에 서 있다. 그 동안 몇 번이나 거리로 나갔지만 매번 육교도 건너지 못하고 돌아온다. 먼저 디딘 쇠막대기가 늪 속에 빠진 것처럼 끝이 닿지 않는다. 쇠막대기를 잡느라 구부정하게 구부렸던 허리를 펴지만 오히려 곧게 몸을 펴는 것이 더 어색하다. 남자는 더듬거리며 아이의 방을 지나 뒤뜰이 있던 곳까지 온다. 처음에는 진흙에 빠지지 않게 조심스럽게 걸었지만 포기하고 나니 오히려 편해진다. 뒤뜰에는 김치독을 묻었던 자리가 움푹움푹 패어 있다. 쇠막대기가 웅덩이를 지날 때마다 조금 더 깊이 빠진다. 마지막 웅덩이를 지나는데 쇠막대기 끝에 무언가 질끈하면서 닿는 것이 있다. 쇠막대기를 타고 기분 나쁜 무언가가 남자의 손바닥에 전해진다. 황급히 선글라스를 벗고 안대를 풀어젖힌다. 방금 막대기 끝이 박혔던 곳에 깊은 구멍이 나 있다. 조심스럽게 다가가 막대기 끝으로 흙을 파헤친다. 흙은 차져 손에 힘이 들어간다. 쇠막대기가 활처럼 구부러지며 파르르 떨린다. 진흙이 조금씩 파헤쳐지면서 쇠막대기가 찌른 물큰한 것의 윤곽이 드러나기 시작한다. 털옷가지같은 것이 진흙에 엉겨붙어 있다. 얼굴을 가까이 대고 자세히 들여다본다. 그러다가 남자는 뒷걸음질친다. 웅덩이에 발이 빠지고 신발 안으로 진흙이 타고 들어온다. 개의 머리다. 진흙이 엉겨붙은 개의 눈알이 반짝 빛난다. 다른 곳보다 먼저 부패하기 시작했는지 개의 눈알은 탁구공만한 크기로 돌출되어 있다. 얼었다 녹았다 하면서 개의 껍질은 바람 빠진 고무풍선처럼 흐느적거린다. 장독대 위로 올라가 하늘을 보고 울던 누렁이가 틀림없다. 허겁지겁 집으로 뛰어올라와 수화기를 든다. 신호음이 울린다. 남자는 다짜고짜 소리를 친다.

대체 날 뭘로 아는 겁니까? 무덤 속에 처박은 걸로 부족해 이제 병신짓까지 하라구요? 날 호락호락하게 보는 이유가 대체 뭐요?

전화기 속은 계속 신호음이 울린다. 남자는 맥없이 수화기를 놓고 일어선다. 현관에서 부엌을 따라 진흙투성이의 발자국이 찍혀 있다.

문을 잠그기 위해 손가락 끝으로 열쇠를 고른다. 열쇠의 홈을 손가락으로 더듬어 쥐고 열쇠 구멍을 찾아 몇 번 만에야 문을 잠근다. 계단의 난간을 손으로 더듬어 잡고 삼단으로 접은 쇠막대기를 길게 펼친다. 막대기로 먼저 계단을 더듬고 확인한 후에야 발끝을 조심스럽게 내려놓는다. 열다섯 개의 계단, 층계참, 다시 열다섯 개의 계단을 밟아 내려오는 도중 몇 번이나 안대를 풀어 내던지고 싶은 충동을 가까스로 참는다. 겨우겨우 현관 밖으로 나온다. 문을 나서자마자 튀김기름 냄새가 섞인 후텁지근한 수증기들이 얼굴에 달라붙는다. 튀김 압력솥 안에 갇혀 있던 김이 환기구 밖으로 하얗게 몰려나온다. 막대기 끝이 킹 치킨의 입간판에 가 닿는다. 왼쪽으로 한 발짝 물러서서 한 걸음 떼어놓다가 남자의 얼굴은 차디차고 단단한 무언가에 부딪친다. 손바닥으로 더듬어 본다. 손바닥이 닿는 곳은 온통 그것으로 막혀 있다. 밤 사이에 벽 하나가 쌓인 것일까. 막대기로 두드려보니 속이 빈 것 같은 공명이 울린다. 귀를 바싹 대어보니 그것은 율동감을 가지고 조금씩 떨리고 있다. 선글라스 밑으로 손가락을 넣어 안대를 조금 느슨하게 잡고 실눈으로 앞을 쳐다본다. 킹 치킨에 일 주일에 한 번씩 들르는 냉동차다. 붉은 왕관을 쓰고 활짝 웃고 있는 거대한 수탉 밑으로 대리점 문의 전화번호가 박혀 있다. 냉동칸의 빗장이 풀려 안이 들여다보인다. 털이 벗겨지고 목이 달아난 닭들이 여드름 자국 같은 모공을 드러낸 채 푸르스름하게 얼어 파란색 플라스틱

빵 상자 안에 차곡차곡 담겨 있다. 시동을 켜둔 채 운전사는 킹 치킨 가게 안에서 주인과 이야기를 하고 있다. 주인은 이야기 중 간중간 두 팔을 양 옆으로 과장되게 뻗는다. 남태평양에서 3미터 길이의 참치떼를 잡아올리는 이야기가 분명하다. 남자는 안대를 눌러 쓰고 쇠막대기로 아스팔트를 두드리며 엉거주춤 걷기 시작 한다. 시장으로 가기 위해서는 교차로에서 육교를 건너야 한다. 교차로가 가까워질수록 자동차들의 소음이 커지고 사람들의 인기 척도 늘어나기 시작한다. 육교를 건너고 삼성전자 대리점이 보이 는 골목까지 걸어가 골목 안으로 꺾어 들어가면 시장이 시작된다. 그리고 희망정육점 옆에 극장이 있다. 남자는 교차로를 벗어나지 도 못한 채 몇 번이나 머릿속으로 극장까지 달려갔다 되돌아온다. 길 가던 사람들이 지나치면서 남자를 힐끗거린다. 쇠막대기보다 발이 먼저 나가는 남자를 보며 사람들은 숙달되지 않은 맹인이라 는 것을 금방 알아챌 것이다. 지금이라도 안대만 벗어버리면 극장 까지는 뛰어서 10분 거리다. 남자의 옆으로 사람들이 유령처럼 바람을 일으키며 지나친다. 여보세요. 낯선 목소리가 입에서 흘러 나온다. 옆으로 지나치는 누군가를 향해 다시 허둥지둥 소리친다. 남자의 귀에 자신의 목소리는 터무니없이 크고 공포에 질려 있다. 여보세요. 여기 육교가 어딥니까? 가느다란 손가락 두 개가 남자 의 점퍼를 조심스럽게 끌어당겨 엉거주춤 선 남자의 몸을 왼쪽으 로 조금 틀어놓는다. 50미터쯤 앞에 있어요. 곧장 가세요. 목소리 는 다시 사라진다. 남자는 쇠막대기를 두드리며 앞으로 조금 나아 가다가 깨진 보도 블록에 발이 걸리며 앞으로 고꾸라진다. 가로수 보호대에 콧등이 부딪히면서 시멘트 바닥에 얼굴이 긁힌다.

　육교는 서른두 개의 계단으로 되어 있다. 육교의 난간을 붙잡 고 건너편 인도로 내려선다. 고층 건물들 아래의 응달에는 곳곳에 얼음이 얼어 있다. 남자의 걸음은 더욱 더뎌진다. 몇 번이나 멈춰서서 사람들에게 길을 물어본 후에야 겨우 시장으로 들어선다. 고무 다리를 감은 사내의 노랫소리가 들려오기 시작한다. 사내는 〈저 높은 곳을 향하여〉라는 성가를 부르고 있다. 짐수레와 트럭이 들어서면서 길을 비켜내줄 때마다 노래는 끊기고 한 박자씩 느려지기도 한다. 정육점 앞을 막 지나가려는데 뒤에서 트럭이 클랙슨을 울려댄다. 옆으로 조금 몸을 비킨다. 트럭이 서행으로 조금씩 들어서면서 트럭의 짐칸이 남자의 어깨를 떠다민다. 몸의 기준을 잡지 못하고 한 손으로 바닥을 짚으며 주저앉는다. 손가락 끝에 물큰하고 미끈한 것이 만져지면서 주저앉은 남자의 바지 위로 우르르 쏟아진다. 정육점 문이 열리고 슬리퍼를 끄는 소리가 가까이 온다. 이게 무슨 난장판이야. 중년 여자의 입김이 남자의 얼굴에 와 닿는다. 화장수와 노리착지근한 입냄새에 섞여 이브 껌 냄새가 난다. 미안합니다. 미안합니다. 남자는 고개를 이리저리 돌리며 중얼거린다. 일어서려다가 남자는 발 밑의 물큰한 것을 밟고 미끄러지며 다시 주저앉는다. 중년 여자의 억센 손이 남자의 다리를 거칠게 들어올리고 다리에 감긴 양곱창을 떼어내 바구니에 주워담는다. 길 가던 사람들이 멈춰서서 웃기도 하고 뭐라고 한마디씩 주고받으며 사라진다. 이걸 어째. 흙이 다 묻었네 그래. 성치 않은 몸으로 왜 밖을 나다닐꼬. 방 안에나 처박혀 있을 일이지. 중년 여자는 끙, 소리를 내며 바구니를 들어올린다. 슬리퍼 끄는 소리가 멀어진다.

극장의 계단을 밟고 아래로 내려갈수록 악취는 더욱 심해진다. 매표구에 돈을 내고 돌아서려는데 입술의 손가락이 유리창을 두들긴다. 아저씨. 거기 아저씨 말예요. 만원짜리를 내셨잖아요. 잔돈 받아가세요. 목소리에는 짜증이 덕지덕지 붙어 있다. 극장 안으로 들어선다. 더듬더듬 막대기로 짚으며 안으로 들어가는데 누군가 남자를 향해 소리친다. 빨리 앉아요. 그림자 때문에 하나도 안 보인다구요. 화장실에서 만났던 머리를 염색한 청년이다. 남자는 맨 구석자리로 가서 앉는다. 〈카니발〉이라는 영화는 중반부가 흘러가고 있다. 폭발음이 들릴 때마다 눈앞으로 무수한 섬광들이 우르르 일어났다 사라진다. 소리가 나오지 않는 흑백 텔레비전으로 불꽃놀이를 구경하는 것 같다. 등받이에 머리를 기대고 다리를 앞좌석의 등받이에 얹는다. 폭격과 총소리 사이사이 청년의 억눌린 듯한 소리가 간간이 섞인다. 그래. 뛰어. 쏘라구. 젠장.

여자는 불도 켜지 않은 채 무릎을 감싸쥐고 앉아 있다. 남자는 목욕탕으로 들어가 얼굴을 씻는다. 비누가 닿을 때마다 왼쪽 뺨의 긁힌 상처가 몹시 아리다. 점퍼와 바지의 허벅지에는 비계 덩어리가 토사물 자국처럼 묻어 허옇게 말라 있다. 왜 이렇게 빨리 들어왔어? 아무런 대꾸도 없다. 실루엣으로 견갑골이 들먹이는 것이 보인다. 여자는 집에서 늘 이 낡은 은박이 셔츠를 입는다. 2년 전 이 셔츠를 처음 입었을 때, 여자는 유원지에서 아이들이 손에 쥔 알루미늄 풍선처럼 생기가 있었다. 끈을 놓치면 하늘로 유유히 떠오를 것 같았다. 남자는 낡아서 은박이가 떨어지고 글자가 지워진 여자의 등을 내려다본다.

허리가 일 인치 더 줄었어. 회사에서는 벌써 구인 광고를 내놓았대. 점심을 먹는데 디자이너 미스 윤이 이야기했어. 처음이래. 살이 빠져서 일을 그만두는 사람은.

여자는 오후 내내 옷을 갈아입는다. 봄에 시판할 옷을 확정하기 위해 사장과 부장급들이 다 모여 있다. 사무실 한쪽 칸막이 속에서 옷을 갈아입고 밖으로 나와 사람들에게 한번 보여준 후 다시 칸막이 안으로 뛰어들어가 다른 옷으로 재빠르게 갈아입는다.

서른다섯번째 옷이다. 소매가 풍성하고 속이 훤히 비치는 시스루 원피스를 입고 사무실 중앙에 선다. 사장이 옷을 자세히 보려고 의자에서 일어나 여자에게 가까이 다가온다. 손가락으로 옷감을 만져본다. 사장의 하얀 와이셔츠와 구김 없는 양복 위에 여자는 갑자기 물총처럼 구토를 하기 시작한다. 놀란 사장이 피할 틈도 주지 않고 점심에 먹은 부대찌개를 게워낸다. 물총처럼 솟구친 구토물이 군청색 양복 바짓가랑이 위로 쏟아져내린다. 내장처럼 붉고 토막난 라면 가닥들이 달라붙어 하나씩 떨어지기 시작한다. 입을 틀어막고 화장실로 뛰어가면서도 여자는 복도에 구토를 해댄다. 나머지 일정은 취소되고 화장실에서 돌아와보니 아무도 보이지 않는다.

사장이 내 팔만 쥐지 않았어도 괜찮았을 거야. 그렇지 않아도 계속 속이 메슥거렸어. 향수 냄새가 내 속을 뒤틀어놓아서 겨우 참고 있었는데. 내 위 속에서 그렇게 많은 것이 쏟아져나올 줄 몰랐어.

두 달 만에 처음으로 여자는 드롭스를 물지 않고 잠이 든다.

주문한 식사가 나오기를 기다리며 한과장은 남자가 써온 기사를 건성으로 훑어본다. 남자는 손바닥을 계속 물수건으로 훔쳐내며 한과장의 얼굴을 흘낏거린다.

꿈의 극장이라? 제목 좋군. 앞을 볼 수 없는 사람이 극장을 찾아가는 길이라. 그러니까, 볼 수 있는 사람이 못 보는 것도 있고 보이지 않는 사람에게 보이는 것도 있다는 말이 되나? 종업원이 다가와 부대찌개의 뚜껑을 열고 라면을 반으로 분질러 넣는다. 아 참, 이벤트 회사에서 전화가 왔더군. 자네가 쓴 기사를 본 모양이야. 대기업 신입사원 연수 때 그런 이벤트를 기획하고 있다는군. 남자는 문득 자신이 묻혔던 묘혈 속에 지금쯤 누워 있을 누군가를 떠올린다. 한과장이 밥 한 공기를 다 비울 때까지도 남자는 숟가락으로 국물만 홀짝거린다. 그런데 궁금한 게 있어. 무덤 속에 들어가 있는 동안, 솔직하게 어떤 기분이었나? 한과장은 이쑤시개를 입에 물고 헤어질 때 남자에게 묻는다.

집 앞에 앰뷸런스가 서 있다. 킹 치킨 가게 앞으로 사람들이 몰려들어 웅성거린다. 사람들 사이에 여자가 보인다. 여자는 은박이 셔츠 위에 파카를 걸치고 발돋움을 하고 서서 안을 들여다보고 있다. 앰뷸런스가 비상등을 켜고 요란한 소리를 내며 큰길로 사라진다. 사람들이 하나, 둘 흩어지고 앰뷸런스가 사라진 텅 빈 길 위에 주인의 운동화 한 짝이 떨어져 있다. 아저씨가 고혈압으로 쓰러지셨대. 닭을 튀기고 압력솥의 뚜껑을 여는데 갑자기. 쿵 소리가 나길래 난 압력솥이 터진 줄 알았어. 여자는 남자에게로 걸어오면서 그제서야 짝짝이로 신은 신발을 들여다본다. 한 발은 운동화를 한 발은 남자의 슬리퍼를 신고 있다. 남자는 열린 문으로 가게 안을 들여다본다. 나란히 정리되어 있던 의자와 식탁이 한곳으로 밀려 쓰러져 있고 뚜껑이 바닥에 나뒹구는 압력솥 안에는 숯덩이처럼 탄 닭 토막들이 떠 있다.

킹 치킨의 간판에는 오랜만에 불이 들어오지 않는다. 오후 늦게 주인의 큰아들이라는 사람이 와서 입간판을 가게 안으로 들여놓고 셔터를 내린 후 커다란 자물통을 채워놓고 사라졌다. 마지막 비행기가 지나간 뒤에도 남자는 잠이 오지 않는다. 곁에 누운 여자도 자꾸 몸을 뒤척인다.

남자는 오토바이에 시동을 걸고 천천히 골목을 빠져나간다. 공터에는 인부 몇이 철근을 세우고 얽으면서 일층 골조 공사를 마무리하고 있다. 가을이 올 때쯤이면 5층 높이의 상가가 들어설 것이다. 오른쪽 반을 쓰지 못하게 된 주인은 지팡이를 짚고 일 주일에 한 번씩 가게로 와서 수금을 해간다. 태평양 한가운데서 만난 참치떼 이야기를 할 때마다 주인의 굳지 않은 왼쪽 입술이 묘하게 일그러진다. 하루종일 닭을 튀겨내고 주문을 받는 여자의 몸은 조금씩 기름 냄새에 전다. 남자는 배달을 마치고 오토바이를 몰아 시장까지 간다. 극장의 간판이 내려지고 다른 두 개의 새 간판이 막 옥상 난간 위로 끌어올려지는 참이다. 오토바이를 세우고 선 채 남자는 간판이 다 매달릴 때까지 지켜보다 돌아온다. 한과장에게서는 딱 한 번 전화가 왔다. 다 좋은데 뭐랄까, 신선한 게 부족해. 오이를 팍 베물었을 때, 뭐 그런 것 말야. 결국 체험 시리즈 중의 하나인 '꿈의 극장'은 헛수고로 끝났다. 오토바이를 타고 언덕 꼭대기에 올라서면 비행기들이 지상의 관제탑으로 빛을 쏘는 것이 보인다. 남자는 전속력으로 오토바이를 몰아 언덕길을 내려온다. 여자는 킹 치킨의 앞치마를 두르고 닭을 튀겨내면서 주문받은 닭을 알루미늄 호일로 포장하다가 남자를 보고 웃는다. 그 오토바이가 이제서야 제 주인을 만났군. 오토바이는 몸피가 작은 남자에게 썩 잘 어울린다. 남자는 입간판과 간판의 스위치를 차례로 올리고 나서 허리에 양손을 얹고 간판을 올려다본다. 킹 치킨 화곡 3동 지점의 네온사인에 차례로 불이 들어오면서 왕관을 쓴 수탉의 머리가 힘차게 반짝이기 시작한다. 남자는 안에 대고 여자에게 소리를 지른다.

정말 닭들도 웃을까?

여자는 미처 알아듣지 못한다.

요번에는 바루 뒷골목이야. 빨리 와야 해. 배달이 잔뜩 밀렸다구.

양념 통닭이 포장된 종이 상자를 쥐고 오토바이에 올라타면서 남자는 네온 간판의 수탉을 유심히 올려다본다.

내가 사랑한 것은 그녀의 등허리였을까

남자가 알고 지내던 여자들 중의 한 명이 실종되었다.

K가 실종되던 날 밤, 그녀와 맨 나중까지 있었던 사람은 바로
남자였다. K는 꽃분홍색의 파카와 비둘기색 코르덴 바지 차림에,
머리에는 주먹만한 털방울이 달린 우스꽝스러운 털모자를 눌러쓰
고 있었다. 어쩌면 다시 못 볼 수도 있는 K의 마지막 모습을 바
로 남자가 본 것이다. 그 사실이 몹시 신경을 거슬리게 했다.

33개의 뼈, 7개의 경추, 12개의 흉추, 5개의 요추. 남자가 알고
있는 여자들 중에서 K는 가장 아름다운 등허리를 가지고 있는 여
자였다. 남자는 K의 등허리를 모델로 반신상의 브론즈를 만들고
있었다. 4인 조각전은 벌써 보름 앞으로 다가와 있었다. 창문을
잔뜩 열어놓고, 방바닥에 등을 대고 길게 누워서 남자는 추위에

후들후들 떨고 있었다. 내가 사랑한 것은 K였을까, 아니면 K의 등허리였을까. 아까부터 남자는 그것에 대해 곰곰이 생각했다. 발가락과 손가락 끝이 곱아들기 시작했다. 벌떡 일어서서 창문을 소리나게 닫았다. 창문을 닫기 전, 국수를 빤 물 같은 하늘은 길 건너편 아파트 꼭대기, 풍향계 위로 낮게 가라앉아 있었다.

전화 벨이 울린다. 아침 일곱시 반이 막 지나고 있다. K가 실종된 후로 정확히 79시간 30분의 시간이 흐르고 있다. 시간을 두고 낯선 사내의 목소리가 떠듬떠듬 흘러나온다. 혹시, K라는 여잘 아세요?

그 사내의 말대로 남자는 한눈에 그를 알아본다. 출입구를 향해 종종걸음치고 있는 사람들 가운데 빌딩 광장을 할일없이 서성이고 있는 사람은 그 사내뿐이다. 게다가 사내는 군청색의 모자와 짝을 맞춘 경비복 차림이다. 버스가 빌딩 광장을 지나칠 때 버스 손잡이를 붙잡고 선 남자는 차창 밖으로 얼핏 그 사내를 본다. 버스는 빌딩 광장을 3백 미터쯤 지나 버스 정류장에 선다. 남자는 빌딩으로 향해 걸어가는 사람들 틈에 끼어 느릿느릿 걸어간다. 사내는 남자가 다가가자 몹시 춥군요, 라는 말로 인사를 대신한다.

전, 이 빌딩에 근무합니다. 새벽에 출근해서 순찰을 도는데 빌딩 뒤 화단 위에 이것이 떨어져 있습디다. 며칠 된 모양이에요. 워낙이 눈에 잘 띄지도 않는 장소일 뿐더러 그 위에 눈까지 쌓여 있었으니까요.

사내에게서 K의 핸드백을 받아든다. 눈에 익은 핸드백이다. 인조 악어피 핸드백에는 눈이 녹아 배어 허옇게 얼룩이 남아 있다. 반쯤 열린 덮개 사이로 K의 다이어리와 만년필, 눈썹을 그리는 연필 따위가 마구잡이로 삐져나와 있다.

벌써 누군가 손을 댄 모양입니다. 화단을 온통 다 뒤졌지만 지갑은 눈에 띄지 않던걸요. 아, 그 다이어리의 전화부 속에 댁의 이름과 전화번호가 적혀 있었어요. 달리 연락할 데도 없고 해서.

남자는 K처럼 핸드백을 어깨에서 반대쪽 허리로 가게 가로 메고 광장을 가로지른다. K의 집으로 가는 비탈길은 빌딩 광장에서 오 분 거리에 있다. 남자의 반대편 쪽에서 빌딩의 출입구를 향해 젊은 여자 하나가 뛰어간다. 여자는 뛰어가면서 핸드백을 멘 남자를 흘낏 쳐다본다. 비탈길 아래에 서서 담배를 하나 꺼내 문다. 2백 미터쯤 되는 길이의 이 비탈길은 경사가 무척 가파르다. 겨울철에 자동차들은 이곳으로 올라가지 못하고 빌딩을 한참 지난 곳에 있는 간선도로로 우회해서 들어가고는 한다. 이 비탈길을 올라갈 때마다 S자 같은 K의 등허리는 C자처럼 굽어진다.

그날 밤, 자정이 다 될 무렵, 남자는 K와 택시를 타고 이곳에서 내렸다. 비탈길 아래에 서서 K가 비탈길을 천천히 올라 멀어지는 것을 지켜본다. 대로에 줄지어 선 가로등의 환한 불빛이 비탈길 중간까지 가 닿아 어슴푸레 K의 뒷모습이 보인다. K는 비탈길을 올라가다가 두 번 발이 미끄러지면서 손바닥으로 땅을 짚는다. 비탈길 곳곳에 얼음이 얼어 있는 모양이다. 환한 불빛이 끊어지는 곳에서 가로등이 켜진 비탈길의 꼭대기까지 올라가는 동안 K의 뒷모습은 잠깐 어둠 속에 숨는다. 그 사이에 남자는 담배를 한 개비 꺼내 물었다. 바람을 피해 등지며 간신히 담배에 불을 붙인다. 그리고 다시 비탈길을 향해 고개를 돌렸을 때, 이미 K의 모습은 보이지 않았다. K가 가로등이 켜진 비탈길의 꼭대기로 올라설 때까지 지켜보지만 꼭대기 위로 K의 모습은 나타나지 않는다.

K의 핸드백을 메고 느릿느릿 비탈길 위까지 올라온다. 가로등이라고 해보아야 전봇대 위 변압기 아래에 달랑 갓등을 씌운 전구가 달려 있을 뿐이다. 여기서부터는 또다시 비탈길을 내려가야

144

한다. 그 아래는 상습 침수 지역이다. 침수 지역 한중간에 K가 살고 있는 연립 주택 2개 동이 서남쪽으로 비스듬히 서 있다. 남자가 K를 처음 만난 그해 여름도 K의 연립 주택은 물에 잠겼다. K가 살고 있는 일층까지 물이 들어오지는 않았지만 연립 주택 현관 안으로 들어가는 다섯 개의 계단 가운데 아래 두 개의 계단까지 물이 차올랐다. 그때 K는 하이힐을 벗어 양손에 하나씩 나눠 들고 버스 정류장까지 물을 건너왔다. 10년 만의 폭우였다. 버스도 운행하지 않았다. 그렇게 이틀 동안 K의 연립 주택은 물에 고립되어 있었다.

남자는 그날 어둠 속으로 사라진 K의 흔적을 찾아 비탈길을 세 번이나 오르락내리락한다. 무엇을 찾고 있는지도 모르면서 남자는 땅바닥을 더듬는다. K는 늘 핸드백의 줄 아랫부분을 만지작거린다. 그 탓인지 핸드백의 줄 아랫부분은 다른 부분보다 손때로 검고 허옇게 닳아 있다. K의 집으로 가는 길에는 원형 맨홀이 두 개, 사각형 맨홀이 세 개 있다. 맨홀이 눈에 뜨일 때마다 가까이 가서 발끝으로 뚜껑을 두드려본다. 맨홀의 뚜껑은 둔중한 쇠뭉치일 뿐더러 뚜껑의 가장자리를 따라 시멘트로 봉해져 있다. 뚜껑의 손잡이를 잡고 들어내려고 힘을 주지만 팔만 시큰거릴 뿐이다. 맨홀의 뚜껑은 마치 『아라비안 나이트』에서 나오는 마신을 넣고 밀봉한 호리병 뚜껑처럼 꼼짝도 하지 않는다. 게다가 며칠 전에 내린 눈이 뚜껑의 절반을 뒤덮은 채 얼어 있다. 눈은 K가 실종된 세 시간 후에 내려서 K가 실종된 다섯 시간 후에 멈췄다. 적어도 3년 동안 이 맨홀 뚜껑은 한번도 열린 적이 없는 것이 분명하다. 그러니 K가 뚜껑 열린 맨홀 구멍 속에 빠질 수도 있다는 생각은 우스운 발상이다. K가 맨홀 뚜껑을 열고 그 아래로 내려가 지하 하수로를 따라 어딘가로 사라졌다는 생각은, 너무 영화를 많이 본

탓이다. 그러면서도 남자는 비탈길 줄지어 선 집 앞의 쓰레기통이
나 으슥한 구석에서 K의 꽃분홍 파카가 발견될까봐 조바심이 난
다. 도대체 K는 어디로 간 것일까.

　열쇠 고리에서 K의 현관문 열쇠를 고른다. 녹이 슨 철문의 둥
근 손잡이는 뻑뻑하고 문이 열리는데 문 바닥에서 쇠가 긁히는
소리가 따갑다. 문 앞으로 5백 밀리리터의 우유팩 세 개가 나뒹굴
고 있다가 남자의 발에 차인다. 새것 그대로인 조간신문을 주워
신발장 위로 던진다. 현관 한쪽에 K의 슬리퍼 두 짝이 나란히 놓
여 있다. 여름 비치용 슬리퍼는 밑창 뒷부분이 심하게 닳아 있다.
언제나 신발을 질질 끌며 걷는 K의 걸음걸이 탓이다. K의 발은
아주 작다. 슬리퍼를 신으면 K의 작은 발가락 다섯 개가 보기좋
게 나란히 모아진다. 담배나 일회용 면도기를 사러 갈 때 남자는
가끔 K의 이 슬리퍼를 신는다. 남자의 발꿈치가 슬리퍼 밑창 밖
으로 나오고 엄지와 검지 발가락이 겹쳐져서 남자는 까치발로 뛰
어다니고는 했다.

　현관턱에 앉아 워커의 끈을 차례로 풀고 거실로 올라서던 남자
는 잠깐 동안 그 자리에 우두커니 서 있다. K가 없는 집에 혼자
있는 것은 처음이다. 난방 장치는 그대로 켜두었는지 집 안은 훈
훈하다. 남자는 안방으로 들어가지 못하고 주방 겸용 거실을 서성
거린다. 싱크대 위에는 커피 메이커가 놓여 있다. 유리 포트 바닥
에 조금 남은 커피 위로 푸른 곰팡이가 떠 있다. 핸드백을 거꾸로
들어 바닥에 쏟는다. 차잘한 물건들이 후두둑 떨어져 바닥 여기저
기에 널브러진다. 다이어리와 모나미 만년필, 뚜껑이 달아난 입생
로랑 립스틱, 38호색의 코티 분통, 눈썹 그리는 연필, 옷핀 한 개,
슈퍼마켓 영수증 한 장. 1월 29일, 풋고추 1000, 라면 3×360
1080, 참기름 4200, 콜라 페트 900, 합계 7180, 예수금 10000, 거

146

스름 2810. 남자는 슈퍼마켓 영수증을 들여다본다. K가 남자에게
남긴 실마리 같은 것은 발견할 수가 없다. 식탁으로 가서 의자를
꺼내 앉는다. 식탁 위 구겨진 신문지 위로 풋고추가 수북이 쌓여
있다. 꼭지를 뗀 고추는 식탁 모퉁이 쪽으로 밀려 있고 아직 꼭지
가 달린 고추가 그 맞은편에 놓여 있다. 봉긋한 두 개의 풋고추
더미 사이, 보이지 않는 경계선에 걸쳐 꼭지가 달린 풋고추 두 개
가 떨어져 있다. K는 꼭지를 따려고 손에 쥔 풋고추를 그냥 내던
지고 일어선 것 같다. 풋고추 사이사이로 신문의 기사가 드러나
있다. 해외 토픽난이다. 굳이 풋고추 더미를 밀쳐내지 않아도 기
사는 한눈에 들어온다.

미국의 진공청소기 세일즈맨인 룬스필드라는 사내의 이야기가,
스무 개의 흰 이를 드러내놓고 웃는 그의 사진과 함께 실려 있다.
아마도 K는 이렇게 앉아 풋고추의 꼭지를 따면서 억세게 운좋은
사내의 이야기를 읽어나갔을 것이다.

벼락을 맞고도 살아날 확률 60만분의 1, 비행기 추락 사고 후
멀쩡히 걸어나올 확률 2만7천분의 1, 단 한 장의 복권으로 복금
25만 달러에 당첨될 확률은 5백20만분의 1, 슬롯머신에서 잭폿이
터질 확률은 889분의 1, 숫처녀와 결혼할 확률은 13분의 1.

룬스필드는 이 모든 행운을 거머쥐었다고 한다. 더욱 신나는
건 숫처녀와의 결혼이죠. 양미간이 자신의 큰 입만큼 넓은 룬스필
드가 당나귀 같은 이빨을 드러내며 크게 웃는 얼굴 사진 한 컷.
남자는 신문의 인쇄 활자를 가린 풋고추를 몇 개 들어내며 기사
를 마저 읽는다.

이상하게 오래된 신문지 같은 데서는 흥미있는 얘깃거리가 많
이 눈에 띄어요.

K는 곧잘 이런 식으로 기사를 읽는다. 식탁에 앉아 손으로는

연신 다른 무언가를 하며 눈으로는 무언가를 읽는다. 물건을 사서 담아온 통계 숫자가 전부인 전산 용지로 만든 봉투이거나 신문 사이에 끼여온 광고 전단일 때도 있고 어떤 때는 신문지 한 면이 모두 심인(尋人)난인 경우도 있다. K는 심인난 하나하나도 유심히 읽는다. 남자는 어떤 실마리라도 잡으려는 듯 풋고추 하나를 들어올려 자세히 살핀다.

유년 시절, 자정까지 남자를 텔레비전 앞에 붙들어놓았던 것은 미국 외화 〈형사 콜롬보〉였다. 그 콜롬보의 말에 의하면 모든 현상들이 말을 하게 되어 있는 것이다. 구겨진 바바리, 흐트러진 곱슬머리, 개의 눈으로 안구를 박았다는 왼쪽 눈, 콜롬보의 모든 것이 남자를 흔들어놓았다. 극이 중반을 향해 치달을 때까지도 범인의 윤곽이 드러나지 않을 때가 있다. 콜롬보는 범인의 집에 떨어져 있는 열쇠를 우연히 발견한다. 범인을 향해 열쇠를 내 보이면서 콜롬보가 왼쪽 눈을 찌푸린다. 이 열쇠가 모든 것을 이야기할 겁니다. 단지 지금은 열쇠가 그것을 말하고 싶지 않을 뿐이지요. 남자는 들고 있던 풋고추의 꼭지를 딴다. 열 개가 넘게 풋고추의 꼭지를 따지만 풋고추는 아무 말이 없다.

K는 남자의 작업실 옆 전봇대에 기대 서 있었다. 남자는 동료들과 함께 작업실을 나와 점심을 먹으러 분식점으로 가던 길이다. 길 밖으로 전자오락실에서 나오는 전자음이 시끄럽다. 남자는 동료들의 우스갯소리에 하마터면 K를 못 보고 지나칠 뻔한다. 전봇대 옆을 지나치는데 바람 끝에 얼핏 낯익은 냄새가 실려온다. 그곳에 K가 털모자를 눈썹 위까지 푹 눌러쓰고 서 있다. K의 아름다운 등허리는 일자형 꽃분홍 파카 속에 숨겨져 있다. 남자가 가까이 가는데도 K는 인기척을 느끼지 못한다. K는 언제나 느닷없이 작업실로 나타나 조금씩 완성되어가는 자신의 등허리를 훔쳐

보고는 했다. K는 전봇대 앞 놀이터에 시선을 던져두고 있다. 놀이터 밖으로 아이 하나가 막 뛰어나오고 있다. 그 아이가 혼자 돌리다 만 뺑뺑이가 설 듯 설 듯 돌고 있다. 남자가 K의 털모자를 와락 벗기자 그제서야 K가 머리를 감싸쥐고 남자를 바로 본다. 그냥 지나가던 길이었어. K가 남자의 손에서 모자를 빼앗으려 버둥거리면서 말한다.

풋고추는 여전히 싱싱해서 그것이 남자에게는 낯설다. 벽시계를 본다. 11시 10분. K가 이 집을 비운 지 82시간 10분이 흐르고 있다. 그 동안에도 어김없이 세 개의 조간신문과 세 개의 우유가 들어왔다. 단지 커피 메이커 유리 포트 안에 든 커피에 곰팡이가 피었고 처음으로 개수대의 바닥이 물기 한점 없이 바싹 말라 있을 뿐이다. 천원어치의 풋고추도 슈퍼에서 사온 그대로 여전히 싱싱하다. 풋고추를 반으로 뚝 분지른다. 풋고추의 육질 속에서 섬유질이 몇 가락 드러난다. 비릿한 푸성귀 냄새에 섞여 매캐한 냄새가 코끝을 쏜다. 풋고추는 아직도 물기를 함빡 머금고 있다.

남자는 점퍼를 벗어 의자의 등받이에 걸어두고 목욕탕으로 들어간다. 변기 수조 뚜껑 위에 그린허벌 향의 샤워 비누와 발삼 향 샤워 코롱 병들 사이에 남자의 면도 크림통이 놓여 있다. 욕조 옆 수건걸이에 걸린 옷걸이에는 K의 스타킹이 뱀 허물처럼 늘어져 있다. 손으로 만져보니 바싹 말라 작게 쪼그라들어 있다. K의 허벅지와 종아리, 발가락과 발뒤꿈치를 담았을 K의 스타킹은 천천히 말라 쪼그라들면서 K의 두 다리에 대한 기억을 잊은 것 같다. 거울에 비춰보니 남자의 얼굴에 거뭇하게 수염이 자라 있다. 면도 크림의 뚜껑을 벗기고 통을 거꾸로 세워 면도 크림을 짜낸다. 양쪽 뺨과 턱과 목 사이까지 면도 거품을 바르고 또 바른다. 얼굴이 온통 면도 거품으로 뒤범벅이 된 채 막 면도칼을 들이대고 오른쪽 뺨에서 턱을 향해 사선으로 내려오는 찰나, 전화 벨이 울린다. 순간 손에 쥔 면도칼이 어긋나면서 흰 거품 위로 천천히 피 한 방울이 떠오른다.

여보세요, K?

남자와 전화기 속, 여자의 목소리가 동시에 같은 말을 내뱉는다.

아, 죄송해요. 어제 출판사로 번역한 것을 갖고 오기로 했거든요. 아직까지 연락이 없군요. 며칠째 전화도 받지 않고.

K가 번역 일을 하고 있는 출판사의 팀장이다. K는 '핫 로망스'라는 한 달에 열 권 이상씩 출판되는 시리즈물을 번역하며 가끔 비디오의 대사를 번역해주기도 한다. 비디오는 포르노물이 대부분이다. 대사가 별로 없고 그에 비해 보수는 짭짤하다고 말하던 것이 기억난다. K는 그곳에서 A라는 이름으로 불린다.

아, 그 출판사가 아니구요. 여긴 백과사전 만드는 곳이에요. 모르셨어요?

전화기 저편으로 불도저의 기계음과 함께 관정봉이 땅을 내리치는 소리가 울린다. 전화기 속 팀장의 목소리는 점점 톤이 높아진다. 남자는 뺨에서 흘러 입안으로 스며드는 거품을 내뱉는다.

대체 어디 간 걸까요? 어제가 원고 넘기는 날인 걸 잘 알고 있을 텐데. 저기, 한번 찾아봐주실래요? 지금 K가 갖고 있는 게 이응의 중간 부분이거든요. 이번 주 안으로 '이응' 파트는 전부 끝내기로 일정이 잡혀 있는데. 다른 사람들은 벌써 원고가 들어왔어요? 대체 어디 갔을까? 이응 중간이 떠버리네.

남자는 전화를 끊고 K가 작업실로 쓰고 있는 작은방의 미닫이문을 연다. 창가쪽 벽에 박힌 못에 K의 원피스가 걸려 있다. 짙은 보라색이었지만 지금은 회색으로 탈색된 들꽃이 자잘하게 프린트

된 원피스다. 오른쪽 어깨가 못에 꿰어 한쪽 소매는 안으로 뒤집혀진 채로 두 팔이 짝짝이로 늘어져 있다. 가슴에서 밑자락 중간까지 굵은 세 줄의 녹색 선이 선명하게 찍혀져 있다. 한 해가 다 가도록 K는 원피스에 묻은 페인트 자국을 지우지 못하고 있었다.

봄, 남자와 K는 동물원에 있다. 동물원 안은 발디딜 틈이 없이 사람들로 꽉차 있다. 일요일에 동물원에 온 것이 잘못이지. 자꾸 뒤처지며 K가 종알거린다. 남자는 K의 손목을 잡아끌고 사람들의 몸에 부딪혀가면서 동물원 안으로 깊숙이 들어온다. 키 큰 나무의 가지들에는 아이들이 놓친 헬륨 풍선이 걸려 있다. 바람이 불면 풍선 중의 어느 것은 나뭇가지를 벗어나 하늘로 높이 날아오르기도 한다. 잔디밭에는 자리를 깔고 모여 앉아 사람들이 도시락을 먹고 있다. 남자의 앞으로 아버지의 무등을 탄 아이 하나가 자지러지게 웃으며 앞서가고 있다. 아이의 한 손에는 핫도그가 다른 한 손에는 파란색 헬륨 풍선이 들려 있다. 영양의 울타리를 지나 코끼리 울타리로 가려는 참이다. 별안간 무등을 탄 아이가 울음을 터뜨린다. 아이의 머리 위로 파란색 풍선이 천천히 떠오르고 있다. 아이의 아버지는 두 손으로 아이의 양쪽 다리를 잡고 허둥지둥댄다. 남자가 달려가 가까스로 풍선을 잡는다. 풍선을 아이의 손에 쥐어주고 돌아서니 K가 보이지 않는다. 알록달록한 옷을 입은 사람들 사이에서 K는 찾을 수가 없다. 길에 선 남자의 어깨에 부딪히며 사람들이 오간다. 남자는 아이를 잃어버린 아버지처럼 동물원 이곳저곳을 헤맨다. 코끼리 울타리의 철창에 들러붙은 아이들이 비스켓과 먹다 남은 사과속 따위를 울타리 안으로 던지고 있다. 코뿔소와 하마의 울타리 사이에 얼룩말의 울타리가 보인다. 울타리의 철창 하나에 K가 있다. 철창 가까이 얼굴을 들이밀고 줄무늬의 폭이 넓은 그란트 얼룩말 한 마리를 보고 있다. 담황색 바탕에 검은 줄무늬의 얼룩말은 K가 팔을 내밀자 사납게 반대편으로 달려간다. 남자가 K의 어깨를 친다. K가 웃으면서 남자를 쳐다본다. 돌아서는 K의 꽃무늬 원피스 앞자락에 세 줄의 초록색 줄무늬가 선명하게 찍혀 있다. 그제서야 남자는 철창 앞에 써붙인 '페인트 칠 주의'라는 표지판을 발견한다.

락스 물에 담그는 통에 프린트 된 꽃들의 색깔들도 함께 탈색되고 말았지만, 그 세 줄의 페인트 자국은 더욱 도드라져 보인다. K는 이 원피스를 이제 집 안에서 허드렛일을 할 때만 입고 가까운 슈퍼마켓이나 야채상을 갈 때는 긴 스웨터를 덧입는다. 남자는 K의 원피스 치맛자락 속에 얼굴을 묻는다. K의 땀 냄새와 즐겨 쓰는 향수 냄새가 아릿하게 배어 있다.

책상으로 쓰고 있는 밥상 위에 도자기로 만들어진 등갓이 쓰인 삼십 촉짜리 스탠드가 놓여 있다. 그 옆으로 책배에 K의 학번이 적힌 영한 사전이 놓여 있다. 책갈피는 손때가 묻어 있고 배추 속처럼 낱낱이 부풀어 있다. 남자는 형광색 펜이 키대로 나란히 든 필통을 열어보기도 하고 원고 뭉치를 들척이기도 한다. 영어로 인쇄된 백과사전을 복사한 종이가 한 꾸러미 있다. 전부 알파벳 O로 시작되는 단어들이다. K는 한 달 전까지만 해도 청소년들을 대상으로 하는 '핫 로망스'의 시리즈들을 번역하고 있었다. 아가씨 손길이 부드럽게, 사하라의 열풍, 마지막 키스는 그대와. 그런 제목들을 가진 언제나 해피엔딩으로 결말을 맺는 짧은 소설들이었다. 언제 K가 백과사전 팀으로 자리를 옮겼는지 남자는 알 수 없다. 복사물 꾸러미와 견출지가 다닥다닥 붙은 공책들을 뒤적인다. 공책 속에서 묶지 않은 종이 더미가 빠져나와 바닥에 흩어진다. 종이를 주워 페이지 수대로 정리하다가 우연히 한 장을 들여다본다. K의 글씨체다. 흘려쓴 곳이라고는 한군데도 없는, 막 글자를 배우는 아이처럼 K의 글씨는 각이 지고 네모 반듯하다. 갑절이나 힘과 시간이 들어가는 글씨다. 오톨도톨한 글씨 자국을 손가락 끝으로 만지작거린다. 내가 사랑한 것은 K였을까, 아니면 K의 등허리였을까.

빨간 볼펜으로 씌어진 '오딘'이라는 항목부터 시작된 K의 글씨는 '오렌지 자유주'라는 항목에서 멈춰 있다. K가 번역을 맡았다는 '이응'의 중간 부분이다. '딘'에서 '렌' 사이에는 깨알 같은 글씨로 빽빽이 썼는데도 열 페이지가 넘는다. 남자는 종이 뭉치를 한 손에 잡고 주루룩 연달아 넘기면서 첫글자를 소리내어 읽는다. 오, 오, 오, 오, 오, 오…… 갑자기 수많은 '오'들은 고등학교 시절 음악 시간, 발성 연습 때처럼 곡조를 띤 노래의 한 구절로 바뀐다.

오렌지 자유주: 남아 공화국 내륙부의 주. 해발 1200~1600미터의 고원지대. 본래 네덜란드계 이민이 개설한 땅으로, 인구의 약 80%가 흑인이며, 인종 격리 정책으로 인종 차별을 받고 있음. 금, 다이아모

원고는 거기서 끝나 있다. '모'자의 모음자 획이 중간에서 끊어져 있다. K는 '다이아몬드'의 '몬'자를 쓰려다 말고 일어선 것 같다, 고 고개를 주억거리며 남자는 턱을 쓰다듬는다. 손끝에 깎이지 않은 수염 가닥이 만져진다. 남자는 다시 목욕탕으로 들어간다. 면도 크림이 수염 가닥들 위에서 허옇게 말라붙어 있다. 다시 면도 크림을 짜고 얼굴에 바른 후 손끝으로 만져가며 남은 한 가닥 올까지 꼼꼼히 찾아 면도를 한다. 수돗물을 세게 틀어놓고 세차게 얼굴을 문지른다. 윗입술 옆으로 5밀리 정도의 상처가 벌겋게 벌어져 있다. 세면대 위 거울 위에는 남자의 면도 크림이 여기저기 튀어 있다. 면도기를 열어 면도날을 꺼내 흐르는 물에 여러

번 씻어낸다. 타월 정리함을 연다. 꽃무늬 타월이 동그랗게 말려 나란히 정리되어 있다. 면도기를 넣어두고 문을 닫으려는데 무언가 가벼운 것이 변기 옆으로 떨어진다. 작은 약상자다. 스물한 개의 핑크 색깔의 정제가 나란히 포장되어 있다. 약 한 알마다 그 밑에 요일이 적혀 있다. 다른 하나는 벌써 열네 개의 칸이 비워진 채다. 금요일. 제일 마지막 빈 정제칸 밑에 금요일이라고 적혀 있다. 지난주 금요일, 남자는 K의 집에 왔었다. 남자는 K가 피임약을 먹고 있다는 것을 진작부터 알고 있었다. 남자는 알약을 모두 까서 손바닥 위에 올려놓는다. 씨앗처럼 아주 작다. 핑크색 당의정 한 개를 혀끝에 대어본다. 달짝지근하다. 입 안에 넣고 빨아먹는다. 혀와 입 천장이 온통 핑크색이다. 팀장의 전화를 기다리며 화장실 문턱에 앉아 엄지와 검지 손가락 사이에 알약을 하나씩 끼워 날려 보낸다. 하나는 욕조에 부딪히고 또 하나는 K의 스타킹에 부딪힌다. 전화 벨이 울린다. 전화를 받으러 거실로 나가려다가 플라스틱 슬리퍼가 미끄러지며 남자는 변기에 머리를 부딪힌다. 슬리퍼 밑창에 핑크색 알약 하나가 박혀 있다. 내가 사랑한 것은 K였을까, 아니면 K의 등허리였을까.

찾았나요? 어머, 수고하셨어요.

전화 저편에서는 공사가 한창이다. 헌 집 한 채가 허물어지고 그 자리에 새로운 집 한 채가 들어설 것이다. 팀장의 목소리는 불도저의 소리에 묻힌다.

아, 찾으셨군요. 다행이에요. 그런데 어디까지 되어 있죠?

남자는 원고의 페이지를 넘겨 맨 끝장을 본다. 오렌지 자유주, 라고 말하려다가 문득 그 항목의 설명이 끝나는 곳에서 휘갈겨 쓴 문구 하나를 발견한다. 좀전에는 발견하지 못했던 것이다. 그대가 오렌지라면 캘리포니아는 살기 좋은 최상의 곳이다. K의 글

씨 같지가 않다. 어느 획 하나 정확한 것이 없어 겨우겨우 읽어낸
다. 오렌지. 오렌지. 오렌지 주스, 오렌지 마말레이드, 오렌지에이
드, 오렌지 강…… 그러다가 남자는 얼굴을 찌푸린다. 입안에 든
당의정에서 쓴맛이 배어나온다. 아, 써. 남자는 쓴 물을 목으로 넘
기지 못하고 웅얼거린다.

의자 위에 올라가 K가 가리킨 곳에 못을 박는 참이다. K는 식
탁에 앉아 콩나물을 다듬고 있다. 내 말 들려요? 들어봐요. 부엌
쪽에서 K의 목소리가 들려온다. 남자는 보지 않아도 알 수 있다.
K는 또 콩나물을 다듬으면서 지나간 신문 기사 따위를 읽고 있는
것이다. 제니퍼라는 처녀의 이야기예요. 그 아이는 요즈음 달빛에
살을 태운다는군요. 그런데 달빛에도 살갗이 그을릴까 몰라. 하여
튼 이 아이 말에 의하면 살을 데일 염려도 없고 그러니 피부암 걱
정 같은 것도 없고 그래서 하나, 둘 문탠을 하기 시작했다는 거예
요. 남자는 튕겨나간 못을 찾아 방바닥을 더듬으면서 부엌 쪽에
대고 소리친다. 달밤에 체조하는군 그래. 빈정대지 말고 들어봐
요. 캘리포니아 경찰의 인터뷰까지 여기 이렇게 실렸어요. 젠장,
왜 이렇게 안 박히는 거야. 남자는 다시 의자 위로 올라선다. 문
탠을 하기 위해 사람들이 캘리포니아 바닷가 근처로 몰려드는데
허락도 없이 인근 부유층 저택의 잔디밭을 침범해서 경찰이 단속
을 시작했다는군요. 달이 뜬 날 밤이면 밤마다 현장으로 출동해
달빛 아래 벌거벗고 누운 남녀들을 귀가 조치 시키는 거죠. 못은
자꾸 벽에서 튕기는데 K는 계속 종알거린다. 남자는 식탁으로 가
서 K가 읽고 있던 신문지를 찢어온다. 찢긴 신문지에는 겨자 소
스를 뿌린 소시지를 든 뚱뚱한 경찰의 배가 인쇄되어 있다. 신문
지 조각을 여러 번 접고 그것을 벽에 먼저 붙이고 그 위에 못을
대고 망치를 내리친다. 경찰이 말하는군요. 당신이 찢어간 그 경

찰 말이에요. 정말이지 옛날부터 모든 이상하다는 일들은 왜 캘리포니아에서 시작되는지 알다가도 모르겠어요. 듣고 있어요?

생각해보니까 K는 유독 캘리포니아에 관심이 많았던 것 같다. 그렇다면 K는 지금 캘리포니아의 어느 해안에서 문탠이라도 하고 있는 것일까. 우연히도 어젯밤은 만월이었다. 모든 존재는 현상으로 자신을 말한다. 콜롬보의 열쇠처럼.

네? 뭐요? 여보세요? 여보세요? 듣고 계세요?

팀장은 수화기를 손끝으로 톡톡 친다. 그러다가 뒤의 누군가를 향해 소리친다. 미스 한, 그 창문 좀 닫아. 전화기 저편으로 책상에 무언가가 둔탁하게 부딪히는 소리와 슬리퍼 끌리는 소리가 멀어지며 잠시 뒤에 불도저 소리는 잠잠해진다.

아, 어디까지요? 못 들었어요. 오렌지 자유주요? 잠깐만요. 어쩌나, 그 뒤로 몇 항이 남아 있는데. 어쩔 수 없죠. 아까도 말씀드렸지만 이번 일은 특히 K에게 중요한 일이거든요. 백과사전 작업이라는 것이 다 그렇지만 요번 것은 작업 기간을 삼 년 정도로 잡고 있는 큰 덩어리예요. 제가 자신있게 위에 K를 추천했는데. 처음부터 이렇게 펑크를 내면 아무래도. 정말요? 그래 주시겠어요? 그럼 주소를 불러드릴게요.

전화를 끊자마자 곧장 개수대로 뛰어가 약을 뱉어낸다. 입 안이 얼얼하다. 물을 받아 여러 번 입안을 헹구어내지만 쓴맛의 기억은 여전히 남아 있다. 남자와 만나온 지난 3년 동안 K의 자궁은 온통 이 쓴 약에 절어 쓸개처럼 변했을지도 모른다. 명치끝이 화닥화닥 따가워져서 남자는 개수대를 잡고 잠깐 서 있는다. K가 번역한 '오'의 다발을 서류 봉투에 넣고 팀장이 불러준 주소를 적는다. 어느새 남자도 K처럼 네모지게 글씨를 쓴다. 주소를 몇 번이나 확인한 끝에야 점퍼를 입는다. 워커를 신고 끈을 조이다가 다시 작은방으로 들어온다. 빈 종이를 한 장 찾아 그 위에 급하게 글씨를 적는다. 우유와 신문 넣지 말 것. 현관문을 나서려는데 2층으로 올라가는 층계참에 한 사내가 서 있다. 러닝셔츠 하나 걸치지 않은 웃통 위로 간선도로까지 표시된 교통 지도처럼 혈관이 드러나 있다. 사내는 용수철이 다섯 개 달린 익스팬더를 두 팔에 쥐고 있다. 사내가 입을 앙다물며 익스팬더를 잡아당긴다. 다섯 개의 용수철이 단 한 번에 늘어난다. 남자는 신문 투입구에 종이를 붙이고 생각난 듯 볼펜을 꺼내 글씨 밑에 크게 적는다. 휴가 중.

정말이지 물소리 때문에 잠을 잘 수가 없어요.

남자가 작업실에서 K의 집으로 왔을 때는 새벽 4시가 조금 넘은 시간이다. 연립 주택 현관문 앞에 서서 가로등이 켜진 밖을 향해 돌아서서 K의 집 현관 열쇠를 찾고 있는데 덜컹 현관문이 열린다. 문을 열어주고 돌아서면서 K는 중얼거린다. 남자가 현관턱에 앉아 워커의 끈을 풀고 목욕탕으로 들어갈 때까지도 K는 목욕탕 앞에 쭈그리고 앉아 있다. 용접기의 불똥이 튀어 남자의 작업복은 크고 작은 구멍투성이다. 남자는 일 년이 넘게 이번 전시회를 준비하고 있다. 졸업을 하고 군대에 다녀와서 5년 만에 처음 갖는 전시회다. 남자는 일 주일이 넘게 꼬박 작업실에 틀어박혀 있었다. 작업실은 4인 조각전을 준비하고 있는 다른 세 명의 동창생들이 공동으로 쓰고 있다. 용접기 소리와 망치 소리에 휩싸여 있다가 밖으로 나오면 한동안 귓속이 울린다. 남자의 오른쪽 귀는 가끔 잘 들리지 않는 때도 있다. 손을 비벼 비누 거품을 내고 있는 남자의 머리 위로 가느다란 물소리가 흘러내린다. 위층에 살고 있는 사람의 오줌발은 좀처럼 끊어지지 않는다. 일층인 탓에 K의 집에서는 오층에서부터 배관을 타고 내려오는 물소리를 피할 수도 없다. 비누 거품을 내다 말고 천장을 쳐다보고 있는 남자를 향해 K가 대수롭지 않은 듯 쏘아붙인다.

난, 우리 줄에 살고 있는 사람들의 배뇨 시간을 다 기록할 수도 있어요.

남자는 원고가 든 서류 봉투를 왼편 겨드랑이에 끼우고 두 손을 바지 주머니에 넣은 채 비탈길을 내려온다. S빌딩 지하 아케이드로 내려가는 계단에 발을 딛다 말고 광장을 가로질러 빌딩의 뒤편으로 돌아간다. K의 핸드백이 발견되었다는 화단을 들여다본다. 사람의 손이 닿지 않은 눈 위로 흙먼지가 쌓여 있다. 화단 끝, 눈이 쓸린 자국이 눈에 뜨인다. K의 핸드백이 발견된 곳일 것이다. 그 앞으로 발자국 몇 개가 찍혀 있다. 핸드백을 꺼내러 화단 안으로 들어갔던 경비원의 발자국일 것이다. 유니폼을 입은 여직원 한 명이 종종걸음으로 뛰어오다가 화단을 들여다보고 있는 남자를 따라 화단 위에 잠깐 눈길을 주고 빌딩 안으로 들어간다.

아케이드 안은 미로 같다. 우체국을 찾기 위해 남자는 갔던 길을 매번 되돌아온다. 코닥칼라 현상소와 명동칼국수 분점 사이에 우체국이 있다. 유니폼을 제대로 갖춰입지 않은 여직원 둘이 앉아 일을 보는 작은 출장소다. 우편물을 접수하면서도 두 여자는 계속 수다를 떨고 있다. 빠른우편으로 우편물을 부치고 나오다가 다시 들어가 내일 오전에 꼭 도착할 수 있는 거냐고 다시 확인한다. 빌딩 광장으로 나가는 계단 옆에 과일 가게가 있다. 형광등 불빛이 가게 사면에 진열해놓은 과일들을 비추고 있다. 과일 가게 유리문 안에서 주인인 듯한 사내가 막 오렌지 상자의 뚜껑을 연다. 사과와 바나나 사이에 오렌지들이 하나씩 쌓이기 시작한다. 캘리포니아라고 쓰인 파란 도장은 너무 선명해서 손에 묻어나올 것 같다. 남자는 가게 안으로 들어가 오렌지를 두 알 고른다. 비닐 봉투가

너무 큰 탓인지 걸을 때마다 비닐 봉투가 남자의 허벅지를 스치
며 안에 든 오렌지 두 알이 쿠렁쿠렁거린다.

남자는 횡단보도 앞에 서 있다. 신호등의 불이 초록색으로 바
뀌면서 횡단보도 아래로 내려서려는데 남자의 앞을 가로막으며
어린 처녀가 길을 건넌다. 그 바람에 횡단보도턱에서 발이 삐긋한
다. 짧은 머리 밑으로 목이 길다. 얇은 블라우스 차림의 처녀는
팔짱을 끼고 불어오는 바람에 고개를 숙이며 종종걸음친다. 앞으
로 몸을 옹송그려 어깨뼈가 고스란히 드러난다. 처녀는 건너편 음
악사 안으로 달려 들어간다. 남자는 그만 횡단보도 중앙에 그대로
서버린다. 처녀는 이제 보이지 않는다. 처녀의 등허리는 K의 그
것과 너무나 흡사하다. 자동차들이 클랙슨을 울려댄다. 그제서야
남자는 성급히 횡단보도를 건넌다.

표를 끊고 잔돈을 챙기면서 막 뒤돌아서는 남자에게 작은 여자
목소리가 들린다. 매표구 직원이 잘 들리지 않는다며 신경질이 섞
인 말투로 쏘아붙인다. 남자는 표를 끊고 돌아서는 여자를 흘낏
쳐다본다. 밀랍 인형처럼 하얀 얼굴이다. 귀에 이어폰을 끼고 있
다. 가로 멘 가방 속으로 이어폰의 선이 숨어들고 있다. 햇빛이
따가운지 여자는 얼굴을 찌푸리고 손으로 차양을 만든다. 광장을
가로질러 가는 여자의 하이힐에서 맑은 구두징 소리가 울린다. 여
자는 땅바닥만 보고 걷는다. T시는 몇 년 전에 아주 잠깐 들렀는
데 인상이 좋은 곳이었다. 신문을 한 장 사는 동안 여자를 놓쳐버
린다. 공휴일이 아닌데도 역사 앞 광장은 많은 사람들로 붐빈다.
역사 안에도 여자는 없다. 남자는 공연히 조바심이 난다. 열차에
마지막으로 오르면서 남자는 주위를 둘러본다. 좌석을 찾아 객차
와 객차 사이를 건넌다. 기차가 속력을 내기 시작한다. 남자는 여
자를 찾는 것을 포기하고 신문으로 얼굴을 가리고 등받이에 기대

어 있었다. 그때 맑은 구두징 소리가 남자의 좌석 옆 통로 위를 지나갔다. 남자가 얼굴을 들었을 때 기차의 객차 문이 막 닫히는 참이다. 객차와 객차 사이 승강장의 손잡이를 두 손으로 잡고 그 여자가 서 있다. 남자는 맞은편 승강장에서 담배를 피워문다. 여 자의 긴 머릿결이 바람에 날린다. 여자의 머리카락에서는 유월의 보리밭 냄새가 난다.

삼월이었지만 산간 마을인 때문일까, T시에는 진눈깨비가 날리 고 있었다. 여자는 얇은 블라우스 차림이다. 남자는 역사 안의 나 무 벤치에 앉아 친구를 기다린다. 낡은 역사의 벤치 밑에서는 시 큼한 냄새가 난다. 그 사이 한 번 여자와 남자의 눈이 마주친다. 여자도 누군가를 기다리고 있는 모양이었다. 30분이 지나도 친구 는 오지 않는다. 전화를 하러 일어서는데 여자가 개찰구 앞에서 서울로 되돌아가는 기차의 시간표를 묻고 있다. 기차표를 산 여자 는 역사의 문을 열고 밖으로 나간다.

여자는 역 앞 술집에 앉아 있다. 대낮인데도 가게 한켠에 딸린 방에서는 남자들의 노랫가락에 섞여 중년 여자의 웃음소리가 흘 러나온다. 텅 빈 식당 안, 바닥이 고르지 않아 삐걱거리는 의자에 앉아 여자는 발장난을 하고 있다. 손에는 김이 오르는 보리찻잔이 들려 있다. 방에서 술을 마시던 취객 한 명이 방문을 열고 벌건 눈으로 여자를 훑어본다. 가로닫이 문이 중간에서 주춤, 소리를 낸다. 여자가 흘낏 뒤를 돌아본다. 남자를 쳐다보는 여자의 눈에 웃음이 들어 있다.

학교로 가는 전철 안에 사람이 너무 많았고 누군가 날 세게 떠 밀었어요. 갑자기 모든 게 싫어졌어요. 무작정 역으로 갔어요. 그 때 저만큼 앞으로 걸어가는 당신을 봤어요. 당신이 어디로 가는 표를 끊을까, 온 신경이 그리로 다 쏠렸어요. 당신이 나 때문에 신경쓰여하는 것도 알았어요. 당신이 찾기 쉽게 역 근처 가게를 택했지요. 몰랐나요? 난, 당신을 따라 이곳에 왔는데. 아무도 알지 못하겠지요. 난 지금 다섯 시간째 실종된 거예요. 아참, 내 이름은 K.

어린아이처럼 K가 웃는다. 진눈깨비에 젖은 K의 하얀 블라우스가 양 어깨와 팔에 달라붙어 있다. 하얀 블라우스 밑으로 슬쩍슬쩍 살갗이 드러난다. 그때 K는 영문학과 졸업반이었다. K는 주인 여자가 가져다준 비빔밥에 고추장을 더 넣어 비벼 입을 후후 불어가면서 먹는다.

이렇게 매운 음식을 먹으면 다시 돌아가고 싶어져요.

남자는 역사 근처의 구두 수선소에서 K의 낡은 구두굽을 갈아준다. 이제 구두에서는 소리가 나지 않는다. 열차를 타고 서울로 되돌아오는 내내 K는 쉴새없이 종알거린다. 이야기를 하다가 종종 말을 멈추고 K는 남자의 얼굴을 올려다본다. 내가 너무 말이 많죠?

남자는 음악사 옆에 서서 유리창 안으로 어린 처녀를 들여다본다. 음반을 고르는 내내 처녀는 음악에 맞춰 엉덩이를 씰룩거린다. 남자의 위로 음악사에서 달아놓은 스피커가 있다. 노랫말이 제대로 들어오지 않는 빠른 템포의 음악이 흘러나오고 있다. 문이 열리고 몇 장의 음반이 든 봉투를 들고 처녀가 막 가게 문을 나선다. 앳된 몸매와는 달리 얼굴에는 짙은 화장을 했다. 굽 높은 슬리퍼를 끌며 팔짱을 낀 채 종종걸음친다. 멀찍이 떨어진 횡단보도의 신호등이 바뀌고 처녀는 아직 멈추지 않은 차들 사이를 건너 무단 횡단을 한다. 길 건너편 공중전화 부스로 처녀가 들어간다. 횡단보도의 신호등이 세 번이나 보행 신호로 바뀔 때까지도 처녀는 공중전화 부스 안에 있다. 처녀의 등허리는 K와 닮아 있다. 아니다. 처녀의 등허리는 K와 전혀 닮아 있지 않다. 그리고 K는 나에게조차도 어떤 실마리를 남겨두지 않았다.

남자의 손에 든 모자를 빼앗아 다시 눈썹 위까지 푹 눌러쓰고 K는 앞장서서 걷는다. 남자는 동료들을 보내고 K의 뒤를 따라간다. K는 꼬치구이 전문점으로 들어간다. 술을 먹기에는 이른 시간이다. 느닷없이 우스꽝스러운 털모자를 쓴 것도 이상했지만 K는 소주 한 병을 다 비울 때까지도 아무 말도 없다. 어느새 남자가 점점 말이 많아지고 있다. K와 남자는 밤늦게까지 꼬치구이 전문점에서 술을 마신다.

한 사람이 이 세상에서 깨끗이 사라졌어요. 당신이라면 어떻게 했을까.

당신이 번역하는 소설 이야기야?

남자는 은행 알을 꼬치에서 빼어내 입 안에서 굴린다. 은행 알은 무척 짜다.

아녜요.

K는 다시 식탁 위 3이라고 쓰인 팻말에 눈길을 주고 있다.

그럼 어디 멀리로 떠난 거야? 이를테면 아프리카나 인도의 사막 같은 곳. 전화도 할 수 없고 편지 왕래도 불가능한 곳?

어제 짐을 정리하다가 오래된 상자를 발견했어요. 잡동사니들로 가득했어요. 그 안에서 손목시계 하나를 발견했어요. 그건 언니가 고등학교 입학 선물로 받은 거였지요.

언니? 언니가 있었어?

그런데 그 시계가 아직도 살아 시계의 초침이 째깍거리고 있었어요. 그 어두운 상자 안에서 4년 동안이나 혼자서 째깍거리고 있는 시계를 생각해봤어요?

K와 K의 언니는 친구들 틈에 끼여 제주도로 여행을 간다. 택

시를 빌려 타고 제주도 관광을 한다. 밤늦게 호텔에 도착해 언니
는 먼저 객실로 올라가고 K는 집으로 전화를 건다. 내일 12시 50
분 비행기로 돌아가요. K는 친구들과 새벽까지 호텔 나이트클럽
에서 춤을 춘다. 객실에 들어서자마자 K는 곯아떨어진다. 아침에
눈을 떠보니 언니의 침대는 비어 있다. 탁자 위에 메모지 한 장이
놓여 있다. 12시 공항 티켓 끊는 곳에서 만나자. 시간 꼭 지킬 것.
K는 서둘러 짐을 챙겨 공항으로 간다. 두시가 넘어도 언니는 나
타나지 않는다. 혹시 급한 일이 생겨 먼저 서울로 간 것일까? 비
행기 탑승자 명단 어디에도 언니의 이름은 없다. 부두로 나가보지
만 선박 명단에서도 언니의 이름을 발견할 수는 없다. 하루에 실
종되는 사람의 수는 우리가 상상하는 것보다도 훨씬 굉장합니다.
경찰관 한 명이 실종 신고를 하며 울먹이는 K를 쳐다본다.
　그럼 언니는 제주도 안에 있겠군.
　K가 소줏잔을 들어 한입에 들이켠다. K의 얼굴은 점점 희어지
고 있다.
　언니는 결혼을 앞두고 있었어요. 언니의 남자가 한 달 동안 언
니를 찾아 헤맸어요. 찾지 못했죠. 그 남자는 다른 여자와 그 다
음해에 결혼했어요. 난 상습 침수 지역에 5년째 살고 쉴새없이 종
알거리죠. 늘 잊지 않고 있었다고 생각했는데 나도 모르게 잊고
있었나봐요. 나도 모르는 사이에, 귀찮아져서.
　때로는 일상이 소설이나 영화보다도 더욱 극적일 때가 있다. K
의 얼굴은 부어 있고 눈 밑에 검은 그림자가 드리워져 있다. 간밤
을 꼬박 새운 것이 분명하다. 남자는 극적인 드라마 같은 K의 이
야기를 듣는 내내 심각해지려다가도 자꾸 K의 우스꽝스러운 모
자로 눈이 간다. 남자가 화장실에 다녀온 사이 K의 모습은 보이
지 않는다. 허겁지겁 가게 밖으로 나간다. K는 도로턱에 발을 내

리고 걸터앉아 무릎 사이에 고개를 묻고 있다. 연신 딸꾹질을 한다. 남자는 K의 겨드랑이에 손을 집어넣어 일으켜세우다가 K가 중얼거리는 딸꾹질 같은 소리를 알아듣는다. 째깍, 째깍, 째깍, 째깍…….

빈 택시가 선다. 남자는 뛰어가 택시의 뒷좌석에 올라탄다. H대학 앞이요. 택시는 천천히 속력을 낸다. 4인 조각전은 벌써 보름 앞으로 다가와 있다. 남자에게는 첫번째 전시회다. 작업실로 돌아가야 한다.

남자는 30분 전부터 쭉 얼룩말 울타리가 바라보이는 이곳에 앉아 있다. 그 동안 네 개비의 담배를 피우고 단 한 번 햇빛을 따라 오른쪽으로 삼십 센티쯤 옮겨 앉았을 뿐이다. 작업실로 가던 택시를 돌려 이곳에 왔다. 놀이 공원과 미술관, 경마장을 경유하는 코끼리 열차를 타고 동물원 앞에 내렸다. 매표소는 텅 비어 있었다. 강추위였다. 남자는 점퍼의 지퍼를 끝까지 닫고 깃을 세웠다. 동물원으로 난 길을 쳐다보았다. 남자의 눈이 가 닿는 곳 어디에서도 사람은 보이지 않는다. 십 분쯤 발을 동동 구르고 서 있는데 그제서야 매표소 직원 하나가 어슬렁거리며 나타났다. 남자는 두 손을 바지 주머니에 찌르고 동물원 안으로 들어간다. 울타리 안은 거의 텅 비어 있다. 남자는 빈 울타리들을 지나친다. 동물원 안은 서커스단이 떠난 후의 빈 공터 같다. 제일 넓은 우리를 가지고 있는 코끼리 울타리 안도 썰렁하다. 남자는 앙상한 나뭇가지를 올려다본다. 둥둥 떠오르는 갖가지 색깔의 헬륨 풍선들이 눈에 보이는 듯하다. 왁자지껄한 웃음소리와 아이의 울음소리도 귀에서 윙윙거린다. 남자의 손 안에 들어오는 K의 살갗의 감촉이 생생하다. 남자는 바지 주머니에 찔러넣은 두 손을 꺼내 들여다본다. 두 손은 허전하다. 한참 후에야 남자는 오전 S빌딩 지하 아케이드에서

산 오렌지 두 알을 떠올린다. 택시 뒷좌석에 그냥 두고 내린 모양
이다.

택시에서 내렸을 때, K는 술이 잔뜩 취해 있었다. 택시 운전사
에게서 거스름돈을 받는데 K가 세차게 뛰어 길 안쪽으로 사라진
다. 남자가 뒤따라가 K를 붙잡는다. 남자의 신발 위로, 걷잡을 수
없이 K의 토사물들이 떨어지기 시작했다. K는 자꾸 부축을 하는
남자를 뿌리쳤다. 휘적휘적 비탈길을 오르기 시작했다. 단 한 번
K가 남자를 돌아보았다. 그리고 뭐라고 중얼거렸지만 남자에게
들려오지 않았다. 남자는 K가 비탈길을 올라가는 것을 보며 그
자리에 서 있었다. K는 그때 무슨 말을 했을까.

구두 속의 발은 이미 한참 전부터 얼어 감각이 없다. 몽고인의
천막처럼 생긴 울타리 안은 텅 비어 있다. 울타리 안쪽 우리로 통
하는 시멘트로 지은 축사의 문은 굳게 닫혀 있다. 우리 중앙, 봄
부터 가을까지 얼룩말들이 물을 먹었을 물통이 보인다. 물은 거의
말라 경사진 바닥 한쪽에 고인 물은 마른 풀과 섞여 얼어 있다.
남자는 울타리 앞에 앉는다. 바지 밑으로 차가운 기운이 금세 타
고 올라 엉덩이가 얼얼하다. 남자와 시멘트 축사 사이를 막고 있
는 촘촘한 철 울타리에는 짙은 초록색 페인트가 칠해져 있다. 페
인트 칠 주의라고 써붙였던 표지판은 없다. 작은 팻말 하나가 붙
어 있을 뿐이다.

포유류과 얼룩말속 그레비 얼룩말 그란트 얼룩말 아프리카에
분포.

얼룩말 우리 속, 얼룩말은 보이지 않는다. 남자의 뒤로 오토바
이 한 대가 털털거리며 와서 선다. 짐칸 가득 스낵과 라면이 든
상자가 쌓여 있다. 상자를 하나씩 들고 매점으로 나르면서 사내는
남자를 흘낏거린다. 마지막 상자까지 다 옮기고 나서 헬멧을 쓰려

던 사내가 남자를 향해 묻는다.

이봐요. 거기서 뭘 하고 있는 거요?

대답 대신 남자는 사내를 향해 웃어 보인다. 사내가 오토바이의 시동을 건다. 가솔린 냄새가 풍겨온다. 시동을 켠 오토바이의 손잡이를 움켜쥐고 두 발을 땅에서 떼어놓으면서 사내가 다시 소리친다.

얼룩말을 기다리는 모양인데, 그놈들은 안 나와요. 얼룩말을 보려면 저기 울타리 뒤로 돌아가 축사 안으로 들어가슈.

사내의 목소리가 점점 멀어진다. 오토바이는 동물원의 정문 쪽을 향해 달려가고 있다. 남자는 손목시계를 들여다본다. 4시 55분이다. 5분 후면 K가 실종된 지 88시간째가 된다. 식물원이 있는 하늘 쪽에서부터 어둠이 오고 있다. 남자는 벌써 사라지고 보이지 않는 오토바이를 향해, 텅 빈 길을 향해 중얼거린다. 난, 열쇠가 말할 때를 기다리는 겁니다. 삼십 분이면 되겠죠.

다섯시. 이제 막 K가 실종된 지 88시간이 된다.

<h1 style="text-align:center">시즈오카 현의 한 호텔은
후지산이 보이는 날만 숙박료를 받는다</h1>

반환되는 돈 100. 통화는 되나 반환되지 않는 돈 20. 발신음. 참을성 있게 발신음을 듣는다.

몇 마리 남지 않은 조기를 좌판 위에 그러모으며 떨이를 외쳐대는 중년 여자의 붉은 눈빛을 뿌리치고 하나, 둘 꺼지기 시작하는 상점들의 불빛 아래를 성급히 지난다. 상가는 T자형의 이차선 도로에 끊기고 도로의 허리를 가로지르며 허공에 고가 철로가 떠 있다. 고가 철로의 양끝은 어둠에 묻혀 있다. 원통형 교각들 사이를 지난다. 한쪽 어둠 속에서 막 전철이 빠져나온다. 교각들 사이에 선 채 얼굴을 들고 여름 소나기처럼 지나가는 전철의 굉음을 듣는다. 두번째 교각 아래로 늘어져 있는 빈 새끼줄. 결승 문자의 f자 모양으로 새끼줄 중간에 세 번 매듭이 져 있다.

사내 서넛이 비치 파라솔 아래 앉아 오징어 한 마리로 소주를 마시고 있는 미니 슈퍼의 차양을 지나 왼쪽으로 꺾어 들어가면 5층 건물의 계단이 보인다. 기역자 계단. 1층. 2층. 그 사이 층계참에 놓인 붉은색의 방화수통. 3층. 4층. 401호, 402호 그리고 403호. 그 앞에서 걸음을 멈춘다. 녹이 슨 회색 문 아래 조간신문에서 빠져나온 광고 전단 한 장이 구겨져 있다. 속옷 50% 파격 세일. 반라의 여자 모델 명치께에 찍힌 흙발자국. 트레일러의 바퀴자국 같은 선명한 발자국의 머리는 403호를 향해 있다. 그 위에 발을 얹어본다. 남자의 발을 불쑥 넘는 280밀리미터 크기의 발자국이다. 손잡이를 돌려본다. 손잡이는 반쯤 돌아가다 말고 잠금장치에 덜컥 걸린다. 열리지 않는 문. 계속되는 발신음. 송수화기를 불끈 움켜쥔다. 여자의 희고 가느다란 목덜미가 손아귀에 느껴진다. 그대로 송수화기를 내려놓으려는 순간, 수화기 속으로 변기의 물소리가 냅다 쏟아진다. 통화는 되나 반환되지 않는 돈 80.

마지막 물줄기가 변기 구멍 속으로 빨려 들어가는 경쾌한 소리를 듣는다. 누구? 아, 당신…… 아, 아뇨. 방금 들어왔어요. 의자 등받이에 여자가 벗어던진 블라우스와 긴 치마, 형광등 아래 광채를 띠는 매끄러운 속치마가 걸쳐 있다. 저, 잠깐, 잠깐만요. 여자가 식탁 위에 송수화기를 내려놓고 저만큼 멀어진다. 송수화기에는 물이 잔뜩 묻어 있을 것이다. 어쩌면 전화를 받았던 여자의 다른 한 손에는 물을 흠뻑 빨아들인 스타킹이 여자의 긴 손톱을 피해 쥐어져 있을 것이다. 후두둑. 물이 떨어지는 소리. 파란색 플라스틱 옷걸이가 방문 위에 박힌 못에 걸리고 여자의 비둘기 2호색의 팬티 스타킹이 가랑이를 벌린 채 무방비 상태로 널린다. 허벅다리에서 무릎께로 늘어지면서 이내 발끝에 고인 물방울이 바닥으로 떨어진다.

짐칸 가득 실은 모래에서 물이 새어나와 트럭의 뒷바퀴를 따라 두 줄기의 실선이 생긴다. 서울 340킬로미터. 이정표를 지나며 나침반의 바늘은 고속도로변의 잘려진 산 중턱을 가리키다가 남자가 달려온 P시를 가리킨다. 남자는 한 시간 전 운수사업소를 떠났다. 운수사업소 사무실 한켠에 달린 쪽방에서는 S운수 소속의 운전사들이 소주를 마시고 고스톱 패를 돌리면서 차량의 통행이 뜸해지는 새벽을 기다리고 있다. 동남쪽에서 서북쪽을 향해 달려오는 한 시간 동안 남자는 세 개의 이정표를 지났고 낙석 주의를 알리는 표지판 하나와 좌로 굽은 길을 알리는 표지판 두 개를 보았으며 안개 상습지역 5킬로미터를 서행했다. 그 동안에도 나침반의 바늘은 줄곧 동남쪽을 가리키고 있었다. 나침반의 바늘 끝에는 P시가 있고 그 너머 일본 시즈오카 현이 있고 그 너머 남태평양이 있다. 일본의 시즈오카라는 현에는 한 호텔이 있는데요. 그 호텔에는 날씨 보험이라는 특이한 조항이 있어서 늘 고객들로 붐빈대요. 날씨가 흐려 후지산이 보이지 않을 때는 객실 요금을 받지 않는다는 거죠. 생각해봐요. 호텔 창문을 열었는데 후지산은 온데간데없고 구름만 잔뜩 끼어 있다면. 여자의 말대로 그런 호텔이 있다면, 오늘은 그 호텔 창밖으로 후지산이 보였을까, 보이지 않았을까. 남자는 끝이 휘어져 구부러진 가로등 하나를 지난다. 가로등의 불빛은 도로 위를 벗어나 정작 먼산 중턱을 비추고 있다. 미처 불빛이 가닿지 않은 산 중턱은 깊은 음영으로 한데 아우러져 있다. 휘어진 가로등 때문에 어둑해서 하마터면 휴게소를 알리는 표지판을 못 보고 지나칠 뻔한다.

R휴게소의 광장 사방에 그려진 흰 주차선 하나에 앞바퀴를 넣다가 남자는 불현듯 과거 어느 날인가 이 휴게소 바로 이 주차선 안에 얼굴을 창밖으로 내민 이 자세 이대로 트럭을 주차시켰던

것 같은 느낌에 사로잡힌다. 하지만 여자에게 이런 이야기를 할라치면 여자는 비웃을 것이 분명하다. 여자는 전생이나 종교 따위의 눈으로 보이지 않는 이야기에는 코웃음을 친다. 여자는 매일매일 40개의 수건을 빨고 지금까지 6120개의 수건을 빨았다. 트럭 아래로 내려와 휴게소를 향해 돌아서다가 남자는 물웅덩이에 왼쪽 발등까지 흥건히 젖는다.

R휴게소의 사면은 유리로 덮여 있다. 귤 알갱이처럼 팽팽한 불빛이 사방으로 비쳐나와 휴게소 광장은 온통 그 동그란 불빛 안에 들어 있다. 사방이 유리인 탓에 가까이 가서 손잡이를 본 후에야 출입문을 알아낼 수 있다. 쇠손잡이를 밀고 안으로 들어서면서 남자는 신맛을 느낀다. 휴게소의 매점에서 햄버거 하나를 사고 음료수 냉장고 앞에 엉거주춤 선 채 냉장고 안을 들여다본다. 남자가 즐겨 마시는 상표의 콜라는 보이지 않는다. 코카콜라는 없나요? 과자 진열대 위에 팔을 괴고 있던 여종업원이 흘끗 남자를 치켜보고는 천천히 손가락을 들어 음료수 냉장고를 가리킨다. 밤이 깊은 탓인지 검정 아이라인이 번진 여종업원의 눈은 올빼미 같다. 갈매기처럼 치켜 그린 오른쪽 눈썹의 끝이 삼분의 일 정도 지워져 있다. 냉장고 칸칸마다 수북이 쌓인 음료수 어디에도 코카콜라는 없다. 남자는 대신 펩시 다이어트 콜라를 집는다. 거스름돈을 내준 여종업원은 다시 진열대 위에 팔을 괴고 유리 진열장 안의 감자칩과 땅콩 알사탕 봉지 사이의 틈을 응시한다.

남자는 햄버거와 콜라 캔을 들고 휴게소 안을 천천히 가로지른다. 지난밤에도 호두나무 원목과 모래를 싣고 423킬로미터의 이 고속도로를 왕복했다. 액셀을 밟았던 오른쪽 발과 클러치를 밟았던 왼쪽 발의 습관 때문에 자꾸 무르팍이 꺾인다. 넓은 휴게소 안에는 스테인리스 식탁 앞에 선 채 우동을 먹는 사내 둘과 훈제 오

징어와 이온 음료를 들고 여종업원에게 다가가는 여자 하나가 전
부다. 휴게소 정문 옆으로 완구용 철도 놀이처럼 생긴 기계가 타
원을 그리며 돌고 있다. 전자동 호두과자 기계다. 그 앞에 서서
콜라를 한 모금 들이켠다. 단맛을 내는 아스파르템의 감미료 맛이
진하게 느껴진다. 역시 콜라는 코카콜라가 제일이야. 혼잣말로 중
얼거리며 호두과자 기계를 들여다본다. 여섯 개의 호두 모양의 홈
으로 밀가루 반죽이 부어지고 그 옆으로 움직이면서 단팥이 얹어
지고 뚜껑이 닫히고 아래위가 뒤집히고 다시 뚜껑이 열리면 바삭
바삭하게 구워진 호두과자 여섯 알이 커다란 통으로 떨어진다. 수
많은 호두과자 틀이 레일 위를 돌아오는 사이 구워진 호두과자가
연방 통 속으로 떨어진다. 6 곱하기 2는 12…… 6곱하기 6은
36…… 남자는 콜라를 홀짝이며 다 구워져 통 속으로 던져지는
호두과자 알의 개수를 헤아린다. 호두과자 기계 앞에 서 있는 것
은 남자뿐이다. 66개까지의 호두과자 알을 세다가 남자는 그만
머릿속으로 헤아리던 호두과자의 개수를 잊어버린다. 지금 이 시
간이면 여자는 텅 빈 미장원의 개수대 옆에 기대선 채 세탁기 안
의 40개의 수건이 다 빨릴 때를 기다리고 있을 것이다. 난 매일매
일 40개의 수건을 빨아요. 미장원의 의자들과 벽과 벽 사이에 이
어진 빨랫줄, 못이란 못에는 온통 여자가 빨아 넌 수건들로 물결
칠 것이다. 여자는 열두 개의 열쇠가 달린 열쇠 꾸러미에서 세 개
의 열쇠를 찾아 차례차례 문을 잠그고 셔터를 내린 후 집으로 돌
아갈 것이다. 생선 비늘이 달라붙은 뒤집혀진 좌판을 지나고 어두
워진 상점들 밑을 지나 T자 도로를 건너 교각들 사이를 뛰어갈
것이다. 언젠가 그 교각에서 목이 줄에 묶인 채 늘어져 있는 개를
본 뒤로 여자는 교각들 사이를 언제나 바람처럼 내달린다. 당신,
두번째 교각 알지요. 목이 새끼줄에 친친 매여갖구요. 뭔가 내 머

리에 둔탁한 것이 와 닿았는데 둘러보니까. 교각 위에 그것이. 아
직 살아 있었어요. 달아나면서 보니까, 세번째 교각 뒤에 봉고차
한 대가 실내등만 켠 채 기다리고 있더라구요. 숨이 끊길 때까지
요. 음악까지 크게 틀어놓구선.

66 더하기 알파의 호두과자가 만들어지는 것을 지켜보면서 남
자는 콜라를 다 마신다. 휴게소 정문 앞에 놓인 쓰레기통을 향해
콜라 캔을 겨눈다. 오른쪽 눈을 감고 쓰레기통과의 거리를 재고
있는데 순간 쓰레기통이 사라진다. 문을 열고 들어선 한 여자가
쓰레기통을 가로막고 서 있다. 한쪽 눈을 감은 탓에 여자의 모습
은 덧붙여놓은 그림처럼 도드라져 보인다. 어깨까지 내려오는 머
리카락이 온통 헝클어져 있다. 차의 앞창을 잔뜩 열어놓고 고속도
로를 달린 모양이다. 여자는 헝클어진 머리카락 그대로 매점 쪽으
로 걷는다. 서슴없이 냉장고를 열어 콜라를 집어들고는 계산도 하
지 않은 채 세 모금에 다 마셔버린다. 그 사이 호두과자 기계의
틀 하나가 뚜껑이 열리지 않은 채 통을 지나친다. 열리지 않은 뚜
껑 위에 그대로 밀가루 반죽이 부어지고 단팥 앙금이 떨어진다.
레일은 계속 움직인다. 틀 아래로 밀가루 반죽이 흘러 엉겨붙으며
타기 시작한다. 연기가 나며 눌어붙은 밀가루로 불이 붙는다. 여
종업원이 괴고 있던 팔을 풀고 슬리퍼를 질질 끌며 걸어온다. 꼬
리가 지워지고 남은 오른쪽 눈썹이 천장과 가격표가 붙은 벽 사
이를 자꾸 찌른다. 나무젓가락으로 뚜껑을 벌려보지만 꿈적도 않
는다. 기계 밑으로 머리를 숙이고 들어가 콘센트를 찾는다. 전원
이 꺼진 후에도 기계는 얼마간 돌다가 천천히 선다.

주차선을 세 칸이나 점령한 채 남자의 15톤 덤프 트럭이 고철
덩어리처럼 서 있다. 짐칸 여닫이 틈새로 새어나온 물이 흘러 시
멘트 바닥에 얼룩이 져 있다. 남자의 트럭 옆으로 한 칸 떨어진

주차칸에 짙은 남빛의 93년형 르망 한 대가 주차되어 있다. 트렁크가 반쯤 열려 있다. 반쯤 열린 그 사이로 자전거의 뒷바퀴가 불쑥 빠져나와 있다. 르망을 지나 트럭으로 다가가다가 남자는 다시 물웅덩이에 왼쪽 발이 반쯤 빠진다. 휴게소가 정면으로 보이는 곳에 신문지를 깔아놓고 앉아 햄버거를 먹는다. 만든 지 오래 되었는지 햄버거의 고기는 노린내가 나고 기름이 엉겨 딱딱하다. 휴게소의 휘황한 불빛에 남자가 깔고 앉은 신문지의 인쇄 활자들이 흐릿하게 살아난다. 햄버거의 고기를 질겅질겅 씹으며 가랑이 사이에 얼굴을 들이밀고 기사를 읽는다. 비둘기 떼죽음. 사흘이 지난 신문이다.

3일 4시 40분경 서울 여의도 원효대교 밑 세모유람선 선착장과 마포대교 부근 물가에서 비둘기 102마리가 청산가리에 의해 떼죽음을 당한 채 발견됐다. 비둘기 떼죽음을 처음 발견한 공원 가판점 3호 주인 곽두례씨(52, 여)는 아침 일찍 자전거를 타고 온 60대 초반의 노인이 벤치에 앉아 종이 봉투에서 꺼낸 모이를 뿌려 준 뒤 이를 곧바로 주워먹은 비둘기들이 거품을 내물고 비틀거렸다고 말했다. 지난 4월에도 서울 경희궁 공원에서 누군가 독극물을 묻힌 국수를 뿌려 54마리의 비둘기가 몰살당했었다.

남자는 절반 가량 남은 햄버거를 한입에 우겨넣는다. 한번에 50개의 시거를 피워 기네스 북에 오른 헨리 존스라는 멕시코계 미국 사내의 얼굴처럼 남자의 얼굴이 부풀어오른다. 앉아 있는 남자의 얼굴에 흙먼지를 끼얹으며 93년형 르망이 빠른 속도로 지나친다. 열린 창문 안으로 얼핏 머리카락이 헝클어진 여자의 옆얼굴이 스친다. 토마토 케첩에 버무린 채 썬 양배추가 입 밖으로 삐져나와 남자의 작업복 위에 떨어진다. 기사 옆으로 강가의 풀숲을 따라 하얗게 널브러진 비둘기떼를 찍은 사진이 실려 있다. 비둘기의 시체들은 마치 바람에 우수수 떨어져내린 목련 이파리들 같다.

 발끝으로 걷는 여자의 발소리가 원근으로 부산스럽다. 403호 여자의 집은 방 한 칸, 욕조가 없는 화장실, 2조의 싱크대가 놓인 주방 겸용 거실이 전부다. 그 집은 여자의 동선에 아주 익숙해져 있다. 여자는 되도록 짧은 동선만을 찾아 걷는다. 동선에서 제외된 공간으로 여자는 발을 딛지 않는다. 여자의 발은 사출 성형기에서 찍어낸 플라스틱 인형의 발처럼 가볍고 소리가 경쾌하다.

 남자의 자리는 6번 사출 성형기 앞이었다. 6번 사출 성형기는 공장의 제1 작업실 맨 오른쪽에 놓여 있다. 사출기 앞에 앉아 남자는 1분에 1개씩, 인형의 오른쪽 다리를 뽑아낸다. 허벅지부터 발가락까지 오동통한 백인 인형의 다리다. 1번에서 5번까지의 사출기에서는 머리와 몸통, 오른팔, 왼팔, 왼다리가 차례로 뽑아져 나온다. 남자의 자리 뒤로는 사출기로 뽑은 수천 개의 오른쪽 다리들이 수북이 쌓여 있다. 제2 작업실에서는 아주머니들이 1번에서 6번까지의 사출기에서 찍어낸 머리와 다리, 팔을 몸통에 난 다섯 개의 구멍에 끼우고 머리에 스킬 바늘로 금실을 꿰어 머리카락을 만들고 헝겊 옷을 입혀 사등신 인형을 완성시킨다. 여자의 발가락은 그 인형의 발가락처럼 굳은살이 없고 맨질맨질하다. 여자의 발소리가 송수화기 쪽으로 다가온다. 미안해요. 오래 기다렸지요. 빨래를 하던 중이…… 여자가 발작적으로 웃음을 떠뜨린다. 미장원 안은 온통 여자가 빨아 넌 40개의 수건으로 물결친다. 여자의 웃음이 길게 이어진다. 네? 무슨 소리이? 아녜요. 수도가 고장이 났나봐요. 워낙 낡았잖아요. 이 건물은. 고무 바킹이 닳았겠죠. 먼곳에서 전철이 지나간다. 지금요? 아, 안 돼요. 여자의 목소리가 갑자기 움츠러든다. 그러다가 혹 남자가 다시 추근댈지도 모른다는 생각을 했는지 앙칼지게 쏘아붙인다. 안 돼요. 정말 오늘은. 여자는 손톱을 물어뜯고 있을 것이 분명하다. 아니면 식탁 위에 올라앉아 암고양이처럼 온몸을 도사리고 있을지도 모른다. 왜 아무 말도 없어요? 뭐라고 말을 해얄 것 아녜요? 신경질적으로 소리를 지르는 바람에 목소리 끝이 갈라진다. 잔뜩 찌푸린 여자의 이마가 들어온다. 맨 처음 본 여자의 얼굴이 그랬다. 거울 속으로 비치는 여자의 옆얼굴은 단단한 여문 호두알 같았다. 한번도 잇몸을 드러내고 웃지 않았다. 망치로 깨뜨려야 할 것같이 입을 바스러지게 다물고 주인이 남자의 머리를 커트 하는 내내 그 가위 끝만 따라가고 있었다. 여자가 발뒤꿈치로 식탁의 다리를 친다. 톡. 토독. 짧게 한 번 길게 한 번. 무심코 시작한 여자의 발장난은 이제 노래의 곡조처럼 이어진다. 여자는 누구에게 무전을 치고 있는 것일까. 가볍게 하품을 하는 소리는 여자의 손바닥에 눌려 끝부분이 희미해진다. 뭐, 뭐라구요? 비둘기? 여자의 신경은 수화기보다 식탁의 다리 쪽에 가 있을 것이다. 좀 큰 소리로 말해요.

트럭 문의 손잡이를 잡고 남자는 한번에 운전석으로 뛰어오른다. 시동을 켜자 핸들 옆에 붙은 계기판들과 함께 디지털 시계의 파란 액정 숫자가 떠오른다. 자정이 조금 지난 시간이다. 지금쯤이면 S운수 소속의 운전사들이 훌훌 자리를 털고 일어나 사업소 앞 골목에 세워둔 트럭에 하나 둘 올라타고 있을 것이다. 사이드 미러로 옆과 뒤를 살피면서 차를 주차선 밖으로 빼낸다. 오른쪽 창으로 휴게소 안이 훤히 들여다보인다. 사내 하나가 휴게소 기둥에 걸린 대형 벽시계를 흘끗거리면서 그릇째 들고 우동 국물을 들이켠다. 국물과 함께 딸려들어간 우동 가닥 하나가 입가에서 대롱거린다. 여종업원은 아직도 호두과자 기계 앞에 서서 나무젓가락으로 틀에 엉겨붙은 밀가루를 긁어내고 있다. 이름 대신 '6호'로 불린 지난 3년 동안 남자의 사출 성형기도 곧잘 말썽을 부리고는 했다. 실린더 안에서 잘

녹지 않은 플라스틱 덩어리가 거푸집 사이에 걸려 연거푸 발가락이 뭉쳐진 다리가 나오기도 하고 아무런 이유 없이 기계가 움직이지 않는 적도 있다. 기계를 손보다가 갑자기 전원이 들어오는 바람에 손바닥이 기계 사이에 눌릴 뻔하기도 했다. 휴게소를 등지면서 헤드라이트를 켠다. 사이드 미러로 조금씩 사라지던 휴게소가 마침내 보이지 않는다. 트럭은 100킬로로 달린다. 조금씩 조금씩 서북쪽을 향해 달리고 있지만 트럭의 나침반은 여전히 동남쪽을 가리키고 있다. 남자는 주먹으로 나침반을 내리친다. 바늘이 한 바퀴 움직이다가 다시 제자리로 온다. 나침반의 유리 덮개는 반쯤 깨져 달아나고 없다. 백미러 저 끝에서 보이던 불빛이 경적음을 울리며 달려와 어느새 남자의 트럭을 추월해 어둠 속으로 사라진다. 차선을 바꾸며 액셀에 얹은 오른쪽 발에 힘을 준다. 속도 계기판의 바늘이 110을 지나 120으로 올라간다. 남자가 밤에 깨어 있는 것은 내일 아침이면 꼬박 15일째다.

잠을 이루지 못한 3일째 날, 남자는 무작정 밤거리를 걸었다. 남자가 사는 아파트 단지 앞으로 생긴 십자형 간선도로 위로 쉴 새없이 차들이 질주하고 있다. 횡단보도 셋, 삼성전자 대리점 하나, 현금 자동인출기 하나, 노래방 둘, 양념 통닭집 둘, 전봇대 하나, 남자는 어느새 3층 상가 건물 뒤뜰, 다섯 개의 대형 쓰레기통 앞에 서 있다. 뒤뜰로 난 24개의 창 중에 단 하나만 켜져 있다. 건물을 돌아나가 길가에 서서 불이 켜진 가게 안을 들여다본다. 한 달 전 남자가 머리를 깎았던 곳이다. 미장원 맨 안쪽, 걷힌 커튼 안에서 여자가 엉덩이를 문가로 향한 채 빨래를 하고 있다. 누렇게 탈색된 얇은 나일론 미용복 아래로 고스란히 드러난 호박씨 같은 두 덩이의 엉덩이가 이따금 들썩거린다. 무작정 문을 열고 안으로 들어선다. 미장원 안은 락스 냄새로 가득하다. 여자가 빨래를 짜다 말고 엉거주춤 일어나 남자를 돌아본다. 여자의 얼굴은 여자가 손에 든 표백된 수건처럼 핏기가 없다. 영업 끝났는데요. 여자의 윗니가 가지런히 드러난다. 대문니 사이에 작은 틈이 벌어져 있다. 여자가 황급히 입을 다문다. 호두 속 같은 주름이 이마 가득 잡힌다.

몇 번이나 가위가 바닥으로 떨어져 머리카락이 날아오른다. 여자의 손이 남자의 코를 스칠 때마다 여자의 손에서는 락스 냄새가 난다. 가위가 정수리의 머리카락을 자르면서 내려오다가 남자의 목덜미를 할퀸다. 모래 위로 뱀이 지나간 것처럼 10센티 길이로 살갗이 부풀어오른다. 진짜 머리카락을 잡은 건 처음이에요. 여자의 꼭 다문 입술이 열리면서 윗니 두 개의 벌어진 틈으로 바람 소리가 묻어나온다.

트럭은 달린다. 가끔 트럭의 옆 차선을 달리는 차들이 사이드 미러 안으로 오목하게 들어왔다가 사라진다. 일찍 떠나봤자 길이 막혀 꼼짝 못 할 거라며 남자를 붙잡았던 김씨의 말이 오늘은 틀린 모양이다. 고속도로는 텅 비어 있다. 김씨가 모는 트럭의 보조석에 앉아 하역을 하고 짐칸에 실은 짐들이 떨어지지 않도록 고무 밧줄로 묶는 일을 하다가 보름 전에 남자는 보조석에서 운전석으로 옮겨앉았다. 이봐, 난 이 바닥에서 20년을 굴렀어. 이렇게 빨리 핸들을 잡는 건 하늘의 별 따기지. 처음 트럭을 몰고 고속도로로 나온 날, 보조석에 앉은 김씨가 남자에게 말했다. 밟아, 밟으라구. 속도를 내지 않으면 그게 어디 고속도로야? 이봐, 겁먹지 마. 이 세상에서 이 트럭을 따라올 차는 없어. 김씨의 말대로 남자의 트럭과 나란히 달리려는 차들은 없다. 남자의 허벅지를 사정없이 내리누르던 김씨의 굳은살 앉은 손바닥의 감촉이 생생하다. 속도 계기판의 바늘은 120을 가리키고 있다. 세피아와 봉고차가 연달아 트럭을 피해 속력을 내며 남자의 트럭을 앞지른다. 여덟 개의 대형 트럭의 바퀴에서는 굉음이 울리고 모래를 둘러놓은 파란색 방수 비닐천이 바람에 휘덕거리며 부풀어올라 가끔씩 백미러 속으로 보이는 전경을 가리고는 한다. 남자는 백미러로 자신이 달려온 도로를 힐끗거리거나 얼굴을 들어 한 손으로 뺨을 훑기도 한다. 내일 아침이면 15일째다. 양쪽 뺨이 홀쭉하게 패어 있지만 눈은 생기가 있다. 밤에 깨어 있는 것이 이제 익숙하다. 모두 잠들어 있는 깊은 밤에 깨어 있다는 생각을 할 때면 남자의 머릿속에 호루라기 소리가 들린다.

고속도로의 양끝은 어둠에 끊겨 있다. 헤드라이트에서 나오는 두 줄기의 빛이 고속도로를 비추고 있다. 나침반은 이제 동과 서를 나란히 가리키고 있다. 고장난 것인 줄 알면서도 남자는 나침반의 바늘이 가리키는 곳으로 고개를 돌린다. 가변에 자가용 한 대가 서 있다. 93년형 짙은 남빛의 르망이다. 실내등과 비상등이 켜져 있고 트렁크의 문은 활짝 열린 채다. 차 안은 텅 비어 있다. 운전자는 어디에도 없다. 전방의 고속도로로 고개를 돌리는 순간 남자는 급 브레이크를 밟는다. 100미터 앞으로 자동차들이 브레이크등을 켜고 줄을 지어 서 있다. 120킬로의 속도는 좀처럼 떨어지지 않는다. 정체된 차들 옆으로 K시로 빠지는 간선도로가 텅 비어 있다. 브레이크 등을 켠 차의 뒤를 받을 찰나 차선을 급히 바꾼다. 트럭은 어느새 고속도로를 벗어나 K시로 빠지는 길로 들어선다.

퀴즈? 정답을 맞혀보라구요? 여자는 전화기를 들고 집 안 이곳저곳을 기웃거린다. 녹슨 수도꼭지에서는 물방울이 계속 떨어진다. 화장실 바닥, 깨지고 빠진 타일 틈으로 물이 고인다. 그게 무슨 이야기예요? 재미있는 이야기? 해봐요. 빨리. 남자와 여자, 뭐

요? 호텔로 간다구요? 아휴, 그런 이야기라면 그만둬요. 칫. 그만
둬요. 뻔한 그런 이야기. 난 흥미 없어요. 여하튼 당신이란 사람
은. 그런 뻔한 이야기가 아녜요? 그럼 어디 한번 해봐요. 남자와
여자 그리고 호텔 복도, 그런데요? 둘이서 다정하게 호텔 방문으
로 걸어간다. 그래서요? 남자의 발자국은 하트 모양. 내가 어떻게
알아요. 여자의 발자국이 무슨 모양인지. 잠깐 생각할 시간을 줘
요. 딱 2초만. 호텔 복도에 찍히는 발자국. 남자는 하트 모양, 여
자는, 여자는 음, 여자는 글쎄. 끙끙대던 여자가 갑자기 말을 멈춘
다. 아주 잠깐 동안 여자의 얼굴은 경직되었다가 풀린다. 그리고
는 새초롬한 목소리로 약간 주저하면서 되묻는다. 왜 내게 그런
이야길 하는 거예요? 내가 어떻게 알아, 아니 알고 싶지도 않아
요. 그런 시시한 이야기. 말하지 마. 말하지 마. 그게 어떻단 거
야? 여자의 발자국 모양은 돈 모양이다. 우습지도 않아. 당신이란
사, 40.

　고속도로로 되돌아가는 우회도로는 좀처럼 나타나지 않는다.
속도를 20킬로로 줄이고 얼굴을 유리창에 바싹 갖다댄 채 어두운
창밖을 두리번거린다. 띄엄띄엄 서 있던 가로등도 취수탑을 지나
면서부터는 끊기고 보이지 않는다. 헤드라이트 불빛 밖으로 절벽
처럼 깜깜한 허공이 막아선다. 불빛이 훑고 지날 때 흐릿하게 풍
경이 살아나지만 풀과 나무와 비포장도로가 전부다. 고속도로를
벗어나 샛길로 들어왔을 때 저 앞으로 T시 20킬로라고 적힌 이정
표가 보였다. 세 갈랫길 한쪽에 고속도로로 돌아가는 길 6킬로라
고 적혀 있었다. 아까 그 갈림길에서 우회전으로 들어갔어야 했
다. 족히 10킬로는 넘게 온 것 같다. 그때 헤드라이트 불빛을 향
해 무언가 확 달겨든다. 남자는 급정거를 한다. 가슴이 핸들에 부
딪힌다. 다람쥐다. 불빛에 놀랐는지 길을 가로막고 꼼짝도 하지

않는다.

당신의 이야기는 늘 뻔해. 모두 허튼 공상들뿐이야. 여자의 음성 뒤편에서 현관문을 두드리는 소리가 들린다. 누가 왔나봐요. 수화기는 다시 식탁 위에 놓인다. 현관문의 걸림쇠를 푸는 소리와 함께 작은 탄성 소리. 근무가 없는 그제 오전, 남자는 바지 주머니에 양손을 낀 채 여자의 미장원까지 어슬렁어슬렁 걸어간다. 유리문 안으로 여자의 모습을 찾는다. 여자는 보이지 않는다. 대신 미장원 주인이 쭈그리고 앉아 커다란 고무 대야 가득한 수건을 락스 물에 담가두고 있다. 간밤에 수건을 빨지 않고 여자는 어디로 간 것일까. 여자의 플라스틱 같은 발이 콩캉콩캉 울리며 이쪽으로 다가온다. 친구예요. 더 할말 없죠. 끊어요…… 내일 하면 안 돼요? 휴우, 벌어진 여자의 잇사이로 긴 바람 소리가 새어나온다. 잠깐만요. 여자는 송화기를 손바닥으로 틀어막고 방금 현관문으로 들어와 신발을 벗고 엉거주춤 선 누군가를 향해 이야기할 것이다. 현관에 놓이는 280밀리미터의 밑창이 두터운 랜드로바. 여자의 옷가지가 널브러진 의자 위로 노란 장미 한 다발이 놓인다. 잠깐 거기 앉아요. 음악 들을래요? 아, 이거 곧 끝나요. 친구 전화예요. 또는 거기 그렇게 서만 계실 거예요? 앉아요. 음악 좀 틀어주세요. 날 쫓아다니는 사람이에요. 이런 사람들이 얼마나 질긴지 모를 거야. 갑자기 수화기 속으로 음악 소리가 들려온다. 〈새틴 인 블루〉라는 제목의 재즈다. 해봐요. 할말. 뭐요? 비둘기요? 난 시간 없어요. 또 쓸데없는 생각을 하는군요. 그러니 잠이 오지 않는 거예요. 당신의 불면증은 언제나 돼야 나아요?

남자는 잠을 자다가 경찰서로 연행되어 온다. 파자마 위에 점퍼만 걸친 옷차림이다. 남자는 내내 헐렁한 옷차림에 신경이 곤두선다. 책상을 사이로 맞은편에 앉은 경찰은 설렁탕을 먹고 있다.

경찰이 설렁탕을 다 먹을 때까지 남자는 파자마에 그려진 방사무늬를 손가락으로 따라간다. 사실 봉급이나 식당의 음식에 관한 불만은 그전부터 종종 있었다. 발단은 공업 단지 안에 열병처럼 번진 노조 결성과 잇따른 파업 때문이었다. 방송으로 대학 공부를 하고 있던 남자가 떠밀려 발기문을 썼다. 여러분들도 아시다시피 값싼 중국산 인형의 수입 때문에 현재 매출량은 형편없이 떨어지는 상황입니다. 파업 사흘째가 되던 날 사장은 이렇게 이야기를 하고 종적을 감춰버렸다. 지난밤 누군가가 공장에 불을 질렀어요. 경찰이 뚝배기를 들고 국물을 마시며 말한다. 데모는 할 수 있지만 말이지요, 방화는 엄연한 범죄지요. 뚝배기 그릇 너머로 경찰의 목소리가 울린다. 아침 늦게 남자는 경찰서 문을 나선다. 누군가의 어깨에 몸이 부딪힌다. 2호 사출기, 인형의 몸통을 찍는 직원이다. 야, 2호! 남자가 부르는 소리에 경찰서 안으로 들어가던 2호가 뒤를 돌아다본다. 남자의 눈을 쳐다보는 2호의 눈은 살의에 차 있다. 개새끼. 고개를 돌리는 남자의 뒤통수로 2호의 목소리가 날아와 꽂힌다. 비로소 편안한 자리에 누워 잠이 들 참이다. 이상하리만치 고요한 정적 속에 일정한 간격을 두고 소리가 들려오기 시작한다. 부엌으로 나가 수도꼭지를 힘껏 틀어 잠근다. 하지만 헛수고다. 남자는 싱크대의 배수관과 수도꼭지에 귀를 갖다대면서 밤새 들개처럼 집 안을 기어다닌다. 새벽, 남자는 공장으로 간다. 불에 탄 공장은 마치 전쟁 전시관 같다. 검게 그을린 6호 사출기 앞, 철골만 남은 의자에 걸터앉아 남자는 담배 네 대를 피운다. 사출기 뒤로 가득 쌓여 있던 인형의 오른쪽 다리는 불에 녹아 촛농처럼 한 덩어리로 뭉쳐져 있다.

남자의 머리는 이제 짧은 스포츠형이다. 여자는 더이상 남자의 머리로 실습을 할 수 없다. 머리를 깎다 말고 여자가 한 손에 가

위를 든 채 거울 속, 남자의 눈을 빤히 들여다본다. 혹시 경찰에
2호를 찌른 게 당신 아냐?

　길은 무성한 잡풀 속에 숨어 있다. 혹시 길이 없는 것은 아닐
까. 강이나 절벽 따위로 막힌 막다른 길은 아닐까. 조바심이 나기
시작한다. 그때다. 저 앞으로 뭔가 희끄무레한 것이 보인다. 헤드
라이트 불빛이 다가가는데도 그것은 꼼짝하지 않는다. 오소리나
다람쥐 같은 들짐승은 아닌 것 같다. 클랙슨을 누른다. 빛으로 윤
곽이 서서히 드러나기 시작한다. 여자다. 한 여자가 두 팔을 옆으
로 들고 열십자 모양으로 길 한가운데 서 있다. 남자는 급히 핸들
을 꺾는다. 트럭이 길을 벗어나 1미터 아래의 도랑으로 곤두박질
친다. 남자의 머리가 계기판 옆에 붙은 나침반에 부딪힌다. 짐칸
에 달린 여섯 개의 바퀴가 허공에서 공회전한다. 액셀을 밟아보지
만 헛수고다. 피가 엉켜붙은 나침반은 이제 풍향계처럼 쉴새없이
움직인다. 짐칸에 실은 모래가 운전석으로 허물어지면서 차는 더
욱 앞으로 기운다. 사이드미러 속으로 길에 선 여자의 모습이 보
인다. 휴게소에서 보았던 머리카락이 헝클어진 여자다. 그제서야
고개를 든 여자가 도랑에 처박힌 트럭을 물끄러미 쳐다본다. 차체
가 앞으로 쏠려 남자는 좀처럼 일어날 수가 없다. 그 사이 여자는
천천히 길을 건너 산비탈로 기어올라간다. 두 손으로 잡은 풀포기
가 뿌리째 뽑히며 여자의 몸이 길 위로 나뒹군다. 하지만 다시 일
어나 우악스럽게 풀포기를 거머쥐고 기어오르기 시작한다. 자꾸
발이 미끄러지면서 제자리로 되돌아오지만 여자는 쉽게 포기하지
않는다. 어느새 헝클어진 머리의 여자는 짙은 산그늘 속으로 숨어
버린다. 회사로 전화를 걸어야 한다. 차 문을 발로 차서 열고 뛰
어내린다. 두 발목이 도랑에 잠긴다. 길 위로 올라온다. 목단화 두
그루가 부러져 있다. 짓이겨지고 으깨져서 바퀴에 달라붙은 명아

주풀이며 떡쑥에서 비릿한 냄새가 난다. 앞뒤를 분간할 수 없는 짙은 어둠이다. 발 밑의 무언가에 걸려 남자는 나동그라질 뻔한다. 어둠이 눈에 익으면서 그것은 부옇게 살아난다. 자전거다. 형클어진 머리의 여자가 타고 온 자전거가 분명하다. 형클어진 머리의 여자는 차 트렁크에 자전거를 싣고 고속도로를 달리다가 가변에 차를 버린 후 자전거를 타고 이곳까지 왔다. 이마에서 흐르는 피를 소매로 닦는다. 피는 좀처럼 멈추지 않는다. 남자는 자전거를 세워 올라타고 페달을 밟기 시작한다. 풀물이 든 바짓가랑이가 뻣뻣하다. 길 위로 남자가 몰고 온 트럭 바퀴 자국이 깊게 패어 있다. 바퀴 자국을 거슬러 따라가며 자전거 페달을 밟는다. 눈으로 피가 흘러내려 시야가 흐릿해진다. 여자는 이 모든 것을 이해할 수 있을까. 여자는 현실적이고 숫자로 나타난 모든 것을 좋아한다. 남자는 페달을 힘껏 밟는다. 자전거 앞바퀴 위에 달린 라이트의 불빛이 어두운 잡풀 위에 동전만한 불빛을 던진다. 손아귀에 땀이 고이고 잠깐잠깐 쉴 때마다 자전거의 헤드라이트 불빛이 사그라진다. 저 앞으로 취수탑이 보인다. 이제 조금 뒤면 가게가 보일 것이다. 그곳에 전화가 있을 것이다.

자려고 노력해봐요. 행복하군요. 잘 시간이 없어서 못 자는 사람도 있는데. 수면제를 써봐요. 뭐요? 그럼 열 알로 늘려봐요. 그런 뜻이 아니라는 것 알잖아요. 설마 내가. 비둘기요? 왜 아까부터 자꾸 비둘기 이야기를 하는 거예요. 비둘기가 떼죽음을 당했다구요. 102마리? 설마. 12마리겠지. 더도 덜도 아니고 102마리라구요? 대체 누가 그렇게 많은 비둘기들을 풀어놨을까. 큰 축제가 있었던 것도 아닌데 웬 비둘기떼람. 설마 당신이 비둘기를…… 저만큼 뒤에서 끼여드는 낯선 남자의 목소리. 뭐야? 사고야? 몇 명이나 죽었대? 여자가 목소리를 향해 외친다. 아니요. 아무것도 아니에요. 사람이 아니라 비둘기래요. 신경질적으로 일그러진 여자의 입술이 한번 움찔했다가 목소리가 낮아진다. 수화기 속에서 여자의 숨소리가 점점 커진다. 지겨워요. 뚜뚜뚜 경고음. 이게 며칠째예요. 벌써 새벽 한시가 넘었어요. 입을 앙다물고 야멸차게 내뱉는다. 정말, 정말 더는 못 참아요. 당신 같은 사람…… 여자의 호흡이 거칠다. 당신, 당신 같은 사람 이제 싫증났다구요. 이젠 다시 전화하지 말. 0.

지구와 가까운 소행성과의 랑데부

1

횡단보도를 건너 인도턱으로 막 한 발을 올려놓으며, 남자는
바지 주머니에 찔러넣은 양손을 꺼내 양복깃을 곧추세운다. 남자
의 정면으로 1백 미터쯤 떨어진 곳에 빌딩으로 들어가는 세 개의
회전문이 있다. 빌딩의 그림자는 빌딩 앞 광장을 덮고 서너 발자
국 앞에까지 기울어 있다. 문득 내려다보니 남자의 한쪽 발은 보
도 블록의 양지에, 방금 앞으로 내디딘 한 발은 빌딩의 그림자 속
에 담겨 있다. 붉은 보도 블록이 깔린 인도 너머로 대리석의 넓은
빌딩 광장이 펼쳐진다. 봄부터 겨울까지 광장 위로 드리운 빌딩의
그림자는 세 개의 회전문과 인도 사이에 현수교처럼 걸려 흔들거

린다. 광장을 종종걸음으로 건너온 사람들이 연신 회전문을 밀치며 빌딩 안으로 사라진다. 남자는 한쪽 발을 마저 그림자 속으로 들여놓으며 하늘을 올려다본다. 남자의 시선은 채 하늘로 올라가지 못하고 빌딩에 수없이 박힌 유리창 한 개에 부딪힌다. 물고기 비늘처럼 반짝 빛난다.

남자는 자신이 늘 서 있던 유리창 하나를 찾아 눈으로 더듬는다. 엉거주춤 선 남자를 비켜 사람들이 하나 둘 스쳐 지난다. 39층 남자의 책상 뒤에 박힌 유리창 하나는 찾을 수 없다. 광장에서 올려다보이는 빌딩 한 면만 해도 똑같은 유리창들이 삼백 개가 넘게 박혀 있다.

그림자 다리의 절반쯤에 도달했을 때 남자는 광장을 휘몰아부는 바람을 등에 지며 온몸을 옹송그린다. 그때 남자의 왼쪽 눈알을 찌르며 무언가 확 달겨든다. 반사적으로 두 손을 내휘두른다. 커다란 나방 같다. 나방은 남자의 왼쪽 눈에서 오른쪽 빰까지 짧은 포물선을 그으며 그대로 대리석 바닥에 곤두박질친다. 손바닥으로 왼쪽 눈을 비비며 땅바닥을 살핀다. 바닥에 떨어진 나방이 바람을 타고 한 발자국 뒤로 날아간다. 남자는 발을 들어 허공에 대고 크게 찍는다. 나방의 한쪽 날개 끝이 간신히 구두의 앞창에 잡힌다.

한겨울에 웬 나방이지? 왼쪽 눈을 찡그린 채 구두등 위로 얼굴을 바싹 들이댄다. 이파리다. 구두 밑창으로 반쯤 밟고 있는 그것에서 발을 뗀다. 아직 떨어지지 않은 잎새가 있었나. 남자는 빌딩 앞 화단을 눈으로 훑는다. 며칠 전 내린 눈이 먼지가 섞인 채 듬성듬성 쌓여 있다. 디근자를 엎어놓은 것 같은 빌딩의 옴폭 들어간 그곳, 세 개의 회전문이 뚫린 그 앞으로 큰 화단이 있다. 사발시계 모양의 둥근 화단은 지난 가을, 빌딩 건립 3주년을 기념하는

행사 때 국화 전시회가 열린 이후로 움푹움푹 빈 구덩이가 패어 있을 뿐이다. 입이 벌어진 시멘트 부대처럼 구덩이 밑바닥에는 다른 곳보다 짙은 그림자가 고여 있다.

빌딩 그림자에 점령당한 화단은 계절이 한 발자국씩 더디게 온다. 봄의 한가운데 들어도 빌딩 앞으로는 차가운 바람이 휘몰아분다. 모종을 옮겨 심은 화단의 화초들은 늦게 꽃망울을 터뜨린다. 호주머니에 찔러넣은 오른손을 꺼내 이파리를 집어든다. 인도고무나무 잎새다. 바싹 마른 누런 잎몸 위로 잎맥이 툭툭 불거져 있다. 잎맥을 들여다본다. 잎맥을 피해 아주 작은 글씨가 씌어 있다. 글을 쓴 그때까지도 잎맥에 물이 남아 있었는지 볼펜 볼 끝에 짓눌린 자리의 글씨는 조금 번져 있다.

누가 내 발 좀 걸어주세요. 흙바닥에 힘껏 나동그라지게요. 나 좀. 102.

글씨는 거기서 끝나 있다. 남자는 나뭇잎을 쥔 채 고개를 든다. 지하 4층 지상 52층. 아마도 이 빌딩 절반이 넘는 곳에 놓인 관상용 화분의 대부분이 인도고무나무일 것이다. 남자의 사무실에만 해도 입구에 두어 개의 고무나무 화분이 놓여 있다. 102라는 숫자가 의미하는 것은 무엇일까. 102호. 1층 2호. 남자는 1층 넓은 로비를 떠올린다. 로비 중앙의 안내 데스크 위에는 나라마다 시침과 분침이 다르게 움직이는 여덟 개의 시계가 걸려 있다. 데스크 위에 시계방 주인처럼 팔꿈치를 얹고 서 있는 경비의 뒤를 지나면 인공 폭포가 보인다. 항상 폭포에서 튀는 물방울을 뒤통수로 받고 있는 2미터 높이의 모자상(母子像) 브론즈 맞은편 로비 끝에는 H은행 K지점으로 들어가는 자동문이 있다. 남자는 이파리를 쥔 손을 그대로 호주머니 속에 찔러넣으며 다시 등을 동그랗게 웅송그린다. 이곳은 실제 온도보다 체감 온도가 훨씬 낮은 곳이다.

　좁은 사서함에 쑤셔박혀 있던 신문 더미와 우편물들이 걸쇠가 풀리자마자 문을 퉁기고 튀어나와 바닥 여기저기로 흩어진다. 갈 피가 뒤섞여 떨어지는 지난 신문에서는 잉크 냄새가 나지 않는다. 두터운 오버 탓인지 자꾸 어깨에 멘 핸드백이 미끄러져 내려와 소매 중간에 주름을 만든다. 여자는 핸드백을 손으로 집어 어깨로 걸어올리는 동작을 되풀이하면서 바닥에 나뒹군 우편물들에 손을 뻗어보다가 치마를 모아 쪼그리고 앉는다. 우편물을 하나하나 확 인하듯 눈으로 훑어보고는 왼편 겨드랑이를 좁혀 끼워넣는다. 박 성한 5차 방어전. 34전 29KO승. 황금의 펀치력. 지난 토요일 조 간 스포츠 신문의 일면 톱기사 문구다. 신문의 거의 절반을 차지 한 지면 속에서 박성한이 맨손을 스트레이트로 힘껏 내뻗고 있다. 신문을 사서 이 면을 펼쳐드는 사람들의 코 언저리를, 울퉁불퉁한 그의 손이 마치 컴퓨터 합성 영화의 한 장면처럼 종이를 뚫고 나 와 사정없이 강타하는 느낌을 준다. 순간 여자도 코 언저리에 가 벼운 진동을 느낀다. 라스베이거스에서의 한판 승부. 고딕체의 문 구 밑으로 박성한은 땀에 젖은 머리카락에서 땀방울을 후두둑 떨 궈내며 몸을 좌측으로 틀고 있다. 박성한은 이날 게임에서 4회전 KO패 당했다. 시간차로 다음날 방송된 텔레비전 보도에서 그 경 기는 하이라이트만이 재편집되어 짧게 보도되었다. 여자는 일요 일 하루 종일 링 코너에 머리를 박고 쓰러지는 박성한을 네 번이 나 보았다. 이글스라는 예명을 가진 흑인 복서의 얼룩말 같은 엉 덩이가 떠오른다.
　여자는 로비 중앙을 따라 곧게 깔아놓은 팥죽색 카펫을 벗어나 대각선으로 질러 걷는다. 빌딩 중앙의 엘리베이터 승강장에는 모두 열두 대의 엘리베이터가 있다. 여자는 20층부터 40층까지 운행하는 중앙 넉 대의 엘리베이터 앞에 선다. 방금 한 무리가 올라간 모양이다. 텅 빈 엘리베이터에 올라탄다. 여자의 체온을 감지한 엘리베이터 층수 지시판의 센서가, 온도가 절정에 다다른 바이메탈이 꺾이는 소리를 내며 '39'라는 숫자에 불이 들어온다. 그와 거의 동시에 24에도 불이, 32에도 불이 들어온다. 사람들이 밀려들어오면서 여자의 몸은 조금씩 엘리베이터 벽 쪽으로 밀린다. 21, 35, 31, 23…… 불이 들어올 때마다 여자는 꽃의 목이 똑똑 부러지는 소리를 듣는다. 문이 닫히려는 순간 문 사이를 비집고 손 하나가 들어온다. 엘리베이터 문이 다시 열리기 시작하면서 한 남자의 얼굴이 서서히 드러난다. 양복깃을 세우고 한쪽 눈은 마치 미술 시간, 대상의 명암을 구분할 때 하는 것처럼 찡그리고 있다. 정원이 초과되었습니다. 컴퓨터에 입력된 어절이 끊긴 여자의 목소리가 정원 초과를 반복한다. 남자는 뒷걸음질을 치며 조금 자리를 옮겨본다. 여전히 문은 닫히지 않는다. 고개를 갸우뚱거리며 다시 오른쪽으로 움직인다. 정말, 언제까지 그러고 있을 거요? 앞에 선 사내 하나가 신경질적으로 소리를 친다. 그제서야 남자가 어슬렁 밖으로 나간다.

등뒤로 엘리베이터의 문이 닫히고, 쇠 긁히는 마찰음과 함께 조금씩 멀어지는 것을 듣는다. 남자는 엘리베이터를 탈 때마다 저울대에 올라서는 것처럼 늘 불안하다. 조금이라도 중량이 초과되면 엘리베이터는 꼼짝을 하지 않는다. 남자는 종종 중량 초과 때문에 엘리베이터에서 다시 내려올 때가 있다. 무게 중심을 다른 곳으로 옮기면 작동되는 경우가 있었는데 오늘은 그것도 안 먹힌다. 정원 초과를 반복하는 엘리베이터 여자의 목소리가 아직도 귀

에 맴돈다. 목소리는 마치 소망 푸줏간 주인 여자의 손끝처럼 야
무지다. 손어림이 정확한 주인 여자는 저울 위에 올린 고깃덩어리
에서 눈금이 벗어난 고기를 단 한 번에 칼로 잘라낸다.

　양복 안주머니를 뒤적거려 담배를 꺼내든다. 이 빌딩을 경유해
서 종점으로 들어가는 34-5번 좌석버스는 늘 만원이다. 담뱃갑은
가로로 절반이 접힌 채다. 성한 한 개비의 담배도 휘어져 남자는
손가락 끝으로 담배를 다듬는다. 입술 가장자리에 그리 깊지 않게
담배를 꽂아 문다. 그리고는 담배를 꺼냈던 그 주머니를 뒤적거려
라이터를 찾는다. 담뱃갑과 함께 있어야 할 라이터가 없다. 여전
히 담배를 문 채 형사가 범인이 숨긴 총을 찾아내는 영화의 장면
처럼 두 손바닥으로 온몸을 툭툭 쳐댄다. 남자는 금요일 아침에
세탁 맡긴 이 양복을 찾아왔다. 금요일부터 시작된 설 연휴 내내
입고 어제 집으로 돌아와 의자 위에 벗어던진 것을 오늘 출근하
면서 그대로 걸치고 나왔다. 남자는 자신의 방 책상 위나 아니면
식탁, 화장실 변기 위에 놓아두고 왔을 라이터를 기억으로 좇는
다. 그때 손바닥에 무언가 불룩한 느낌이 전해져와 그곳에 손을
넣어 뒤적인다. 남자가 호주머니에서 손을 빼기 시작했을 때, 그
것은 조그만 먼지 덩어리가 묻은 흰색 헝겊 자투리와 함께 엄지
와 검지손가락 사이에 끼여 끌려나온다. 구겨진 헝겊을 펴보니
'철물점 2층'이라고 휘갈겨쓴 글씨가 호치키스 자국과 함께 보인
다. 세탁소에서 양복을 찾아와, 금요일 오후 고속버스 터미널 공
중 화장실에서 발견했던 꼬리표다. 변기통 속으로 쏟아지는 소변
줄기 위에서 꼬리표가 달랑거리고 있었다. 성급히 떼어냈는데 주
머니에 찔러넣었던 모양이다. 손에는 그것말고 성냥갑이 하나 들
려 있다. 성냥갑을 열어 성냥개비 하나를 골라든다. 손가락에 힘
을 너무 준 탓인지 성냥개비의 목이 똑 부러져 달아난다. 서너 개

비의 성냥을 부러뜨린 후에야 간신히 불을 붙인다. 성냥갑을 쥔 다른 손을 동글게 오므려 조심스럽게 얼굴을 들이민다. 남자의 얼굴이 왼편으로 비스듬히 돌려지고 순간 불꽃이 훅 피어올라 코 언저리가 반짝 빛났다 어두워진다. 윗입술에 파인 세모꼴의 작은 상처가 흐릿하게 드러난다. 남자는 담배를 깊게 한 모금 빨아들이고는 그제서야 성냥갑을 쥐고 있는 왼손을 내려다본다. 성냥갑을 엄지와 검지에 끼워 소리나게 몇 번 돌려보고는 찬찬히 훑어본다. 노란색 바탕에 검은 글씨가 박힌 평범한 직사각형 모양의 통이었으나 의외로 이름은 특이하여 그 모양까지 색달라 보이게 한다. 검은, 남자는 혼잣소리로 작게 내뱉는다. 고양이, 검은 고양이. 남자는 코를 찡긋거리며 콧망울을 엄지와 검지손가락으로 집게를 만들어 한 번 세게 퉁긴다. 생각이 나지 않을 때 남자가 하는 버릇이다. 콧망울을 세 번이나 퉁겼는데도 찡하게 울릴 뿐 아픔 뒤로 끌려나오는 기억 같은 것이 없다. 다시 담배를 한 모금 깊이 빤다. 엘리베이터 위의 층수 안내판의 숫자는 21에 멈추어 있다. 약간 고개를 틀자 엘리베이터와 엘리베이터 사이의 벽에 걸린 동그란 벽시계가 눈에 들어온다. 짧고 긴 두 개의 바늘은 거의 일직선상에 놓여 있다. 9시 15분. 남자는 느릿느릿 눈동자를 굴리며 두 대의 엘리베이터를 번갈아본다. 9시 15분이었으므로 20층에서 40층까지 올라가는 넉 대 중 두 대는 이미 작동을 멈춘 후였다. 전기를 절약하자는 명목하에 아침 8시 30분부터 9시까지의 출근 시간과 저녁 6시부터 6시 30분 동안의 퇴근 시간에만 넉 대를 작동시킨다는, 새해 들어 시행된 이 빌딩 관리부의 일방적인 처사에 남자는 불만을 가지고 있었던 터였다. 방금 남자가 타지 못했던 엘리베이터는 이제 막 22층을 통과하고 있다. 다른 한 대는 25층에 멈추어 있었고 그것은 40층까지 올라갔다가 다시 내려올 것이다. 남자는 필터까지 타들어간 담배를 한 모금 깊이 빨아들이고는 재떨이 위에 비벼 끈다. 엘리베이터 승강장이 끝나는 복도 맞은편에 비상구의 초록색 불빛이 반짝거린다. 바지 주머니에 다시 손을 찔러넣고 걸어가 어깨로 비상구의 철문을 밀친다.

저쪽 구석쟁이에 선 누군가가 띄엄띄엄 마른기침을 뱉어낸다. 그 좁은 틈 속에서도 여자의 앞에 선 중년 사내는 벌을 서듯 머리 위로 두 팔을 엉거주춤 든 채 조간을 읽고 있다. 얼굴을 들면 뒤통수 절반까지 벗겨진 사내의 머리통이 다가온다. 모공이 막힌 머리 위에는 곰팡이처럼 검버섯이 피어 있다. 구겨진 와이셔츠 깃 옆으로 사내의 몸통에 가려 끊어진 신문 기사가 눈에 들어온다. 목감기 유행으로 종합병원이, 일교차가 큰, 바이러스의 영, 호흡기는, 외출 후 반드시 손을 닦. 문맥이 엉뚱하게 뚝뚝 끊길 때마다 여자의 호흡도 덩달아 뒤섞인다. 들숨과 날숨의 순서가 뒤바뀌고 겹치기도 한다. 발바닥이 공중으로 살짝 뜨는 것처럼 여자의 체중이 모두 머리 위로 쏠리는가 싶더니 또다시 체중은 발 쪽으로 고인다. 엘리베이터가 서고 다시 올라가고 여자의 몸은 모래가 다 떨어진 모래시계처럼 자꾸 엎치락뒤치락거린다. 울컥 목으로 신트림이 넘어온다. 자동차 배기 가스가 지하 주차장에서 엘리베이터 통로를 따라 올라오는 것 같다. 사람들이 몸을 뒤척일 때마다 옷깃에서 아침 밥상에 올라온 반찬 냄새가 일어나는 것도 같다. 여자는 코를 틀어쥔다.

엘리베이터는 제 속도를 내지 못하고 24층에서 덜컥 목덜미가 붙들린다. 목소리가 옆의 목소리에게 속삭인다. 야, 권투 봤냐? 죽쑤더라. 어떻게 이기겠냐, 어릴 때 피죽도 못 먹고 자란 애가 쇠고기 스테이크 먹고 큰 놈을 무슨 수로 당해. 엘리베이터는 자꾸 멈추어서고 그럴 때마다 그들의 대화는 대성금속의 주식 시세로,

야구 선수 박만수의 타율로 옮겨간다. 엘리베이터가 서고 올라갈 때마다, 항상 발을 끌며 걷는 습관으로 뒷굽만 많이 닳아버린 구두 때문에 여자의 발목이 자꾸 꺾인다. 사람들로 꽉찬 엘리베이터는 유통 기한이 지난 통조림 깡통 같다. 여자는 눈을 감는다. 그러자 엘리베이터가 내는 마찰음이 귓속으로 파고들어, 소리는 곧 여자의 머릿속에 '쓱쓱' 내지는 '썩썩'이라는 글자로 형상화된다. 그 소리에 집착하고 있다보니 엘리베이터가 위로 올라가고 있는 것인지 아니면 옆으로 가고 있는 것인지 혼란스러워진다. 엘리베이터는 좌우로 상하로 흔들리다가 시계 방향으로 원을 돌기도 한다. 여자의 망막 위로 수많은 섬광들이 소용돌이친다. 그때 엘리베이터가 울컥 멈춘다. 여자는 명치끝에서 식도를 거슬러 올라오는 음식물의 냄새를 맡는다. 헛구역질과 함께 입을 손으로 틀어막고 사람들의 등을 밀치며 뛰어내린다. 여자의 등뒤로 누군가 소곤거린다. 이상한데? 왜 저래?

여자는 곧장 화장실로 뛰어들어가 변기에 얼굴을 들이대고 토하기 시작한다. 아침에 여자는 떡국 그릇에서 몇 개의 떡만을 건져 먹었다. 채 소화되지 않은 떡 조각이 위액에 섞인 채 변기통 물 위로 둥둥 뜬다. 그것을 보고 여자는 또 토한다. 순식간에 여자의 온몸에 소름이 돋는다. 땀이 송글송글 맺혀 더러는 속옷에 배기도 하고 더러는 등허리를 타고 아래로 흐른다. 여자는 한기를 느끼며 변기를 잡고 일어선다. 신문과 우편물들이 변기에서부터 화장실 복도를 따라 널려 있다. 허겁지겁 그러모아 들고 화장실 밖으로 나온다. 복도의 벽면 중앙에 29라고 쓰인 층수를 알리는 금색 숫자가 들어온다. 왜 이러지? 여자는 나무 토막 같은 혀를 내밀어, 말라서 뻣뻣해진 입술을 핥으면서 복도를 서성인다. 느리고 일정한 보폭의 걸음이 갑자기 재지더니 여자는 가방을 고쳐 메고 비상구 쪽으로 발을 들여놓는다.

　5층까지 단숨에 뛰어오르던, 그래서 쭉 그런 속도로 39층까지는 무난히 갈 수 있으리라 보이던 남자의 걸음이 10층을 지나면서 점점 느려진다. 처음에는 한 번에 두 개의 계단을 뛰어올랐다. 20층에 이르러서는 계단의 난간에 손을 짚기 시작한다. 한 계단, 한 계단 올라갈수록 두 발이 개펄에 빠진 것 같다. 허둥댈수록 발은 더 깊은 펄 속에 빠진다. 발목이 잠기고 무릎이 잠기고 허벅다리까지 펄에 잡힌다. 옴짝달싹할 수 없다. 그냥 1층에서 기다리다 내려온 엘리베이터를 탔더라면 지금쯤은 책상에 앉아 커피를 마시고 있을 텐데. 그런 생각은 10층부터 시작되고 있었다. 그러나 그때도 다시 1층으로 내려가면 될 것이라는 생각은 하지 못했다. 그러다 겨우겨우 20층에 이르고 보니 남자는 이제, 앞으로 올라갔다가 다시 방향을 휙 바꾸어 올라가는 이 지그재그의 계단의 단조로움에 싫증이 나기 시작한다. 벌써 40개의 지그재그 모양의 선을 그었고 그것은 옆으로 누이면 스무 개의 산 모양을 그려낸 것이었다. 앞으로도 지금까지 한 일의 거의 배를 똑같이 반복해야 하는 것이 아예 남자를 질리게 한다. 그제서야 아까 10층에서 되돌아 내려가지 않은 아둔함에 모멸감이 느껴지고 39층까지 단숨에 오를 것 같던 호기에 신경질이 난다. 40층에서 52층 스카이라운지까지 올라가는 다른 엘리베이터를 타는 방법도 있었다. 모든 것이 단 한 개가 뒤틀어지기 시작하면서 비롯된 것이다. 엘리베이터를 못 탄 것. 그 엘리베이터를 타지 못한 것은 광장에서 머뭇거린 탓. 광장에서 머뭇거린 것은 나방인 줄 알았던 어디선가 불쑥 날아온 나뭇잎 때문. 그러나 천천히 걸음으로써 어느새 생긴 여유로 생각을 해본 결과, 그것은 꽤 긴 연휴를 보낸 탓이었고 게다가 오늘이 월요일이기 때문에 자신의 몸이 제 컨디션을 찾지 못했던 것이라고 결론짓는다. 손목을 틀어 시계를 보려 하였으나 다른 부분보다 조금 희멀건 자국만 맥없이 눈에 띈다. 대충 시간 어림을 해본다 해도 이미 출근 시간은 한참 지나 있을 것이 분명하다.

28층에서 29층으로 올라가는 층계참에서 남자는 멈춰선다. 주머니를 뒤적여 성냥갑을 꺼내든다. 손으로 이리저리 뒤집으며 성냥갑의 여섯 면을 차례로 훑어본다. 검은 고양이. 포의 단편 제목이다. 남자가 성냥을 그어댔을 때, 성냥의 유황이 칠해진 부분에는 누군가 여러 번 사용한 흔적이 남아 있었다. 적어도 예닐곱 번쯤은 불을 붙였을 듯한 유황이 긁힌 자국과 맨 처음 남자의 손에 쥐였던 성냥개비의 약간 눅눅했던 그 촉감, 의외로 쉽게 부러져버리던 성냥개비로 볼 때, 만약 남자가 '검은 고양이'라는 곳에 머물렀다면 그것은 꽤 긴 시간이었을 테고, 그렇다면 최소한 이런 생경함까지는 느끼지 못할 것이다. 게다가 남자가 세탁소에서 이 양복을 찾아온 후 오늘로 두번째 입는 것이니까, 아마 이 성냥갑이 주머니 속에 있게 된 것은 금요일 오후와 집에 돌아온 어제 동안에 들른 어느 곳에서였을 것은 틀림없는 일이다. 그렇다면 그렇게 가까운 시간 안의 일을 기억 못 한다는 것에도 다소 억지스러움이 있다. 남자는 목을 죄고 있는 넥타이를 잡아당겨 조금 느슨하게 한다. 침을 꿀꺽 삼킨다. 그렇다면, 그 여자가 놓고 간 것일까? 다시 한번 성냥갑을 뒤적여보고 열어본다. 하얀 속상자가 나온다. 뚜껑에서 완전히 벗어나온 흰 속상자를 뒤집는다. 투두둑 바닥으로 성냥개비가 떨어진다. 푸른 볼펜으로 갈겨쓴 글씨가 보인다. 62-8756 윤.

빌딩 뒷골목의 선술집에서 남자는 대학 동창과 자정 가까이 술을 마셨다. 양철 탁자 가운데 뚫린 화덕 위에는 몇 점 남은 돼지고기가 숯덩이처럼 타면서 연기가 난다. 연휴 전날인 까닭에 가게 안은 텅 비어 있다. 기울어진 바닥 위에서 등 없는 나무 의자가 자꾸 삐걱거린다. 동창은 아직 제약 회사의 세일즈를 하고 있다. 술이 오른 동창이 별안간 소리쳤다. 야, 너 사막여우 알지? 꼭 사막에서 살아먹게끔 생겼잖어. 그런데 나는 뭐냐? 또 너는 뭐냐? 약이나 팔고 척추 교정기나 팔려고 우리가 비싼 등록금 내며 생물학 따위를 배운 거냐? 카운터에 앉아 벽걸이 텔레비전에 시선을 박고 있던 주인 남자가 가끔 남자들의 얼굴을 힐끗거렸다. 사막여우는 사막여우답게, 약장수는 약장수답게…… 동창은 비틀거리며 자꾸 도로로 뛰어들었다. 아침 일찍 고향으로 내려가는 표를 끊었다는 동창을 택시에 태워 보내고 돌아와 남자는 자신의 방에서 소주 두 병을 더 마셨다.

밤새 남자는 나무 의자에 걸터앉아 중심을 잡느라 허우적대는 꿈을 꾼다. 조갈증으로 시달리다 눈을 떴을 때는 꽤 이른 시간이다. 이불은 발치 아래로 밀려나 있었고, 남자는 머리와 양다리를 배 중앙으로 들이밀고 두 팔로 감싸쥔 채 오슬오슬 떨며 누워 있었다. 주방으로 나가 냉장고까지 가는 도중 식탁에서 의자를 빼내 걸터앉는다. 주방에 나와 무엇을 하려고 했는지 기억이 나지 않는다. 창문을 조금 열어놓고 길 건너편을 흘끗거리며 세탁소의 셔터가 올라가기를 기다린다. 열시가 다 되어서야 세탁소 남자는 셔터를 털털 올리고 밖으로 나와 어젯밤 드라이클리닝 한 옷들을 하나씩 내걸기 시작했다. 남자는 계단을 뛰어내려가 세탁소에 들러 비닐 덮개가 씌워진 양복을 찾아온다. 오후 두시쯤 고속버스 터미널로 나갔다. 터미널 안은 사람들로 붐볐다. B시로 가는 버스표는 이미 매진이었다. 버스 시간표를 훑어보고 출발 시간이 제일 가까운 곳의 버스표를 한 장 끊는다. 버스 안에서 남자는 등받이에 얼굴을 묻고 잠이 들었다. 등받이 덮개에서는 싸구려 머리 기름과 찌든 땀 냄새가 났다. 잠속으로 간간이 라디오 소리가 새어 들었다. 설 연휴 전국 교통망이 다원 방송으로 이어지고 있었다. 몇 번 선잠에서 깨어났을 때 여자 아나운서의 목소리가 혼선된 전화기 속에서처럼 들려왔다. 지금 서울에는 눈발이 날리고 있습니다. 올 겨울 마지막 눈이 될 거라고 하는군요. 남자는 자정이 다 되어서야 낯선 T시의 터미널에 내렸다. 작고 지저분한 터미널이었다.

여관 주인이 물과 칫솔이 든 쟁반을 들고 와서 여인숙 방 앞에 놓고 갔다. 윤아, 잘 모셔라. 등을 돌려 양말을 벗고 있던 남자의 귓가로 주인 여자가 소곤거리는 소리가 들렸다. 그 여자는 눈을 내리깔고 들어와 작게 중얼거렸다. 처음이세요? 그게 그 밤에 한 그 여자의 말 전부였다. 여자를 산 것도 처음이었고 그 도시도 처음이었다. 여자가 등을 돌려 원피스의 지퍼를 내려달라고 부탁했다. 금속 지퍼가 중간 이가 빠진 곳에서 주춤거렸다. 여자가 등날개를 만들어 지퍼를 내릴 수 있도록 도왔다. 브래지어를 하지 않은 여자의 맨등에는 여드름 자국이 남아 있었다. 여자는 목욕탕의 때밀이 같은 표정을 가지고 있었다. 눈을 내리깔은 여자의 뺨에 긴 속눈썹 그림자가 어울거렸다. 남자의 얼굴을 한번도 곧장 바라보지 않던, 그런 여자가 자신의 전화번호를 남겨두다니. 다음에 다시 이곳을 지나치게 될 때 자신을 찾아달라는 일종의 명함일까? 남자는 성냥갑을 손에 쥐고 다시 계단을 오르기 시작한다. 층계참에서 몸을 틀어 새로운 계단으로 오르려고 한 발을 올려놓는 순간이다. 몇 개의 계단 위에 한 여자가 앉아 있다. 여자는 다리를 오므리고 무르팍 위에 머리를 얹어 두 손으로 머리카락을 감싸쥐고 있다. 곁에 놓인 우편물이 계단 아래까지 흐트러진 채다.

여자는 아직 가라앉지 않은 메스꺼움과 어지럼증으로 계단의 난간을 움켜쥔다. 계단 난간 위에 쌓인 먼지가 날아오른다. 사람들이 거의 사용하지 않은 탓으로 사람의 냄새가 섞이지 않은 매캐한 먼지 냄새가 코를 파고든다. 계단이 꺾이는 층계참 벽에 화살표가 방향을 가리키고 있다. 화살표를 보며 여자는 계단을 오른다. 잠깐 멈춰서서 여자는 난간 밖으로 고개를 쭉 빼고는 위를 쳐다본다. 계단의 모서리가 끝없이 겹쳐져 있다. 모서리는 피라미드처럼 조금씩 좁아지며 멀어져 여자의 시선이 가 닿는 정점 한 곳에 아주 작은 모서리가 있다. 그래, 그래서 하늘까지 오르는 거라고. 모서리가 아뜩해진다.

우편물들이 여자의 겨드랑이에서 빠져 계단으로 뒹굴고 여자는 난간을 잡고 헛구역질을 한다. 무릎을 모으고 계단에 앉아 잠시 눈을 감는다. 여자가 고개를 들었을 때 몇 계단 아래쪽에서 누군가가 여자를 올려다보며 서 있다.

괜, 괜찮으세요? 혹 도움이…….

여자가 얼굴을 들어 비스듬히 남자를 쳐다본다. 광대뼈가 불거진 얼굴 위로 아이라인이 번진 눈이 발광체 같은 빛을 낸다. 동그란 눈동자가 바다 위의 부표처럼 흔들린다. 여자는 고개를 가볍게 가로젓는다.

그럼…….

남자는 우편물을 밟지 않으려고 까치발로 선 채 계단 두 개를 한 번에 오른다. 계단의 난간을 두 손으로 쥐는 바람에 손아귀에 쥐고 있던 성냥갑이 떨어진다. 여자도 치마를 털며 일어나 주섬주섬 우편물들을 주워든다. 남자가 여자의 곁을 스쳐갈 때 남자에게서 빠져나온 무엇인가가 계단 저 아래로 떨어진다. 남자는 벌써 위의 계단을 올라가고 있다.

이봐요!

남자의 둔중한 발자국 소리가 잠시 멈추고 굵은 목소리가 계단 아래로 울린다.

저, 말입니까?

뭔가 떨어졌어요.

예? 아, 그거…… 빈 갑이에요, 버린 겁니다.

다시 남자의 발자국 소리가 위의 계단에서 울리며 조금씩 멀어지고 여자도 계단을 오르기 시작한다. 네 개의 발자국 소리가 어지럽게 울리다가 어느새 소리가 맞춰진다. 몇 개의 층 위에서 남자의 목소리가 여자에게 묻는다.

월요일은 정말, 출근하기도 힘듭니다. 모든 것이 깨져버리거든요. 안 그래요?

여자는 아무런 대꾸 없이 계속해서 계단을 오른다. 남자의 발자국 소리는 아득히 멀어진다. 계단을 헛짚어 여자는 난간을 부여잡는다. 흘러내린 가방을 다시 어깨 위로 추켜올리며 혼잣말처럼 중얼거린다. 그래요. 월요일은 힘이 들어요. 더구나 연휴 끝에 오는 그런 월요일은 더. 그런데 왜 난 매일매일이 월요일 같지요?

2

여자의 사무실은 디근자 모양의 빌딩 좌측 맨 구석에 있다. 여자는 창고에서 양동이를 꺼내든다. 양은 양동이는 밑이 찌그러져 있다. 빈 양동이를 들고 디근자 중앙에 있는 여자 화장실로 간다. 대걸레를 빠는 사각형의 개수대에 양동이를 올려놓고 수도꼭지를 힘껏 비튼다. 화장실 바닥 위로 물방울이 튀며 양철통 바닥이 소

란스럽게 울린다. 양동이로 금방 물이 넘친다. 5리터들이 양동이
의 손잡이를 두 손으로 들어 개수대 아래로 내리려는 순간 여자
의 허리가 기역자로 휜다. 자꾸 양동이 쪽으로 기울어지는 윗몸을
버팅기며 두 손으로 양동이의 손잡이를 맞잡고 복도를 따라 걷는
다. 한 걸음 떼어놓을 때마다 여자의 무릎이 앞에 든 양동이를 툭
툭 건드린다. 양동이 밖으로 흘러나온 물에 발등이 흥건히 젖는
다.

빌딩 디귿자 중앙에는 엘리베이터와 비상구 계단이 일렬로 놓
여 있다. 그 끝에 남자, 여자 화장실이 입구를 마주 보고 있다. 여
자 화장실을 기점으로 여자는 자신의 사무실 반대편 복도 쪽으로
한번도 간 적이 없다. 여자에게 이 빌딩의 구조는 늘 니은자 모양
이다. 화장실에서 물을 길어 비상구 화살 표시의 반대 방향, 빌딩
왼편으로 난 긴 복도를 지난다. 3906호 명진상사, 3907호 화진물
산 사무실 앞을 지나 다시 오른쪽으로 꺾으면 3908호 동양보험
D분점 사무실이 나타난다. 3908호의 사무실 문은 늘 활짝 열려
있다. 아침, 저녁으로 커다란 가방을 멘 보험 수금사원들이 쉴새
없이 들락거린다. 여자는 문을 피해 몸을 벽에 붙이고 게걸음으로
지난다. 양동이에 가득한 물이 출렁, 바닥에 넘친다.

복도가 끝나는 옆으로 스물다섯 평의 여자가 근무하는 사무실
이 있다. 3909. 작은 번호 팻말이 붙은 철문 옆에 길이 60센티미
터 너비 30센티미터의 나무 현판이 세로로 걸려 있다. 현판 위에
는 '충실용역'이라는 글씨가 새겨 있다. 스물다섯 평의 공간을 칸
막이로 막아 창고와 관리소장의 방이 따로 있다. 여자의 책상이
전부인 사무실과 관리소장실 사이의 칸막이에는 커다란 통유리가
끼워져 있다. 통유리의 비둘기색 블라인드는 평상시에는 걷혀 있
어 여자가 얼굴을 돌리기만 하면 소장실 안이 훤히 들여다보인다.

근무가 시작되는 아홉시 전에 여자는 화장실에서 사무실까지 네 번의 물을 길어나른다. 3년 전 빌딩이 완공되고 이 사무실로 입주하면서 개업 축하로 몇 개의 화분이 들어왔다. 아프리카야자나무 한 개, 인도고무나무 세 개, 소철 두 개 그리고 세 개의 난에 물을 주는 것은 여자의 몫이었다. 지난 3년 동안 아홉 개의 화분은 열여덟 개로 늘었다. 여자가 사무실과 화장실을 들락거리며 물을 길어나르는 횟수도 점점 늘었다. 사무실 안으로 들어오자마자 양동이를 내려놓는다. 손주먹으로 허리를 두드리며 양동이를 내려다본다. 양동이 반밖에 남지 않은 물이 찰랑거린다. 문 정면 여자의 책상 앞으로 2미터 높이의 아프리카야자나무 화분을 시작으로 인도고무나무 네 개, 소철 두 개의 화분이 사무실 안쪽까지 벽을 따라 나란히 줄지어 있다. 연휴 동안 물을 주지 않은 탓에 화분의 흙은 메말라 있다. 화분받이로 물이 흥건히 고일 때까지 양동이를 들어 물을 붓는다. 아프리카야자나무와 인도고무나무 화분에 물을 주자 양동이의 물은 동이 난다. 여자는 한 손으로 가벼워진 빈 양동이의 손잡이를 달랑거리며 사무실 밖으로 나간다. 복도를 따라 양동이에서 새어 흐른 물이 형광등 불빛 아래 반짝거린다.

여자는 네번째 양동이를 들고 화장실을 나온다. 물 묻은 슬리퍼는 자꾸 미끄러진다. 복도 바닥에 흥건히 흐른 물 위로 흙 발자국이 어지럽게 찍혀 있다. 39층 아줌마가 대걸레를 밀며 오른쪽 복도에서 나타나 여자가 지나온 복도를 따라오며 걸레질을 한다. 네번째 양동이의 물로 관리소장의 방에 놓인 난 화분에 물을 주고 나서 여자는 자기 자리에 앉아 전리품처럼 늘어선 화분들을 둘러본다. 통유리 너머, 소장실 창가에 줄지어 선 난 화분들도 한눈에 들어온다. 저녁 아주 잠깐 그곳에는 지는 햇살이 들어와 난

이파리는 환기통 밑으로 긴 손가락 같은 그림자를 만든다. 3년 동안 여자는 매년 봄마다 분갈이를 했다. 고무나무 화분이 두 개, 난 화분이 아홉 개 더 늘었다. 그 동안 병이 든 나무는 없었다. 그것이 여자의 웃음거리였다.

여자는 창고문을 열어 양동이를 넣어두고 사무실문 옆에 걸린 출근부를 꺼내 눈으로 훑는다. 한 달치가 한 장으로 되어 있는 출근부에는 모눈 같은 칸이 그려져 있다. 세로줄의 맨 위칸 B1부터 시작된 숫자는 52까지 이어진다. B2층부터 B4층까지의 주차장을 제외한 B1층의 아케이드와 지상 52층의 각 층마다 충실용역 소속의 청소부 아주머니들이 한 명씩 있다. 그리고 빌딩 로비와 주차장 입구에 격일제로 교대하는 열네 명의 경비들까지 총 67명의 직원들이 전부 제자리에 가 있는지를 확인하는 일이다. 청소부 아주머니들은 여자가 출근하기 전인 일곱시 삼십분까지 출근해서 빌딩 안에 입주한 모든 사무실의 사무가 시작되는 아홉시 이전까지 청소를 끝마치기로 되어 있다. 전날 밤을 샌 경비 아저씨가 사무실 문을 열어두면 일찍 출근한 아줌마들은 일이 시작되기 전에 사무실에 들러 자신이 일하고 있는 층의 숫자를 찾아 옆에 동그라미를 그려놓는다. 2월 19일. 가로 맨 위칸의 날짜를 찾아 손가락으로 짚으며 아래로 훑는다. 동그라미도 아주머니들의 생김새처럼 다 다르다. 수박씨 같은 것, 양끝이 어긋난 것, 반원만 그린 것, 종이가 뚫리게 힘이 들어간 것. 너무 동그라미를 들여다보고 있는 탓일까, 동그라미가 꿈틀 움직이는 것 같다.

가슴패기에 충실용역이라는 금실 수가 놓인 푸른색 청소복을 입은 53명의 아줌마들이 마대 걸레를 들고 3909호의 문을 차례로 빠져나와 복도를 따라 행진한다. 키와 생김새 모두 제각각이다. 키가 제일 큰 38층의 아주머니는 다른 아주머니들의 머리 위로 머리가 덜렁 비어져나와 있다. 행진은 좀처럼 끊어지지 않는다. 마술사의 입에서 계속 뽑아져나오는 색실처럼 끊길 듯 행렬은 계속 이어진다. 어느새 맨 앞에 서서 행진을 하던 B1층 아주머니의 몸이 유리창 밖으로 빠져나간다. 마대 걸레의 긴 자루를 양다리 사이에 끼고 하늘을 난다. 그 뒤로 1층 아주머니가 그 뒤를 2층 아주머니가 꼬리를 물듯 따라나간다. 순식간에 창문 밖으로 빠져나간 53명의 아주머니들은 둥그렇게 원을 그리며 난다. 동그라미는 계속 된다. 가끔 한 명씩 결석을 하기도 할 때면 이웃해 있는 층의 아주머니의 일은 곱절로 늘어난다. 오늘은 건너뛴 동그라미가 하나도 없다. 여자는 웃으면서 뒷장으로 넘긴다.

청소부원의 출근부 뒷장에는 열네 명의 경비 출근부가 있다. A조 맨 위칸 김영철이라는 이름 뒤에는 열 개가 넘는 칸이 그대로 비어 있다. A조 김반장 아저씨는 점심 식사를 하는 도중 식탁 위로 쓰러졌다. 여자가 뛰어내려갔을 때, 아저씨는 구급요원들에 의해 빌딩 정문 앞에 주차된 앰뷸런스로 옮겨지는 중이었다. 로비여기저기 사람들이 가던 길을 멈추고 서 있었다. 뭐야? 드라마 찍는 거야? 여자의 곁을 스쳐 지나며 누군가 중얼거렸다. 아저씨는입술을 으스러져라 문 채 꼼짝도 하지 않았다. 힘을 꽉 준 오른손 손가락 사이로 숟가락이 꽂혀 있었다. 누군가 빼내려 했지만 좀처럼 빠지지 않았다. 앰뷸런스가 비상등을 켜고 요란한 소리를 울리며 재빠르게 광장을 빠져나갔다. 그 몇 분 동안 빌딩 앞 광장은 빌딩이 세워진 후 처음으로 활기가 돌았다.

여자는 출근부를 제자리에 걸어놓고 돌아서며 시계를 올려다본다. 열한시가 조금 지나 있다. 소장은 아직도 나타나지 않는다. 오늘도 출근하지 않을 모양이다. 타자기에는 연휴 전날 치다 끝내지 못한 용역비 청구서가 끼여 있다. 1970년식 브라더 전동 볼 타자

기다. 곤돌라처럼 양끝이 휘어올라가고 움푹 주저앉은 중앙에 52개의 자판이 박혀 있다. 타자기는 한때 캐나다에서 공부를 하던 관리소장이 그곳의 한 벼룩시장에서 산 것이었다. 공부를 다 마치지도 못한 채 한국으로 들어오면서 소장은 두터운 원서들을 버리고 대신 이 묵직한 타자기를 갖고 왔다. 영문 타자기를 한글 타자기로 바꾼 탓인지, 받침 니은자는 항상 반 칸 정도 어긋나게 찍힌다. 자판 위에 가지런히 올려놓은 손가락 가운데 하나가 자판을 건드릴 때 탁구공만한 강철공이 활자를 찾아 종이 위에 던져진다. 그때 여자의 머리는 공에 맞은 듯 아릿해지면서 섬광처럼 동그라미가 그려진다. 비로소 출근부에는 없는 여자의 이름 곁에 동그라미가 그려지는 것이다. 보다 윤활한 운영을 위해 납입 일자내에 용역비를 납부해주시면 고맙겠습니다. 앞으로도 충실히 귀사의 일을 도와드릴 것을 약속드립니다. 여자의 손가락이 자판 위를 오르내리고 종이 위에는 오른쪽으로 15도 정도 기운 우사체의 글씨들이 가지런히 박힌다.

미스 김, 있어?

여자가 앉은 자리는 아프리카야자나무에 가려 밖에서는 잘 보이지 않는다. 하루종일 복도 위를 울리는 발자국들은 옆 사무실 앞에서 끊기지만 가끔 세제나 왁스를 새로 타러 오는 청소 아주머니들은 야자나무 잎사귀 뒤에 앉아 있는 여자를 매번 발견하지 못해 사무실 안을 두리번거리기 일쑤다. 보다 윤활한 우. 여자의 손이 멈춤과 동시에 강철공이 어긋난 니은 받침을 찍고 멈춘다. 39층 아주머니다. 아주머니는 우물쭈물 빈 이력서 용지를 여자에게 내민다. 미루고 미루다가 오늘에서야 가져온 모양이다.

난 글씨가 영 엉망이야. 미스 김이 대신 좀 써주면 안 될까.

여자는 치고 있던 청구서 용지를 뽑아내고 타자기에 이력서 용

지를 끼워넣는다. 최분금 52세. 타자기 옆에 서서 강철공이 이력
서 용지에 활자를 찍는 것이 마냥 신기한 듯 들여다보며, 아줌마
는 작은 목소리로 자신의 이력을 불러준다. 세대주 김영철, 관계
모. 본적지 충남 마두리. 이력서 빈 칸에 마두리라는 활자가 가지
런히 박히자 아줌마는 작게 탄성을 지른다. 깡촌인데 그렇게 타자
기로 치니까 그럴듯하게 보이네. 이력서를 받아들고 아줌마는 고
개를 비스듬히 기울인 채 다시 들여다본다.

　B3층 지하 주차장으로 내려와 남자는 양손을 바지 주머니에 찌
르고 주차된 자동차들 사이를 걷는다. 천장에는 간격이 넓게 외줄
형광등이 박혀 있다. 배기 가스로 가득한 주차장 안은 늘 어둡다.
여기요. 사이드미러에 얼굴을 들이밀고 있던 운전사가 먼저 남자
를 알아본다. 소형 트럭의 차문을 열고 뛰어내리며 바닥에 껌을
뱉는다. 머리가 어깨까지 자라고 허벅지를 꽉 죄는 청바지를 입었
다. 1톤 트럭의 짐칸 가득 종이 상자가 쌓여 있다. 한 달에 한 번,
남자는 하청 공장에서 싣고 온 종이 박스를 39층 사무실까지 운
반한다. 운전사가 한 번에 짐칸으로 뛰어오른다. 꽉 죈 바지 위로
터질 듯한 엉덩이가 드러난다. 바지 뒷주머니에 진분홍 플라스틱
빗이 반쯤 꽂혀 있다. 트럭 아래에 선 남자에게 박스를 집어던진
다. 이봐, 살살 좀 하라고. 남자는 어깨에 박스를 얹고 엘리베이터
입구로 걸어간다. 박스 두 개를 한 번에 등에 지고 운전사가 남자
를 앞지른다. 입으로 흥얼흥얼 노래를 부르고 있다. 저번처럼 불
량은 없겠지? 운전사의 뒤를 따라가며 남자는 어깨에 올린 박스
를 다시 고쳐 올린다. 삼일째 꼬박 밤을 새웠어요. 아시잖아요?
미싱사들은 늘 잠이 부족해요. 운전사는 고개를 돌려 바닥 저 멀
리 침을 뱉는다. 스무 개의 종이 상자가 바닥 여기저기에 널린다.

엘리베이터가 내려오기를 기다리며 남자는 담배를 꺼내 문다. 운전사에게도 한 대 권하지만 그는 고개를 가로젓는다. 재봉질이 영 엉망이었어. 일주일 내내 반품 전화가 걸려왔다고. 벽에 한쪽 팔을 기대고 선 채 발장난을 치며 운전사는 또 한번 침을 돋우어 뱉는다. 그놈의 잠 때문이에요. 미싱사들은 재봉틀 바늘보다 잠을 제일로 무서워한다구요. 졸면서도 미싱을 돌려요. 재단된 천이 산더미처럼 쌓였다구요. 남자는 담배를 비벼 끈다. 어쨌든 불량은 딱 질색이야, 라고 말하려는데 엘리베이터 문이 열린다.

다섯 대의 전화 벨이 울려대는 사무실 안은 늘 소란스럽다. 사무실 한쪽에 날라온 박스들이 쌓인다. 탄성이 강한 스판덱스 재질로 만들어진 체형 교정기는 상반신과 하반신용 두 가지가 있다. 상(上)과 하(下)라고 적힌 박스가 각각 열 개씩이다. 마지막 박스를 날라온 후 남자는 개수를 확인하고 운전사가 내미는 물품 인수증에 사인을 한다. 상자 하나를 내려 뚜껑을 연다. 구명 조끼처럼 생긴 상반신용 척추 교정기를 꺼내 든다. 재봉은 견본품과 별 차이가 없는 것 같다. 조끼처럼 입은 후 양끝을 배 위에서 졸라매도록 되어 있다. 지난번에는 그 끈이 너무 짧아 공장으로 다시 반품을 보낸 적이 있다. 다른 박스 하나를 내려 코르셋처럼 생긴 하체용 척추 교정기를 살피려는데 미스 최가 전화를 바꿔준다. 남자는 한 손에 하체용 척추 교정기를 든 채 수화기를 건네받는다.

네, 영한물산, 이대립니다.

수화기 속은 캄캄하다. 남자는 송화기에 입을 대고 후후 불어 본다. 전화는 조용히 끊긴다. 어디서 온 전화야? 라고 묻지만 미스 최는 다른 전화로 주문을 받고 있다. 사장이 밖으로 나가다가 길을 비켜주는 남자의 어깨를 툭 친다.

광고 문구 말이야. 아무래도 약하지 않아? 좀 강한 거 있잖아.

남자의 얼굴 앞으로 사장이 주먹을 쥔 손을 들어올린다. '넘버 세븐'으로 통하는 중국산 발모제로 떼돈을 거머쥐었다는 사장은 정작 대머리다.

광고를 보는 순간, 야 이거다. 머리를 탁 치게 만들어야 한다고. 미국에서 공인된 치료 기구라는 것을 한번쯤 써줘도 되겠지.

미국에서 공인이 된 겁니까? 이게?

남자는 손가락에 걸려 있는 코르셋을 사장에게 들이민다.

이봐. 그럼 사실대로 써봐. 누가 전화하겠어. 메뚜기도 한철이라고.

사장은 문 밖으로 나가려다 남자를 힐끗 돌아본다.

어깨 좀 펴. 동네 건달처럼 그게 뭐야. 휘파람이나 불면 딱 어울리겠구먼.

미스 최가 쿡쿡 웃고 있다. 남자는 상자를 향해 발길질을 한다.

아프리카야자나무 잎사귀 사이로 환기통 가까이 놓인 인도고 무나무가 눈에 들어온다. 잎새가 누렇게 말라 있다. 뿌리와 가장 가까운 곳에 달린 잎새다. 아침에 물을 줄 때는 다른 잎사귀에 가려 보지 못했던 모양이다. 여자는 타자기에서 일어난다. 여자의 시선 속으로 모든 것들이 비스듬히 기운다. 벽에 걸린 달력과 액자가, 여자가 딛고 선 바닥마저도 비스듬히 경사가 진다. 손끝으로 건드리자마자 나뭇잎은 잎자루째 덜렁 떼여 바닥으로 떨어진다. 며칠 전 잎 가장자리를 따라 누런 테두리가 생긴 것을 보았는데 연휴 사이 벌써 잎이 말라죽어 있다. 여자는 마른 잎새를 주워들고 자신의 자리로 돌아온다. 내일은 화원에 들러 비료를 좀 사와야겠다. 열쇠를 끼워 화일 박스의 아래 서랍을 연다. 여자의 소지품들로 가득하다. 신문을 오려 스크랩해둔 화일과 철지난 여성 잡지 몇 권, 낱개로 흩어진 생리대 따위가 널려 있다. 그 밑에서 과자 상자를 꺼내든다. 코발트 색의 동그란 양철 상자다. 상자 뚜껑에는 영국 병정 몇이 작은북을 두드리는 그림이 있다. 뚜껑을 열자 뚜껑에 붙어 작은 이파리 몇 개가 책상 위에 날아 떨어진다. 바닐라 향 냄새가 배어 있는 상자 속에는 마른 나무 잎사귀가 수북이 쌓여 있다. 작년 가을 야유회에 다녀와 배낭을 풀었을 때 콜라 캔 밑바닥에 작은 이파리 하나가 붙어 있었다. 수목원 잔디밭에서 묻어온 모양이었다. 그 잎을 빈 과자 상자 속에 넣어두기 시작하면서 여자는 낙엽을 모으기 시작했다. 상자 속에는 사무실 안에서 주워넣은 인도고무나무 잎새와 야자나무 잎새, 긴 난 잎새도 있고 빌딩 광장 위로 굴러다니는 이름 모를 잎사귀와 은행나무, 포플러의 큰 잎사귀도 섞여 있다. 그 위에 방금 주운 나뭇잎을 떨어뜨리고 은행나무 잎을 하나 꺼낸다. 벌써 상자는 나뭇잎으로 가득 차 뚜껑은 닫아도 볼름 위로 솟는다. 서랍에 넣고 열쇠로 잠근다.

우주로 쏘아주세요. 깊숙이. 깊숙이. 103.

은행나무 이파리에 글을 쓰다 말고 유리창 밖을 내다본다. 백세번째다. 여자는 벌써 지친다. 좀더 아름다운 편지를 보내지 못해 여직 소식이 없는 걸까. 여자의 뭉뚝한 열 손가락 끝에는 보일 듯 말 듯 굳은살이 박혀 있다. 하루종일 청구서의 문구와 숫자를 치는 손가락이다. 귀사의 보다 나은…… 여자의 머릿속은 삼 년 동안 매일 쳐왔던 똑같은 청구서의 문구와 숫자들로 가득하다. 유리창으로 다가가 손잡이를 틀어 당긴다. 창문은 위로 조금 빠끔히 열리다 만다. 열린 문 틈으로 손을 집어넣어 백세번째의 나뭇잎을 날려보낸다. 여자의 손을 떠나서도 나뭇잎은 좀처럼 아래로 낙하

하지 않는다. 너무 높은 탓에 이곳은 바람이 위로 올라온다. 눈이 와도 아래에서 위로 떠오른다. 나뭇잎은 위로 조금 솟아올라 여자의 눈앞에 잠시 정지해 있는 것 같다. 여자는 창밖으로 팔을 힘껏 내밀고 손바닥으로 바람을 일으켜 기류를 바꿔보려고 한다. 그때다. 기류가 바뀐 탓일까 나뭇잎이 퍼득거리기 시작한다. 가운데 잎맥을 중심으로 양쪽 잎이 한데 모아졌다 활짝 펴지기를 반복한다. 날갯짓은 점점 부산해지고 그러면서 조금씩 여자의 눈앞으로 다가온다. 반짝 빛이 나며 공중으로 날아오를 때 여자의 귀로 바스락거리는 소리가 들린다. 날개 소리다.

3

카페 상류사회는 빌딩에서 세 블록 떨어진 곳에 있다. 빌딩 B1층 아케이드에서 연결된 지하도를 따라 걷다가 우체국 방향으로 올라오면 그곳에서부터 헌 가구점이 시작된다. 가구 골목이라고 불리는 가구상들은 두 블록이 넘게 꼬리를 물고 이어진다. 인도 밖으로 손때 묻은 가구 몇 점이 나와 햇볕을 쬐고 있다. 흔들의자를 지나고 삼인용 소파를 지나고 키 낮은 장식장을 지난다. 가구들 앞을 스쳐 지날 때마다 남자는 늘 소곤거리는 이야기 소리를 듣는 것 같다. 낡은 가구에는 그것을 거쳐간 수많은 사람의 지문이 더께로 앉아 있을 것이다. 낡을수록 이력이 쌓인 가구들은 모의(謀議)를 하는 사람들처럼 머리를 맞대고 웅크리고 있다.

남자는 두 개의 횡단보도를 건넌다. 골목 안, 패스트푸드 점과 노래방 사이에 상류사회가 끼여 있다. 간판의 글자 틈새에는 먼지가 켜켜로 앉아 있다. 깨진 글씨 사이로 희멀건 네온 등이 드러나 있다. 남자는 받침 이응자가 떨어져나간 낡은 간판 사류사회 아래의 묵직한 유리문을 열고 안으로 들어선다. 문 앞에는 전신 거울이 걸려 있어 문이 열리고 닫히는 짧은 동안 거울 속에는 맞은편 새로 단장된 수입 음식점의 요란한 간판이 비친다. 대낮에도 창문에는 두꺼운 커튼이 쳐져 있다. 조명이라고는 좌석마다 벽에 붙은 촛불 모양의 스탠드가 전부다. 전구를 새로 갈지 않아 불이 들어오지 않는 스탠드도 있어 카페 안은 더욱 어둡다. 한 손에는 접이우산을 들고 한 손에는 백화점 쇼핑백을 든 채 남자는 어둠이 눈에 익숙해질 때까지 카운터 앞에서 잠시 멈칫거린다. 남자가 든 백화점 쇼핑백 안에는 다섯 개의 소포 뭉치가 있다. 점심을 먹고 우체국에 들러 다섯 군데로 소포를 보내야 한다. 서서히 사물들이 떠오르기 시작한다. 17세기가 배경인 영화에서나 봄직한 여자들의 패널이 양옆의 벽을 따라 나란히 붙어 있다. 여자들은 한결같이 가발로 머리를 삼단 케이크처럼 올리고 풍만한 가슴을 반쯤 드러낸 화려한 드레스를 입은 채 야릇한 미소를 머금고 있다. 음악은 늘 1930~40년대의 올드 팝송이 흐른다.

열두 명 여자들의 시선 한가운데를 걸어 카페 깊숙이 들어온다. 출입구를 등지고 제일 안쪽 테이블에 앉는다. 스프링이 낡은 소파는 얼룩이 말라붙어 있고 묵직한 테이블 밑에서는 지하실 냄새가 풍겨나온다. 넓은 홀에는 남자 외에 두 명의 손님이 있을 뿐이다. 조금 높은 바닥 위에 낡은 그랜드 피아노가 한 대 놓여 있다. 캥거루 다리 같은 세 개의 다리는 군데군데 나뭇결이 뜯겨 있다. 그 위로 바이올렛 꽃이 프린트된 벽지가 귀퉁이가 떨어져 나와 조금씩 처지기 시작한다. 그랜드 피아노 옆에는 주방이 있다. 주방과 객실 사이에 뚫린 반구형의 창은 앉은 자세로도 안이 들여다보인다. 남자는 소파 깊숙이 등을 기대고 반구형 속의 손을 들여다본다. 두 개의 손이 분주히 움직이며 아이스크림 위에 딸기 시럽을 뿌리고 웨하스 과자를 얹고 장식용 종이 우산을 꽂는다. 그 모든 동작들은 미리 계산된 듯 손은 피아노를 치듯 움직인다.

남자는 우체국에 들르는 날이면 항상 이곳에서 점심을 먹는다. 남자가 주문한 음식이 반구형 안의 손에 의해 만들어지는 것을 늘 지켜본다. 카페에 있는 동안 손의 임자는 밖으로 나온 적이 없다. 싼 가격의 김치볶음밥에 덤으로 커피를 마실 수 있다는 이점도 있다. 오늘도 김치볶음밥이죠?

웨이트리스가 아는 체를 하며 주문판을 테이블 위에 내려놓는다. 짧은 청 반바지에 갈칫빛 광택이 나는 셔츠를 딱 달라붙게 입은 웨이트리스는 이 카페에서 제일 어울리지 않는 소품 중의 하나다. 주문을 받은 손은 또다시 분주하게 움직인다.

커피를 마시고 징징 짜는 낡은 판의 〈크레이징 러브〉의 간주곡이 흐르는 동안 남자는 카페를 나와 우체국으로 온다. 여성 일간지와 백화점 통신 판매 책자를 보고 전화로 주문을 한 사람들에게 물건을 우송해야 한다. 우표를 사 소포 봉투에 붙이며 지나치는 사람들의 어깨나 엉덩이를 힐끗거린다. 척추 교정기를 판매하면서 어느새 생긴 남자의 버릇이다. 소포를 보내고 영수증을 받아 우체국 문을 밀치는데 빗방울이 떨어지기 시작한다. 그제서야 남자는 자신의 빈손을 물끄러미 내려다본다. 다른 손에는 빈 백화점 쇼핑 봉투가 가볍게 들려 있을 뿐이다. 빈손 가득, 묵직하게 잡혀 있던 우산의 느낌이 아직도 생생하다. 남자의 손은 힘없이 내려와 바지 옆에 붙는다. 건망증. 손가락으로 코를 세게 친다. 눈물이 핑 돌며 언뜻 스치는 것이 있다. 남자는 상류사회로 뛰어간다. 가게 안으로 채 들여놓지 못한 흔들의자가 빗물에 젖은 채 흔들거린다. 절반도 가지 못해 빗발은 굵어진다. 간판 사이에 끼여 있던 먼지가 빗물에 흘러내려 유리문 위로 커다란 얼룩이 지고 있다. 황급히 문을 열고 안으로 들어선다. 아까 앉았던 자리로 가 보지만 소파나 탁자 위는 비어 있다. 카운터에서 판을 갈아끼우고 있던 웨이트리스가 남자를 알아본다.

저, 제가 뭘 두고 갔는데요.

그런데 막상 우산이라는 단어가 떠오르지 않는다.

저, 비올 때 펴서 쓰는 거 있잖습니까.

남자는 말을 더듬는다. 웨이트리스가 두 손에 판을 쥔 채 남자를 빤히 올려다본다. 머릿속에서는 자신의 줄무늬 접이 우산이 펴졌다 접혀졌다 반복하는데 좀처럼 말이 떠오르지 않는다. 웨이트리스가 경직된 얼굴로 남자의 얼굴을 살피며 조심스럽게 내뱉는다.

수수께끼인가요?

오후부터 내리기 시작한 비가 계속 내린다. 회전문을 밀치고 나와 현관 아래에서 비닐 우산을 펼치며 남자는 얼음장처럼 번뜩이는 광장을 힐끗 쳐다본다. 거기 무덤 같은 화단이 있다. 벌써 삼일째 비는 띄엄띄엄 내리고 있다. 화단의 구덩이에 고인 물 위로 가로등 불빛이 점묘화처럼 들어앉아 있다. 찰박거리며 광장을 건넌다. 첫번째 가로등과 오십 미터쯤 떨어진 곳의 가로등은 불이 꺼져 있다. 그 밑을 한 사람의 그림자가 앞서간다. 비치 파라솔처럼 큰 우산을 들었다. 살이 빠진 우산 한쪽이 말려 있다. 세번째 가로등 아래를 지나치려는 순간 살이 빠진 우산이 바람에 들썩거리더니 훌렁 뒤집힌다. 우산에 가렸던 뒷모습이 드러난다. 여자다. 뒤집어진 우산을 접어 고쳐 펴려는 여자의 머리 위로 비가 쏟아진다. 두 손으로 바람에 끌려가듯 우산대를 잡지만 어느새 우산은 여자의 손에서 달아나 광장 위로 나뒹군다. 여자의 손이 우산을 겨우 잡으려는 순간 우산은 다시 저만큼 달아난다. 여자는 바람에 달아나는 우산을 잡으러 광장 이곳저곳을 허둥댄다. 여자가 입은 발목까지 내려오는 치마에 물이 튄다. 두 손으로 우산대를 겨우 거머쥐고 여자가 휘청거리며 걷는다. 우산 밑으로 여자의 어두운 치마가 조금씩조금씩 멀어진다. 횡단보도의 환한 불빛에 다가가면서 여자의 어두운 치마의 무늬가 하나 둘 살아난다. 횡단보도를 건너 대로로 나와 상점들 불빛에 여자의 치마는 어느새 온통 꽃투성이다. 우산 아래의 꽃무늬 치마는 한 다발의 꽃뭉치다. 남자는 여자의 뒤를 바싹 따라붙는다. 모퉁이를 돌아 불이 꺼진 계단으로 여자가 올라간다. 남자의 머릿속은 온통 그 여자의 꽃무늬 치마로 가득 차 있다. 계단 아래에 서서 여자가 사라진 건물을 올려다본다. 신병식 신경정신과. 건물 2층의 창문으로 불빛이 새어나온다.

4

　백일곱번째의 나뭇잎이 막 여자의 손을 떠난다. 가로닫이 창문을 열어 나뭇잎이 바람을 타고 천천히 흘러다니는 것을 지켜본다. 아프리카야자나무다. 잎새에는 107이라는 숫자만 적어넣었다. 문을 닫고 돌아서니 어느새 왔는지 소장이 복도에 선 채 문 옆에 걸린 현판을 훑어보고 있다. 소장은 충실용역이라는 회사의 이름이 마음에 들지 않는 모양이다. 한 달에 한두 번 여자가 정리해준 장부를 들고 자신의 아버지가 사장으로 있는 모(母)회사를 다녀온 후에는 더욱 그랬다. 충실용역이라는 회사 이름이 촌스럽다고 늘 중얼거린다. 모회사의 현판과 똑같은 나무 현판도 깔끔하고 세련

된 글씨가 들어간 현판으로 바꾸고 싶어한다. 스키복 차림이다. 스키장에서 곧바로 사무실로 출근을 한 모양이다. 스키장에 있는 내내 비가 왔다고 투덜거리며 여자에게 눈인사를 보낸다. 소장은 사무실로 출근을 하지 않는 날이 많다. 사무실에 나오지 않는 날은 전화를 걸어온다. 여자는 전화로 연락이 온 곳과 우편물의 발신지를 불러준다.

미스 김, 나 아스피린 좀 사다줘.

방으로 들어간 소장은 블라인드를 내린다. 가끔 소장은 블라인드를 내려놓고 혼자 틀어박혀 있고는 한다. 블라인드가 내려진 동안은 전화도 연결시키지 않는다. 올해 서른여섯이 된 소장은 지방 대학을 나와 캐나다 어딘가로 3년 동안 유학을 갔다왔다고 했다. 전공이 무엇인지는 잘 모른다. 꼿꼿이 학원 강사인 아내와 두 살배기 딸아이가 있다. 한 달에 서너 통씩 캐나다 소인이 찍힌 편지가 사서함에 들어 있고는 한다. 캐나다에서 편지가 도착하는 날이면 소장은 블라인드를 내리고 한참 동안 틀어박혀 있다. 소장의 서랍을 정리하다가 여자는 서랍 한 귀퉁이에 가지런히 쌓여 있는 편지들을 발견했다. 찢긴 편지 봉투 사이로 사진 하나가 삐죽이 나와 있다. 갈색과 회색이 섞인, 분홍 리본을 묶어맨 테리어 종의 강아지를 안고 서 있는 여자의 상반신 사진이다. 역삼각형의 아주 작은 얼굴에는 화장기가 없다. 시선은 먼 곳을 향해 있고 긴 손가락이 테리어 털 속에 절반쯤 묻혀 있다. 가끔 소장을 찾아 사무실로 찾아오는 여자들이 있기는 했다. 그 여자들은 한결같이 진한 향수 냄새와 붉은 입술과 칼처럼 벼릴 것 같은 짙은 눈썹들을 하고 있었다. 여자들은 여자의 한 달치 월급이 넘는 청구서를 들이밀고는 했다. 청구서 뒤에는 한결같이 소장의 사인처럼 한 여자의 얼굴이 그려져 있다. 언젠가 한번은 아무런 인기척이 없어 소장실

문을 덜컹 연 적이 있다. 밖으로 통한 창문의 블라인드까지 다 내려놓아 소장의 방은 어두컴컴했다. 소장은 문이 열린 것도 모르는 채 엎드려 있었다. 비밀이 없는 사람이 어디 있을까. 종종 여자에게 위통약과 두통약을 사오게 하는 이유도 다 거기에 있을 것이다.

여자는 엘리베이터를 타고 B1층 아케이트로 내려온다. 엘리베이터는 텅 비어 있다. 엘리베이터를 탈 때마다 여자는 늘 캄캄한 우주를 비행하는 캡슐을 떠올린다. 오후에 몇 번 여자는 텅 빈 엘리베이터를 타고 1층과 39층 사이를 오르락내리락한다. 1층에서 39층까지 곧장 내려가고 올라가는 데 3분 정도의 시간이 걸린다. 캡슐 안의 우주 비행사처럼 여자는 엘리베이터 정사각형 모서리에서 모서리까지 벽을 손으로 짚고 천천히 움직이며 유영을 한다. 무중력 상태인 캡슐 안에서는 발이 땅에 닿지 않는다. 공중에서 공중돌기도 유연하게 할 수 있다. 어느새 여자의 옷에 달린 호주머니란 호주머니는 모두 옷 밖으로 뒤집혀 나와 고무 풍선처럼 팽팽해진다. 주머니 안에 든 소지품이 하나 둘 빠져나온다. 작은 머리빗과 지갑과 버스 토큰, 옷핀, 텔레비전 광고에서 본 신제품 시리얼의 이름을 적은 딱지 모양의 종이 쪽지가 공중에 둥둥 떠다닌다.

여자가 아스피린을 사가지고 올라왔을 때 소장실의 블라인드가 천천히 올라가고 있다. 아스피린 두 알을 한번에 삼키고 소장은 의자에 길게 누워 있다. 청구서 빈 용지를 타자기에 끼우고 타자를 친다. 어느새 소장은 퇴근을 하려는 모양이다. 야광빛 스키복은 걸을 때마다 사각거리는 소리가 난다. 복도로 사각거리는 소리가 멀어진다.

서랍을 열어 서류 봉투를 꺼낸다. 한 달 전부터 매주 수요일마다 여자는 길 건너에 있는 신경정신과에 들른다. 논문을 준비하는 정신과 의사의 자료를 정리해서 타자로 쳐준다. 일 주일에 한 번이고 시간도 많이 걸리지 않아 일을 시작했다. 종이를 타자기에 끼우고 타자를 친다. 유형별 케이스. 건망증 치료를 위해 신경정신과를 찾는 사람들의 사례가 적힌 설문지다. 최성호, 남, 54세. 코르사코프 증후군. 만성 알코올 중독으로 인한 건망증. 서른 살부터 마흔 살까지의 일을 기억하지 못함. 여자는 차라리 어느 날 하얗게 기억을 잃어버린다면 행복하겠다는 생각을 한 적이 있었다. 기억하는 것이 너무 많은 사람은 늘 쉽게 지친다.

김순례, 여, 76세. 작년 여름부터 치매 증상을 보이기 시작함. 여자는 다시 타자를 치기 시작한다. 그때 여자의 책상 건너편의 벽을 누군가 톡톡 친다. 방음 장치가 되지 않아 여자가 앉은 자리로 옆 사무실의 대화가 들려오기도 한다. 벽 너머 사무실에서는 원근 화법처럼 전화 벨이 울린다. 벽 제일 가까운 곳에 책상이 하나 있고 가느다란 목소리의 여자 하나가 하루종일 전화를 받는다. 그 여자는 구두 뒷굽으로 벽을 치는 습관이 있다. 점심때면 그 여자는 어딘가로 전화를 걸어 이십 분이 넘게 통화를 한다. 나, 미영이. 손으로는 타자를 치면서도 여자의 귀는 자꾸 사무실 건너로 쏠린다. 여자의 흐느끼는 울음소리가 밤고양이 소리처럼 넘어온다. 아무도 없어. 점심 먹으러 갔다고. 여자는 종이를 빼내고 다른 종이를 끼워넣는다. 아무도 몰라. 어제 병원에 갔었어. 걱정 안해. 모르스 부호 같은 여자의 잘린 목소리가 계속 흐느낀다. 팔도 있고 다리도 다 있대. 의사가 초음파 사진을 보여줬어. 내 애기. 어떡하지? 뭐? 그런 말이 나와. 너에게 책임지라고는 안 해. 아, 무서워. 가느다란 목소리가 전화를 끊는다. 벽을 톡톡 치던 발소리도 멈춘다. 최경수, 남, 56세. 교통 사고로 인한 두부 외상

후 건망성 실어증을 보임. 단어를 잊어버림. 난 무서워. 무서워. 무서워…… 타자 용지 두 줄이 엉뚱한 단어로 채워져 있다. 타자기에서 용지를 뽑아내 두 손으로 마구 구겨서 휴지통에 넣는다.

냉장고에서 우유를 꺼내 큰 잔과 함께 책상 위로 가져온다. 책상 서랍을 열어 알루미늄 봉지에 든 시리얼을 꺼낸다. 우유를 큰 잔에 붓고 시리얼을 한 줌 손으로 집어 우유 속에 섞는다. 눅눅해진 옥수수 칩은 씹히는 맛이 없다. 여자는 항상 점심은 시리얼로 때운다. 혼자 남는 일이 많아 도시락을 준비해야 하는데 식사 후까지도 남는 반찬 냄새가 싫었다. 그 동안 여자는 새로 나오는 시리얼은 모두 먹어보았다. 꿀을 넣은 것, 코코아 분말을 섞은 작은 고리 모양의 시리얼, 잘게 썬 아몬드를 넣은 것, 다섯 가지 색의 고리가 섞여 있는 시리얼, 옥수수 칩에 설탕을 발라놓은 것. 시리얼을 건져 먹으면서 여자는 유리깔개 밑에 끼워둔 사진을 들여다본다. 주먹도끼처럼 생긴 소행성 사진이 끼여 있다. 니어 호는 조금씩조금씩 소행성 에로스를 향해 날아가고 있다. 언젠가 본 영화에서 우주인들은 알약으로 식사를 해결하고 있었다. 단 한 개의 알약으로 식사를 해결할 수 있다면. 된장국 알약, 밥 한 그릇 알약, 시금치 나물 알약…… 갖가지 맛을 가진 알약들이 여자의 머릿속에서 증식해나가기 시작한다. 여자는 시리얼을 또 한 숟갈 떠 입안에 넣는다. 지금은 시리얼이 알약 식량에 가장 가까운 것이리라. 시리얼을 건져 먹고 컵에 남은 우유를 비료 대신 인도고무나무 화분에 골고루 끼얹는다. 잎새는 겨우 윗부분에 몇 개 남아 있을 뿐이다. 소장이 사무실에 출근하는 날 잠깐 나가 비료와 새로운 시리얼을 사리라 마음먹는다. 복도 쪽에서 수런거리는 발자국 소리가 들린다. 점심을 먹은 동양보험의 여직원들이 우르르 몰려

들어오는 소리다. 그때 무리에서 벗어나온 발자국이 동양보험 복도를 지나 잰 걸음으로 다가온다.

소장은 없는 거야? 잘됐네. 미스 김 이리 좀 와봐.

38층 아주머니의 얼굴이 문 뒤에서 나타난다. 여전히 문 밖에 선 채 손짓으로 여자를 부른다. 여자는 38층 아주머니의 뒤를 따라간다. 똑같은 유니폼을 입은 여자들이 엘리베이터에서 우르르 내린다. 가느다란 목소리의 여자가 있는 사무실의 여자들이다. 화장실 앞에 3907호 화진물산 여직원 두 명이 팔짱을 끼고 서 있다. 39층 아주머니는 마대 걸레를 쥔 채 서 있다가 여자를 보자 울음을 터뜨리며 주저앉는다. 팔짱을 낀 여자 중의 하나가 어이없다는 듯 아줌마를 향해 눈을 내리깐다.

아줌마, 누가 아줌마보구 가져갔다고 했어요? 어제 퇴근 때 분명히 있던 것이 없으니까 혹 보지 못했냐고 물어본 것 뿐이잖아요. 아줌마가 제일 먼저 사무실에 들어오잖아요. 이러시면 난처해요.

스물이 갓 넘은 듯한 앳된 목소리가 앙칼지게 쏘아붙인다.

그런데 이게 어디다가 눈을 치켜떠? 넌 에미 애비도 없냐?

38층 아주머니가 언성을 높이며 한 손에 든 마대 걸레를 흔들어댄다. 마대에서 튀는 물을 피해 한 발자국씩 물러서며 여자들은 이마를 찌푸린다. 39층 아줌마는 한 손으로 입을 틀어막은 채 고개를 숙인다.

그래 걸레나 들고 다니니까 이 걸레만도 못해 보이는 모양인데?

38층 아주머니의 파마기 풀린 머리카락이 나풀거린다. 여자는 38층 아주머니의 팔을 잡으며 묻는다.

그런데 저금통에는 얼마나 들어 있었어요?

얼마가 중요해요? 대체 믿을 수가 있어야지.

옆에 선 여직원이 대신 말문을 연다.

백원짜리 오백원짜리 동전이 절반이 넘게 들어 있었어요. 아마 만원은 족히 될 거라고 하네요.

38층 아주머니가 복도에 마대 걸레를 내팽개친다.

뭐? 만원? 그까짓 만원 내가 준다.

대걸레 자루가 쓰러지면서 고무 양동이를 넘어뜨린다. 양동이 반쯤 채워진 먼지가 뜬 흙탕물이 순식간에 복도에 번진다. 바닥에 주저앉은 39층 아주머니의 바지가 흥건히 젖는다. 여자는 39층 아주머니를 얼른 일으켜세운다. 아주머니는 여자에게 이끌려 사무실로 가다 말고 뒤돌아선다. 아랫입술을 잘끈 씹으며 내뱉는다.

이런 일 한다고 삐딱하게들 보지 말어.

여보세요.

전화가 끊어질 것일까. 이번에는 남자 쪽에서 수화기를 쥔 채 아무 말도 하지 않는다. 잠시 후 수화기를 손톱으로 톡톡 치는 소리가 들린다. 남자는 벌써 일 주일째 이런 전화를 받는다. 전화는 아무 말도 없이 끊겼다.

누구야?

남자는 소리를 지른다. 미스 최가 전화를 받고 있다가 놀라 남자를 돌아본다. 전화기 속에서는 아주 작은 숨소리가 고르게 들릴 뿐이다.

장난하지 마.

전화기 속으로 동전 떨어지는 소리가 들린다. 전화는 조용히 끊긴다. 남자는 요 며칠째 새로운 광고 문안을 만들고 있다. 사장은 더욱더 강한 문구가 없느냐며 자꾸 다시 쓰라고 했다. 메뚜기도 한철이라고. 먹힐 때 많이 팔아야지. 사장은 요즘 체중 감량제

쪽으로 판로를 찾고 있다. 남자의 책상에 다시 전화 벨이 울린다. 척추 교정기의 원리와 효과에 대해 구체적으로 묻는 사람들이 있다. 그런 상담 전화는 주로 남자의 전화로 연결된다. 과학적인 근거요? 남자는 송수화기를 든 채 의자를 돌려 창을 내다본다. 유리창에 남자의 얼굴이 비친다. 그 얼굴을 피하며 학교 때 주워들은 생물학적 용어를 간간이 섞어 얘기한다. 척추라는 게 말이죠? 남자는 송수화기를 든 채 창가로 간다. 올바르지 않은 자세가 올바르지 않은 척추를 낳는 거죠. 빌딩 광장을 건너 길 건너편 높고 낮은 건물들이 눈에 들어온다. 전화의 횟수가 많아지면서 남자의 말은 살이 붙고 조리정연해졌다. 커다란 비치 우산 하나가 막 횡단보도를 건너오고 있다. 먼빛이었는데도 살 하나가 부러진 그 큰 우산은 눈앞에서 보는 것처럼 선명하다. 게다가 광장에 우산은 그것 하나뿐이다. 비가 잠깐 멈춰 있었다. 광장을 건너온 비치 우산이 별안간 멈춰선다. 우산이 걷히고 그 속에서 작은 얼굴이 나타나 하늘을 올려다본다. 여자는 수백 개가 넘는 창을 더듬어 한 개의 창을 찾아내 붙박이처럼 서 있다. 갑자기 온몸이 얼어붙은 것처럼 남자는 꼼짝을 할 수 없다. 그 여자의 시선은 바로 남자의 얼굴에 박혀 있었다. 남자는 송수화기를 떨어뜨리고 창가에서 물러선다.

미스 최가 뛰어와 바닥에 떨어진 수화기를 집어 귓가에 갖다댔다가 제자리에 올려놓는다.

그 여자, 맞죠? 매일 전화하는 여자. 왜요? 무슨 일이에요?

남자는 창가로 다가간다. 빌딩 광장 위로 사람들이 허겁지겁 뛰기 시작한다. 어느새 또 비가 내리는 모양이다.

네 번의 물을 길어 열여덟 개의 화분에 물을 준다. 빈 양동이를 창고에 넣어두려고 돌아서는데 여자의 발 밑에서 뭔가가 꿈틀거린다. 길이 7센티미터 정도의 가느다란 고무줄 같은 그것은 조금씩조금씩 짧아졌다 길어졌다를 반복하며 바닥 홈 사이에 끼여 있다. 빈 양동이를 든 채 얼굴을 가까이 들이민다. 지렁이다. 온몸이 흙색이다. 바닥에 떨어진 지 꽤 오래된 것일까. 껍질은 마른 빵껍질처럼 말라 있다. 멀찍이 선 채 창고 안으로 양동이를 던진다. 바닥에 팅기며 움푹 한쪽이 찌그러진다. 열쇠로 화일 박스를 열어 서랍을 뒤적거린다. 사발면을 사면서 따라온 젓가락이 그곳 어디엔가 있을 것이다. 서랍 맨 밑바닥에서 나무젓가락을 찾아 들고 반으로 나눈다. 지렁이는 어느새 바닥 타일의 홈 사이를 따라 기역자로 구부러져 있다. 몇 번이나 헛손질을 한 후에야 간신히 지렁이를 집어올린다. 나무젓가락 끝에 힘을 준 채 문 안에 서서 복도 밖으로 힘껏 내던진다. 복도 끝에서 대걸레가 보이고 곧이어 자루를 쥔 38층 아주머니의 모습이 나타난다.

사람이 오지 않았으면 얼른 연락을 해줘얄 것 아냐.

그제서야 여자는 출근부를 꺼내든다. 2월 28일. 39층 아주머니의 자리가 텅 비어 있다. 일이 배로 늘어난 38층 아주머니는 투덜거리며 복도에 걸레질을 해댄다. 걸레에서 나온 물이 복도 벽에 팅긴다. 출근부 옆의 서류함 위에는 39층 아주머니가 벗어두고 간 것인지 푸른색 청소복이 가지런히 개여 올려 있다. 왼편 가슴에 달린 호주머니에 금색실로 수놓인 충실용역이라는 글자는 변색되어 있다. 투덜거리는 소리를 따라 대걸레 자국이 복도를 굽어 사라진다.

여자는 청소복을 펼쳐본다. 150센티미터 가량의 깡마른 39층 아주머니의 모습이 떠오른다. 옷이 펼쳐질 때 매캐한 먼지 냄새가 실려온다. 장미향의 가루비누 냄새와 변기 뚫는 약의 톡 쏘는 냄새와 먼지 냄새 속에 흐릿하게 아주머니의 냄새가 섞여 있다. 여자는 서류함을 꺼내 이력서 화일을 꺼낸다. 이동이 심한 일 탓인지 이력서 철은 두껍다. 한 장 한 장 넘기면서 사진을 들여다본다. 그만둔 사람들의 이력서에는 붉은 볼펜으로 사선이 그어져 있다.

최분금 52세. 우로 15도 기운, 눈에 익숙한 활자체다. 여자는 39층 아주머니로 통했던 최분금이라는 여자의 이력서를 들여다본다. 이력서는 단지 석 줄로 끝나 있다. 지하철에 비치된 즉석 사진기로 찍었는지 아주머니의 명함 사진은 초점이 흔들려 있다. 너무 얼굴을 치켜든 탓에 이마는 더욱 좁게 나왔고 얼굴은 잔뜩 경직되어 있다. 이력서 상단에 적힌 연락처로 전화를 건다. 신호음이 계속 울릴 뿐이다. 사무실 벽 건너의 벨이 울린다. 벨은 좀처럼 끊어지지 않는다. 누군가 저쪽에서 뛰어와 전화를 받는다. 여보세요. 미스 차요? 오늘 결근했어요. 병원에 간다고 하던데요. 모르죠. 어디가 아픈지는. 전화가 끊어진 모양이다. 콩캉거리며 발걸음이 다시 멀어진다. 여자는 창고문을 열고 안으로 들어간다. 가느다란 목소리의 그 여자는 기어코 병원으로 갔을까. 39층 아주머니의 청소복은 엉덩이와 허벅지가 온통 흙물이 말라 얼룩이져 있다. 창고에는 세척제 상자와 복도를 윤내는 왁스통이 가득쌓여 있다. 불을 켜지 않은 채 여자는 어림으로 선반 한켠에 청소복을 넣어둔다. 양동이 가득 물을 가지고 올 때 흘린 물을 군말없이 닦아주던 아주머니가 떠오른다. 삐딱하게들 보지 말어. 아주머니는 기어코 오지 않을 모양이다.

참기름 세트, 집들이 복 세트, 양말 세 켤레…….

여자는 오후 내내 야유회에서 쓰일 보물찾기의 보물을 타자로친다. 점심 시간이 훨씬 지난 후에야 출근을 한 소장은 사무실로 통하는 통유리창의 블라인드까지 내려놓고 한 시간이 넘도록 꼼짝도 않고 있다. 여자가 커피를 들고 들어갔을 때 소장은 야유회에서 할 연설문을 쓰느라 끙끙대고 앉아 있다.

충실용역의 69명 직원이 모두 모이는 것이 일 년에 두 번 봄, 가을 야유회에서였다. 시무식은 늦어졌고 종무식은 당겨졌다. 단합회라는 명목으로 가족까지 동반한 이 모임에서 하이라이트는 보물찾기였다. 여자는 잘게 썬 종이 조각을 딱지처럼 접는다. 매년 보물을 숨기는 것은 여자와 경비반장 김씨 아저씨의 몫이었다. 하지만 올해는 여자 혼자 보물을 숨겨야 할 것이다. 김씨 아저씨가 고혈압으로 쓰러진 지 이제 거의 한 달이 되어간다. 마침 토요일이 삼일절이다. 한 달이 채 못 되어 또 연휴이다. 딱지처럼 접은 종이 조각이 책상에 가득 널린다.

신병식 신경정신과. 새로 지은 붉은 벽돌 오층 건물 앞을 남자는 서성거린다. 건물 옆으로 난 계단의 끝은 어둠 속에 묻혀 있다. 좁고 가파른 계단이다. 그 여자는 이 계단 속으로 사라졌다. 남자는 계단을 올라간다. 계단 밖으로 불빛이 어울거린다. 3층 사무실 문이 활짝 열려 있다. 이사를 간 모양인지 사무실 안은 텅 비어 있다. 컴퓨터 학원이었던 모양이다. 바닥에는 콘센트가 지뢰처럼 촘촘히 박혀 있다. 책상이 달린 의자가 콘센트를 피해 원 모양으로 놓여 있다. 남자는 앉은 사람들을 훑어본다. 그 여자는 없다.

들어가세요. 계단을 뛰어올라온 사내 하나가 남자의 등을 떠민다. 아니, 전…… 얼버무리는 남자의 손을 사내가 덥썩 잡는다. 손바닥이 축축하다. 의자로 가 앉다가 남자는 튀어나온 콘센트에 걸려 기우뚱거린다. 사내가 남자의 비닐 우산을 집어 문 옆에 놓인 휴지통에 꽂는다.

잘 오셨어요. 아시다시피 이 모임은 건망증이 심한 사람들의 모임이지요.

남자의 등을 떠밀었던 그 사내가 이 모임의 리더인가보았다. 남자는 천천히 옆을 둘러본다. 육십이 가까워 보이는 여자 한 명과 스물이 갓 넘은 젊은 청년 하나를 빼면 모두 오십 중반의 사내들이다.

부인 얼굴은 잊어버려도, 우리가 건망증 환자라는 건 잊으면 안 됩니다.

남자의 옆에 앉은 사내가 천식 환자 같은 소리로 웃는다.

환자라는 표현은 아무래도…….

리더 사내는 소리나는 쪽을 흘낏 주시하고는 건너편 벽을 올려다본다. 남자는 그 사내를 따라 벽을 올려다본다. 벽에는 시계가 걸렸던 둥근 먼지 자국이 남아 있다.

아니, 분명히 환자지요. 그 중에서도 건망증은 아주 심각한 질환이라고 봐야 옳죠. 얼마 전에 나는 무척 매운 라면을 먹었습니다. 면을 넣고 스프를 넣는 순간 뭔가 잘못되었다는 것을 직감했죠. 제 방에 틀어박혀 있던 딸까지 문을 열고 재채기를 퍼붓기 시작했어요. 아니나 다를까, 얼마나 맵던지 먹을 수가 없을 정도였으니까. 고춧가루와 후춧가루를 배나 더 넣은 라면 공장의 스프 만드는 사람을 잠깐 생각해봤어요. 딸아이가 재채기를 하면서 그러더군요. 이 사람 건망증 환자가 분명해.

사내는 딸아이의 입 모양을 흉내내며 여자아이의 목소리로 말했다. 천식 환자처럼 글글대며 옆의 사내가 또 웃는다.

그 사람은 분명 언제나 넣던 대로 고춧가루와 후춧가루를 넣었죠. 그리고 돌아서면서 내가 지금 뭘했지? 그래서 또 넣었겠지요.

나를 비롯한 몇백 명이 피해를 보았겠지요. 얼마 전에 건망증과 치매에 관한 학계의 보고도 발표되었잖아요. 여기 건망증 때문에 학교에서 퇴사한 분도 계세요. 이선생?

모두 이선생이라는 사람의 얼굴을 쳐다본다. 백발이 희끗희끗한 곱상한 얼굴의 남자다.

그 스프 만드는 사람, 이해합니다. 어느 날 갑자기 그 증상이 찾아왔어요. 칠판에 수학 공식을 적어나가다가 인수분해 3번, 너무도 쉽기 짝이 없는 그 공식을 잊어버리고 만 것이지요.

돌아가며 모두 자기 이야기를 했다. 교통 사고로 머리를 다쳐 건망성 실어증 증세를 보이는 청년과 그의 어머니. 그리고 만성 알코올 중독으로 지난 10년 동안의 일을 뭉텅 잊어버린 사내도 있었다.

자, 이 백지에 자신이 일 년 동안 잃어버린 사물의 목록을 작성하는 겁니다.

리더가 A4 용지 한 장씩 나누어준다.

일 년은 너무 멀어요.

누군가 작은 목소리로 중얼거렸지만 벌써 리더의 손은 백지 위를 달리고 있다. 백지를 내려다보며 남자는 지나온 일 년 전으로 거슬러올라간다. 일 년 전이란 벌써 남산 2호 터널 속 같다. 아침마다 남자는 좌석버스 34-5번을 타고 남산 2호 터널을 지난다. 때낀 유리창 너머로 보이는 터널 속은 언제나 침침하고, 지루하게 길었다. 버스가 막 터널을 빠져나올 때 남자는 버스가 달려온 터널을 쳐다본다. 길고 어두운 그 끝 입구는 나사못 머리만하게 반짝였다. 남자는 그 터널 속을 들여다보듯 하얀 종이를 노려본다. 일 년 전, 남자는 무작정 길을 걷고 있다. 두터운 합피 가방 속에는 신제품 알약과 연고들이 가득 차 있다. 목적지도 없이 버스를

타고 지하철을 탔다. 목적지가 없는 여행이란 늘 피곤했다. 걷다
가 눈에 띄는 약국에 들어가 제약회사의 신제품을 늘어놓는다. 제
약회사 영업부 소속이었던 2년 동안 남자는 네 켤레의 구두를 샀
다. 실적은 오르지 않았고 월급도 같은 선에 머물러 있었다. 길을
걷다가 갑자기 그 가방을 들 수가 없었다. 너무 무거웠다. 남자는
그 가방을 아파트 단지의 쓰레기통 속에 집어넣은 후로 회사에
나가지 않았다. 삼십 분이 지난 후에야 남자는 겨우 두 줄을 쓴
다. 지포 라이터 두 개, 지하철 정기권 석 장, 접이 우산 한 개.
 우리가 낸 이 종이들은 신박사의 연구 자료가 될 것이에요. 그
분은 자기 나름대로의 방식으로 치료법과 예방법을 찾는 중이지
요.
 리더에게 종이를 건네주고 밖으로 나온다. 다시 길을 건너 34-5
번 버스를 탄다. 소망 정육점에는 오늘도 붉은 등이 켜 있다. 경
첩이 잘 맞지 않는 문을 열고 안으로 들어서자마자 남자의 발은
양철 깡통에 부딪힌다. 빈 돼지기름통 가득 소의 내장과 간이 담
겨 있다. 남자의 앞으로 거대한 냉동 창고로 들어가는 입구가 있
다. 냉동 창고를 제외한 나머지 공간은 기껏해야 두 평 남짓이다.
커다란 도마와 저울 하나, 그라인더 기계와 고기 써는 톱이 그 위
에 늘어져 있다. 돼지고기 삼겹살로 한 근 주세요. 주인 여자는
냉동 창고 문을 열고 안으로 들어간다. 은빛 갈고리에 걸린 고깃
덩어리에는 성에가 잔뜩 끼여 있다. 냉동 창고 속에는 시간이 없
다. 손어림이 정확한 주인 여자는 단번에 한 근 어치의 돼지고기
를 잘라 저울 위에 올린다. 눈금이 흔들거리다가 선다. 정확히 한
근이다. 남자는 비닐 봉투를 들고 언덕을 오른다. 철물점 위로 불
꺼진 이층 어두운 창이 보인다. 빗방울이 다시 떨어지기 시작한
다. 그제서야 남자는 오후에 산 비닐 우산을 모임이 있었던 사무

실의 휴지통에 그대로 꽂아둔 채 왔다는 것을 생각해낸다. 비닐
우산 한 개. 분실 목록에 또 한 항이 추가된 셈이다.

5

　　저는 늘 여러분들을 제 아버지, 어머니로 생각해왔습니다. 좀더
신경쓰고 보살펴드려야 하는 것임에도 불구하고 그러지 못했습니
다. 충실용역의 사장인 저의 아버님께서도 저를 이곳으로 보내면
서 그 점을 말씀하셨습니다.

　　마이크를 잡은 소장의 목소리가 두 겹으로 울린다. 야영장에
열을 지어 앉은 아주머니와 아저씨들은 귀를 쫑긋 세우며 가끔
고개를 끄덕인다. 소장이 겨우 연설을 끝내자 여기저기서 맞지 않
는 박수가 터져나온다. 야영장 위에 세워진 충실용역이라고 프린
트 된 큰 천막이 바람을 안고 펄럭인다. 기념품들과 음료수 박스
를 쌓아놓은 곳에 쭈그리고 앉아 여자는 계곡 아래로 흐르는 물
줄기를 본다. 연설이 끝난 소장의 마이크를 최반장 아저씨가 이어
받는다. 노래 자랑이 시작된다. 야영장 아래의 주차장에는 여자가
타고 온 관광버스 두 대와 소장의 빨간 스포츠 자동차가 있을 뿐
이다. 비 끝이라 바람이 차다. 도시락과 음료수들이 돌려지고 점
심을 먹는 동안 야영장 위로 노랫소리가 울려퍼진다. 소장은 여기
저기로 불려다니며 아저씨들이 권하는 술잔을 마다 않고 다 받는
눈치다.

　　여자는 야영장을 벗어나 산책로 쪽으로 올라온다. 긴 오솔길이
산자락 사이로 숨어들고 있다. 가끔 등산로 쪽으로 등산객들의 인
기척이 들린다. 산에 올라갔던 사람이 오르지 못하고 도중에 내려

오는 모양이다. 아이젠 없이는 아무래도 안 되겠어요. 아직도 저 위로는 얼음이 얼어 있답니다. 산 위 봉우리 가까이로 아직 녹지 않은 눈이 쌓여 있다. 연휴인 탓에 오늘로 야유회 날을 잡기는 했지만 아직 소풍이 시작되기에는 이른 시기다. 모두들 두터운 파카를 입고 있다. 잎이 다 떨어진 나뭇가지 사이로 찬바람이 분다. 지난 가을부터 떨어져 쌓였을 낙엽들은 채 썩지 못하고 여자가 밟을 때마다 신발창 밑으로 물이 새어나와 발자국이 찍힌다. 산책로를 따라 십오 분 정도 걷는다. 나뭇가지 틈에 쪽지를 끼워 숨긴다. 조금 더 올라가다 검은색 돌을 들어 그 밑에 쪽지를 넣어둔다. 발 밑으로 나뭇잎이 으깨지며 서로 비벼대는 소리가 들린다. 여자는 쪽지를 들고 꽤 올라온다. 산책로는 적송림이 빽빽한 산비탈에 앞이 끊어진다. 야영장에서 올라오는 노랫소리가 작게 울린다. 산벚나무 가지에 쪽지를 끼우려고 발돋음을 하는데 뒤에서 나뭇잎이 밟히는 소리가 난다. 소장이 뒤에 서서 웃고 있다. 술기운 탓인지 눈자위에 실핏줄이 섰다. 혼자 하면 너무 힘에 부칠 것 같기도 하고, 거기 더 있다가는 술이 취할 것 같기도 해서. 여자는 보물찾기 쪽지를 한 줌 나누어준다. 너무 한군데로 몰리지 않도록 하세요. 소장은 숨기는 것이 서툴러 쪽지를 드러나게 숨긴다. 작은 두렁 아래로 내려간다. 쌓인 낙엽 위로 빗물이 흘렀던 흔적이 남아 있다. 여름 비가 많은 때에는 이곳을 타고 물줄기가 아래로 내려가리라. 번개에 맞았는지, 반이 꺾어진 소나무 한 그루가 있다. 바위를 딛고 올라가 잘린 나무 틈새에 쪽지를 끼워넣고 내려서려다 바위에 신발이 미끄러지며 여자의 몸은 두렁 아래로 떨어진다. 두렁 위에서 쪽지를 숨길 곳을 찾던 소장이 두렁 아래로 뛰어내려온다. 낙엽은 미끄럽다. 여자의 팔을 잡아 일으키려던 소장도 덩달아 미끄러진다. 소장이 큰 소리로 웃는다. 떨어지면서 한쪽 무릎이 바위에 부딪혔는지 감각이 없다. 일어서려다 다시 주저 앉는다. 소장의 굵은 팔뚝이 여자의 겨드랑이 사이에 들어와 여자를 들어올린다. 나무 등걸에 잠깐 기대앉는다. 앞에 선 소장에게서 술냄새가 물씬 풍긴다. 문득 소장과 눈이 마주친다. 그 순간 여자는 소장의 눈동자가 조금씩 열리고 있는 것을 본다. 일어서려는 여자를 소장이 떠다민다. 나무 등걸에 등이 받친다. 여자의 얼굴 위로 활짝 열린 소장의 동공이 다가온다. 여자는 눈을 감는다. 여전히 왼손으로 여자의 어깨를 나무 등걸에 밀어붙인 채 소장의 오른손이 여자의 블라우스 속을 헤집고 들어온다. 블라우스의 윗단추 하나가 후드득 떨어져나간다. 뜨거운 손바닥이 블라우스 깊숙이 들어오는 순간 여자는 날카로운 핀에 찔린 것처럼 몸을 옴츠린다. 명치께다. 아, 따가워. 그러나 여자가 입을 벌렸을 때 그것은 전혀 엉뚱한 단어로 깊은 숨처럼 토해진다.

아, 나비!

소장의 동공이 쫙 죄어들면서 블라우스 속의 손이 뻣뻣하게 굳는다. 허겁지겁 소장의 오른손이 블라우스 밖으로 빠져나온다. 소장의 손가락이 허공에서 반짝거린다. 약지에 굵은 반지가 끼워져 있다. 양각으로 'C'라는 알파벳 대문자가 새겨진 반지다. 그 반지의 말굽 같은 'C'에 여자의 살갗이 쓸렸던 것 같다. 소장은 여자를 등지고 선 채 두 손으로 얼굴을 세수하듯 세차게 비빈다. 그러고는 뒤도 돌아보지 않고 성큼성큼 걸어 내려간다. 여러 번 미끄러지면서 바닥에 나뒹군다. 소장의 바짓자락에 잔 나뭇가지와 이파리가 달라붙는다. 하지만 개의치 않는 것 같다. 소장의 모습이 길 아래로 보이지 않을 때, 여자는 몸을 일으킨다. 벌어진 블라우스 속으로 살점이 벗겨져 피가 밴 명치가 들여다보인다. 소장이 서 있던 자리에 보물찾기 쪽지가 수두룩하게 떨어져 있다. 블라우스 윗자락을 손바닥으로 누른 채 쪽지들을 주워들고 여자는 다시 이곳저곳에 보물찾기 쪽지를 숨긴다. 마지막 한 장의 보물찾기 쪽지를 산비탈 소나무 뿌리에 묻고 일어섰을 때, 저 아래로 야영장이 내려다보인다. 소장의 빨간색 스포츠 자동차가 흙먼지를 일으키며 막 야영장을 벗어나고 있다.

작은 창으로 B시 터미널이 한눈에 들어오는 여인숙의 작은방에서 잠이 깬다. 남자는 어제 저녁 집으로 가던 길을 되돌려 버스 터미널로 나가 B시행 고속버스를 탔다. 터미널 가득 화장실 냄새가 풍기는 B시에 내린 것은 새벽 한시가 다 되어서였다. 들고 있던 돼지고기는 얼음이 녹아 핏물이 새고 있었다. 돼지고기를 터미널 휴게실 쓰레기통에 내던지고 밖으로 나왔다. P읍으로 들어가는 버스는 이미 끊긴 후였다.

복도 끝에 있는 공동 세면대에서 얼굴을 씻고 방 위에 올린 선반에서 구두를 내려 신는다. 시골집이 있는 P읍까지는 버스로 한 시간 남짓 걸린다. 터미널 근처의 가게에서 김치찌개를 시킨다. 플라스틱 종지 가득 고추에 버무린 황석어 젓갈이 올라온다. 창 너머로 P읍으로 가는 버스 종점을 힐끗거리며 밥을 먹는다. 김치찌개에서 비린내가 난다.

신작로에 서 있는 남자의 곁을 나이보다 늙어 보이는 여자 서넛이 고무통을 이고 스쳐 지난다. 바닷바람에 여자들의 얼굴은 검고 거칠다. 그제서야 남자는 자신이 시골집으로 돌아왔다는 것을 새삼 깨닫는다. 눈을 감고도 걸을 수 있는 길이다. 낮은 담장 너머로 안을 기웃거린다. 집 안은 텅 비어 있다. 남자는 안으로 들어가 툇마루에 걸터앉는다. 햇살이 드리워진 툇마루장은 따뜻하다. 마루에 얼굴을 대고 비스듬히 눕는다. 수돗가에 들러붙은 고기 비늘이 사금파리처럼 빛난다. 수돗가 옆으로 큰 독 두 개가 놓여 있다. 소금에 전 황석어 젓갈이 곰삭고 있을 것이다. 까무룩 잠이 들었는가보다. 남자는 물소리에 잠이 깬다. 어머니가 수돗가에 질펀하게 앉아 두 다리를 닦고 있다가 남자를 돌아본다. 언제 왔냐? 오면 온다고 전화를 하던가. 바람 같은 녀석. 어머니의 두 다리는 정강이까지 개흙이 묻어 있다. 어머니는 물을 끼얹어가며 무 닦듯이 두 다리를 닦아낸다.

저 멀리 막 한 대의 버스가 떠나고 있다. 대학생인 듯한 한 무리의 젊은이들이 짝을 지어 재잘거리며 신작로를 지난다. 남자는 바지 주머니에 양손을 찔러넣고 젊은이들을 뒤따라간다. 개펄 입구의 가게에서 고무장화와 호미를 빌려 들고 젊은이들은 펄 안으로 들어간다. 그들의 웃음소리가 점액질 바람에 실려와 남자의 얼굴에 달라붙는다. 다시 신작로 위로 걸어 올라온다. 가게와 집 앞으로 아침에는 보지 못했던 입간판이 나와 있다. 나무로 만들어 붙인 엉성한 간판 위로 글씨가 씌어 있다. 조개 캐는 장비 대여, 고무장화, 호미 대여합니다. 캐낸 조개로 맛있는 탕 끓여드립니다. 남자는 간판들을 훑으며 신작로를 벗어나 언덕으로 올라온다. B시에 대학이 서고 마땅히 갈 곳이 없는 학생들이 이쪽으로 몰려든다는 어머니의 말이 사실인가보았다.

연휴 동안에도 출근해 수위실에 앉아 졸고 있던 수위는 학교 졸업생이라는 얼굴이 희멀건 남자에게 선뜻 길을 터준다. 산을 깎아 중턱에 지은 고등학교 건물은 바닷바람에 이곳저곳 금이 가 있고 칠은 퇴색해 있다. 검은 얼굴의 아이 몇이 운동장에서 편을 갈라 축구 시합을 하고 있다. 저 멀리 빈 염전이 보인다. 여름 땡볕, 계속 펌프를 밟아 돌리던 사내들도 지금은 없다. 남자는 계단을 밟아올라 4층, 3학년 교실로 올라온다. 3학년 2반. 마흔 개의 나무 책상이 줄지어 있다.

대학 입시 발표가 나고 졸업식을 하던 날, 남자는 친구 두 명과 밤에 몰래 학교로 숨어들었다. 남자는 책상 아래에 조각칼로 글씨를 팠다. 조각칼이 어긋나면서 남자의 얼굴을 할퀴었다. 남자는 교탁에 서서 코 밑의 세모꼴 상처를 손으로 만져본다. 교탁을 내려와 앞줄의 책상부터 하나씩 손을 넣어 책상 아래를 더듬는다. 거친 나뭇결이 느껴진다. 중간쯤에 이르렀을 때 남자의 손은 옴폭 파인 글씨를 더듬는다. 비뚤비뚤 획이 떨어진 글씨를 점자처럼 더듬는다. '자유'라는 글씨가 손끝에 느껴진다. 이곳을 떠난 지난 십 년 동안 남자는 조금씩 끈적이는 개펄과 바람으로부터 도망쳤다. 남자는 손끝을 만지작거리며 창가로 간다. 개펄가에 울긋불긋한 옷을 입은 젊은이들이 흩어져 있다. 누군가 조개를 캐어내면 신기한 듯 그곳으로 몰려든다. 윤달섬이 지척에 있다. 물이 빠진 윤달섬은 볼품없는 큰 바윗덩어리일 뿐이다. 물이 들어와 차면 그 바위는 섬처럼 떠오르고는 한다. 조개를 캐는 아낙네들은 윤달섬까지 들어가지 않는다. 들어갔다 돌아오는 도중 물때를 만나기 십상이었다. 잉크가 번지듯 먼 곳에서 수평선이 생긴다. 개펄가에 서 있던 젊은이들이 하나 둘 밖으로 빠져나가기 시작한다. 얼핏 개펄 중앙에 반짝이는 것이 있다. 고무통이다. 그곳에서 서너 걸음쯤 옆으로 한 여자가 널빤지 위에 반쯤 엎드려 있다. 한 손은 팔꿈치까지 펄 속에 박혀 있다. 박힌 손을 빼내 건져올린 조개를 고무통 속으로 던져넣는다. 그러다 여자도 수평선 너머로 잘박거리며 들어오는 물길을 본 모양이다. 허둥지둥 널빤지를 밀며 펄 밖으로 빠져나온다. 물길은 벌써 펄 중간까지 들어온다. 다급해진 여자가 허둥대다가 펄 속으로 다리를 들여놓는다. 다리는 깊숙이 펄 속에 잡힌다. 한 다리를 빼내려다 다른 한쪽 다리도 펄 속으로 빠진다.

다리를 들어올리면서 여자의 고무장화 속의 맨발이 빠져나와 그 앞에 다시 박힌다. 물이 여자의 허벅지에, 순식간에 목으로 차오른다. 여자의 통 넓은 몸뻬 바지가 물 위로 둥실 떠오른다. 두 발이 펄 속에 못질이라도 된 듯 여자는 고개만 바둥거린다. 마지막 물이 여자의 얼굴을 덮친다. 운동장에서 축구를 하던 아이들이 뛰던 것을 멈추고 몰려든다. 반쯤 물에 잠긴 여자의 고무통이 물 위에 둥둥 떠다니고 있다.

물때를 기막히게 아는 양반인데. 어째 그랬을까. 어머니는 종일 바닷가에 나가 있다. 조개를 캐며 한참 얘기를 했는데 나중에 보니 혼자 중얼거리고 있었더라고, 모습이 안 보이기에 일찍이 집으로 간 거라 생각했다고, 그러고 보니 그 참에 윤달섬까지 들어간 것 같다고, 늘 죽고 싶다고 말했다고 어머니는 중얼거렸다. 뒤늦게 달려온 앰뷸런스가 소리를 내며 집 앞을 지나갔다.

보따리를 이고 앞장 선 어머니의 걸음걸이는 남자보다도 재다. 보따리 안에는 이홉들이 소주병 가득 든 참기름과 쌀이 들어 있다. 어머니 제가 들고 갈게요. 어머니의 뒤를 따라가며 남자가 소리를 지른다. 네 놈은 내가 안다. 중간에 어디다 버리고 가지만 마라. 버스가 움직이기 시작해도 어머니는 그 자리에 서 있다. 어머니 조금만 기다리세요. 자리만 잡히면 그날로 모셔갈게요. 야반도주하는 사람처럼 막차에 올라타면서 남자는 지그시 아랫입술을 깨문다. 다시는 이곳에 오지 않을 거야. 다시는.

희붐히 날이 밝아지면서 길 건너편에 음영처럼 문드러져 보이던 건물들의 윤곽이 드러나기 시작한다. 남자가 세 개비째의 담배에 불을 붙였을 때, 건물들 사이로 뚫린 작은 길들이 어느새 모눈종이의 실선처럼 뚜렷해져 있다. 실선들은 미로찾기 게임처럼 엉켜 있다. 남자는 선 하나를 눈으로 좇아가다가 매번 시작한 곳으로 되돌아온다. 또다른 실선의 끝에 뭉텅 빈 곳이 있다. 노란색의 자동차들이 완구점 유리장 안의 미니카처럼 한편에 나란히 주차되어 있다. 빌딩에서 버스로 두 정거장 떨어진 운전 면허 학원이다. 열이 흐트러지면서 막 한 대의 자동차가 중앙으로 빠져나온다. 지금쯤이면 새벽반 운전 연습이 시작되는 시간이다. 연습장 중앙 여기저기에 흰색으로 그어진 코스 선은 보이지 않는다. 노란색 자동차는 S자 모양을 그리다가 자꾸 멈춰선다. 남자에게 운전을 가르쳐주던 낯빛이 검은 조교도 그곳 어디쯤에 서 있을 것이다. 그곳은 낯빛이 검고 모자를 푹 눌러쓴 운전 조교투성이다. 차를 한 대 사야지. 미끈하게 빠진 걸로 말이야. 운전을 배우면서 남자는 차를 몰고 시속 140킬로로 달리는 꿈을 꾸었다.

  새벽에 고속버스 터미널에 내린 남자는 아무도 없는 텅 빈 광장을 걸어왔다. 두 다리가 자꾸 휘청거리며 손에 든 보따리가 자꾸만 처졌다. 남자는 새벽 자신이 건너온 광장을 내려다본다. 가로 3백 미터 세로 1백 미터가 족히 넘을 빌딩 광장이 보자기만한 크기로 펼쳐져 있다. 길 건너편에 서는 버스에서 내려 횡단보도를 건너거나 빌딩 왼편 지하철의 지하도 계단을 올라온 사람들이 광장을 건너와 세 개의 회전문으로 몰리기 시작한다. 어머니가 꾸려준 보따리를 하숙방 구석에 며칠 내팽개쳐두었다 풀면 흰쌀 밖으로 작은 쌀 바구미들이 기어나왔다. 쌀 바구미는 알전구 아래 펼쳐진 흰 베보자기 위에 제 몸통보다 더 큰 그림자를 이끌며 방추형으로 흩어졌다. 남자는 그 베보자기를 내려다보듯 광장을 내려다본다. 다지류의 벌레처럼 광장 사방에서 사람들이 설설 기어와 세 줄로 늘어서 차례로 없어진다. 아침 출근 시간 여덟시 삼십분에서 아홉시 사이의 삼십분 동안의 빌딩 앞 풍경이다. 전화 벨이 울린다.

여보세요.

전화 속은 여전히 아무 말이 없다. 전화를 끊으려는 순간 더듬더듬 아주 작은 소리가 새어나온다.

혹, 저를, 기억하시겠어요?

이번에는 남자 쪽에서 아무런 말도 하지 않는다.

전, 윤이에요. T시 터미널 근처의 여인숙…….

남자의 머릿속을 검은 고양이의 발톱이 날쌔게 할퀴고 지나간다.

기억하시는군요. 미안해요.

뭐가?

왜 이러세요. 알고 계시면서. 급한 일이 있었어요. 선생님의 지갑이 눈에 들어왔지요. 저도 모르게 급한 마음에. 하지만 꼭 갚아드리겠어요.

그래서 내 지갑에서 돈을 가져갔단 말이에요?

네. 10만원.

남자는 알지 못하고 있었다. 보너스를 받은 봉투에서 돈이 많이 비기는 했지만 술집 어디서 술값으로 써버린 줄 알았다.

왜 전화했어요? 가져갔으면 그만이지.

전 몸을 팔지, 내 양심까지 팔지는 않아요. 꼭 갚을게요.

갚아서 마음이 편하다면 그렇게 해요. 그것 때문에 다시 귀찮게만 하지 말고.

전화기 속은 다시 잠잠하다. 갑자기 크윽, 펌프질하는 듯한 여자의 울음소리가 들린다.

지금 우는 거예요? 정말, 왜 이래요.

밤새 흔들리는 차 속에 있어서일까, 목덜미가 뻐근하고 두 눈이 무겁다. 남자는 수화기를 든 채 허둥지둥댄다.

내가 뭘 잘못했어요? 울지 말아요. 사막여우는 사막여우답게. 창녀는 창녀답게, 사기꾼은 사기꾼답게. 푸주한은 푸주한답게…….

한번 터진 말은 좀처럼 끊어지지 않는다. 남자는 술주정처럼 흘러나오는 말을 주워담을 수가 없다. 전화기 속에서는 아무런 소리도 들리지 않는다. 전화는 벌써 끊어져 있었다.

우체국에 들러 소포를 보내고 나온 남자는 카페 상류사회 쪽으로 걷는다. 헌 가구 백화점을 돌면 바로 '이응'자 떨어진 간판이 빠끔히 보인다. 하지만 상류사회는 간판만 남아 있고 내부 수리중이라는 종이가 문에 붙어 있다. 가구를 다 들어낸 가게 안의 벽지도 거의 찢겨져 있다. 커튼으로 빛을 막았던 창문들이 모두 뜯겨져 정사각형 구멍이 뚫려 있다. 사방에서 들어오는 빛이 자재가 흐트러진 바닥 위에 선을 만들고 있다. 벽을 따라 여자들의 패널이 걸렸던 자국이 먼지띠로 남아 있다. 점심을 먹으러 간 모양인지 안에는 아무도 없다. 남자는 문을 열고 안으로 들어간다. 남자의 뒤로 뒷거리를 비추던 거울도 없다. 가구가 없는 탓인지 내부는 생각보다 좁아 보인다. 주방이 있던 자리도 흔적만 남아 있다. 가스레인지가 놓였던 자리에는 벽에 그을음이 앉아 있다. 남자는 반원형의 구멍 속에서 요술을 부리듯 움직이던 손을 떠올린다. 한쪽 구석에 가슴 풍만한 여자 패널 하나가 그대로 걸려 있다. 빛 속에 드러난 여자의 얼굴은 색이 바래 초췌하게 늙은 매춘부 같다. 밤에 보는 여자들은 나이를 가늠할 수가 없어. 친구가 했던 말이 생각난다. 아마도 일꾼들이 재미삼아 그대로 걸어놓은 것 같다.

6

화장실에서 두번째 양동이를 두 손으로 들며 걸어오는데 누군가 여자의 양동이를 들어올린다. 양동이는 여자의 허리쯤에 떠 있다. 옆눈으로 양동이의 손잡이를 든 굵은 손가락의 반지가 보인다. 소장은 여자를 앞서 성큼 걸어 사무실 안으로 사라진다. 네 양동이의 물을 길어와 여자가 화분에 물을 주는 동안 소장의 방은 비둘기색 블라인드가 내려와 있다. 사무실 안에 물 비린내와 흙냄새가 가득 찬다. 고무나무의 잎새가 또 하나 죽어 있다. 잎을 떼어내고 냉장고에서 유효 기간이 지난 우유를 꺼내 몽땅 붓는다. 소장이 여자를 부른다. 뭘 하나 주고 싶은데. 불을 켜지 않은 창고는 암실처럼 어둡다. 소장의 흰 와이셔츠가 희번뜩하게 빛난다. 소장의 손이 어둠을 더듬어 여자의 손을 그러쥔다. 손이 떠나고 대신 여자의 손에 얄팍한 종이 봉투가 쥐어진다.

이해해줬으면 좋겠어. 이해할 나이라고 생각하는데. 어때? 원한다면 다른 곳의 자리를 알아봐줄 수도 있고.

창고문을 열고 나가며 소장이 빈정거리는 말투로 여자를 힐끗 쳐다본다. 나비라고 했지? 나비. 아름답지. 여자는 종이 봉투를 손아귀 속에서 만지작거린다. 이곳 충실용역으로 오기 전, 여자는 패션 회사 디자인실에서 피팅 모델로 일했다. 하루에 백 벌이 넘는 새로운 디자인의 옷을 가봉했다. 옷을 입고 벗고, 저녁이 되면 여자는 부대자루 같은 몸으로 집으로 갔다. 어깨며 목, 등허리에는 시침 핀에 찔리거나 긁힌 자국이 여기저기 남아 있다. 디자이너의 팔목에는 시침 핀이 수없이 박힌 고슴도치 모양의 바늘통이 매여 있다. 조심성 없는 디자이너들이 찌르는 시침 핀은 헝겊을 뚫고 들어와 여자의 살점을 찔렀다. 암홀 2센티에서 1센티로. 마네킹 인형에 익숙한 사람들이었다. 가끔 여자가 낮게 신음소리를 낼 때 그제서야 아주 잠깐 디자이너들은 아, 마네킹이 아니었지, 새삼스럽게 여자의 얼굴을 올려다보았다. 전국의 M패션 매장의 쇼윈도에 걸린 모든 옷들은 여자의 몸 사이즈에 맞춰 만들어진 옷이었다. 회사가 쉬는 날 여자는 친구와 함께 쇼윈도에 걸린 옷들을 보았다. 그때 여자에게 시침 핀에 찔린 것 같은 통증이 되살아났다. 옷이 걸린 쇼윈도는 날개의 끝이 핀으로 고정된 채 진열된 나비 표본 상자처럼 보였다. 화사한 날개만 잘라버린다면 나비도 보기 흉한 벌레야. 여자는 중얼거렸다. 여자가 회사를 그만둔 것은 그 아픔을 못 견뎌서가 아니었다. 갑자기 체중이 줄기 시작했다. 허리가 2인치나 줄어들고 가슴 위로 세번째 늑골까지 드러났다. 처음 얼마 동안은 여러 장의 내의를 껴입고 일을 할 수 있었다. 봄이 되고 여름 옷을 만들면서부터는 그것도 어려워졌다. 디자인실에서는 표준 사이즈의 몸매를 갖춘 다른 모델을 구하는 광고를 냈다. 살이 빠져서 일을 그만둔 사람은 이번이 처음이에요. 디자이너들은 고개를 갸우뚱거렸다.

어둠 속 선반 어느 구석에는 39층 아주머니가 벗어두고 간 청소복이 그대로 놓여 있다. 새로 들어온 아주머니에게는 그 작은 옷이 맞지 않았다. 여자는 봉투를 연다. 그 안에서 한 장의 종이가 손에 잡힌다. 백만원권 자기앞 수표다. 소장이 퇴근하자마자 여자는 사무실 문을 잠그고 엘리베이터를 탄다. 엘리베이터는 비어 있다. 숫자 1을 누른다. 엘리베이터 문이 닫히고 여자는 캡슐 안에 덩그러니 혼자 남는다. 발 밑으로 속도감이 느껴진다. 한없이 매끄럽고 부드럽다. 우선 1층 은행에 들러 자기앞 수표를 현금으로 바꾼다. 현금 뭉치를 호주머니에 넣고 에스컬레이터를 타고 B1층 아케이드로 내려간다. 빌딩 옆의 H백화점까지 연결된 아케이드에는 오늘도 사람들이 북적거린다. 호주머니 속에 불룩한 돈의 양을 느끼면서 여자는 아케이트 이곳저곳을 기웃거린다. 빌딩 아래의 아케이드에는 음식점들이 즐비하게 늘어서 있다. 분식점에서 일식 중식 한정식 집까지 없는 게 없다. 점심 시간 막바지인데도 음식점 안에는 많은 사람들로 북적댄다. 음식점 출구를 지날 때마다 서로 다른 음식 냄새가 풍겨온다. 음식점들 앞에 진열된 유리 진열장 안에는 플라스틱으로 만든 음식 모형이 가격표와 함께 진열되어 있다. 스파게티 면 가닥가닥과 브로콜리 하나까지도 정교하다. 하지만 가까이 가보면 어딘지 어색하고 플라스틱 냄새가 나는 것 같다. 보는 자체만으로도 음식 표본은 위를 무겁게 한다. 여자의 눈에 들어온 잘 정돈된 음식들은 커다란 쓰레기통 안에서 한데 합쳐져 뒤죽박죽 섞이고 쓰레기통 안에서 부식된 냄새를 풍긴다. 여자는 허겁지겁 음식점 코너를 빠져나와 H백화점 쪽의 아케이드로 건너온다. 그곳은 촉수 높은 진열등 아래 쇼윈도가 나란히 줄지어 서 있다. 마네킹들이 새봄 신상품의 옷을 입은 채 줄서 있다. 옷들은, 이미 모든 옷들은 지겨웠다. 단정하고 맵시 있게 차려 입은 마네킹 이곳저곳에는 보이지 않게 시침 핀이 찔려 있을 것이다. 여자는 아케이드 구석에 있는 구두 수선소에서 구두 뒷굽을 갈아달라고 부탁하고 바닥 없는 슬리퍼를 신은 채 서점으로 간다. 서점에서 펜글씨 교본 책을 한 권 산다. 슬리퍼는 왁스 칠한 바닥에서 자꾸 미끄러진다. 균형을 잡으며 화원에 들른다. 난 화분과 화분받이 각각 2개, 비료 작은 봉지 하나, 끝이 뾰족한 부삽 하나, 가지치기 가위 하나를 산다. 분홍색 꽃이 피는 꽃씨를 가지고 싶어요. 화원 주인은 꽃꽂이를 하고 있다가 서랍을 열어 씨앗이 든 알루미늄 봉지를 내민다. 요즘 씨앗을 사가는 사람은 많지 않아요. 분갈이도 직접 하지 않고 사람을 부르는걸요. 채송화 씨앗이다. 씨앗을 보고 무슨 색의 꽃이 필지 짐작을 할 수 없어요. 꽃이 피어봐야 그제서야 아는 거죠. 화원 주인은 웃는다. 초록색 손가락을 가진 사람이 요즘은 흔치 않아요. 나무와 꽃을 유난히 잘 키워내는 사람을 우리는 초록색 손가락이라고 부르죠. 여자는 그리고 몇 봉지의 씨앗을 산다. 화분을 사무실까지 배달해달라고 부탁하고 나오며 여자는 매점에 들러 새로 나온 너트 시리얼 210그램 한 봉지와 흰 우유 1리터짜리를 산다. 엘리베이터 하나의 입구가 열린 채 수리중이라는 팻말이 벽에 걸려 있다. 작업복을 입은 사내 두 명이 1미터 아래에 엘리베이터를 묶어놓고 엘리베이터를 수리하고 있다. 엘리베이터의 네 모서리마다 굵은 쇠줄이 달려 있다. 여자는 고개를 숙여 환히 켜진 불 아래에서 엘리베이터를 수리하고 있는 사내들이 쓴 안전모를 내려다본다. 동전이 더해진 주머니는 아래로 축 처져 있다. 주머니에 넣은 손을 만지작거린다. 아직도 94만5천6백원이 남아 있다.

사무실문 옆으로 벌써 화분이 배달되어 있다. 여자는 사무실문을 열고 화분을 들어 창고에 넣어둔다. 환기구 가까이에 놓인 인도고무나무는 껍질 밑동이 까맣게 변해 있다. 여자는 시리얼을 타고 남은 우유를 조금 더 부어준다. 밑에서부터 떨어져나가기 시작한 고무나무 잎새는 위에 다섯 개의 이파리가 남았을 뿐이다. 시리얼을 씹어 먹으며 여자는 시리얼 봉투를 눈으로 훑는다. 켈로그가 드려요. 활기차고 든든한 아침을. 본 제품이 켈로그로부터 기대했던 수준에 미달된다고 생각하신다면 아래 연락처로 의견을 주십시오. 감사합니다. 해바라기씨 7%, 호두 4%, 아몬드 4%. 옥수수 칩에 해바라기 씨앗이 설탕으로 붙어 있어 이 사이에서 살강거린다. 너트 시리얼은 다른 시리얼에 비해 곱절 비싸지만 철분이 곱절 많다. 해바라기 씨앗 7%는 갑자기 싹이 터 작은 해바라기 꽃밭을 만든다. 여자는 채송화 씨앗 봉투를 뜯어 손바닥 위에 올려놓는다. 후추알처럼 작고 단단하며 쭈글쭈글하다. 시리얼에 붙은 너트의 육질이 입안에서 계속 터지며 비릿한 맛이 난다. 여자는 왼손바닥 위에 올려놓은 채송화 씨앗을 만지작거린다. 그러다 반쯤 남은 시리얼 속에 채송화 씨앗을 털어넣는다. 하얀 우유 위로 까만 알들이 반쯤 떠오른다. 숟가락으로 건져 우유와 함께 입안에 넣고 씹는다. 알싸한 맛이다. 미니 화분 한 개에 가득 꽃이 필 만치의 채송화 씨를 여자는 너트 시리얼과 같이 먹는다. 여자는 가까운 시일 내에 시리얼 회사로 엽서를 보내야겠다고 생각한다. 신제품 개발에 대한 아이디어 제보, 그렇게 엽서는 시작될 것이다.

7

오늘 여자는 백스물한번째의 나뭇잎을 날리고, 세 마리의 지렁이를 나무젓가락으로 집어낸다. 점심 시간 남은 너트 시리얼을 마저 우유에 말아먹고 창고로 가서 화원에서 배달된 화분들을 꺼낸다. 내일이면 여자는 양동이로 다섯 통의 물을 길어날라야 하리라. 사무실 한켠에 신문지를 겹겹으로 넓게 깔아놓는다. 열두 개의 난 중 포기가 많은 두 개의 화분을 가지고 와 거꾸로 든다. 자잘한 모래돌이 바닥에 우르르 쏟아져 흩어지며 우동 가락 같은 난의 뿌리가 드러난다. 잔뿌리가 상하지 않도록 포기를 조심스럽게 둘로 나눈다. 비료를 탄 양동이에 화분째 푹 담가 빼낸 후 창가에 늘어놓는다. 난 화분은 열네 개가 된다. 환기구에서 인도고무나무 화분을 질질 끌고 온다. 잎은 세 개밖에 남지 않았다. 줄기 아래쪽을 부삽으로 파낸다. 흙은 꽤 단단하게 뭉쳐져 부삽을 쥔 여자의 손목에 흙의 단단함이 느껴진다. 애써 한 덩어리의 흙을 덜어 신문지에 내려놓는다. 몇 번 흙을 덜어놓는데 블라우스를 걷어올린 손목께가 축축하고 간지럽다. 팔을 들어 올리다가 여자는 부삽을 떨어뜨리고 엉덩방아를 찧는다. 부삽을 타고 올라왔는지 검은 지렁이가 여자의 손목을 반쯤 감고 있다. 손을 훌훌 털어 지렁이를 떼어낸다. 지렁이는 화일 박스 위에 나동그라진다. 나무 젓가락을 꺼내려는데 거기 또 한 마리의 지렁이가 꿈틀대고 있다. 나무젓가락이 이제 없다. 급한 김에 슬리퍼로 밟는다. 흙 사이에 또 한 마리가 꿈틀거린다. 슬리퍼를 올리다가 여자는 뒷걸음질친다. 신문지 인쇄 활자 위로 여기저기 지렁이들이 꿈틀댄다. 신문 지뿐만이 아니다. 반쯤 뿌리가 드러난 인도고무나무의 뿌리에 잔 뿌리처럼 친친 둘러감은 그것은 지렁이다. 우유 때문인지 지렁이 는 살이 올라 통통하다. 여자는 황급히 문 밖으로 뛰어나간다. 복 도를 뛰어가면서도 여자는 자신의 팔목을 들여다본다. 아직까지 도 축축한 느낌이 남아 있다.

39층 정씨 아주머니는 화장실에서 변기를 뚫고 있다. 울컥 물 이 치솟아오르면서 누군가 버린 생리대가 딸려 올라온다. 물이 뚝 뚝 흐르는 고무 압축기를 들고 아주머니는 여자를 따라 사무실로 뛰어온다. 에이그, 소금이 있어야겠는데. 아주머니가 다시 복도를 쿵쾅거리며 뛰어가 소금 봉지를 들고 뛰어온다. 신문지 위와 화분 에 수북이 소금을 쏟는다. 지렁이들은 설탕 묻힌 꽈배기 도넛처럼 저희끼리 꼬이고 비벼대고 올라타다가 동그랗게 말린다. 여자는 화장실로 뛰어가 조금 전에 먹은 멀건 우유를 토해낸다. 세면대에 찬물을 틀어놓고 여러 번 양치질을 하고 세수를 한다. 어깨를 구 부린 탓에 벌어진 블라우스 속으로 젖가슴이 거울에 비친다. 얼핏 가슴 중앙에 씨앗 크기만한 점이 보인다. 거울 가까이 다가가 가슴을 비춰본다. 처음 보는 점이다. 소장의 반지에 쓸린 그곳에 딱지가 앉고 간지러워 자면서 긁어댔다. 그것이 덧나 점이 된 것 같다. 낙인처럼 명치끝의 점은 선명하다.

아주머니는 전화를 걸어 경비 아저씨 한 명을 불러올린다. 이쑤시개를 낀 채 달려온 아저씨 손에 인도고무나무가 들려나가고 39층 아주머니가 마대 걸레를 들고 와 바닥을 닦는다. 여자는 책상에 기대서서 환기구를 본다. 환기가 제대로 되지 않고 뜨거운 온풍이 들어오는 환기통 가까이에 화분을 둔 것이 잘못이었던 것 같다. 거기다 우유까지 주었으니. 화분이 놓였던 자리의 둥근 먼지띠는 아주머니가 여러 번 걸레질을 해대도 잘 지워지지 않는다.

여자는 나뭇잎을 꺼내든다. 책상 위로 상자에서 흘러나온 나뭇잎이 가득하다. 상자 속의 나뭇잎을 다 날려도 소식은 오지 않을 것이다. 지쳤어요. 나뭇잎 위에 글씨를 쓴다. 볼펜을 쥔 여자의 손에 힘이 들어간다. 나뭇잎에 구멍이 뚫리고 금세 조각조각 찢겨진다. 여자는 책상 위에 놓인 과자 상자를 통째 들고 창가로 간다. 창을 열고 한줌 가득 움켜쥔 나뭇잎을 날린다. 상자 안에는 이파리가 너무 많다. 상자를 창틀에 대고 쏟아붓는다. 바람을 타고 크고 작은 나뭇잎들이 바람에 둥둥 떠오른다. 여자의 손에는 빈 과자 상자가 덩그러니 쥐여 있다. 과자 상자를 창밖으로 내던진다. 철 상자는 몇 번 빌딩의 벽에 통통 부딪히더니 조용해진다.

여자는 엽서를 꺼내 시리얼 회사에 편지를 쓴다. 사무실 밖은 조용하다. 모두 퇴근했을 시간이다. 새로운 시리얼 개발에 대한 아이디어 제공 편지는 이렇게 시작된다. 저는 귀사의 모든 시리얼을 차례로 먹어보았어요. 다행스럽게도 조금씩조금씩 발전하는 것 같아요. 최근에 나온 너트 시리얼은 정말 독특한 맛입니다. 저의 아이디어를 제공합니다. 시리얼에 꽃씨를 넣는 거예요. 시리얼은 우주인들이 먹는 우주 식량에 제일 가까운 형태라고 생각해요. 처음에는 시리얼에 꽃씨를 넣는 것부터 시작해야겠지요. 채송화씨 3%, 채송화씨는 알싸해서 많이 넣으면 혀가 굳을 것이므로. 해바라기씨 7%, 분꽃씨 2%. 점점 더 나아가 시리얼은 점점 양이 작아지고 점점 캡슐처럼 되겠지요. 마지막으로 이 시리얼의 명칭은 '우주의 꽃밭'이라고 짓는 겁니다. 귀사의 무궁한 발전을 빌며. 시리얼 애식가가 올림.

책상 가득 소지품이 늘어져 있다. 남자는 머리를 깊숙이 숙이고 견출지에 자신의 이름을 적어나간다. 패스포트, 주민등록증, 신용카드, 자동차 운전 면허증…… 이름이 적힌 견출지를 떼어 소지품에 하나씩 붙인다. 전화기의 송수화기 안쪽에도 남자의 이름이 적힌 붉은 테두리의 작은 견출지가 붙는다. 어제 남자는 두 번째 모임에 다녀왔다. 이제 우리가 할 일은 내가 가진 모든 소지품에 자신의 이름이 적힌 견출지를 붙이는 겁니다. 왜 어릴 적 신발 가방과 필통에 이름을 썼듯이 말이에요. 그리고 옷 안주머니에 작은 수첩을 항상 넣어가지고 다니는 거예요. 전화한 곳, 전화를 받은 곳, 하물며 아침 밥상에 오른 반찬까지 적을 수 있으면 모두 적습니다. 하루하루가 수첩 속에 들어가 글씨로 남아 있게 되는 것이죠. 남자는 볼펜으로 손장난을 하면서 중얼거렸다. 번거롭군. 그 소리가 리더의 귀에까지 들린 모양이다. 번거롭다구요? 리더는 또 눈을 들어 시계 자국을 잠깐 쳐다보았다. 잃어버린 물건을 다시 사기 위해 소모하는 시간들은 안 번거롭구요?

남자는 자리에서 일어서서 잊은 것이 없는지 호주머니를 뒤적거린다. 바삭 소리를 내며 안주머니에서 나뭇잎 하나가 딸려나온다. 인도고무나무 잎새다. 잎새는 말라 호주머니 안에서 부서져 있다. 잎맥 사이에 쓰인 글씨도 부분부분 떨어져 있다.

누가 내 발 걸 주세. 힘 나동그라. 좀. 02.

아무리 읽어도 뜻을 이해할 수가 없다. 남자는 창가로 가 창문을 연다. 나뭇잎을 밑으로 떨어뜨린다. 문을 닫을 찰나, 맞은편 창문이 힘겹게 열린다. 창문 틈새로 작은 여자의 얼굴이 창문을 비집고 나온다.

여자는 깨알 같은 글씨로 엽서를 메운다. 내일 39층 아주머니에게 부칠 펜글씨 교본과 함께 우체국에 가지고 갈 것이다. 여자는 창밖 허공 한 점에 시선을 준다. 니어 호는 컴컴한 우주 공간을 외로이 날고 있다. 창을 연다. 네온사인으로 가득한 도시의 야경이 들어온다. 여자가 선 맞은편, 50미터쯤 앞으로 디귿자의 맨 구석 사무실의 창이 빼꼼히 열려 있다. 한 남자가 여자를 바라보고 서 있다. 남자의 손이 창 틈으로 나와 여자를 향해 흔들어 보인다. 창 틈으로 입을 대고 손을 모아 남자가 소리친다. 소리는 잘 들리지 않는다. 이번에는 여자가 창 틈에 대고 목소리를 높인다. 뭐라고요? 여자에게 비로소 이 빌딩은 디귿자 모양이 된다.

우주선 니어 호는 3년 간 20억 킬로미터를 날아가 에로스라는 소행성을 만나게 된다.

두 개의 다우징

　여자는 택시 앞자리 보조석에 앉아 있다. 차창 밖 여자가 물끄러미 던진 시선 안으로 신도시의 스카이라인이 이어지고 있다. 그 위로 고체 덩어리 같은 회색 하늘이 펼쳐진다. 새 한 마리 끼어들 틈조차 없는 하늘이다. 사이드미러 위에 부착된 작은 볼록렌즈 속에 여자의 옆얼굴이 우스꽝스러운 캐리커처처럼 비쳐지고 있다. 볼록렌즈 속에서 신도시의 스카이라인은 U자처럼 휘어져 택시가 흔들릴 때마다 고무줄처럼 출렁거린다. 전에 여기서 살던 새들은 다 어디로 갔을까. 여자는 가끔 하늘을 올려다본다.

　택시는 고층 아파트 단지를 벗어나 저층 빌라 단지를 막 빠져나간다. 아파트 생활에 물리고 개인 주택에는 번거로움을 느끼는 사람들을 위한 새로운 주택 공간이다. 택시는 속력을 낸다. 저 멀

리 또다른 고층 아파트 단지가 나타난다. 작업복을 입은 사내 몇
이 인도에 서서 이제 막 가로등 하나를 들어올리려는 참이다. 굵
은 줄 끝에 매달린 가로등의 펜 끝 같은 머리가 땅과 수직을 이루
며 세워지는 찰나, 여자 앞으로 팽팽하게 이어지던 스카이라인이
기타줄처럼 퉁 끊어진다.

　몇 번이나 벨을 눌렀지만 안에서는 인기척이 없다. 여자는 열
쇠를 꺼내 아파트 문을 연다. 문이 열리자마자 볼륨을 한껏 올린
노랫소리가 새어나온다. 현관에 가방을 두고 소리가 나는 쪽을 더
듬는다. 식탁 위에 소형 라디오가 놓여 있다. 라디오의 볼륨을 줄
이려고 상체를 구부리는 여자의 귀로 작은 소리가 들린다. 그냥
둬. 그 바람에 여자의 헛놀림으로 볼륨은 더욱 커진다. 어머니는
설거지를 하고 있다. 싱크대 개수대 위로 뚫린 작은 미닫이 창이
조금 열려 있다. 손에 거품을 묻힌 채 어머니는 여자를 쳐다본다.
눈빛이 멀리 가 있다. 거품이 가득한 개수대 통 위로 삐죽 나와
있는 젓가락이 보인다. 손으로는 설거지를 하면서도 어머니의 눈
은 미닫이 작은 창 너머로 가 있다. 예전에는 이곳이 모두 다 파
밭이었는데. 여자는 어머니 곁에 서서 조금 열린 문 틈으로 창밖
을 본다. 여자의 시선은 블라인드가 촘촘히 닫힌 앞 동의 베란다
에 부딪힌다. 설거지가 끝나자 어머니는 냉장고의 냉동실을 열어
신문지로 싼 돼지고기를 꺼낸다. 성에가 낀 돼지고기는 단단하다.
칼을 든 어머니의 손목에 푸른 힘줄이 선다. 여자가 세수를 하고
나왔을 때 어머니는 도마 위에서 요란하게 돼지고기를 다지고 있
다. 혼자 사니까 매일 음식이 남는구나. 난도질당한 고기를 두 손
가득 움켜쥐고 어머니는 미닫이 창을 활짝 열어 창밖으로 고기를
내던진다. 엄마! 무슨 짓이에요. 여긴 아파트라구요. 여자는 어머
니를 밀쳐내며 22층 아래를 내려다본다. 아파트 화단 앞에 놓인

공중전화 부스의 정사각형 지붕이 보인다. 저 아래 비둘기들이 모여들거든. 한겨울이라 먹을 것이 필요할 거야. 어머니의 손바닥에는 채 떨어내지 못한 고깃조각이 녹아 붉은 물이 흐른다.

베란다 한 귀퉁이에 전에 여자가 타던 경주용 자전거가 세워져 있다. 안장과 손잡이에 내려앉은 먼지를 대충 털어내 거실로 끌고 나온다. 그애 소식은 듣니? 점심 설거지를 위해 개수대에 물을 받던 어머니가 여자의 뒤에 대고 묻는다. 여자가 대꾸도 하기 전에 현관문이 덜컹 소리를 내며 닫힌다.

여자는 엘리베이터에 자전거를 싣고 일층으로 내려온다. 자전거 안장에 오르자 여자의 상체가 앞으로 구부러지며 풍경들이 불쑥 다가온다. 아파트 단지를 천천히 몇 바퀴 돌다 속력을 내 단지를 벗어난다. 일요일 오후인데도 거리는 한산하다. 다섯 개의 횡단보도를 건넌다. 문득 뒤돌아보니 어머니가 살고 있는 아파트는 다른 아파트에 가려 보이지 않는다. 꽤 달려왔는데도 마을을 한눈에 내려다볼 수 있는 언덕은 없다. 여섯번째 횡단보도를 건너려다 자전거를 되돌린다. 핸들을 급히 꺾는 바람에 자전거 체인이 풀어지며 여자는 횡단보도 중간에서 휘청거린다. 축 늘어진 체인 틈마다 먼지가 잔뜩 달라붙어 있다. 좀처럼 끼워지지 않는다. 기름이 엉켜붙은 손으로 자전거를 끌며 걷는다. 사방으로 고층 아파트가 서 있다. 햇빛이 들지 않아 채 녹지 않은 눈이 군데군데 얼어 있다. 거대한 묘지처럼 모래를 부려놓고 사라지는 끝간 데 없이 이어지는 트럭의 대열이 착시처럼 보인다. 아파트 단지 어느 쪽엔가 전에 여자가 살던 집터가 있다. 우물은 집이 있던 골목 끝에 있었다. 우물에서 물을 길어 집으로 가는 어머니의 뒤로 가느다란 물자국이 생긴다. 여자는 물자국 위를 걸어 어머니를 따라간다. 두 팔을 벌리고 균형을 잡는다. 조심스럽게 발을 내딛지만 몸은 자꾸 줄 밖으로 떨어진다. 다시 두 팔을 벌리고 가느다란 줄 위로 올라선다. 줄을 타는 소녀처럼 아슬아슬 물자국 위를 걷는다. 어머니가 살고 있는 아파트는 좀처럼 나타나지 않는다. 여자는 자주 멈춰서서 주위를 둘러본다. 자전거를 끌고 가는 여자의 발걸음이 점점 뒤처진다. 획일적인 직사각형의 아파트에 눈어림은 금방 무뎌지고 만다. 허우적대는 여자의 시선 속에 아파트 측면에 쓰인 '물빛 마을'이라는 글씨가 스쳐 들어온다. 어느새 여자는 아파트를 훨씬 지나쳐왔다.

아파트 입구로 들어와 자전거를 계단으로 끌어올리려는 참이다. 계단 옆으로 아직 나무를 심지 않은 빈 화단이 있다. 누렇게 마른 풀들 위로 무언가가 점점이 떨어져 있다. 여러 가지 색이다. 꽃일까. 여자는 자전거를 계단에 기대둔 채 화단 쪽으로 다가간다. 고깃조각이다. 불그죽죽하게 말라비틀어진 고깃조각들 주변에 마른 밥알들과 당근 조각들, 오이 조각들이 흩뿌려져 있다. 정작 비둘기는 한 마리도 없다. 여자는 고개를 들어 그것들이 떨어졌을 22층의 작은 창문을 올려다본다. 목을 뒤로 잔뜩 꺾은 탓에 목 뒤의 관절들에서 소리가 난다. 그때 여자의 뺨 위로 무언가 띄엄 날아와 떨어져 붙는다. 손가락으로 떼어보니 당근 조각이다.

방문 틈으로 새어들어오는 노랫소리에 잠이 깬다. 노랫말을 알아들을 수 없는 어떤 곡조가 요철기계처럼 여자의 머릿속에 찍힌다. 어머니는 라디오의 볼륨을 높여놓은 채 쌀을 씻고 있다. 얘, 이제 이곳에도 전철이 생긴다는구나. 그러면 여기서도 네 직장까지도 한번에 갈 수 있을 거야. 여자는 방음시설이 잘된 자신의 오피스텔을 떠올린다. 현관문을 잠그고 뒤로 돌아서면 진공청소기로 소음을 빨아들인 것 같은 방이 펼쳐진다. 그 제일 안쪽에 침대가 있다. 여자는 라디오를 집어들어 스위치를 꺼버린다. 어머니가 종종걸음으로 다가와 물 묻은 손을 뻗친다. 이리 줘. 여자의 가방 속에 넣어둔 무선호출기에서 가느다란 신호음이 새어나온다. 액정판을 들여다보며 수화기를 든다. 나야. 오늘 D시장 근처에서 만날 수 있겠니? 이 번호로 전화 좀 해줘. 전화번호는 다시 켜진 라디오 소리에 휩싸여 잘 들리지 않는다. 수화기를 내려놓는 여자의 등뒤로 찬 기운이 느껴진다. 어머니의 손에는 한 줌 가득 찬 밥이 쥐여 있다. 여자는 창문을 소리나게 닫으며 어머니의 손목을 쥔다. 힘이 빠져 벌어지는 손가락 사이로 밥알이 떨어진다. 왜 이러니? 여자의 손아귀 속에서 어머니의 마른 손목이 꿈틀거린다. 화단이 온통 밥알과 고깃점투성이에요. 비둘기는 한 마리도 없구요! 그러다 여자는 어머니의 손목을 잡았던 손으로 뺨을 감싸쥔다. 찌르르 잇몸이 다시 쑤시기 시작한다. 여자는 급히 가방을 둘러멘다. 발뒤꿈치에 끈적하게 밥알이 달라붙는다.

서울로 나가는 진입로를 향해 우회전을 하던 택시가 갑자기 멈추어 선다. 골목에서 느닷없이 나타난 15톤 트럭이 택시의 앞을 막아선다. 방수 비닐로 덮어놓은 짐칸 가득 무엇인가를 실었다. 녹꽃이 거칠게 핀 고철 덩어리 같은 트럭이 서서히 움직이기 시작한다. 번호판 위까지 튀어 말라버린 진흙 때문에 번호판 위의 글자는 잘 보이지 않는다. 진흙 사이로 충북 1이라는 글자만 비친다. 트럭이 언덕으로 올라서자 택시의 차창으로 모래알들이 달라붙는다. 짐칸 여닫이의 양쪽 틈새로 가느다랗게 모래알이 새어나오고 있다. 진흙이 말라붙은 브레이크 등에 불이 들어올 때마다 새어나오는 모래들이 아스팔트 위에 고인다. 여자는 흘러내리는 모래알을 쳐다보며 속으로 숫자를 센다. 2분, 1분, 아스팔트 위에 여러 개의 모래시계가 생긴다. 여자는 모래밭에 앉아 모래장난을 한다. 판판한 책받침 위에 모래알들을 얹고 조금씩 흔들어준다.

흔들리지 않는 곳으로 모래가 모여들어 책받침 위에 그림이 나타난다. 별이거나 불가사리거나 가끔은 날개가 긴 비행기다. 날이 어두워지도록 아버지는 돌아오지 않는다. 여자는 손아귀 가득 모래를 쥐고 시계를 만든다. 손을 꼭 쥐어도 어느새 모래알은 빠져나간다. 이차선 좁은 도로를 아예 트럭은 중앙선까지 침범하며 느리게 가고 있다. 반대편 차선으로 달려오던 차들이 길가에 바싹 붙어 엉키기 시작한다. 중앙선을 넘어 몇 번 트럭을 추월하려던 택시 운전사가 담배를 피워문다. 이십대 초반의 나이일까. 청바지 위로 사내의 팽팽한 허벅다리가 보인다. 꽉 조인 사타구니는 의자에 반쯤 눌려 툭 불거져 있다. 트럭은 자주 멈춰서고 그때마다 작은 모래 봉우리들이 생긴다. 이만 원 가지고는 어림도 없겠어요. 택시 운전사는 또다시 급브레이크를 밟으며 중얼거린다. 차가 멈춰설 때마다 여자는 쑤시는 이를 꽉 문다. 앞서가던 트럭이 비보호 좌회전을 하면서 이차선으로 달리던 차들은 다시 멈춰 선다. 트럭이 완전히 차도를 벗어난 뒤에도 좌로 굽은 두 개의 실선은 트럭의 뒤를 따라 선로처럼 반짝인다. 두 줄기의 모래알을 좇아 여자는 트럭이 사라진 골목을 쳐다본다.

기차의 맨 마지막 칸에 앉아 여자는 기차가 달려 지나온 선로를 보고 있다. 동네 사람 하나가 I시에서 아버지와 닮은 사람을 본 것 같다고 말했다. 어린 여자는 어머니의 손에 이끌려 낯선 골목길을 들어선다. 여자의 머릿속에는 햇빛에 반짝이는 두 줄기의 선로가 움직인다. 가로등이 켜진 전봇대 밑에서 여자는 기차에서 먹은 계란과 사이다를 게운다. 어머니는 뒤처지는 여자의 손목을 잡아끈다. 골목을 돌고 돌아 낡은 나무문 앞에 선다. 문가에 개 한 마리가 엎드려 있다. 몸을 도사리며 으르렁거린다. 개의 가슴 밑으로 작은 것들이 꿈틀거린다. 강아지다. 어머니는 마루 맨 끝방으로 들어간다. 기역자 모양의 처마를 따라 함석으로 만든 차양이 달려 있다. 어머니가 들어가면서 머리를 빗다 만 계집아이 하나가 쫓겨나온다. 계집아이는 마루에 선 채 여자를 내려다본다. 여자와 같은 또래의 아이다. 방안에서 어머니의 언성이 높아진다. 여기서 봤다는 사람이 있어. 어디 숨겼는지 대. 별안간 함석 차양이 요란한 소리를 낸다. 바람에 대추나무 가지가 흔들리며 함석 차양 위로 열매들이 쏟아진다. 그 소리 사이사이 낯선 여자의 흐느끼는 소리가 새어나온다. 여자는 대문에서 가까운 마루 끝에 엉덩이를 걸친다. 마당 한쪽에 키가 큰 대추나무가 한 그루 서 있다. 여자의 발목에 따뜻한 것이 느껴진다. 강아지 한 마리가 신발을 타고 올라와 머리를 비빈다. 너 가져. 어미가 새끼를 한번에 많이 나서 어차피 그애의 자리가 없어. 계집아이는 여자의 옆에 다가와 앉는다. 여자는 강아지를 품에 안고 어스름한 뒷마당을 눈으로 훑는다. 아무리 찾아도 우물은 보이지 않는다. 소리나게 방문을 열어젖히며 나온 어머니가 급히 신발을 찾아 신는다. 닫히다 열린 방문 뒤로 한 여자의 뒷모습이 보인다. 어깨를 들먹이며 엉클어진 머리를 빗으로 빗어내리고 있다. 어머니를 따라 문 밖으로 나오는 여자의 스웨터 속에는 강아지가 숨겨져 있다. 그 모래알들을 따라가면 트럭이 간 곳을 알 수 있다. 여자는 머릿속으로 트럭만큼 커다란 모래시계를 떠올린다.

택시가 D종합시장 입구 사거리에서 좌회전 신호를 기다리며 서 있다. 여자가 앉은 자리 옆으로 새로 들어선 몇 개의 건물은 혼수 상가이다. 길거리로 문이 열린 가게 밖에는 공단 이불과 침대 시트가 켜켜로 쌓여 있다. 여자의 회사는 D시장 사거리에서 좌회전으로 몇 블록 떨어진 곳에 있다. 횡단보도에 파란불이 켜지고 이불과 이불이 진열된 골목 사이에서 짐자전거가 쏜살같이 튀어나온다. 짐칸 가득 원단을 실은 짐자전거는 지그재그로 횡단보도를 건넌다. 맞은편에서 길을 건너는 사람들의 무리가 자전거 앞바퀴에서 흩어진다. 자전거 페달에 겨우 발을 얹어놓은 사내는 반쯤 입을 벌리고 있다. 한쪽 발이 페달을 깊이 누를 때면 사내의 온몸이 그쪽으로 기울어져 다른 한쪽 발은 허공에 매달린다. 여자는 재빨리 가방을 열어 카메라를 꺼내든다. 셔터를 누르려는 순간 사내의 몸이 반쯤 렌즈 밖으로 달아난다. 사내가 채 횡단보도를 건너기도 전에 맞은편 직진 차선으로 들어선 차들이 달려나오다 멈춰 서며 클랙슨을 울려댄다. 여자는 여전히 카메라로 사내의 뒤를 쫓는다. 건너편 길가로 들어가며 사내의 짐자전거는 순식간에 오가는 다른 짐자전거에 섞인다. 여자를 따라 창밖을 보고 있던 운전사는 뒤의 차들이 울려대는 클랙슨 소리에 황급히 핸들을 꺾는다. 여자의 몸이 운전사의 허벅다리로 쓰러지며 모터 드라이버 버튼이 눌린 카메라의 셔터는 허공에서 연속으로 터진다.

택시가 잡지사 건물 앞에 섰을 때 김기자와 같이 취재 나가기로 약속한 시간까지는 한 시간이 넘게 남아 있다. 여자는 건물로 들어서는 회전문을 밀치고 로비로 들어가려다 뺨을 움켜쥔 채 그대로 회전문을 밀치고 다시 밖으로 나온다. 새로 개업한 H치과는 잡지사 길 건너편에 있다. 여자가 육교로 올라가는 계단을 막 디디는 순간 가방 속에서 무선호출기의 가느다란 신호음이 들린다. 한 손은 가방으로 가져가면서 한 손으로는 뺨을 움켜쥔다.

갑작스럽게 전화 벨이 울린다. 처음에 여자는 텔레비전 속에서 들려나오는 소리라고 생각한다. 방금 전까지도 여자는 주인공의 침대맡에 전화 벨이 울리는 것을 보고 있었다. 전화 벨은 계속 울린다. 얼핏 뜬 여자의 눈으로 텔레비전 화면 가득 올챙이처럼 튀어오르는 입자들이 들어온다. 지금 저는 외출중입니다. 삐 소리와

함께…… 그제서야 외출에서 돌아온 뒤에도 지금까지 외출 버튼
이 그대로 눌려 있다는 것이 생각난다. 신발, 신발을 잃어버렸어.
전화기 저편에서 누군가 다급하게 소리지른다. 그 뒤로 찢어질 듯
한 록 음악이 흐르고 있다. 누가 내 신발을 가져가버렸어. 목소리
의 뒤를 삼키듯 로커의 단말마적인 비명 소리가 들린다. 여자는
텔레비전 위에 놓인 아날로그 시계를 올려다본다. 파란 글씨로 2
시 12분이라고 씌어 있다. 신발 좀 갖다줄래? 집에 갈 수가 없어.
목소리는 흐느끼기 시작한다. 여자는 팔을 뻗어 침대 밑을 허우적
거린다. 전화 선이 잡힌다. 신발 좀, 목소리는 거기서 끊긴다. 여
자는 전화 코드를 뽑고 누워서도 자꾸 전화 벨소리를 듣는다. 현
란한 사이키델릭이 돌아가고 터질 듯 볼륨을 높여놓은 스피커에
서는 가끔 판이 튄다. 그 아래 부연 담배 연기 사이에서 언니는
신발을 벗고 요란하게 두 다리를 흔들어댄다. 땀이 흘러 번들거리
는 얼굴 위로 사이키델릭에서 떨어지는 갖가지 색의 그림자가 얽
힌다. 4년 만이야. 여자는 베개에 얼굴을 묻고 신음 소리처럼 혼
잣말을 내뱉는다. 그때다. 찌르르. 발끝에 가벼운 진동을 느낀다.
그러다 여자는 별안간 잇몸을 감싸쥔다.

　치과로 올라가는 계단 아래까지 개업 축하 화분들이 진열되어
있다. 삼 일째 여자는 치과에 온다. 계단을 오르다 말고 층계참에
멈춘다. 개업 축하 리본 사이로 어느새 붉은 동백꽃이 피어 있다.
여의사는 사랑니를 찍은 우표 크기만한 엑스선 사진을 들이민다.
아직 살 밖으로 나오지 않은 사랑니가 부옇게 떠 있다. 사랑니 뿌
리는 잇몸 깊숙이 튼튼한 걸쇠처럼 힘있게 휘어져 박혀 있다. 여
자는 마스크를 쓴 여의사의 눈을 들여다본다. 여자는 한번도 여의
사의 얼굴을 본 적이 없다. 진찰등의 알전구에 불이 들어온다. 불
빛에 얼굴을 찡그린 채로 여의사의 얼굴을 치켜본다. 긴장하실 것

없어요. 여의사는 팔걸이를 움켜쥔 여자의 손등을 찰싹 내려친다.
부기가 가신 오늘에서야 이를 뺀다. 눈을 감자마자 날카로운 바늘
이 들어와 잇몸을 찌른다. 그때 발치에 놓아둔 여자의 가방 속에
서 가느다랗게 삐삐가 울린다. 비릿한 액체가 끈적거리며 입안에
달라붙는다. 우악스럽게 집게가 헤집고 들어와 이를 잡아당긴다.
여자의 얼굴까지 덩달아 들썩인다. 목으로 침과 함께 고이기 시작
하는 피가 쿨럭 넘어간다. 미스 김. 여자의 얼굴에 가볍게 다가오
던 여의사의 숨결이 멀어진다. 집게는 여전히 여자의 입속에 깊게
박힌 채다. 미스 김 도대체 언제나 돼야 제대로 할 거야? 삐삐. 지
금 연애해? 여자의 혀는 집게에 눌려 있다. 입안의 충치를 드릴로
긁어내다가도 여의사는 드릴을 든 손을 여자의 얼굴에 올려놓은
채 옆에 선 보조 간호사를 향해 짜증을 냈다. 김기자와의 인터뷰
시간을 떠올린다. 여자는 팔걸이를 손가락으로 두드린다. 그제서
야 진공 빨대가 여자의 입속으로 들어와 핏물을 빨아들인다. 입
밖으로 집게와 함께 이가 빠져나가고 대신 묵직한 솜뭉치가 그
자리를 차지한다. 앙다무세요. 삐삐. 이 솜은 꽉 물고 계시다가 한
시간 뒤에 빼시구요.
　845-6589. 생소한 전화번호가 네 번이나 연달아 찍혀 있다.
여자는 솜을 꽉 문 채 치과 대기실 안을 기웃거린다. 공중전화는
보이지 않는다. 간호사가 여자의 손바닥 위에 방금 빼낸 여자의
사랑니를 올려놓는다. 목걸이를 만들어서 사랑하는 사람에게 선
물하세요. 여자는 조금 전만 해도 자신의 일부였을 사랑니를 들여
다본다. 그것은 희고 아주 작다. 여자는 주기적으로 치통에 시달
렸다. 고작 요만한 것 때문에? 사랑니를 만지작거린다. 손아귀에
힘을 주어도 모래는 어느새 다 새어 없어진다. 모래밭은 텅 비어
있다. 손바닥을 폈을 때 손가락 사이에 작은 돌조각 한 개가 끼여

있다. 어머니의 오른쪽 검지손가락에는 항상 의지(義指)가 끼워
져 있다. 자동차 부속품을 찍어내는 프레스기에 검지손가락 두 마
디가 잘려나갔다. 여자가 병원 응급실로 달려갔을 때, 어머니는
이미 수술을 끝내고 붕대가 감긴 손가락을 들여다보고 있었다. 잘
려나간 검지손가락 두 마디는 프레스 기계에 눌려 으스러진 채
발견되었다. 봉합수술은 할 수도 없었다. 그냥 고깃덩어리더라.
너무 낯설었어. 분명 내 손가락인데도 말이야. 어머니는 다섯 손
가락을 여자의 앞에 들이밀고 쫙 펴 보인다. 살 부러진 부챗살 같
다. 얘, 혹 손도장이라도 찍을 일이 있으면 어쩌니? 붕대를 매지
않은 어머니의 나머지 손가락 끝은 반질반질 닳아 있다. 주민등록
증을 분실하고 다시 손도장을 찍어야 했을 때 어머니의 지문은
무늬가 뭉쳐 있었다. 몇 번이야 다시 찍어야 했다. 어머니가 집에
서 끼고 있는 의지에는 고춧물이 들어 있다. 여자는 의료보험카
드, 발치 후 지켜야 할 사항이 적힌 마이신이 든 약봉투와 함께
사랑니를 가방 속에 집어넣는다.

　어깨에서 자꾸 흘러내리는 카메라 가방을 고쳐 메며 도로로 나
온다. 김기자와의 약속 시간은 벌써 삼십 분이나 지나 있다. 육교
는 치과 앞에서 이십 미터쯤 떨어져 있다. 여자는 천천히 육교를
건넌다. 회전문을 밀치고 안으로 들어서려는데 누군가 여자의 등
을 친다. 김기자다. 어떻게 된 거야? 이를 뽑는다고 정기자가 그
러던데 이를 몽땅 뽑은 거야? 여자는 어금니를 꽉 문 채 고개를
끄덕인다. 그나저나 물귀신 붙은 신부가 제발 안 가고 있어야 할
텐데. 김기자가 손목시계를 들여다본다. 빌딩 현관 앞에 시동을
건 채 세워둔 김기자의 지프에 올라탄다. 지프는 전속력으로 골목
을 빠져나가 빌딩 앞 대로로 끼여든다.

　아파트 단지 입구의 경비실 앞에 신문지를 깔아놓고 사타구니

사이로 기사를 읽고 앉아 있던 신부가 일어난다. 청바지 차림이다. 위에 걸친 오리털 파카 위로 사제라는 것을 알리는 스탠드 칼라가 보이지 않는다면 그냥 거리에서 흔히 볼 수 있는 중년의 사내다. 이 달의 인물난에 들어갈 거야. 알지? 여자는 카메라를 꺼내 몇 장 남아 있던 필름을 감아 빼고 새 필름으로 갈아끼운다. 이 방이에요. 미리 연락이 되어 있는 모양이었다. 아파트 현관 출입구에서 젊은 여자가 아이를 안고 기다리고 있다가 일행을 안내한다. 이 방에서 남편하고 아이하고 같이 자는데 아이가 자꾸 칭얼거려요. 어떨 때 아침에 눈을 떠보면 곁에 있어야 할 아이가 마루로 나가 자고 있는 거예요. 세 살쯤 되어 보이는 계집아이는 제 엄마의 치맛자락을 잡고 낯선 사람들을 번갈아 쳐다본다. 신부는 파카 주머니를 뒤적거려 금속줄을 꺼낸다. 금속줄 끝에 펜던트처럼 작은 추가 달려 있다. 그 추를 바닥으로 향하게 들고 신부는 거실과 방 이곳저곳을 기웃거린다. 신부의 뒤를 쫓아가며 여자는 카메라 셔터를 누른다. 플래시 터지는 빛에 깜짝 놀라며 아이가 까르르 웃음을 터뜨린다. 조금씩 좌우로 흔들리던 추가 방에 가까이 갈수록 반원을 그리기 시작한다. 신기하지 않아? 김기자가 탄성을 지르며 카메라 렌즈 속으로 얼굴을 들이민다. 추는 방안 중앙을 따라 흔들린다. 이 방안에 이렇게, 신부는 손가락으로 방에 선을 긋는다. 이렇게 수맥이 지나가네요. 아이를 한 팔에 들어올린 아이의 엄마는 신부의 이야기에 눈이 동그래진다. 수맥이 지나가는 방에서 잠을 자니까 몸도 아픈 거죠. 어른은 잘 모르고 지나쳤다고 해도 기가 약한 아이는 그걸 못 견디고 자꾸 방 밖으로 나갈 수밖에요. 신부는 금속줄을 든 채 집을 나와 계단을 내려온다. 바닥을 더듬어 금속줄이 흔들리는 곳으로 천천히 걸어간다. 아파트 쓰레기 창고 앞에서 멈춘다. 수맥 탓이죠. 쓰레기 창고 문 위에서부터 가는 실선 하나가 아파트 벽을 기어올라가고 있다. 신부님이 갖고 계신 것은 뭡니까? 신부는 금속줄을 허공에 들어올린다. 반짝 빛난다.

마루 끝에 앉아 아버지는 낫으로 정성껏 개암나무를 다듬는다. 껍질이 벗겨지고 하얀 속살이 드러난다. 큰 가지를 중심으로 작은 가지가 두 개 뻗어 있다. 작은 가지 끝에 비단줄을 매단다. 동네 어귀에서부터 아버지는 개암나무를 들고 물길을 더듬는다. 마을 사람들이 몰려나와 아버지의 뒤를 숨죽이며 쫓는다. 그곳에 이르렀을 때 개암나무 가지 끝에 매단 실이 파르르 떨린다. 여자의 머릿속에 음화처럼 남아 있는 기억이다. 그 우물은 여자가 어머니의 태 속에 있을 때 파였다. 이 우물 물길을 잡은 건 네 아버지야. 언젠가 어머니가 말해주었을 때 여자는 기억처럼 금방 그 그림을 떠올릴 수 있었다. 다른 동네의 우물보다 시원하고 물맛이 달다고 했다. 여자는 모래밭에 앉아 모래장난을 한다. 개암나무 가지를 들고 물을 찾아 온 세상을 더듬는 아버지의 뒷모습이 보인다.

뭐요, 이 다우징이요? 옛날 서부 영화를 보면 금광을 찾으러 다니는 사람들이 가끔 들고 나오기도 하는데. 김기자가 고개를 갸웃거린다. 그럼 과학적인 근거가 있는 겁니까? 신부는 대답 대신 손수건을 꺼내 얼굴을 닦는다. 사전을 보면 신비주의에서 물이나 광물, 보물이나 고고학적 유물, 심지어 사체와 같은 숨겨진 물질을 찾을 때 쓴다고 적혀 있어요. 나일론이나 비단줄에 매단 개암나무나 마가목, 버드나무의 가지를 쓰거나 Y자형 금속 막대나 추를 사용하기도 합니다. 김기자는 마이크가 달린 휴대용 녹음기를 신부의 입에 바싹 들이댄다. 사체요? 그럼 실종된 사체를 신부님이 찾으신 적도 있으세요? 신부가 뭐라고 얘기하려는 순간 여자의 가방 속에서 삐삐가 울린다. 신부의 입술은 어, 모양으로 동그랗게 모아 있다.

대체 어디 있는 거야? 음성정보에 녹음된 언니의 목소리는 시끄러운 소음에 뒤섞여 있다. 이제 막 이곳을 나갈 거야. 여긴 D시장 근처야. 난 지금 지하 다방에 있어. 이름은 잘 모르겠다. 이 근처에 얼마 더 있을 거야. 아직도 계란 반숙이 메뉴판에 올라와 있는 곳이 다 있더라. 참, 금방 날 찾을 수 있을 거야. 종알거리다가 갑자기 목소리가 가라앉는다. 다른 사람이 수화기를 넘겨받은 것 같은 전혀 다른 목소리다. 하지만 여자는 언니의 그 목소리를 기억한다. 수화기를 내려놓으려다가 어깨쯤에서 수화기 밖으로 흘러나오는 목소리를 듣는다. 저는 지금 불만스럽습니다. 외롭고 돈도 없지요. 여자만이 알아들을 수 있는 언니의 SOS 신호다. 잡지사 건물 로비 한 귀퉁이에 있는 공중전화를 끊고 엘리베이터를 기다린다. 엘리베이터 문이 열리자 지하 주차장에 차를 주차시키고 올라오는 김기자의 모습이 드러난다. 엘리베이터 안은 사람들로 꽉차 있다. 주춤거리는 여자에게 김기자가 뒤로 한 발자국 물러서며 어서 타라고 손짓을 한다. 여자는 서서히 닫히는 엘리베이터에 대고 소리지른다. 약속 있으니까 급한 일 있으면 삐삐 쳐요. 그 바람에 여자가 물고 있던 솜뭉치가 제자리를 벗어나 툭 튀어나온다. 로비 한쪽의 재떨이에 뱉어내니 붉은 핏물이 들었다. 얼얼한 혀끝에 빈 구멍이 만져진다. 어깨에서 흘러내리는 카메라 가방을 고쳐 메고, D시장 쪽으로 걷는다. 마취가 풀린 한쪽 잇몸이 뭉근하게 쑤셔오기 시작한다. 여자는 작은 슈퍼로 들어가 냉장고를 열어 캔 음료를 하나 산다. 지난 여름 빗물이 얼룩으로 남아 있는 작은 차양 아래에서 차가운 캔으로 뺨을 문지른다. 가방 속에서 또 삐삐가 울린다.

짐자전거가 쉴새없이 지나치고 노점 상인들이 늘어 앉은 좁은 길가에 언니가 서 있다. 신발 가게 앞에서 지나가는 행인들에 몸을 툭툭 부딪혀가며 네 켤레째 운동화를 신었다 벗는다. 한 손에는 반쯤 먹다 만 옥수수 대궁이 들려 있다. 왔니? 진열대에 걸린 다른 신발을 종업원에게 가리키며 여자를 향해 고개를 돌린다. 빨간 스웨터 위로 삐죽이 나온 흰 목에 알파벳 Y자 같은 푸른 정맥이 도드라졌다 사라진다. 여자는 언니의 어깨너머로 발치에 한 짝씩 흩어진 운동화를 본다. 종업원이 긴 막대기 끝으로 운동화를 집어온다. 밑이 납작한 흰색 운동화다. 마저 남은 한 짝을 갈아신기도 전에 여자는 언니를 앞서 걷는다. 운동화를 발에 꿰면서 언니는 뛰듯이 여자의 뒤를 따라온다. 여자는 횡단보도 앞에서 신호등이 바뀌기를 기다린다. 신호등이 바뀌고 횡단보도를 반쯤 건너다 말고 문득 뒤돌아본다. 언니의 모습은 보이지 않는다. 여자는 다시 횡단보도에서 인도로 되돌아와 왔던 길을 살핀다. 옥수수알을 떼어먹으며 언니는 가게의 쇼윈도를 들여다보고 서 있다. 좀처럼 그 앞으로 떠나지 않는다. 다시 어깨 위에서 가방이 흘러내려 여자의 손목에 주름이 진다. 가방을 움켜쥐고 여자는 길가 도로턱에 다리를 내리고 주저앉는다. 가게 안으로 들어갔는지 어느새 언니의 모습은 보이지 않는다. 가방을 열어 카메라를 꺼내 습관적으로 한쪽 눈에 바싹 들이댄다. 여자의 시선은 횡단보도의 가로 실선을 넘어 건너편 길가 위로 올라간다. 카메라 렌즈 속에서 움직이는 모든 것들은 부동자세로 갇힌다. 길 건너 육교 난간 중앙에 걸린 푸른색의 이정표가 눈에 들어온다. 사람들이 지나다니는 육교 위로 또다른 고가도로가 열십자 모양으로 걸쳐 있다. 이정표 위로 고가도로의 그림자가 너울댄다. 셔터를 누른다. 카메라가 잠겨 셔터는 반쯤 들어가다 만다. 여자는 여전히 카메라 너머로 육교 위를 본다. 조리개를 조정해 육교 위를 당겨온다. 어머니인 듯

한 여자의 손을 잡고 한 계집아이가 막 육교를 건넌다. 아이는 남은 한 손으로 귀를 틀어막고 있다. 고가도로 위로 차들이 소리를 내며 달린다. 여자는 조리개를 다시 움직여 계집아이의 얼굴을 클로즈업한다. 렌즈 가득 아이의 얼굴이 들이찬다. 아이는 얼굴을 찡그린 채로 귀를 막은 손을 뗐다 붙였다 하며 장난을 친다. 뒤처지는 아이의 팔을 어머니가 잡아끈다. 앞으로 넘어질 듯 아이가 놀라 입을 벌린다. 그렇게 언니는 대추나무집 여자의 손을 잡고 B시로 온다. 난 지금도 그때를 생각하면 손에 땀이 흥건히 고여. 언니는 가끔씩 손수건으로 손바닥을 닦으며 웃는다.

언니는 낯선 B시의 다방 한구석에 앉아 있다. 융단 꽃무늬 의자는 스프링이 낡아 맞은편 대추나무집 여자가 앉았던 자리는 대추나무집 여자가 간 후에도 한동안 움푹하게 눌려 있다. 새벽에 이곳에 맡겨진 후 언니는 줄곧 다방 문을 살핀다. 흰 버선에 굽 높은 슬리퍼를 끌며 다방 마담이 가끔 시선을 줄 뿐이다. 저녁이 될 때까지 데리러 오겠다던 대추나무집 여자는 오지 않는다. 어린 여자가 계단을 먼저 뛰어내려가 다방 문을 밀어젖혔을 때 언니는 나란히 맞붙은 융단 의자 두 개 위에 웅크리고 누워 자고 있다. 탁자 위에는 세종출판에서 펴낸 컬러판 어린이 화집이 펼쳐져 있다. 여자는 화집을 끌어당긴다. 23페이지. 아침에 갈아신었을 무릎까지 올라오는 언니의 양말은 발목까지 흘러내려 주름진 곳에 켜켜로 먼지가 끼여 있다. 화집 옆으로는 반쯤 먹다 남은 계란 반숙의 노른자가 그릇에 말라붙어 있다. 영업 시간이 끝나 짧은 미니 스커트를 입은 여종업원이 물뿌리개로 물을 뿌리며 바닥을 쓴다. 뒤따라 들어온 어머니는 카운터에 기대서서 주인 마담과 한참 동안 이야기를 한다. 그래도 어린것이 미리 알았던가봐요. 아무 내색 없이 줄곧 그림책만 보고 있던 걸요. 마담의 소곤거리는 말

소리가 들려온다. 몹쓸 것. 팔자를 고친다고 지 새끼커정. 중간중
간 어머니는 긴 한숨을 내쉰다. 언니는 화집을 옆구리에 낀 채 여
자와 어머니의 뒤를 따라 집으로 오는 마지막 버스를 탄다. 버스
뒷좌석에 앉은 언니의 단내 섞인 숨결이 여자의 귀를 간질인다.
언니가 생각난 듯 묻는다. 강아지는 잘 커?

　아이는 막 육교의 계단을 내려오고 있다. 계단턱이 높아 아이
의 걸음걸이는 더욱 더디다. 계단 아래로 한쪽 다리를 내리고 나
머지 한쪽 다리를 먼저 내린 다리 옆에 내려 붙인다. 아이가 계단
을 다 내려와 상가 뒤쪽 골목으로 사라진다. 여자의 렌즈는 무수
한 플래카드가 붙어 펄럭이는 상가 건물에 막힌다. 갑자기 누군가
여자의 어깨를 툭 친다. 여자는 여전히 카메라를 눈에 댄 채 고개
를 돌린다. 확대된 렌즈 가득 온통 빨간색투성이다. 십 분 전부터
네 뒤에 서 있었어. 도대체 뭘 그렇게 보는 거니? 길 가던 사람들
이 여자와 언니의 얼굴을 훑어보며 지나간다. 빨간 스웨터는 언니
가 직접 뜬 것인지 가끔 성긴 올이 툭툭 불거졌다. 몇 해 전, 언니
는 직접 뜬 스웨터를 여자에게 보냈다. 양팔과 가슴 언저리에 큰
꽈배기 무늬가 두 줄씩 틀어앉은, 파란색 담낭실을 섞어 뜬 스웨
터다. 다시 그림을 그리기 시작했고, 과외로 초등학생 몇 명을 모
아 가르치고 있다고, 접은 스웨터를 펴보니 가슴께에 작은 쪽지와
사진 한 장이 놓여 있다. 사진은 바닷가에서 찍은 것이다. 비치
파라솔 아래 언니는 어떤 남자와 밀려오는 파도를 향해 앉아 있
다. 그때 카메라를 들고 있던 동행이 뒤에서 부른 모양이다. 막
고개를 돌리는 눈으로 햇살이 가득 들어와 언니는 얼굴을 찌푸리
고 있다. 옆에 앉은 남자는 오른쪽 귀가 반쯤 나왔다. 귀 밑을 따
라 퍼런 수염 자국이 목덜미까지 이어져 있다. 여자는 그 남자를
몇 번 본 적이 있다. 재즈바에서 그 남자는 전기 기타를 친다. 연

주가 끝나고 청바지에 손바닥을 문지르며 남자는 언니의 곁에 앉는다. 아예 이 손을 자르려고 한 적이 있어요. 그림을 그려야 하는데 손이 자꾸 기타로 가고는 하니까요. 남자는 팔을 뻗어 언니의 어깨를 감싸안는다. 남은 한 손으로 맥주를 마시던 남자가 여자와 언니의 얼굴을 번갈아 쳐다본다. 그런데, 대체 둘은 어떤 사입니까? 쌍둥이? 아니라면 애인 사이? 언니의 어깨에 올라가 있는 남자의 긴 손가락이 기타를 치듯 움직인다. 언니는 깔깔댄다. 남자가 여자의 얼굴을 뚫어져라 쳐다본다. 여자는 남자의 시선을 되받아 남자를 쏘아본다. 여자와 남자 사이에 잠깐 눈싸움이 계속된다. 졌다! 남자가 두 팔을 들며 큰 소리로 웃는다. 다시 무대 위로 올라가 전기 기타를 들쳐메며 남자는 여자를 향해 씽긋 눈을 찌푸린다. 나, 머리 잘랐어. 사진 뒤에 휘갈겨쓴 글씨가 보인다. 목덜미가 훤히 드러나는 짧은 머리다. 여자는 나프탈렌 몇 알을 스웨터에 넣어 신문지로 싸 서랍에 넣어둔다. 카메라를 뺏어 들고선 언니를 여자는 한참 올려다본다. 한 손에 선인장이 든 비닐 봉투를 달랑거리며 서 있다. 어느새 머리는 어깨까지 자라 있다.

피렌체. 카페는 도로에서 한참 벗어난 골목 안 끝에 있다. 이층은 천장이 낮아 상체를 반쯤 구부린 채 자리를 찾는다. 벽 가장자리를 따라 테라스처럼 꾸며진 자리 옆으로 고개를 숙이면 아래층 전경이 훤히 내려다보인다. 돔형 천장 가득 누군가 시스티나 성당의 천당 벽화 가운데 아담의 창조 부분을 흉내내어 옮겨놓았다. 수많은 푸토를 거느리고, 한쪽 팔은 그들 중의 한 명에 의지한 채 이제 막 조물주가 자신의 손을 뻗어 찰흙 덩어리인 아담의 손끝에 생기를 불어넣을 찰나다. 언니는 담배를 한 모금 깊이 빨아 허공에 연기를 내뿜는다. 작은 고리 모양으로 얼굴 위로 천천히 띄워진 연기가 아담의 사타구니에 가닿을 순간 그 모양이 흐트러진

다. 분명 저 그림을 흉내낸 사람은 콤플렉스로 뭉친 사람이 틀림
없어. 여자의 곁을 스쳐 지나가며 한 여자아이가 앞서 걸어가는
다른 여자아이의 뒤에 대고 속삭인다. 앞선 여자아이의 작은 웃음
소리가 계단 아래에서 올라온다. 사실, 부오나로티는 호모섹스였
어. 언니는 다시 연기를 공중에 내뿜는다. 여자는 고리 모양의 담
배 연기를 쫓아 왜소한 아담의 성기를 올려다본다. 부오나로티.
미켈란젤로 부오나로티. 모든 남자들의 이름이 언니의 혀끝에서
는 항상 연인의 분위기를 갖게 된다. 방바닥에 배를 깔고 엎드려
아버지가 언니에게 주었다는 세종출판사에서 펴낸 어린이 세계명
작 화집을 들여다본다. 언니는 미켈란젤로의 그림을 제일 좋아한
다. 23페이지. 피에타. 발음할수록 목이 마르다. 십자가에서 내려
진 예수를 안은 성모. 그림 밑에 간단한 설명이 덧붙어 있다. 훨
씬 뒤에야 그것은 그림이 아니라 조각품이라는 것을 안다. 〈피에
타〉를 조각할 때 미켈란젤로는 겨우 스물네 살이었어. 언니는 적
어도 스물네 살 전에는 뭔가 획기적인 일을 해야 한다고 입버릇
처럼 말했다. 언니는 낮에는 초등학교 아이들에게 그림을 가르친
다. 아이의 손을 잡고 크레파스로 소용돌이를 그린다. 소용돌이는
언니의 손 안에서 버팅기는 아이의 힘에 의해 자꾸 벌어진다. 다
른 한쪽에서는 몇몇 아이들이 도화지 가득 칸을 치고 그 안을 크
레파스로 메우고 있다. 화실 벽 한쪽에는 아이들이 그린 자신들의
엄마가 압정에 꽂혀 나란히 붙어 있다. 저녁에는 미대에 진학하려
는 고등학생 아이 몇에게 데생을 가르친다. 우리 아이 중에 항상
하늘을 빨갛게 그리는 아이가 있어. 언니는 손수건을 꺼내 손바닥
을 문지른다.
　여자와 언니는 카페 피렌체를 나온다. 다시 횡단보도를 건너 D
시장 혼수 상가 뒷골목으로 걷는다. 미리 길을 알아두었는지 언니

의 발걸음은 재다. 여자는 강의가 끝나면 곧장 화실로 달려갔다. 서른 개가 넘는 좁은 계단을 내려가면 곰팡이가 핀 나무 문이 보인다. 알전구 아래 서너 명이 그림을 그리고 있다. 화실 구석, 윗도리와 바지에 유성 물감을 잔뜩 묻힌 채 언니는 캔버스를 마주하고 앉아 있다. 여자는 화실 한켠, 칸막이도 없이 곤로가 전부인 부엌에서 라면을 끓이거나 커피를 탄다. 여자는 불현듯 자신의 추억은 늘 검정과 흰색뿐이었다는 생각을 한다. 그래서 컬러 사진보다는 흑백 사진에 집착하는 것일까. 혼수 상가 뒤편으로 좁은 골목이 펼쳐진다. 골목 입구부터 헌책방이 늘어서 있다. 언니는 골목 입구에 있는 헌책방의 미닫이 문을 연다. 가게 안쪽 작은 쪽문이 열리며 사내 하나가 신발을 신는다. 호주머니에서 작은 쪽지를 꺼내 사내에게 들이민다. 여자는 가게 유리창 너머로 안을 들여다본다. 사내는 머리를 갸웃거린다. 밖으로 나오다 말고 언니는 책꽂이에 꽂힌 책들을 눈으로 훑다가 닫힌 쪽문을 향해 소리지른다. 아저씨, 꼭 좀 알아봐주세요. 수고비는 얼마든지 드릴게요. 다른 헌책방을 들러 나올 때마다 언니의 얼굴은 점점 굳어진다. 골목 끝에 있는 가게에 들어간다. 책꽂이를 열심히 훑으며 책등을 읽어나간다. 책꽂이를 다 훑으면 처음부터 다시 훑는다. 하지만 찾는 책은 없다. 먼지가 묻은 손바닥을 스웨터에 문지르며 밖으로 나온다. 벌써 날이 어둑해진다. 불이 켜지기 시작하는 헌책방 골목을 되돌아 걷는다. 애, 기억하니? 그 화집 말이야. 아무리 찾아도 없어. 어제서야 같이 학원을 하는 친구가 말하더구나. 혹 오래된 책들을 정리하면서 끼여 나간 게 아니냐구. 여긴 헌책방이 많으니까 혹시 찾을 수 있을지도 모른다고 생각했는데. 대학에 들어와 언니는 헨리와 아브람 주식회사에서 발간한 미켈란젤로의 화집을 선물받는다. 그 화집을 들척이면서 여자는 그 오래된 화집이 색깔과 인쇄 상태가 얼마나 조잡한 것이었는지 깨닫는다. 언니는 그 화집을 여자와 같이 산 칠 년 전까지 가지고 있었다. 23페이지에 연필을 끼워두고는 해서 책은 접어도 그 사이가 늘 들떠 있었다. 여자는 사진과 촬영 여행에서 돌아온다. 예정이 당겨져 하루 먼저 도착한다. 아파트 문을 열고 들어서는데 화장실 문이 반쯤 열려 있다. 변기에 거의 기대선 채 한 남자가 오줌을 누고 있다. 오줌줄기가 변기에 부딪히는 소리가 생소하다. 누구십니까? 바지춤을 올리고 나오면서 남자는 여자에게 묻는다. 술에 취해 있다. 아하, 난 또 누구시라구, 안녕하세요. 게슴츠레 눈을 깜빡이며 그제서야 남자는 여자를 알아본다. 재즈바에서 전기 기타를 치는 그 남자다. 남자는 화장실 문에 기대선 채 흔들거린다. 침대보 위에는 땅콩알이 뒹굴고 침대 자락은 흥건히 젖어 있다. 언니는 윗도리만 걸친 채 가스레인지 앞에서 라면을 끓이고 있다. 방바닥으로 술병이 나뒹군다. 여자는 창문을 열고 침대보를 걷어낸다. 추워. 언니가 창문을 닫는다. 여자는 걷어낸 침대보를 화장실 욕조에 처박고 물을 튼다. 바지도 걷지 않은 채 욕조 안으로 들어가 침대보를 밟아댄다. 그 다음날 언니는 기타 치는 남자의 작업실로 옮겨가며 그 화집을 옷가지 속에 꾸려넣는다.

육교를 건너다 말고 잠깐 쉬어가자며 언니는 들고 있던 비닐봉투를 바닥에 내려놓는다. 육교 난간에 팔꿈치를 괴고 그 아래로 고개를 들이민다. 헤드라이트를 길게 내쏘며 연신 차들이 지나간다. 언니가 옮겨간 화실은 햇빛이 잘 드는 3층이었다. 'M의 정원' 화실의 이름인 듯한 간판의 글씨는 햇빛 때문에 잘 보이지 않았다. 여자는 가끔 그곳으로 가 그 간판이 올려다보이는 거리에 앉아 있다 오고는 했다. 갑자기 생각난 듯 언니가 손뼉을 친다. 얘, 그때 우리가 묻어놓은 그 동전, 아직 거기 그대로 있을까? 그리고는 다시 혼잣말로 중얼거린다. 없을 거야. 아주 오래 전 일인데.

여자와 언니는 우물가 한쪽에 부삽으로 작은 구덩이를 판다. 호주머니에서 십원짜리 동전 하나를 꺼낸다. 학교 앞 길거리 장사꾼에게서 사온 광약을 솜에 묻혀 열심히 동전을 문지른다. 때가 벗겨지며 십원짜리 동전은 하얗게 변하기 시작한다. 둘이 번갈아가며 동전을 문지른다. 광약이 동이 난다. 햇빛에 비춰보니 동전은 하얗게 빛을 되쏘며 사금파리처럼 빛난다. 이건 우리 둘만의 비밀이야. 여기 우리 '비밀'을 한 개씩 묻자. 언니는 여자를 쳐다보며 속삭인다. 구덩이에 헝겊으로 싼 동전을 떨어뜨리고 흙으로 단단히 메운다. 운동화를 신은 발로 다지고 우물물을 퍼서 조금 붓고 또 다진다. 설마 있을까? 언니는 중얼거린다. 여자는 거대한 아파트 단지를 떠올린다. 그때 동전과 같이 묻은 비밀의 내용은 기억나지 않는다. 언니가 얼굴을 돌려 여자에게 뭐라고 중얼거린다. 자동차들의 소음에 묻혀 잘 들리지 않는다. 뭐라구? 언니는 다시 여자의 귀에 대고 크게 소리친다. 얘, 아버지는 다른 물길을 찾았을까?

늙은 수위의 한쪽 손에는 열쇠 꾸러미가 쥐여 있다. 수십 개의 여분 열쇠가 달그락거리는 것을 보며 여자는 수위의 뒤를 따라 계단을 오른다. 자다 깬 수위는 몇 번이나 열쇠를 고쳐 끼운다. 열쇠 꾸러미를 뒤적거려 수위가 여자의 방 열쇠를 찾는 동안 여자는 다시 호주머니를 뒤적거린다. 언니를 택시에 태워 보내고 여자는 오피스텔로 돌아온다. 엘리베이터가 서지 않는 3층까지 계단을 오르면서 여자는 난간을 잡고 몇 번 멈춘다. 문을 열면 현관 앞으로 일자형의 방이 펼쳐진다. 여자 외에 아무도 들어오지 않은 방이다. 문 앞에 서서 호주머니를 뒤적거린다. 열쇠 대신 몇 장의 묵은 영수증과 반이 찢긴 영화표가 잡힌다. 가방을 열어 구석구석을 살피지만 열쇠는 없다. 어디에 흘린 것일까. 분명히 일요일 아침 집을 나서면서 열쇠로 문을 잠그고 손잡이를 돌려 확인까지 했다. 걸림쇠가 돌아가고 수위는 다시 계단을 내려간다. 열쇠들이 부딪치는 맑은 금속성의 소리가 조금씩 멀어진다.

여자는 방으로 들어선다. 여자가 신발을 벗는 앞으로 사진이 걸려 있다. 맨 처음 이곳으로 이사왔을 때 일자형의 제일 끝쪽에 카메라를 세워두고 그 반대쪽 의자에 앉아 자동 셔터 장치를 눌러 찍은 사진이다. 사진 속의 여자의 뒤로 또다른 방이 있다. 사진 앞에 가방을 거꾸로 들고 쏟아붓는다. 동전과 약봉투 사이에 사랑니가 가볍게 떨어진다. 역시 열쇠는 없다. 여자는 대신 잡동사니 사이에서 필름을 집어든다. 형광등의 스위치를 내리자 보조로 달린 붉은 등이 켜진다. 확대기로 인화지를 뜬다. 학교 때부터 써온 흑백 확대기다. 식탁 위에 바닥이 넓은 플라스틱 그릇 세 개를 올려놓는다. 차례로 인화액인 덴톨과 물과 정착액 용액을 따른다. 확대기에서 뽑아낸 인화지를 차례대로 인화액에 담근다. 인화액 속에서 서서히 그림들이 떠오른다. 인화액에서 건져낸 인화지를 물과 정착액 그릇에 넣었다가 식탁 위의 줄에 핀으로 건다. 잡지사 김기자의 얼굴 몇 컷, 길 가다 찍은 설탕과자를 만들고 있는 노인, 그리고 개수대 앞에 서 있는 어머니의 모습이 줄에 걸린다. 여자는 설거지를 하고 있는 어머니를 향해 소리쳤다. 엄마, 여기 좀 봐요. 여전히 개수대를 향해 선 채 얼굴만 돌린 어머니의 얼굴 사진을 여자는 들여다본다. 어머니는 여전히 B시를 지키고 있다. 아버지에게서 소식이 끊긴 지 십오 년이 넘었다. 법적 사망 선고를 받고도 훨씬 넘었을 기간이다. 우물이 없어지고 옛집 위로 아파트가 들어섰는데도 어머니는 법원을 찾아가지 않았다. 서해안 어느 무인도에 패망한 일본군이 떠나면서 묻어둔 엄청난 양의 보물을 찾으러 다니는 사람들이 있다는 이야기가 텔레비전에 나왔을 때 어머니의 눈은 빛났다. 어머니의 사진 옆으로 초점이 흔들린 사진을 건다. 아마 아침 택시 안에서 헛돌았던 사진인 것 같다. 한 번에 다섯 장이 찍혔다. 기아 변속기를 잡은 운전사의 손등이 스친 사진 하나와 여자가 신었던 랜드로바의 등이 한 장 가득 찬 사진 그리고 택시 고무깔창이 나온 사진 석 장. 그러다 문득 여자는 고무깔창 사이에 반짝 빛나는 것을 본다. 확대기에 넣고 그 부분만 확대시켜 인화지를 뽑는다. 인화지를 인화액 속에 담그자 서서히 형체가 드러난다. 빛이 새어든 것 같기도 하다. 여자는 인화액이 담긴 그릇에 얼굴을 가까이 들이민다. 물체가 가까이 찍혀 형체를 알아보기가 쉽지 않다. 인화액 속에서 그림은 점점 뚜렷해진다. 그러면서 인화지에 하얗게 맺히는 그것은 바로 여자의 방 열쇠다.

풀

여자는 저 아래 펼쳐지는 텅 빈 놀이터의 흰 모래밭을 보며 서
있다. 미끄럼틀의 미끄럼대와 그 그림자는 시계의 시침과 분침처
럼 90도 각도로 벌어져 있다. 해가 서서히 건물 측면을 지나 옥상
한가운데로 올라오면서 미끄럼대와 그림자는 막 아홉시 십분을
지난다. 여자는 아까부터 창가 에어컨 환기구에 반쯤 엉덩이를 기
댄 채 건물과 건물이 놀이터 위에 만들어내는 그림자를 본다. 건
물과 옆건물의 그림자가 교차하듯 떨어지는 그 틈새에 케이크 조
각 같은 양지가 있다. 미끄럼틀은 그 작은 양지 속에 서 있다. 미
끄럼대의 양철판이 눈부시다. 놀이터와 골목 하나를 사이에 두고
키 낮은 낡은 양옥들이 줄지어 서 있다. 건물들 쪽으로 뚫린 창마
다 커튼이 쳐 있다. 건물 꼭대기 첨탑의 그림자가 놀이터를 넘어

길 밖으로 늘어진다. 뾰족한 첨탑 그림자가 양옥의 옥상에 반쯤 걸친다. 옥탑의 문이 조금 열려 있다. 검은 잡종견 한 마리가 옥상으로 올라온다. 그 뒤를 얼룩 무늬의 새끼가 뒤따른다. 검정개는 옥상 한켠에 놓인 장독 사이를 돌며 가끔 하늘을 향해 컹 짖어댄다. 미로 같은 장독 사이를 허둥대며 새끼가 어미를 쫓는다. 빨랫줄에 걸린 빨래 하나가 바람을 안고 날아다닌다.

여자의 시선이 반원을 그리며 미끄럼틀의 응달로 돌아오려는 찰나, 여자가 서 있는 맞은편으로 낡은 이층 벽돌집 베란다가 눈에 들어온다. 일층은 가게로 개조해 분식을 파는 집이다. 벽돌집 뒤에 얼마 전까지 서 있던 양옥 한 채는 어느새 헐렸는지 움푹 파인 검은 구덩이에 굵은 관정봉이 박혀 있다. 관정봉이 육중한 몸을 들어 땅을 내리칠 때면 여자가 서 있는 바로 앞의 유리창이 파르르 떨린다. 한 사내가 베란다에 나와 서성거리고 있다. 고층건물의 그림자에 베란다는 그늘져 있다. 베란다 가장자리를 따라 키가 작은 화분들이 납작 땅에 붙어 놓여 있다. 파란색 물통을 쥔 사내의 하얀 손목이 후들거린다. 화분에 물을 주다 말고 베란다 턱에 걸터앉는다. 사내의 한쪽 다리가 기역자로 꺾인다. 주머니를 뒤적거려 담배를 피워문다. 베란다 밖으로 드러난 사내의 상반신, 방수 처리가 된 번들거리는 추리닝 속으로 얼핏 푸른 정맥 같은 줄무늬 러닝셔츠가 비친다. 이층 벽돌집 지붕을 들썩이며 그 뒤로 쇠기둥이 땅을 다지고 있다. 사내는 담배를 비벼 끄고 화분들 앞의 공간에 엎드린다. 하나 둘 셋. 사내는 팔굽혀펴기를 시작한다. 자연스럽게 굵은 쇠봉이 땅을 칠 때마다 두 팔을 굽히고 상체 무게를 싣는다. 관정봉 너머 지하철의 복복선 공사가 한창 진행중이다. 공사를 알리는 노란색 칸막이들이 도로 일차선 안까지 들어와 세워져 있다. 안전모를 쓴 사내 하나가 붉은 깃발을 들고 흔들어댄다. 일차선으로 좁혀지는 도로에서 차들이 얽혀 꼼짝도 하지 않는다.

회의실 문이 열리고 하나 둘 사람들이 빠져나오면서 여자의 등 뒤로 사무실 안은 다시 소란스러워진다. 책상에서 의자를 빼내면서 바퀴가 바닥에 끌리는 소리, 서랍을 여닫는 소리, 슬리퍼 소리가 요란하다. 여자는 여전히 에어컨 환기구에 엉덩이를 기댄 채 얼굴만 창에서 돌린다. 지각으로 편집부 부서 회의에 들어가지 못한 미스터 박이 얼굴을 처박고 들여다보던 『환상의 매직 아이 3』이라는 책에서 슬그머니 눈을 뗀다. 볼펜 끝으로 머리를 긁적이며 부스스한 채 회의실 밖으로 나온 정차장은 자리로 가다 말고 담배를 꺼내 문다. 옆구리에는 『웨딩 케이크』 5월호 기획안이라고 쓰인 노란 화일이 끼여 있다. 여자는 유리창을 떠나 자기의 자리로 돌아온다. 풀이며 가위, 로트링 펜과 인화지 조각들로 여자의 책상은 어지럽다. 어젯밤 퇴근하면서 놓고 간 그대로다. 벌써 일주일이 넘게 야근을 하고 있다. 편집부에서 쓴 기사들이 마감 날짜를 훨씬 넘기고도 자꾸 결재가 나지 않아 한번에 일이 몰린 것이다. 의자에 앉으려는데 여자의 책상 위로 원고 더미가 풀썩 떨어진다. 그 바람에 잘라놓은 작은 쪽자 종이들이 서류 몇 장과 함께 바닥에 날린다. 여자는 책상 밑으로 고개를 수그리고 쪽자들을 줍는다. 책상 다리 밑으로 미스 정의 구두가 보인다. 바닥에 주저앉아 올려다보니 미스 정이 원고 더미를 쏘아보며 서 있다. 여자는 미스 정의 구두 한짝을 손으로 들어 그 밑에서 깨알 같은 쪽자 하나를 들어올린다. 혼전 순결? 그런 건 물 건너간 지 이미 오래라구. 요새 애들, 하룻밤 엔조이 상대 어쩌구저쩌구 하는데. 누가 그런 것에 흥미를 갖겠어? 결혼식 날짜를 보름 앞두고 있는 미스 정의 태 속에는 벌써 아기가 들어서 있다. 원고나 제때제때 넘겨

쥐. 여자는 책상 밑에 얼굴을 처박은 채 손을 뻗쳐 마지막 쪽자를 주우며 대꾸한다. 그때 여자의 책상에 놓인 전화에서 벨이 울린다. 미스 정이 볼멘 소리로 전화를 받는다. 자기 전화야. 여자는 급히 상체를 일으키려다 책상 모서리에 머리를 박는다. 한 손을 뻗어 미스 정이 건네주는 송수화기를 받으며 여자는 불현듯 어제 그가 준 꽃다발이 떠오른다. 송수화기 속에서 은행의 순서를 알리는 벨소리가 울린다. 여보세요. 그는 송수화기를 자기의 창구에 있는 책상에 잠깐 내려놓은 모양이다. 아뇨. 지금 창구로 가십시오. 저쪽입니다. 조금 거리를 두고 그의 목소리가 들린다. 어젯밤 야근을 마치고 빌딩 로비를 지나는데 불쑥 무언가 여자의 앞가슴에 안겨진다. 장미꽃다발이다. 아침 일찍 사두었는지 잎사귀는 벌써 말라 둥그렇게 말리고 있다. 여자는 수화기를 손가락으로 톡톡 친다. 여자의 손가락 끝은 허물처럼 살갗이 벗겨져 쪼글쪼글하다. 남자는 지폐 다발을 풀어 돈 세는 기계에 집어넣는다. 지폐가 넘어가는 소리가 들린다. 여태까지 너 같은 밋밋한 여잔 처음이야. 별안간 그의 목소리가 여자의 귓속에 쏟아진다. 여자의 얼굴 표정을 살피던 미스 정이 원고 뭉치를 들고 자신의 자리로 돌아간다. 어제 버스를 타려고 정류장에서 보니까 이미 네 손엔 꽃다발이 없었어. 어떻게 그럴 수가 있니? 남자는 쏘아붙인다. 그럼 진작에 거기서 말해줬으면. 여자는 말끝을 얼버무린다. 난 원래 지독한 건망증. 여자의 말을 자르듯 전화 저편으로 낯선 여자의 음성이 끼여든다. 이건 어떻게 처리하죠. 잠깐만 봐주세요. 금방 전화기 속은 깜깜해진다. 그는 수화기를 손바닥으로 누른 채 곁의 어떤 여자와 이야기한다. 그는 여자와 같은 건물 일층 K은행 출장소에 있다. 일층 출장소에 선 그의 머리를 밟듯 여자는 9층 사무실에 서 있다. 여자의 발 밑으로 순식간에 수많은 시멘트 바닥들이 겹겹으로 둘 사이를 막는다. 답답하다. 수화기를 손에 꼭 쥔 채 여자의 생각은 사무실 문을 박차고 뛰어나가 복도로 간다. 엘리베이터를 기다린다. 엘리베이터는 22층에 머물러 있다. 복도를 서성거리다가 여자는 엘리베이터에 올라탄다. 8층 7층 6층. 붉은 문자판을 초조하게 쳐다본다. 건망증? 은행의 벨소리가 퉁기며 남자의 목소리가 들려온다. 여자의 생각은 엘리베이터 5층에 갇힌다. 꼭 그런 식으로 돌려 나한테 할 얘기라도 있는 모양인데. 만나서 얘기해요. 대답 대신 수화기가 거칠게 내려지며 뚜 신호음이 들린다. 여자의 책상 맞은편 편집부 칸막이에서 미스 정이 얼굴만 내밀고 무슨 일이냐며 입을 뻐끔거린다.

여자는 바퀴가 달린 자신의 의자를 밀어 제도판으로 다가간다. 제도판 위에는 어제 여자가 붙이다 만 대지 용지가 펼쳐져 있다. 대지 용지 위에 지우개밥이 어지럽게 널려 있다. 손바닥으로 밀어 제도판 아래로 떨어뜨린다. 연도별 신혼 여행지 조사. 여자가 붙여놓은 색색의 그래프 막대 사이로 지우개밥이 낀다. 대지 용지를 얼굴께로 들어올려 후 불면서 여자는 현기증을 느낀다. 여자의 자리 앞 정면에 걸린 '웨딩 케이크'라는 회사 간판의 푸른색 로고가 불쑥 튀어나온다. 여자는 제도판 위에 팔꿈치를 괴고 양미간 사이를 누른다. 눈을 뜨니 색색의 그래프가 가장자리가 부옇게 흐려지면서 한데로 합쳐진다. 좀처럼 현기증은 가시지 않는다. 점심 시간도 얼마 안 남았는데 일은 무슨 일이야? 미스 정이 여자의 어깨를 툭 친다. 부연 사무실 안의 낯익은 사물들이 하나 둘 선명히 드러나면서 여자의 목덜미로 식은땀이 흐른다. 미스터 박은 책상에서 멀찍이 떨어져 사팔눈을 해가지고 여전히 『환상의 매직 아이 3』이라는 책을 보고 있다. 숨은 그림 찾기야? 근처를 지나치던 사람들이 미스터 박의 책상으로 몰려들어 얼굴을 가까이 했다가 멀리 했다 하면서 책을 들여다본다. 도대체 어떻게 보이는 거야. 눈에 힘을 빼. 어떻게? 이렇게? 정말 이 속에서 삼차원적인 입체 영상이 나타난단 말이지? 희한한데. 쉬운 것부터 시작해봐. 미스터 박은 서랍을 열어 『환상의 매직 아이』 1권을 꺼낸다. 정차장이 바지춤에 손을 낀 채 미스터 박을 부른다. 어정쩡하게 일어나 정차장에게 다가가는 미스터 박을 보며 여자는 미스 정을 따라 복도로 나온다. 자판기에서 커피를 뽑아 들고 엘리베이터를 올라탄다. 앞서 12층 자료실로 들어가는 미스 정의 엉덩이는 어느새 조금 더 펑퍼짐해진 것 같다. 비로드 털이 눌린 엉덩이는 다른 곳보다 허옇게 닳아 있다.

미스 정이 일간신문을 뒤적거려 기사를 찾아 복사를 하고 있는 사이 여자는 미스 정이 적어준 메모지를 들고 책을 찾기 위해 자료실 안쪽의 도서실로 들어온다. 가나다 순으로 꽂힌 책들을 눈으로 훑으며 책꽂이에서 책을 빼 겨드랑이에 낀다. 겹겹으로 놓인 책꽂이 사이를 여러 번 돌아 따라가다가 여자는 어느새 제일 안쪽까지 들어와버린다. 햇빛이 들지 않는 책꽂이와 책꽂이 사이 먼지가 하얗게 내려앉아 있다. 책장이 누렇게 바랜, 간행된 지 이십 년이 훨씬 지난 문고판들이 먼지를 안은 채 꽂혀 있다. 누군가 책을 빼낸 손자국이 먼지 위에 서려 있고 다른 곳보다 얇은 먼지층이 그 위에 다시 내려앉았다. 창은 두꺼운 휘장이 늘어져 있고 그 앞을 책꽂이가 막아서 있다. 꽂힌 책 위의 작은 틈으로 손을 집어넣으니 겨우 휘장 자락에 손이 닿는다. 여자의 팔꿈치에 금방 하얀 먼지가 묻는다. 휘장을 조금 걷어낸다. 휘장 사이로 들어온 햇빛을 따라 가느다란 먼지띠가 생긴다. 소용돌이치는 먼지띠 사이로 무언가 실낱 같은 것이 반짝인다. 거미줄이다. 실낱을 좇아 여자는 책꽂이 맨 위를 쳐다본다. 책꽂이와 천장 사이에 걸쳐 거미

줄이 쳐 있다. 거미줄은 빈 채다. 여자는 다리를 오무리고 반대편 책꽂이에 걸터앉는다. 여자의 눈 가득 책등에 인쇄된 책의 제목들이 들어온다. 여자가 읽었던 책들도 간간이 눈에 띈다. 그러다가 여자는 책꽂이 맨 위 구석에서 그 책을 발견한다. 『천일야화』라는 책제목 밑에 작은 활자로 '에버그린 8'이라고 적혀 있다. 전집에서 벗어나와 그 책만 다른 단행본들 사이에 끼여 있다. 누군가 읽으려고 빼냈다가 제자리가 아닌 다른 곳에 끼워놓은 것 같다.

여자는 발돋음을 해서 가까스로 책을 빼낸다. 장정에 잎이 무성한 나무 한 그루가 금박으로 찍혀 있다. 금박은 거의 벗겨지고 군데군데 자국만 남아 있다. 여자는 책을 멀찍이 들고 책장을 넘긴다. 표지에 붙어 덜렁 12페이지가 펼쳐진다. 세로 활자가 빽빽하다. 샤하리아르 앞에서 세헤라자드의 긴 이야기가 시작된다. 그녀의 이야기는 늘 샤하리아르의 호기심이 절정에 달한 그때 끝이 난다. 책장 밑에 도장처럼 찍힌 침 자국은 다른 곳보다 도드라져 누렇게 변색되고 좀먹은 종잇장은 마른 나뭇잎처럼 버석거린다. 책을 든 채 여자는 책꽂이를 천장부터 훑는다. 책꽂이 맨 밑칸에 진록색 장정의 에버그린 전집들이 꽂혀 있다. 전집 틈새를 가까스로 벌려 7권과 9권 사이에 그 책을 끼운다. 외풍이 심한 천장 낮은 다락방에 누우면 여자의 바로 눈 위로 이 전집의 카탈로그가 붙어 있다. 아버지가 며칠 다니던 출판사를 그만두자, 쓸데없어진 책 카탈로그를 어머니는 하루종일 다락방에 발랐다. 매일 저녁마다 여자는 허리를 굽히고 온통 글씨와 그림투성이인 다락방으로 들어와 눕는다. 코끝까지 이불을 덮고 누우면 여자의 얼굴 위로 인쇄된 활자들이 별들처럼 쏟아진다. 세계의 라이브러리, 에버그린 전집, 누구를 위하여 종은, 모비딕, 실락원, 천일야화, 전세계를 감동의 소용돌이로, 각권 450원. 천장을 가득 메운 총천연색의 카탈로그에 박힌 글씨를 천장 저끝에서부터 차례로 읽어오다보면 어느새 두 눈은 무거워진다. '천일야화'라는 큰 글자 밑에는 머리에 터번을 감은 어린 소년이 낙타의 등 위에 올라앉아 사막을 건너고 있다. 사막의 낮은 구릉 위로 아라비아의 달이 떠 있다.

목 안이 깔끄러워 여자는 목울대를 손으로 어루만진다. 미스 정이 부탁한 책을 다시 들고 일어서면서 여자는 밭은기침을 한다. 책꽂이 사이사이를 돌면서 몇 권의 책을 새로 빼어든다. 마지막 한 권을 찾기 위해 책꽂이에 꽂힌 책들을 훑는다. 하지만 보이지 않는다. 다시 되돌아가 차례로 훑어오지만 찾을 수가 없다. 번번이 여자의 생각은 책등의 활자에서 떠나 어젯밤 자신이 어딘가에 두고 왔을 꽃다발을 찾는다. 좁은 계단을 올라 들어섰던 칸막이가 쳐진 어두운 카페 안을 기웃거리기도 하고 카페에서 나와 버스 정류장까지 걸어가는 동안 했던 행동들을 그대로 떠올리다보면 어느새 여자는 다시 어두운 카페 모퉁이 탁자에 앉아 있다. 어디에 두고 온 것일까? 탁자 모서리에 새겨진 '12'라는 번호 팻말까지 눈에 보이는 듯한데 정작 꽃다발에 이르면 생각은 흐릿해진다. 여자는 나머지 한 권을 찾지 못한 채 자료실로 나온다. 웬 먼지야? 복사물을 정리하던 미스 정이 여자를 흘낏 올려다본다. 여자의 팔꿈치와 치맛자락에는 흰 먼지가 묻어 있다.

여자는 미스 정과 대출한 책을 반씩 나눠 들고 엘리베이터를 탄다. 층수 숫자판 앞에서 하마터면 1을 누를 뻔하다가 다시 고쳐 9를 누른다. 건물 로비로 나가 왼편으로 돌면 남자가 일하고 있는 K은행 출장소의 자동문이 보인다. 그는 은행 제일 안쪽 유리박스 안에 앉아 있다. 타원형으로 뚫린 구멍을 통해 돈을 찾는 사람들에게 돈을 건넨다. 그가 앉은 자리 뒤편으로 스테인리스 강철로

덧문을 해단 금고 출입구가 있다. 한 달에 한 번씩 키 당번을 맞는 날이면 출근을 일찍해서 그는 덧문을 열고 배의 조타기처럼 생긴 손잡이를 돌려 금고문을 연다. 여자는 은행에 들를 때마다 그의 뒤에 있는 금고가 푸줏간의 냉동 창고와 비슷하다는 생각을 한다. 엘리베이터 문이 열리면서 복도 정면에 붙은 지난 4월호 『웨딩 케이크』의 포스터가 눈에 들어온다. 복도를 지나 사무실로 들어서려는데 여자의 곁을 웨딩 드레스를 허벅지까지 들어올린 모델이 스튜디오 쪽으로 뛰어간다. 여자보다 머리가 두어 개는 더 클 듯한 모델의 어깨에 부딪치며 여자가 들고 있던 책꾸러미가 땅바닥에 내동댕이쳐진다. 바닥에 털썩 주저앉아 떨어진 책을 주워 팔 위에 얹다가 여자는 낡은 표지의 눈에 익은 책을 발견한다. 『천일야화』. 분명 전집이 있는 자리를 찾아 7권 다음 자리의 칸을 벌려 꽂아두었었다. 조금 전의 그 행동이 여자의 머릿속에서 슬라이드처럼 분명한데 어느새 다른 책들에 묻어왔을까. 여자는 그 책을 들어올려 자신의 팔 위에 얹힌 책더미 위에 가까스로 올려놓는다. 벌써 점심 식사를 하러 나갔는지 사무실 안은 텅 비어 있다. 가지고 간 책꾸러미를 조심스럽게 미스 정의 책상 위에 내려놓는데 미스 정이 손가락으로 그 책 끝을 들어 여자의 눈앞에서 흔들어 보인다. 때 아니게 무슨 천일야화야? 여유 있어 좋다. 여자는 그 책을 건네받아 자리로 돌아온다.

책 카탈로그가 가득 든 무거운 가방을 며칠 들고 다니던 아버지는 오후 늦게까지 방안에 배를 깔고 누워 있다. 출판사에 나가는 동안 아버지는 한 권의 책도 팔지 못했다. 부엌에서는 도마질 소리며 그릇 부딪치는 소리가 요란하다. 노낭 우리가 요 모양으로 살라는 법 있냐? 아니 사내라는 위인이 대학씩이나 나와 빈둥거릴라치면 그 알량한 대학 안 나오는 게 낫다. 그 대학, 다 소용없다. 사내는 그저 힘이 제일이다, 힘! 저녁 밥상에 둘러앉아서도 어머니의 수저질은 소란하다. 옆집 야금회사 나가는 근철이 아버지 말요. 벌이가 썩 괜찮은 모양입디다. 보너스도 있고. 여자는 야금회사 정문 옆 공고판에 붙은 구인 광고를 떠올린다. 아버지는 대꾸 없이 숟가락으로 국대접을 휘젓고 있다. 새끼들은 쑥쑥 커가는데 빈둥거리면 어쩔 거요? 숟가락을 밥상에 내려놓으며 아버지는 뒤돌아앉는다. 그 알량한 자존심은, 자존심이 어디 밥 먹여……순식간에 밥상이 뒤집어진다. 앉은 여자의 바지 위로 벌건 김칫국물이 끼얹어지며 바닥으로 그릇들이 나뒹군다. 막내가 영문을 모른 채 움찔 놀라다가 밥알이 잔뜩 든 입을 벌리고 울기 시작한다. 입가로 씹다 만 콩나물이 한 가닥 대롱거린다. 내팽개쳐진 그릇들을 발로 차대며 아버지는 씩씩댄다. 그 다리 한쪽을 둘째가 와락 달려들어 매달린다. 아버지가 다리를 흔들어 밀쳐내면 방 한구석에 나동그라졌다가 다시 달려들어 매달린다.

　회전문을 밀치고 건물 밖으로 나오면서 여자는 은행 쪽을 흘낏거린다. 건물 모퉁이를 돌아 은행의 일방시(一方視) 통유리창을 지난다. 어슴푸레한 유리창 너머 남자의 자리는 비어 있다. 사서함에서 우편물을 꺼내들고 뒤따라나오던 미스 정이 은행 유리창에 바싹 얼굴을 갖다댄다. 벌써 나갔나보다. 없어. 지하철 공사로 정체된 차들이 건물 앞에까지 줄지어 서서 클랙슨을 눌러댄다. 여자와 미스 정은 놀이터 모래밭을 가로지른다. 날씨 좋다! 미스 정이 기지개를 펴며 늘어지게 하품을 한다. 발이 퉁퉁 붓는다며 슬리퍼 차림으로 나온 미스 정의 발은 온통 모래알투성이다. 여자는 미스 정을 앞서 미끄럼틀 곁을 지난다. 미끄럼판의 응달 속에서 순간 무언가 반짝이며 흔들린다. 여자는 고개를 숙이고 미끄럼판 밑을 들여다본다. 볕 한점 들지 않는 축축한 바닥 위에 작은 풀

한 포기가 돋아 있다. 아이들이 먹다 버린 아이스바 껍질에서 흘러나온 붉은 식염이 한쪽 잎사귀에 진득거리며 묻어 있다. 민들레야? 뒤따라온 미스 정이 미끄럼판 밑으로 고개를 들이밀며 묻는다. 여자는 대답 대신 풀 잎사귀를 손끝으로 만져본다. 톱니가 나 있는 이파리 위에 솜털처럼 하얀 털이 돋아 있다. 속살이 드러난 여자의 손끝에 까실까실한 솜털이 만져진다.

여자는 미스 정을 따라 놀이터를 빠져나온다. 놀이터 화단턱에 발 한쪽을 올려놓고 미스 정은 슬리퍼에 묻은 모래알을 털어낸다. 놀이터 앞 골목을 따라 음식점들이 즐비하다. 놀이터를 기점으로 여자의 사무실이 있는 건물 쪽으로는 이미 몇 개의 고층 건물이 지어졌고 또다른 건물이 공사중이지만 그 반대쪽은 아직 낡은 양옥들이 남아 있다. 지하철이 뚫리고 재개발이 될 때를 기다리며 가정집을 개조한 음식점들이다. 가게로 고치지 않아 간판조차 없는 음식점을 기웃거리며 여자는 별로 식욕이 없다. 여자의 앞으로 가게문이 열리며 누군가 길 밖으로 물을 뿌린다. 물을 피해 한 걸음 물러서며 미스 정이 소리를 지른다. 베란다 화분에 물을 주던 그 사내다. 사내는 빈 양동이를 들고 가게 안의 주방 쪽으로 걸어간다. 상체만 유난히 발달한 사내의 역삼각형 몸체의 가는 한쪽 다리는 한 박자마다 힘없이 기역자로 꺾인다. 그 때문인지 건강한 한쪽 다리는 마치 땅에 호치키스를 박는 모양이다. 머리카락이 흘러나오지 않도록 머리에는 하얀 두건을 둘렀다. 양동이를 든 사내의 손에는 팔뚝까지 밀가루 반죽이 묻어 있다. 뽀빠이 같은데. 미스 정이 웃는다. 분식집 유리창 너머로 여자는 사내의 뒤를 좇다 우연히 가게 한쪽에 앉아 있는 그를 발견한다. 긴 나무의자 한쪽 끝에 걸터앉아 그는 같이 온 은행의 동료들이 소근대는 이야기에서 벗어나 옆으로 고개를 튼 채 탁자에 턱을 괴고 있다. 와이셔츠

소매를 걷은 남자의 손가락에는 나무젓가락이 꽂혀 있다. 그의 머리 위로 음식찌꺼기가 튄 주류회사의 광고용 달력이 걸려 있다. 그 속에서 비키니를 입은 여자가 거리를 향해 터질 듯 웃고 있다. 같이 가던 미스 정이 저만큼 서서 손나팔을 하고 여자의 이름을 부른다. 반쯤 열린 분식점 문틈으로 그 소리가 들렸는지 남자가 문 쪽으로 고개를 돌린다. 황급히 돌아서다가 여자는 깨진 보도블록 사이에 발이 낀다. 넘어지면서 땅을 짚은 손바닥이 뾰족한 무언가에 찔린다. 통증을 느끼는 동시에 순간 여자의 머릿속에서 수동 타자기처럼 활자체가 찍힌다. 왜, 나, 는, 꽃, 을, 두, 고, 나, 왔, 을, 까. 여자는 손바닥을 들여다본다. 검지손가락 끝이 벌어지며 피가 배어나온다. 미스 정이 놀라 뛰어온다. 검지손가락에서 배어나온 피가 손바닥 손금을 타고 손 가운데로 고인다. 어머, 피가 나네? 여자는 땅바닥에 주저앉은 채 미스 정을 올려다보며 묻는다. 어디에 두고 나왔을까? 무슨 소리니? 미스 정이 여자를 일으켜세운다. 여자는 아침부터 아무것도 먹지 못했다. 지독한 허기가 밀려오면서도 당장 아무것도 먹고 싶지 않다.

검지손가락에 동여맨 일회용 밴드에 걸려 여자는 몇 번이나 인화지를 뗐다 붙였다 한다. 손가락 끝에 자꾸 풀이 묻는다. 부록 혼수품 싸게 사는 곳 12가게 탐방. 이번 호『웨딩 케이크』에 들어갈 반쪽 페이지짜리 부록이다. 독자들이 가게를 쉽게 찾아가도록 가게마다 약도가 있다. 여자는 약도를 오려 뒷면에 풀을 뿌린다. 대지 위에 제자리를 찾아 약도를 붙이고 머리글자를 하나씩 오려 물이 흐르는 모양으로 붙여나간다. 부록 혼수품 싸게 사는 곳 12가게. '탐'자를 붙이려고 보니 책상 위에 어젯밤 오려두었던 '탐'자가 보이지 않는다. 책갈피 사이를 뒤적거리고 책상 밑을 살펴보지만 찾을 수가 없다. 오전에 미스 정이 책상 위에 원고 뭉치를 내던질 때 어디론가 날아간 것 같다. 옷을 털고 신발을 들어 밑창을 살펴보지만 '탐'자는 보이지 않는다. 여자는 책상에서 일어나 책상에서 일 미터 원 안을 앉은걸음으로 걸으며 손바닥으로 바닥을 더듬는다. 바닥은 깨끗하다. 오가는 누군가의 신발 끝에 묻어나갔을 수도 있다. 뭘 그렇게 찾아? 미스 정이 팔짱을 낀 채 여자를 내려다보고 서 있다. '탐'자가 없어졌어. 여자는 여전히 바닥을 손바닥으로 짚은 채 미스 정을 올려다본다. 미스 정이 바닥에 구부리고 앉아 책상 모서리 틈새를 들여다본다. 아무리 찾아도 없어. 미스 정은 손바닥을 털며 일어선다. 얼굴에 피가 몰려 씩씩댄다. 아무튼 '탐'자가 문제라니까. 취재로 밖에 나가는지 미스 정은 핸드백을 메고 있다. 이따 다시 찾아보자. 미스 정은 문 쪽으로 몸을 돌리다 생각난 듯 한마디 툭 던진다. 앵초꽃인 것 같아. 여자는 일어서며 바닥을 다시 한번 훑어본다. 아까 우리가 봤던 풀 말야. 그제서야 여자는 미끄럼틀 응달 속의 풀을 떠올린다. 왜 작년 봄이던가, 자기랑 나랑 가평 근처를 지난 적이 있잖아. 오월 토요일 오후였을 거다. 미스 정과 퇴근을 하다 건물 로비에서 은행 밖으로 나오는 그를 만난다. 그를 따라 그의 동료가 모는 차를 얻어타고 근교로 나간다. 토요일인데도 다른 날보다 길이 막히지 않는다. 차는 속력을 낸다. 오랜만에 여자는 가뿐하다. 청평댐을 지나다 차를 멈추고 근처의 횟집으로 들어간다. 가게 마당의 평상에 앉아 향어회를 먹는다. 평상 아래로 댐이 펼쳐져 있다. 미스 정의 우스갯소리에 일행은 소리내어 웃는다. 술을 마신 그가 노래를 부른다. 돌아오는 길은 자꾸 차가 막힌다. 잠깐 바람이나 쐬자며 그가 말한다. 차는 도로에서 벗어나 비포장길을 달린다. 차가 멈춘 곳은 가평 근처 야트막한 야산이다. 여자와 미스 정은 야산을 돌아 논두렁 아래로 내려간다. 치마를 들추고 나란히 앉는다.

논두렁 사이로 난 길을 따라 자전거 체인 자국이 인가 쪽으로 사라진다. 오줌 줄기가 논두렁을 타고 무논 안으로 숨어든다. 속옷을 추켜올리며 엉거주춤 일어서려는데 여자의 신발 앞에 보라색 작은 꽃이 땅바닥에 잎사귀를 기댄 채 피어 있다. 주위를 살펴보니 살진 개쑥이 이곳저곳에 무더기로 퍼져 있다. 그 꽃은 무리도 없이 외따로 꽃을 피우고 있다. 여자와 미스 정은 꽃을 들여다본다. 야산 뒤에서 클랙슨 소리가 울려 미스 정과 여자는 황급히 논두렁을 올라온다.

여자는 유리창 밖으로 눈길을 준다. 관정봉 박는 소리가 들린다. 그럼 꽃이 필까? 복사물을 접어 핸드백에 넣으며 사무실 문을 나서는 미스 정의 뒤에 대고 다급히 묻는다. 대답 대신 미스 정은 고개를 갸웃거린다.

여자는 서랍을 열어 쪽자 박스를 찾는다. 서랍 밑바닥에서 낡은 과자 상자를 꺼낸다. 이곳 잡지사로 오기 전 다른 직장에서부터 가지고 온 상자다. 상자 위에 영국 병정과 드레스를 입은 아가씨가 나란히 서 있다. 상자 모서리는 닳아 종이가 부풀어 있다. 여러 모양의 크고 작은 글씨들이 상자 가득 들어 있다. 잃어버린 글자와 같은 크기의 글자를 찾아 뒤적거린다. 쪽자 더미 사이에서 여자는 빛바랜 사진 한 장을 발견한다. 상자에서 사진을 꺼내들자 사진에 붙어 있던 쪽자들이 바닥으로 떨어진다. 벚꽃이 꽃보라처럼 떨어지는 속에 아버지가 서 있다. 카메라 초점이 흔들리고 인물을 멀리 잡아 아버지의 얼굴은 뚜렷하지 않다. 어느덧 가게가 자리를 잡는 것 같다. 서울보다 훨씬 봄이 빨리 오는 곳이다. 짤막한 몇 줄의 글을 적어 사진과 함께 보낸 아버지의 편지다. 언제 이 사진이 이곳에 들어와 있었을까. 직장을 옮겨올 때 서랍 밑에 넣어두었던 다른 쪽자용 인화지에 묻어 이 상자 속에 들어간 것

같다. 해마다 봄이면 봄소식으로 Y시의 전경이 뉴스로 보여지고
는 한다. 어린 동생들 때문에 서울을 뜰 수 없는 어머니를 대신해
여자는 방학 때마다 Y시로 내려온다. Y시로 내려오는 고속버스
안에서 여자는 줄곧 멀미에 시달렸다. 누렇게 뜬 얼굴로 Y시의
터미널 공중화장실에서 얼굴을 씻었다. 가게에 도착하면 가게 유
리창 너머로 작업대 위에서 꽃을 만들고 있는 아버지의 굽은 등
이 보인다. 풀이 말라 얼룩진 아버지의 바짓가랑이에는 꽃이파리
가 한 장 붙어 있다. 아버지가 출판사를 그만두자 어머니는 부업
거리라며 커다란 보따리를 들고 왔다. 보따리 안에서 헝겊으로 만
든 꽃이파리들이 방안 가득 쏟아졌다. 숙제를 마치고 나면 여자는
동생들과 둘러앉아 헝겊으로 꽃을 만든다. 철사에 꼬인 꽃봉오리
가 서로 잘 붙도록 손끝으로 여러 번 만져준다. 손가락에는 본드
가 자꾸 달라붙는다. 말라붙은 본드는 잘 떨어지지 않았다. 섣불
리 떼어내다가는 속살까지 같이 묻어나왔다. 막내는 엉덩이에 꽃
잎을 붙인 채 뛰어다녀 꽃잎은 마루까지 묻어나와 날아다닌다. 밤
늦게 며칠 돌아오지 않던 아버지가 돌아왔다. 시큼한 냄새가 나는
아버지의 바지는 흙이 묻고 구겨져 있다. 헝겊 꽃잎에서 떨어진
실밥이 아버지가 누운 아랫목에도 날아가 붙었다. 제 밥벌이는 제
가 해야지. 어머니는 꾀를 부리는 여자네를 다그쳤다. 곁눈질만
하던 아버지도 어느새 끼어들었다. 어머니는 꽃 공장을 부지런히
드나들며 공장 돌아가는 것을 눈치로 익혔다. 그리고는 조그만 가
게를 Y시에 열었다. 아버지가 그곳으로 내려갔다. 새벽이 되면
어머니는 천 시장으로 염료 시장으로 달려가고는 한다. 여자는 어
머니가 겉옷에 묻혀온 찬 기운에 선뜻해져서 잠에서 깨어난다. 마
당 한구석, 수챗구멍 위에 만들어올린 선반 위에는 원색 물감이
든 작은 병들이 나란히 놓여 있다. 수챗구멍과 함께 어머니와 여

자의 손톱 새에는 항상 불그레한 염료가 배었다. 희석과 배합에 따라 여러 가지의 꽃 색깔이 되었다. 물들인 천 위에 꽃 모양의 틀을 놓고 꽃잎을 찍어내고 그 꽃잎에 한 장 한 장 열을 가하면 입체감 있는 꽃잎으로 살아났다. 밤늦게까지 형광등 아래서 철사에 헝겊 잎을 꿰어 꽃을 만든다. 잠자리에 들기 전에 본드가 잔뜩 말라붙은 손을 뜨거운 물이 든 대야에 담그고 본드가 불기를 기다린다. 작은 대야 속에 담긴 손 여섯 개가 물장난을 친다. Y시에 내려와 여자는 아버지를 도와 꽃을 만들거나 청소를 하거나 꽃을 납품한 곳에서 수금을 하기도 한다.

사진 여기저기에 쪽자 조각들이 달라붙어 있다. 입으로 불어보고 사진을 흔들어본다. 쪽자 조각에 풀기운이 남아 있었는지 잘 떼어지지 않는다. 아버지 어깨쯤에 여전히 쪽자 하나가 달라붙어 있다. 여자는 손에 침을 묻혀 손톱 끝으로 조심스럽게 긁는다. 쪽자가 조금씩 떼어지면서 덜렁 아버지의 어깨까지 묻어나온다. 아버지의 어깨에 조그만 구멍이 뚫린다. 여자는 사진을 들고 구멍을 들여다본다.

그래도 이 제과점이 이 시에서 제일로 알아주는 데다.

아버지는 신문지 여백에 파란 풍차라는 제과점의 약도를 그리다 말고 여자의 얼굴을 빤히 쳐다본다. 여자는 여백을 넘어 빽빽하게 찍힌 활자로 넘어가는 낯선 길보다 볼펜을 쥔 아버지의 손을 내려다본다. 길고 하얀 손등 위로 힘줄이 퍼렇게 돋아 있다. 손가락 끝은 본드가 말라붙어 각질처럼 허옇게 벗겨지고 있다. 파란 풍차. 문을 열자 작은 종소리가 가볍게 퉁긴다. 후텁지근한 실내 공기 속에 달짝지근한 과자 냄새가 여자의 코를 헤집는다. 아, 그 학생. 아버지가 여러 번 전화했었어요. 단정한 서울 말씨의 주인 여자가 걱정스러운 듯 묻는다. 길을 잃었다고 미처 애기할 수가 없다. 진열대 안에 켜놓은 촉수 높은 형광등 불빛이 검게 사그라든다. 여자는 식은땀을 흘리며 주저앉는다. 주위의 탁자에 앉아 있던 몇몇 사람들이 그림자처럼 부옇게 일어나 여자의 주위로 모여든다. 어마! 저 얼굴 좀 봐! 누군가 지른 소리가 귓가에 웅웅거린다. 여자는 주방 한구석 밀가루 부대와 계란판이 수북이 쌓인 작은 방에서 눈을 뜬다. 눈을 떴을 때 여자의 얼굴을 여러 사람이 들여다보고 있다. 사람들 어깨너머로 화려하게 치장되어 진열대로 옮겨지는 삼단 케이크가 불쑥 들어온다. 주방 한켠에서 케이크들은 여러 가지 색깔의 크림으로 조금씩 화려해지고 있다. 그 치장이 너무 화려해서 여자는 자신이 눈을 감고 있는 동안, 주위에서 사투리처럼 웅성거렸던 것이 그것들이 아니었을까 생각한다. 마지막 단장으로 여자네 집에서 만든 헝겊 꽃이 케이크 위에 꽂힌다. 괜찮아요? 얼마나 놀랐는지. 여자는 주인 여자가 건네주는 몇 장의 지폐를 꽃값으로 받아 주머니 안쪽에 접어 넣는다. 벌써 날은 어두워져 있다. 올려다보니 커다란 간판을 가득 차지한 풍차가 파란 네온빛을 뿜으며 돌아가고 있다.

여자는 수첩을 펼쳐 그 사이에 사진을 끼워넣는다. 편지 끝에 아버지는 가족 모두가 같이 꽃구경을 하자고 썼다. 대학에 입학할 때까지 여자는 방학 때마다 Y시로 내려갔지만 정작 벚꽃이 흐드러진 것은 한번도 보지 못했다. 쪽자 상자 안에서도 20급 중고딕의 '탐' 자는 찾을 수 없다. 내일 새로 인화를 해야 할 것 같다. 빈 자리에 연필로 동그라미 표시를 해두고 다른 글자부터 붙여나간다. 부, 록, 혼, 수, 품, 싸, 게, 사, 는, 곳, 12, 가, 게. 여자는 한 어절 쉬고 끝으로 '방' 자를 소리낸다. '방' 자는 한 칸을 건너뛰고 붙어 있다. 분식점 사내의 기역자로 꺾어지는 걸음걸이가 생각난다. 풀 묻은 여자의 손끝은 어느새 먼지가 묻어 검게 변해 있

다. 약도를 붙이고 그 밑에 교통편으로 버스 번호까지 붙이고 나
서 여자는 잠깐 허리를 편다.

취재를 마치고 들어왔는지 미스 정이 전화통을 붙들고 앉아 통
화를 하고 있다. 커피를 마시기 위해 복도로 나가다가 문득 미스
정의 책상을 보니 미스터 박이 보던 『환상의 매직 아이』 책 1권
이 놓여 있다. 『환상의 매직 아이』라는 책은 사무실 안의 사람들
사이에 옮겨다니고 있는 모양이다. 펼쳐진 책 한 면 가득 모래알
같은 작은 점들이 그려져 있을 뿐이다. 여자는 책을 들어 얼굴에
바싹 들이댄다. 순간 모래알들이 부옇게 멀어진다. 눈을 이렇게
사팔처럼 해봐. 이건 초보자용이라구. 미스 정은 통화를 하다 말
고 수화기를 손바닥으로 막은 채 여자에게 사팔눈을 해보이며 웃
는다. 여자는 미스 정을 따라 눈의 초점을 달리 해보지만 눈앞에
나타나는 것은 역시 검은 모래알뿐이다. 금세 눈이 충혈된다. 보
여? 미스 정이 수화기를 내려놓기가 무섭게 여자에게로 다가온다.
글쎄. 여자는 책을 멀리 했다가 눈 바로 앞까지 당겨온다. 검은
모래알들이 다시 부옇게 멀어지면서 중간중간 잘린 선들이 보이
는 것도 같다. 눈의 착시를 이용한 것 같애. 그렇게 눈에 힘을 주
지 말고 힘을 빼. 멀리 봐. 가깝게 있지만 아주 먼 곳을 보듯이.
미스 정의 말이 늘어진 테이프처럼 웅얼거린다. 미로 같다. 여자
는 군데군데 부비 트랩이 설치된 미로의 막다른 골목 앞에 서 있
다.

여자는 Y시의 낯선 거리를 되짚어 가게로 되돌아온다. 상점들
의 불빛이 점점 밝아지고 거리의 사람들이 몸을 옴츠리고 재게
걷는다. 눈발일까. 축축한 것이 띄엄띄엄 여자의 얼굴과 목덜미로
날아든다. 아버지는 함석으로 만든 문덮개 하나를 막 들어 가게
진열창에 끼우려는 참이다. 문덮개가 바람을 안고 가냘프게 떨린

다. 길이 낯설제? 그제서야 여자는 약도가 그려진 신문지 조각을 떠올린다. 오버 주머니에 손을 넣어보지만 주머니 안은 허전하다. 여자는 가게 앞에 세워둔 아버지의 짐자전거 옆에 서서 아버지가 마지막 문덮개를 끼우는 것을 물끄러미 쳐다본다. 사람이 몸을 굽혀 간신히 드나들 수 있는 작은 문이 생긴다. 작은 쪽문을 열고 몸을 굽혀 안으로 들어가면서 아버지는 혼잣말처럼 웅얼거린다. 너희는 날 닮지 마라. 진눈깨비는 빗발로 굵어져 내린다. 함석문 저 뒤에서 멍든 것 같은 아버지의 목소리가 넘어온다. 이곳은 눈 이 안 온 지 8년도 넘었다드라. 여자는 오버 깃을 세우며 몸을 도 사린다. 산 너머 남촌에는 누가 살길래 해마다 봄바람이 남으로 오네. 머릿속으로 한 가닥 음율이 떠오른다. 남쪽이 따뜻하다고 누가 그랬을까. 슬리퍼를 끄는 아버지의 발걸음 소리가 점점 안으 로 멀어지며 여자의 머리 위 서울 꽃집이라고 쓰인 가게 간판의 불이 꺼진다. 불이 꺼진 가게 안에서 아버지는 팔굽혀펴기를 하고 있다. 러닝셔츠 차림으로 가까스로 팔을 땅에 가져가면 아버지의 입에서는 신음소리가 흘러나온다. 여자는 방문 틈으로 아버지를 엿본다. 세엣. 아버지의 구령소리는 떨리는 팔과 같이 끝이 흐늘 어진다. 네에에에에. 네번째 팔을 굽히다가 아버지는 땅바닥에 얼 굴을 처박는다. 언제부터 아버지는 팔굽혀펴기를 시작한 것일까? 새벽마다 아버지는 여자 몰래 일어나 불 꺼진 가게 안에서 팔굽 혀펴기를 한다. 보여? 미스 정이 책 가까이에 얼굴을 들이민다. 어? 보인다. 검은 모래밭이 두 개의 층으로 나눠진다. 모래밭 같 은 중간에서 선들이 모이며 볼록하게 어떤 형상이 도드라진다. 여 자는 낮게 중얼거린다. 별이야.

아직도 그는 퇴근하지 않고 있다. 여자는 일방시 창문 너머로 은행 안을 들여다본다. 형광등 불빛에 거리보다 훨씬 밝은 은행 안은 전라로 드러난다. 그는 자기 자리에 앉아 창밖을 보고 있다. 밖이 어두워 일방시 창문에는 은행 안이 고스란히 거울처럼 비쳐질 것이다. 그럼 그는 창에 비친 자기 자신을 보고 있는 것일까. 미스 정을 버스 정류장까지 바래다주고 되돌아와 여자는 은행 비상구 옆에 서 있다. 아홉시 반이 넘어서야 마지막으로 은행을 나오며 그가 은행문을 닫는다. 여자는 남자의 뒤를 쫓아간다. 남자는 뒤도 돌아보지 않은 채 성큼성큼 앞서간다. 신호등을 건너 대로로 나오면서 남자와 여자는 인파에 휩싸인다. 오가는 사람들에 몸이 차이면서 여자의 작은 몸은 자꾸 뒤로 처진다. 사람들 사이로 저만큼 보이던 그의 푸른색 양복을 단박에 놓쳐버린다. 여자는 그제서야 그가 키가 작다는 것을 실감한다. 낯익은 그의 뒤통수는 사람들에 가려 보이지 않는다. 허둥지둥 사람들 사이를 헤집는다. K제화 쇼윈도 앞에 그가 서 있다. 쇼윈도의 화려한 불빛에 정작 그의 앞모습은 짙은 그늘이 져 있다. 밥이나 먹고 헤어지자. 남자가 휙 돌아선다. 여자는 얼른 뛰어가 남자의 손을 잡는다. 남자의 큰 걸음에 하이힐을 신은 여자는 거의 끌려가듯 한다. 핸드백이 자꾸 어깨에서 미끄러진다.

넌 왜 이렇게 손이 거치냐?

남자는 괜히 퉁명스레 한마디 던진다. 남자는 여자가 무슨 일을 하는지 알고 있다. 그러면서도 번번이 잊는다. 여자는 더욱더 남자의 손을 꼭 쥔다. 남자의 발걸음 폭은 더욱 커진다. 남자는 이곳저곳을 기웃거린다. 여자는 발이 아프다. 남자는 밥 한 끼 때우는 것도 그냥 대충 넘어가는 법이 없다. 음식점이 즐비한 골목을 누비다가 갔던 길을 되돌아와 지하에 있는 레스토랑으로 들어간다. 좌석이 꽉차 있다. 종업원이 다가와 지하부터 삼층까지 모두 같은 곳이니 일층이나 그 위로 올라가보라고 한다. 지하 한구석에 나선형의 계단이 위층으로 통해 있다. 남자는 그냥 문 밖으로 나온다.

 여자는 남자의 뒤를 따라 해장국집으로 들어가면서 버릇처럼 손가락을 만지작거린다. 살갗이 벗겨진 손가락 끝이 까칠까칠하다. 사진과 컷이 위주인 잡지라서 손이 많이 가는 일이다. 3M이라는 스프레이 풀은 손에 묻으면 비누로도 잘 안 지워진다. 물에 불려도 잘 씻기지 않아 여자는 퇴근 무렵 아세톤을 묻혀 닦아낸다. 여자의 손은 군데군데 매니큐어까지 같이 지워져 있다. 여자는 벌써 팔 년째 잡지사 미술부에서 잡지 레이아웃을 하고 대지 작업을 한다. 일이 능숙해질 때도 됐는데 아직도 책상 가장자리와 핸드백에 풀이 튈 때가 많다. 남자는 후루룩, 해장국을 먹는다. 여자는 선지와 천엽을 숟가락으로 그릇 한켠에 치워가며 마치 쪽자 작업을 하듯이 밥알만을 건져 입으로 가져간다. 남자는 뚝배기에 얼굴을 거의 들이밀고 허겁지겁 밥을 먹는다. 고춧가루가 말라붙은 식탁 모서리를 손끝으로 긁으며 여자는 남자의 정수리를 쳐다본다. 남자는 벌써 사 년째 대리 대기발령을 받고 있다. 남자는 여자와 처음 만난 삼 년 전부터 입버릇처럼 올해도 발령이 나지 않으면 회사를 그만두겠다고 말해왔다.

 허름한 여관으로 올라가는 좁은 계단 옆에 여자가 서 있다. 먼저 올라간 남자의 목소리가 계단 밑으로 들려온다. 안 들어오구 뭐해? 언제까지 서 있을 거야? 잠을 자다 깬 주인 여자가 머리를 긁적이며 남자와 여자를 앞서 방을 안내해준다. 여자는 신발을 신은 채 현관에 서서 텅 빈 운동장 같은 방을 훑어본다. 방 한구석에 놓인 더블 침대가 방 안에 놓인 가구의 전부다. 침대 위에 깔린 침대보 위에 서너 개의 담배 자국이 뚫려 있다. 현관에 선 여자를 뒤로 하고 남자는 화장실에 들어가 물을 힘껏 틀어놓은 채 양치질을 한다. 물이 튀면서 윗옷이 물에 젖는다. 화장실 앞에 걸린 거울 속으로 남자의 옆얼굴이 반쯤 비친다. 치약을 잔뜩 묻혀 입안 가득 거품을 물고 칫솔질을 하고 있다. 어디서부터 어떻게 얘기해야 할까. 억눌린 듯한 여자의 웃음소리가 옆방에서 새어나온다. 여자는 침대 모서리에 앉는다. 낡은 스프링이 출렁거린다. 화장실에서 나와 남자는 아무 말 없이 침대에 쓰러지듯 눕는다. 방 한쪽에 그가 풀어놓은 넥타이와 와이셔츠를 집어 의자에 걸쳐놓으며 여자는 불을 끈다. 스웨터를 벗고 치마를 막 벗어 접으려는데 엉덩이 부분에서 무언가 반짝거린다. 작은 종이 조각이다. 여자는 가로등이 켜진 창가에 치마를 들어올리고 자세히 들여다본다. 흐릿한 불빛에 반짝이는 그것은 오후에 한참 동안 찾던 '탐'자다. 치마를 쥔 채 여자는 침대 모서리에 주저앉는다. 순간 점심 시간에 미끄럼틀 음지에서 발견한 작은 풀이 떠오른다.

점심을 먹고 놀이터 벤치에 앉아 여자와 미스 정은 해바라기를 한다. 벤치 몇 미터 앞에서 웃자란 사내아이 서넛이 길거리 농구를 하고 있다. 미스 정은 지난번 토요일에 갔던 청평댐 근처의 향어 횟집 이야기를 한다. 여자는 그날 입었던 치마를 아직도 입고 있다. 생각지도 않았던 여행이어서 더 좋았을까? 미스 정의 눈은 멀리 가 있다. 그때 아이 하나가 던진 공이 여자의 발 밑을 지나 미끄럼대 밑으로 굴러간다. 아이가 여자에게 소리친다. 공 좀 던져주세요. 여자는 미끄럼대 밑으로 몸을 숙이고 들어가 공을 꺼내 아이를 향해 힘껏 던진다. 치마가 펄렁거린다. 여자가 던진 공은 여자의 바로 앞에 떨어진다. 아이들이 낄낄거린다.

여자는 아직도 치마를 쥔 채 침대 모서리에 앉아 있다. 혹시 가평의 논두렁에서 앵초꽃씨 하나가 내 치마에 묻어와 그곳에 떨어진 것일까. 여자는 남자를 향해 조심스럽게 말문을 연다. 당신은

믿을 수 있어요? 남자는 모로 누워 여자의 얼굴을 빤히 올려다보
며 묻는다.
　무슨?
　여자는 여전히 치마를 손가락으로 만지작거리며 중얼거린다.
　풀.

타자라는 소행성과의 만남

신 수 정(문학평론가)

1. 침묵의 웅변

하성란의 소설은 흥미진진한 스토리텔링이나 화려한 카메라 워크에 도무지 관심을 기울이지 않는 고집불통 영화감독을 연상시킨다. 독자의 섣부른 틈입을 허용치 않는 결벽한 서사는 지독히도 폐쇄적이다. 이야기꾼의 친절한 목소리에 익숙한 독자들은 그녀의 냉랭함 앞에서 당혹감을 느끼기 쉽다. 어디에서도 이야기꾼의 자기 현시욕이나 누설 욕망 따위를 찾아보기 어렵다. 장면적(scenic) 기법과 개관적(panoramic) 기법 사이의 조화를 강조하는 소설 기술론의 고전적인 충고나 구체적인 설명과 명확한 정보를 기대하는 독자의 안일한 요구는 여지없이 배반당하기 일쑤다. 치밀하고 정교한 현재형 묘사는 초점화자의 시야를 넘어서는 주석적 서술을 거의 배제한다. 작가는 직접적으로 서사에 개입하는 대신 텍스트의 이면에 몸을 숨긴 채 소설 속 인물들의 움직임만을 뒤좇거나 그 인물들의 시각으로 포착된 이미지들에 집착할 따름이다. 주관이 극도로 절제된 각각의 문장들은 대부분 초점화자의 객관적인 시각묘사로 일관된다.

거듭되는 독서를 통해 우리가 만나게 되는 것은 끊임없는 의미의 차단과 예정된 스토리 전개의 지연일 뿐이다. 우리는 우리 스스로 그 촘촘한 언어의 미로 속을 헤매며 파편적인 인상들 사이의 의미를 재구성해내지 않으면 안 된다. 이런 종류의 결벽증은 우리를 과도한 침묵의 세계로 인도한다. 공허한 수사나 과장된 감정의 토로는 그녀의 덕목이 아니다. 감당할 수 없는 고요 속에서 우리는 이 작가가 마련하고 있는 절제된 영상 이미지들을, 다만, 바라볼 뿐이다. 그러나 놀랍게도 우리는 이제껏 그 어떤 이야기꾼이나 기막힌 영화의 귀재도 선사하지 못한 깊은 감동과 따스한 연민, 그리고 생을 둘러싼 우수와 운명적인 인연에의 예감을 만나게 된다. 이 아이러니!

장황한 수다로는 결코 도달할 수 없는 생의 빈 공간에 대한 탐사와 아득하게 펼쳐지는 여백미는 하성란 소설이 포착해낸 득의의 영역이다. 구차한 설명 없이 그녀는 한순간 생의 전모를 말한다. 이른바 에피파니(epiphany)라고 할 만한 그 갑작스러운 깨달음의 순간은 가히 침묵의 웅변이라고 할 만하다. 파편적으로 던져져 있던 인물들 각각의 건조한 일상과 고독한 내면이 어느 순간 그 막막한 거리감을 뚫고 우리에게 홀연히 말을 걸어오기 시작하는 것이다. 그리하여 지상에 사로잡힌 우리의 협소한 눈높이는 순간적으로 생의 비의로 가득 찬 우주적인 차원으로 비약한다. 우리는, 갑작스럽게, 내려다본다, 저 낮은 곳에서 꿈틀거리고 있는 보잘것없는 존재들을. 바로 우리의 눈앞에서 그토록이나 불가사의한 베일 속에 가려져 있던 그들은 이 돌연한 비약을 통해 한없는 연민과 영원한 구원의 대상으로 돌변한다. 높은 곳에서 내려다보면 모든 존재는 다만 외롭게 자신의 실존을 감내하고 있을 뿐인 것이다!

냉정과 연민, 환멸과 위로, 침묵과 웅변이 동시에 명멸하는 하성란의 소설은 이 순간 소설적 아이러니의 진수를 보여준다. 냉정하고 건조한 현재형 묘사는 각자의 궤도를 따라 외롭게 공전하지 않으면 안 되는 존재들의 운명을 그리기 위한 '가장(假裝)된 냉혹'에 가깝다. 그렇다면 그것은 홀로 떨고 있는 존재의 어깨에 내려앉는 천사의 시선은 아닌가? 천사는 오늘도 우리를 위무하기 위해 지상의 인간들의 행동과 대화에 귀를 곤두세운다. 그리곤 밀랍으로 봉해진 우리의 귀에 대고 속삭인다. 외로움은 당신만의 것이 아니라고, 곧 "우주선 니어 호는 3년 간 20억 킬로미터를 날아가 에로스라는 소행성을 만나게 된"(「지구와 가까운 소행성과의 랑데부」)다고, 오늘 당신의 고독은 그 '랑데부'를 향한 하나의 작은 움직임에 불과하다고.

2. 메트로폴리스의 악몽

빽빽하게 사람들이 들어찬 정사각형의 공간 '엘리베이터'로 상징되는 메트로폴리스는 유예된 시간의 공간적 메타포다. 천사가 마련하고 있는 '랑데부의 순간'은 존재 홀로 견뎌야 하는 '지상의 시간'에 비하면 지나치게 짧다. 예정된 시간은 한없이 유예되고 지루한 일상만이 남아 우리의 삶을 구성한다. 하성란은 메트로폴리스의 건조한 일상과 지루한 풍경에 대한 보고를 통해 지상의 '시간'에 대한 탐색을 시도한다. 그녀에 따르자면, 지상은 "유통기한이 지난 깡통 통조림"이나 우주를 비행하는 "무중력 상태의 캡슐"(「지구와 가까운 소행성과의 랑데부」) 속 같은 곳이다. 그곳에서 사람들은 통조림 속에 든 꽁치처럼 차곡차곡 개켜져 1층에서 40층으로 운반되거나 우주 비행사들처럼 알약 모양을 하고 있는 시리얼 따위로 끼니를 떼운다. 때로 바로 지척에서 매 순간 눈길을 교환하거나 옷소매를 스치기도 하지만 서로를 알 수는 없다. 그곳은 "실제온도보다 체감온도가 훨씬 낮"(「지구와 가까운 소행성과의 랑데부」)기 때문이다.

　유예된 시간을 겨우 살아가는 이들에게 '이름'이 있을 턱이 없다. '여자' 혹은 '남자'라는 추상적인 기호로만 겨우 존재하는 지상의 인간들은 기껏해야 '동그란 얼굴'(「내 가슴속의 부표」)이라는 정도의 표징을 얻는 데 성공하고 있을 뿐이다. 어느 누구도 특별한 '얼굴'을 지니고 있지 못하다. 10년째 "한흥은행 남서울 지점 2번 창구에 앉아 있"(「루빈의 술잔」)는 은행원이거나 8년째 잡지사 미술부에서 레이아웃을 담당하고 있는 회사원(「풀」「내 가슴속의 부표」) 혹은 마네킹에 익숙한 디자이너들이 무자비하게 찔러대는 시침바늘 때문에 온몸에 상처가 가실 날이 없는 피팅모델(「꿈의 극장」「지구와 가까운 소행성과의 랑데부」) 등 하성란 소설의 '여자'들은 단조로운 반복 노동 속에서 점점 더 "밋밋한"(「풀」) 존재가 되어간다. 자신들의 이름을 확인할 기회는 좀처럼 주어지지 않는다. '남자'들의 경우에도 사정은 마찬가지다. 별 볼일 없는 제약회사의 직원(「지구와 가까운 소행성과의 랑데부」)이거나 몇 년째 승진 대상에서 누락되고 있는 은행원(「풀」「루빈의 술잔」) 또는 새벽 고속도로를 달리는 트럭운전사(「시즈오카 현의 한 호텔은 후지산이 보이는 날만 숙박료를 받는다」)에 불과한 그들의 일상이 '여자'들과 구분되는 것은 아무것도 없다. 그들은 '여자'여도 좋고 '남자'라도 상관없다. 요컨대 하성란 소설의 인물들은 이미 서로를 구분지어주는 '이름'과 '얼굴'을 망각하고 있는 것이다.

이 기괴한 익명성은 '희망정육점'이나 '화곡 3동 킹 치킨'(「꿈의 극장」) 혹은 '신한 자동차학원'이나 '경인고속도로'(「루빈의 술잔」) 따위의 고유명사로 지시되는 외부 세계와 선명하게 대비된다. 총천연색 시네마스코프로 번쩍이는 적나라한 외부 세계는 그 기표가 환기하는 생생한 현실감으로 인해 개인성의 표징을 얻지 못하고 있는 인물들의 추상성을 가중시키고 존재감을 더욱 미미하게 한다. 두 사람에게 동일한 주민등록번호를 발급한 "대림 3동 동사무소"를 묘사하는 하성란의 정교한 디테일을 보라. "액자 안에 든 태극기와 한문으로 적힌 국정 지표, 금연이라는 붉은 글씨, 그리고 은색으로 성원세탁소 기증이라고 적힌 커다란 벽시계"와 "청소년, 회계, 청소·이륜차, 광고물, 위생, 건설·건축이라고 적힌 작은 팻말들" 그리고 "도장자국들로 파인 대접만한 인주통과 검정색과 빨간색 볼펜을 스카치 테이프로 한데 묶은 볼펜"(「루빈의 술잔」)을 놓치지 않는 그녀의 집요한 시선은 개인들에게 가해지는 세계(제도)의 위압감과 공식성, 나른한 권태와 고질적인 태만을 드러내는 데 조금의 손색도 없다.

'겨우' 존재하는 인간들은 점차적으로 체적이 줄어들거나(「꿈의 극장」「루빈의 술잔」) 당장 오늘 한 일도 기억하지 못하는 악성 건망증(「풀」「지구와 가까운 소행성과의 랑데부」)에 시달린다. 체중이 주는 것과 건망증은 모두 '상실'의 한 지표다. 전자가 육

체적인 탈각이라면 후자는 정신적인 결락이라는 점에서 차이가
있을 뿐이다. 이 상실감은 하성란 소설을 '시간'에 관한 서사로
이해하는 데 있어 의미심장한 키워드의 하나다. 일종의 '부재 증
명'이라고 할 그것은 메트로폴리스로 상징되는 지상의 시간, 곧,
일상을 영위하기 위해서는 치뤄야 할 대가이기도 하다. '망각'과
'상실'은 현대 도시인의 존재론적 근거가 되어버린 것이다. "새
한 마리 끼어들 틈"조차 없는 메트로폴리스의 "고체덩어리 같은
회색 하늘"(「두 개의 다우징」)은 예전에 살던 '집터'와 '우물'과
'파밭'이 파헤쳐진 자리에서 시작된다. 과거의 흔적은 깡그리 소
멸되고 차고 맛있었던 우물에 관한 기억과 바람에 무성하게 흔들
리던 파르스름한 파들의 합창은 이제 전설의 세계 속으로 사라진
다.
　하성란 소설은 이 소멸과 부재에 대한 '기억'으로부터 출발한
다. "단층 양옥이 헐린"(「꿈의 극장」) 빈 터나 "창문의 유리는
모두 깨지고" 그 너머로 아이들의 낙서 자국이 남아 있는 "찢겨
진 벽지가 보이"(「루빈의 술잔」)는 철거된 아파트 단지로 나타나
는 공터 이미지, 어느 날 갑자기 가짜 악어가죽 핸드백과 다듬다
만 고추만 남겨놓은 채 '남자'의 눈앞에서 사라진 K(「내가 사랑
한 것은 그녀의 등허리였을까」)나 소식이 끊긴 지 십오 년이 넘는
아버지(「두 개의 다우징」), 그리고 P백화점이 붕괴한 날 이래로
모습을 볼 수 없는 남편(「루빈의 술잔」) 등의 느닷없는 사라짐과
관련된 '실종' 모티프 등은 그녀의 소설이 기본적으로 '시간'에
관한 서사임을 암시하기에 충분하다. 그것들은 이미 과거를 소멸
시키고 있음에도 불구하고 여전히 그 잔해들, 이를테면, "빈 개
집"이라든가 "밑이 검게 타고 찌그러진 양은 냄비" 같은 것들로
"그릇들이 부딪히는 소리와 수돗물 소리, 아이들의 잠투정 섞인

울음소리"들을 '환청'처럼 들려준다. "사람들이 떠나도 집은 여전히 기억을 담고 있"(「루빈의 술잔」)기 때문이다. '잃어버린 활자 찾기' 모티프(「풀」)나 빈번하게 출몰하는 '모래' 이미지(「풀」 「두 개의 다우징」), 물 속에 수장된 친구의 시체(「내 가슴속의 부표」)나 냉동창고(「지구와 가까운 소행성과의 랑데부」)에 대한 언급도 모두 마찬가지다.

그것은 탈각당한 개인성의 흔적을 복원하기 위해 자신의 이름과 얼굴을 찾아가는 현대인의 지난한 여정을 암시하는 것이기도 하다. 말하자면, '여자' 혹은 '남자'들은 어느 순간 텅 빈 것(공터)과 부재하는 것(실종) 속에서 존재(환청/유류물)의 흔적을 반추하는 것이다. 그것은 빽빽하게 가득 찬 것(메트로폴리스)에 의해 소멸되고 잊혀졌던, 혹은 상실당했던 개인성의 흔적이 순간적으로 기지개를 켜며 일어나는 행위에 비길 만하다. 뭉개진 얼굴과 저당잡힌 이름을 되살려내고자 하는 의지는 물구나무선 인간과 세계의 도착된 관계를 새롭게 정립하고자 하는 열정의 다른 이름이기도 하다. 다른 어떤 사람과도 공유하지 않은 혼자만의 비밀들, 이를테면, 고등학교 책상에 새긴 자유라는 글자(「지구와 가까운 소행성과의 랑데부」)나 아직 굳지 않은 아스팔트에 찍은 발자국(「루빈의 술잔」) 또는 자라 배에 새긴 이름(「내 가슴속의 부표」)이나 언젠가는 햇빛에 사금파리처럼 빛날 땅에 묻힌 동전(「두 개의 다우징」) 따위로 상징되는 개인성의 목록들은, 이 순간, '남자'와 '여자'라는 추상적인 카테고리로부터의 해방을 담보해주는 필사적인 알리바이로 작용한다. 한때 나는 온전한 '나'였던 것이다. 이제 나는 더이상 나이기를 요구하지 않는 세계에 대항하여 나만의 이름과 얼굴을 되찾고자 하는 열정을 버리지 않는다.

그러나 공터가 언제나 불도저의 굉음으로부터 자유롭지 못한

것(「내가 사랑한 것은 그녀의 등허리였을까」)처럼 사적인 기억들
은 곧 소멸되기 일보 직전의 운명에 처해 있다. 곧 새로운 도시가
건설될 것이며 머지않아 거대한 망각의 시간이 닥쳐올 것이다. 정
교하게 계산된 칼로리를 섭취한다고 해도 체중은 끊임없이 줄어
들 것(「꿈의 극장」)이며 하루의 일과를 매일 꼼꼼하게 기록한다
고 해도 건망증은 쉽사리 치유되지 않을 것이다. (「지구와 가까운
소행성과의 랑데부」) 우리는 텅 빈 공터에 관정봉이 박히고 공사
가 시작되는 것을 지켜볼 수밖에 없듯이 과거의 기억이 뭉턱뭉턱
사라지며 낯익은 얼굴이 점차적으로 소멸되어가는 것을 눈을 뜨
고 번연히 바라볼 수밖에 없다. 잃어버린 시간을 향한 탐사는 끊
임없이 지연되고 정열은 어느 순간 회의로 바뀐다. 나의 진정한
얼굴을 엿보는 순간 일상은 균열되고 거대한 나락이 우리를 기다
리고 있을지도 모른다. 그럼에도 불구하고 개인성의 흔적을 향한
탐사가 지속되어야 하는가? 하성란 소설은 개인성의 피안에 가
닿는 순간 다시 일상으로 회귀한다. 아들은 "이홉들이 소주병 가
득한 참기름과 쌀"을 이고 앞장서는 어머니를 향해 "야반도주하
는 사람처럼 막차에 올라타면서" 결심한다. "다시는 이곳에 오지
않을 거야. 다시는". (「지구와 가까운 소행성과의 랑데부」) 그리고
차라리 '건망증'의 일상을 택한다. 하성란은 섣부르게 채색된 낭
만적 시간의 모험을 경계한다. 차라리 메트로폴리스의 악몽을 기
록하고자 한다.

3. 연민과 경계, 타자와 만나는 두 가지 방식

개인성의 서사는 대개의 경우 가족을 중심으로 공전한다. 가족

은 존재가 최초로 던져진 관계의 그물망이자 존재를 호명하고 자아의 거울을 부여하는 사회적 제도의 축도다. 따라서 모든 자아를 사로잡고 있는 근원적인 기억은 이 가족 공간을 매개로 하지 않을 수 없다. 하성란 소설이 궁극적으로 가 닿는 기억의 저편 역시 가족을 중심으로 한 서사라는 점에서는 다른 여타의 자아에 관한 서사와 다를 바가 없다. 아버지—아들로 이어지는 수직적 갈등축을 중심으로 스스로의 축을 새롭게 형성하려는 아들의 모험의 양상을 펼쳐놓는 모든 가족 서사의 기본 구조는 여기서도 여전히 유효하다. 등단작 「풀」을 비롯 「두 개의 다우징」「내 가슴속의 부표」「루빈의 술잔」의 밑그림이 되고 있는 아버지—딸의 관계와 「내 가슴속의 부표」「지구와 가까운 소행성과의 랑데부」에 드러나는 어머니—아들의 구도는 크게 보아 이 고전적인 규정에서 그리 멀리 떨어져 있지 않다. 다만 재미있는 점이라면 「두 개의 다우징」을 제외하고는 부모 자식간의 수직축을 형성하는 데 있어 동성축(同性軸)에 대한 관심이 보이지 않는다는 사실이다. 거의 대부분 아버지—딸의 관계로 환원되는 이 수직축은, 그러므로, 딸이 타인, 특히 이성과 맺는 관계와 밀접한 관련을 가진다.

　딸의 아버지들은 타고난 재질에도 불구하고 사회적인 성공으로부터 소외된 낙오자의 형상을 하고 있으며 어머니와 불화한 상태에 놓여 있다. 어머니들은 아버지를 대신하는 현실 원리로 작용하면서 아버지를 천상으로부터 지상으로 끌어내리는 역할을 하거나(「풀」), 아버지를 버리고 새로운 삶을 찾아 떠난다. (「루빈의 술잔」) 일렉트라 콤플렉스의 고전적인 삼각형 구도는 일찍이 깨어지고 어머니의 자리는 텅 빈 채 남아 있을 뿐이다. 어머니와의 경쟁 없이 딸은 아버지와 바로 연결된다. 이 점은 어머니—아들의 관계에 있어서도 마찬가지다. 「지구와 가까운 소행성과의 랑데부」에 나타나는 어머니에게 남은 유일한 끈은 아들과의 관계일 뿐이며 그녀는 죽어서도 아들을 소환한다. (「내 가슴속의 부표」)

이렇게 볼 때 하성란 소설은 동일한 대상을 가운데 둔 타자들 간의 욕구 실현을 위한 팽팽한 긴장감을 알지 못한다. 라이벌이 사라지는 순간 욕망의 대상은 더이상 욕망의 대상이 될 수 없다. 손에 넣을 수 있는 것은 이미 욕망의 대상이 아닌 까닭이다. 어머니가 배제된 이상 아버지는 더이상 딸의 영웅이 아니다. 딸은 이제 아버지를 향한 은밀한 비원을 키워나갈 필요가 없다. 딸의 욕망은 미처 작동되기도 전에 이미 연소되어 버린 상태와 마찬가지다. 딸은 욕망 자체를 무화시키고 폐기시키는 데 익숙해진다. 「풀」의 '여자'는 애인이 사준 꽃다발을 어디에서 잃어버린지도 모른 채 분실한다. 이 소설을 추동하는 의문, 즉, "왜, 나, 는, 꽃, 을, 두, 고, 나, 왔, 을, 까"라는 물음은 자아의 정체성에 관한 질문이기도 하지만 무엇보다도 자신의 내부에서 일찍이 폐기된 욕망의 기원에 관한 문제제기이기도 하다. 왜 이 여자―딸에게는 대상(꽃―애인)에 대한 사무치는 소유욕(욕망)이 존재하지 않는가? 이 물음으로 시작된 「풀」의 '탐색'('찾을 탐(探)'자 찾기)이 결국 아버지에 관한 기억으로 회귀하는 것은 그런 의미에서 너무도 자연스럽다.

그러나 '욕망'이 사라진 곳에 '연민'이 자리잡는다. 도망간 아내를 찾아 헤매다 돌아온 집에서 그 동안 돌보지 못한 딸의 한쪽 다리가 굳어버린 것을 안 아버지와 "한쪽 다리를 기역자로 꺽"(「루빈의 술잔」)으며 걷는 딸의 관계는, 계절이 바뀌면 날아드는 딸의 소포꾸러미와 버스 창으로 던져지는 아버지의 삶은 달걀과 사과 봉지로 상징되는, 서로에 대한 따뜻한 연민과 깊은 이해에 기반해 있다. 아무도 사가지 않는 문짝을 만드는 아버지와 애인도 없이 10년째 같은 은행의 같은 자리에서 근무하는 딸은, 이 순간, 세상의 몰이해와 소외를 잠시 접어둔다. 실직한 이후 남도에서 홀로 꽃가게를 하고 있는 아버지가 새벽마다 안간힘을 쓰며 '팔굽혀 펴기'를 하는 것을 지켜보는 딸은 어머니와 동일한 시선으로 아버지를 바라볼 수는 없다.(「풀」) 그러길래 이 딸들은 남편과 남편 친구 커플과 동반한 여름 여행에서도 끊임없이 "아버지는 기어코 할머니 산소로 갔을까"(「내 가슴속의 부표」)라는 조바심과 걱정을 늦추지 않는다. 심지어 유일하게 어머니—딸의 관계가 서사의 표면에 돌출해 있는 「두 개의 다우징」에서조차 어머니를 버리고 다른 여자와 살림을 차린 아버지에 대한 혐오와 불평을 찾아보기는 어렵다. 오히려 15년째 소식이 없는 아버지를 기다리는 어머니에 대한 짜증과 서먹함이 돌올해 있는 딸의 내면은 아버지의 대체물로 기능하는 이복언니에 대한 연민과 동일시에 기울어져 있는 형편이다.

　욕망의 무화와 아버지에 대한 연민으로 도식화할 수 있는 아버지—딸의 수직축은 딸—애인/남편의 수평축으로 이동하면서 하나의 선명한 상징을 통과한다. 이른바 '기형적인 것'이라고 할 만한 "불량"(「풀」)의 이미지가 그것이다. 하성란 소설의 초점화자를 강렬하게 사로잡는 것은 언제나 불구적인 것들이다. 애인이나 남편이 있음에도 불구하고 절룩거리는 다리를 가진 분식집 남자(「풀」)나 구릿빛으로 그을린 팔뚝에 닻 모양의 문신을 한 사내(「내 가슴속의 부표」)에게 흔들리는 화자의 내면은 이 기형성이 하성란 소설을 규정하는 근본적인 요소라는 사실을 암시한다. 이 기형성은 이성(異性) 관계에만 한정되는 것도 아니다. 다리를 저는 여자는 동일한 주민등록번호를 지닌 두 여자의 이야기인 「루빈의 술잔」에 다시 나타나며, 점점 체중이 줄어드는 여자(「지구와 가까운 소행성과의 랑데부」「꿈의 극장」)나 앞니 사이가 벌어진 여자(「시즈오카 현의 한 호텔은 후지산이 보이는 날만 숙박료를 받는다」)의 형태로 반복되기도 한다.

하성란 소설을 기형적인 이미지 속으로 끌어들이고 있는 것은 무엇인가? 신화에 의하면 기형성은 선택받은 자의 표지다. 정상적인 다수와 다른 특이한 자질은 영웅적 우월감의 표징이라는 것이다. 그러나 신화는 이 우월한 표징이 초래하는 비극적 결말 역시 놓치지 않는다. 영웅은 바로 그 자신의 성격적 결함, 즉 다수와 다른 특이한 표징으로 인해 운명적으로 부과된 시련에 부딪친다. 기형성은 다수와 구분되는 개인성의 최대치이자 최고의 대가를 지불해야 하는 최대의 시련이기도 하다. 사회로부터 소외, 추방된 하성란의 아버지들은 이 기형성의 표징을 간직하고 있는 딸들의 영웅이다. 기형성은 '아버지적인 것'에 대한 표상으로 곧바로 연결된다. 아버지들은 개인성의 흔적을 탈각당하지 않은 기형적인, 불구적인, 영웅들이다. 그들은 몰이해와 고독의 시련 속에서 스스로를 소진시켜 나간다. 딸은 영웅의 추락과 시련을 지켜보며 아버지 / 영웅에 대한 '연민'을 버리지 못한다. 아버지의 표징(기형성)을 지니고 있는 남자─여자들에게 흔들리는 딸의 내면은 바로 거기에서 연유한다. 아버지 / 영웅과의 관계를 통해 수직적으로 형성되었던 연민이 기형성의 이미지를 통과하면서 타자와 관계를 맺고 있는 딸의 수평적인 관계에로까지 확대된 것이다.

그러나 딸의 연민은 언제나 일상의 경계 안쪽에서만 가능하다는 것을 명심할 필요가 있다. 딸은 영웅이 된다는 것이 얼마나 많은 시련과의 싸움인지 잘 알고 있다. 기꺼이 익명의 바다로 뛰어든 딸들은 스스로 '영웅되기'(아버지처럼 되기)를 포기한다. 안일하고 건조한 일상을 넘어서는 "노란 부표 바깥"(「내 가슴속의 부표」)으로 나아가는 것은 영웅적 시련에 몸을 내던지는 일과 같다. 손에 곧 잡힐 듯 미끄러지는 조약돌을 주워올리려고 물 속 깊숙이 잠수하는 것은 언제나 위험한 일이다. 일상의 바깥으로 미끄러지면 다시는 돌아올 수 없다. '여자'는 남편을 뒤따라가며 문신한 사내를 뒤돌아보지 않으려고 애쓴다. "뒤돌아보는 순간 그 자리에서 소금 기둥으로 변할 것 같"(「내 가슴속의 부표」)기 때문이다. 그러므로 영웅적 시련(익사/불륜)이 입을 벌리고 있는 일상의 저편으로 나아가지 못하게 하는 "가슴속"의 진정한 "부표"(「내 가슴속의 부표」)는 바로 '아버지'에 다름아니다.

'연민'과 '경계'는 하성란 소설이 아버지의 이름으로 타자와 의사소통하는 두 가지 방식이다. 타자에 대한 배려와 연민은 타자의 삶에 대한 관심과 이해를 낳지만 그것은 언제나 자기 삶의 한 축을 놓지 않은 경우로 한정된다. 인물들 각각은 여전히 고립된 단자에 머물러 있다. 그들은 모두 자신의 삶의 궤도를 따라 맴돌 뿐이다. "충실용역"에 근무하는 여자는 여전히 1층에서 40층까지 빌딩 청소를 관리하면서 인도고무나무 잎새에 엽서를 띄워보내는 일을 멈추지 않을 것이며 대각선 방향의 사무실에 근무하는 남자 또한 새로 나온 척추 교정기와 체중 감량제에 대한 상담을 그만두지 않을 것이다. 그러나 이 불구적인 삶은 서로의 기형성에 감응하는 연민에 의해 언젠가 한 번은 만나게 되어 있다. 하성란 소설은 그 가능성에 대한 신뢰를 포기하지 않는다. 그것이야말로 일상의 경계 바깥으로 나아가지 않으면서도 타자와 소통할 수 있는 유일한 방식이라고 생각하기 때문이다.

그리하여 여자는 "수백 개가 넘는 창을 더듬어" 그 남자가 내려다보고 있는 단 "한 개의 창을 찾아"낼 수 있을 것이며, 남자는 자신의 주머니 속에서 판독 불가능하게 된 "누가 내 발 걸 주

세. 힘 나동그라. 좀. 02”라는 기호가 “누가 내 발 좀 걸어주세
요. 흙바닥에 힘껏 나동그라지게요. 나 좀. 102”라는 의미를 지닌
여자의 구원요청에 다름아니었다는 사실을 알아차릴 것이다. “우
주선 니어 호는” 결국에는 “에로스라는 소행성을 만나게”(「지구
와 가까운 소행성과의 랑데부」) 되어 있다. 삶에 상처입은 두 여자
의 뜨개질이 하나의 모티프를 중심으로 한 개의 테이블보로 완성
되듯이(「루빈의 술잔」) 그 가능성은 순간에 불과하지만 언젠가는
이루어질 수밖에 없는 필연이다. 이 소통의 방식은 더디고 미미하
지만, 무조건적인 궤도 이탈이나 완전한 자폐의 자유를 구가하는
그 어떤 방식도 미처 도달하지 못한 타자에 대한 온전한 감응과
인간에 대한 깊은 신뢰를 전해준다. 우리는 이 감동과 신뢰를 통
해 ‘나’와 ‘너’의 궤도를 넘어 ‘우리’가 될 수 있을 것이다. 하성
란의 여정은 우리를 이러한 깨달음의 세계로 인도한다.

4. 이야기의 보고를 찾아서

이미 90년대 후반기에 들어선 작금의 상황에서 90년대 문학의
새로움을 말하기란 쑥스럽기 그지없는 일이다. 이념이나 역사에
대해 발언하던 거대서사로부터 일상과 내면에 대한 관심으로 이
동한 관심축의 변화나 예언자−교사에서 일탈자−유희가의 위치
로 하강한 작가의 위상 변화를 확인하는 것은 이제 새삼스러운
일이다. 지금까지 암묵적으로 공유하고 있던 거대문자로서의 문
학에 대한 개념이 혼란의 도가니 속으로 빠져들면서 다양한 소문
자 문학으로 산개되어가고 있음은 누구나 공감하고 있는 사실일
것이다. 최근 들어 활발한 목소리를 내고 있는 일군의 신세대 작

가들과 더불어 하성란 역시 이러한 90년대적인 문학의 지형 변화
와 무관하지 않다. 무엇보다도 시각 묘사에 주력하는 이미지에 대
한 경사나 가족과 절연된 단독자의 일상이나 현대 도시의 풍경에
관심을 집중하는 도시적 감수성 등은 그녀를 모던한 신세대 작가
로 자리매김하기에 충분하다.

그러나 하성란에게서는 동세대의 다른 작가들과 구분되는 고유
한 개성이 있다. 우선, 마이크로한 묘사로 정평이 나 있는 그녀의
문체. 최근 우리 문단을 지배하고 있는 단문체의 경쾌함이나 과감
한 묘사의 생략에서 연유하는 스피디한 문장과는 격을 달리 하는
그녀의 치밀한 묘사는 가독성(可讀性)을 염려할 정도로 폐쇄적인
측면이 없지 않지만 장인적인 수공업 정신을 엿볼 수 있는 오랜
만의 신선한 충격이기도 하다. 우리의 소설사는 그 동안 지나치게
안일하게 묘사에 관한 기술적인 정련 과정을 생략해버린 느낌이
없지 않다. 고전적인 엄격함으로 빛나는 묘사 기술에 대한 자부심
은 소설 미학의 가장 기본적인 전제조건이다. 하성란의 문체는 새
삼스럽게 우리 소설사의 결락 부분이 무엇이었는지를 확인시켜준
다. 정확한 데생력이 추상의 기본이라는 미술사의 상식은 소설의
영역에서도 그 의의를 잃지 않을 것이기 때문이다.

다음, 여성성에 대한 탐구에 집중하는 대부분의 여성 작가들과
달리 하성란 소설은 자신의 성(性)에 대한 정체감이 미미하다.
말하자면 하성란 소설은 페미니즘의 서사로 읽힐 만한 구석이 별
로 없는 것이다. 굳이 그녀의 소설에 나타나는 쌍둥이 모티프나
여자들간의 교류와 소통을 자매애(sistership)에 근거한 페미니즘
의 한 양상으로 읽을 수도 있겠지만 그것은 여성 작가와 페미니
즘을 일직선상으로 연결시키는 지나친 강박관념의 소산이라고 할
수도 있겠다. 오히려 그녀는 그러한 조류의 바깥에서 성의 구별을

넘어서는 존재들간의 소통과 연민에 관해 질문하고 있다고 보는 편이 보다 사실에 가깝다. 그녀의 소설은 당대에 대한 관심보다 문학 본질론에 좀더 기울어져 있다.

이 점은 그녀의 소설에서 최근 유행이 되다시피 하고 있는 영화와 음악에 대한 관심이나 광고와 컴퓨터 따위와 관련된 첨단 직종 종사자를 거의 발견할 수 없다는 사실을 통해서도 다시 확인된다. 대중문화 장르에 대한 관심이나 첨단의 전문 직종에 대한 관심은 그것이 작품 속에 녹아들어 있지 않은 경우 경박한 현학 취미와 묘사력 부족을 증거하는 직접적인 예 이상이 되기 어렵다. 그러나 동시대 대중과 호흡하고 싶은 욕망은 작가들로 하여금 대중문화의 유혹을 쉽게 뿌리치지 못하게 하는 측면이 있다. 그럼에도 불구하고 이 욕망을 과감하게 차단하고 있는 하성란의 소설은, 그런 의미에서, 일단, 용감한 자존심으로 기억될 만하다.

하성란 소설은 대부분 현대 도시의 단자적인 삶의 감각에 기울어져 있음에도 불구하고 가족사의 흔적이나 타자와의 소통에 대한 관심을 잃지 않는다. 가족 공동체가 부여하는 안락감이나 자연과의 동화의 순간을 알지 못한다는 점에서 그녀 역시 최근 신세대 작가들과 별반 다를 바 없기는 하다. 그녀가 줄기차게 묘사하는 것은 다른 신세대 작가들과 마찬가지로 도시 독신 생활자의 건조한 일상이다. 그러나 하성란 소설에서 그들은 마치 하늘에서 뚝 떨어진 듯 가족과의 모든 관련을 절연한 채 독신의 자유를 구가하는 인물로 나타나는 것도 아니며 오로지 모든 화해의 가능성을 공동체의 복원에만 두는 복고적인 부적응자들로 제시되는 것도 아니다. 그들은 과거와 쉽사리 화해하지 않는 만큼 또한 새로운 삶의 형태를 적극적으로 향유하지도 않는다. 도회적 문화에 매혹당한 키치 중독자나 과감하게 자본주의적 일상을 거부하고 혼자만의 삶을 영위하는 미학적 룸펜의 모습은 보이지 않는다. 그들은 다만 현대성이 강요하는 익명적인 삶의 조건을 수락한 상태에서 이것을 넘어서는 작은 공감을 꿈꿀 뿐이다. 타자에 대한 연민은 그곳으로 난 작은 오솔길이다. 이 꾸불꾸불한 오솔길은 더딘 행보만을 가능하게 하지만 곧게 뻗은 고속도로가 미처 전해주지 못한 무궁무진한 이야기의 보고(寶庫)가 될 수도 있을 것이다. 그 가능성을 믿어보고 싶다.

作家의 말

중학교 때니까 벌써 십오륙 년이 지난 일입니다. 볕이 좋던 토요일, 국어 선생님을 따라 문예반 학생 모두가 덕수궁으로 놀러 간 적이 있었습니다. 거기서 처음 다른 반이던 그 아이를 보았습니다. 발육이 덜 돼 아직 초등학생 같던 저와는 달리 그 아이에게 서는 벌써 어른티가 났습니다. 낯선 길에서 그 아이는 화장실을 찾고 있었고 화장실에 같이 가준 것이 인연이 되어 중학교 삼학년 같은 반이 될 때까지 줄곧 가까이 지냈습니다. 그 아이가 또래 들보다 두어 살이 많다는 것은 훨씬 나중에야 알았습니다. 늘 입을 반쯤 벌리고 앉아 조는 듯 보였던 그 아이 곁에 친구는 없었습니다. 날 때부터 그 아이는 이미 그런 것에 익숙해 있었던 모양입니다. 저능아라고 따돌리는 아이들을 향해서도 늘 웃기만 했으니까요. 화장실에 같이 가주었다는 것만으로 그 아이는 늘 저를 따랐습니다. 특별활동 시간이 되면 그 아이는 공책 위에 무언가를 열심히 끄적대었지만 한번도 그 아이가 쓴 것을 읽어볼 생각을 못했습니다. 졸업식 날, 저는 어그러진 진로 때문에 화가 나 있었고 그래서 그 아이가 내내 책상 위에 엎드려 있는 것을 눈치채지 못했지요. 그 아이가 얼굴을 들고 저의 얼굴을 쳐다보았습니다. 어디 아픈 거야? 저는 제 일만의 생각으로 그 말조차 해주지 못했습니다. 대신 저는 그 얼굴에 대고 서슬 퍼렇게 눈을 흘겼습니다. 제 얼굴이 얼마나 흉악했을지는 그 아이의 일그러지는 얼굴에서 볼 수 있었습니다.

그때 그 아이의 눈빛이 종종 선명히 떠오릅니다. 물론 기억하지 못하는 잘못들이야 더더욱 많겠지요. 그 아이를 찾아보려는 마음에 졸업장을 뒤적여 그 아이의 주소를 쪽지에 베껴 가방 속에 넣어 다닌 적도 있습니다. 하지만 그 아이를 찾아 용서를 구한다고 그 아이의 상처를 지울 수 있을까요. 모두 저의 이기심일 뿐입니다.

저의 첫 책입니다. 처음 발표한 글과 마지막 실린 글 사이에서 저는 조금 변했습니다. 정직하고 따뜻한 사람이 되고 싶습니다. 세상을 향해 투명하게 맞서고 싶습니다. 제 정신의 무두질과 담금질을 글쓰기가 해주리라는 생각은 변함이 없습니다. 부모님, 스승님들, 친구들 그리고 부족한 글을 엮어주신 문학동네에 감사드립니다.

그리고 받아준다면 이 책을 그 친구, 인숙이에게 주고 싶습니다.

1997년 초겨울

하성란

문학동네 소설집
루빈의 술잔

ⓒ 하성란 1997

1판 1쇄 | 1997년 12월 18일
1판 4쇄 | 2008년 6월 7일

지 은 이 | 하성란
펴 낸 이 | 강병선
펴 낸 곳 | (주)문학동네
출 판 등 록 | 1993년 10월 22일 제406-2003-000045호

주   소 | 413-756 경기도 파주시 교하읍 문발리 파주출판도시 513-8
전 자 우 편 | editor@munhak.com
전 화 번 호 | 031) 955-8888
팩   스 | 031) 955-8855

ISBN 89-8281-074-9 03810

www.munhak.com